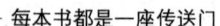 每本书都是一座传送门

次元书馆

刺客信条：大明风云

燕垒生 著

新星出版社　NEW STAR PRESS

目录

1		开　局
22	第一章	布　局
33	第二章	小　尖
48	第三章	先　手
63	第四章	寻　劫
82	第五章	胜负手
98	第六章	倒脱靴
116	第七章	欺　着
128	第八章	循环劫
150	第九章	奇　手
165	第十章	后　着
178	第十一章	相思断
196	第十二章	劫　杀

目录

212	第十三章	两头蛇
233	第十四章	生死劫
251	第十五章	杀　招
269	第十六章	中　盘
287	第十七章	无理手
304	第十八章	飞　攻
316	第十九章	打入无忧角
333	第二十章	中腹之争
353	第二十一章	绝　杀
368	第二十二章	大崩溃
383	余　味	

开　局

一阵海风吹过，海面上细浪簌簌而生，仿佛一刹那开满了万千青莲。

佛经中以青莲来譬喻佛眼，想必便是当初见到海上这等情形吧。泷长治坐在海边一块巨石之上，望了一眼海面，不由想起佛经中的这个比喻，当时读的时候他还只是个小沙弥。在成为浪人后，泷长治已经快要忘了小时候在惠田寺的经历。毕竟，身为海寇的泷长治实在无法再慈悲为怀了。

他五岁成为沙弥，十五岁破门，随后为家臣，为浪人，再到入海为寇，也有好些年了，实在很难能想到那么久远的事，只是今天也不知为何，竟突然又想起这些陈年往事来。

他正想着，视野中忽地跳出一片白帆。他怔了怔，定睛看了看，叫道："小太刀！小太刀！"

一个尚未元服的少年踩着海边的石块快步跑了过来，到泷长治身后站定了道："父亲。"

　　这少年其实是泷长治当初刚入海为寇时拣来的一个孤儿。那时泷长治一帮才不过五人，势力薄弱，只能劫掠一些落单的小商船。有一回他见一艘大船在海上漂荡，便想碰碰运气，一上船却闻得尽是尸臭，原来这船被劫掠后也难逃灭顶之灾，一船人都被杀死在甲板之上。当泷长治翻检船只，想找点儿尚未被抢走的有用之物时，却发现了这个又饿又渴，连话都还不太会说，走路摇摇晃晃的小孩儿。这孩子不知从哪里找来了一柄小太刀，见有人来时竟还要胡乱挥舞。他看船上死尸腐烂的情形，这船出事少说也有五六天了，多半下手那帮海贼见这孩子如此幼小，便将他扔在了船上。没想到这般小的孩子居然独自在这死尸船上撑到现在，泷长治也不由为之心悸，便破例将他收养下来。但他懒得取名，便以孩子身边的那把小太刀为名。小太刀今年已然十六岁，由于自出生以来便在海上长大，所以水性之佳，实已不作第二人想。加上从小就做这些打家劫舍的勾当，心性之狠，便是跟着泷长治一同入海的几个老同伴也暗暗为之咋舌。

　　泷长治站了起来，指着海上那一点帆影道："小太刀，那定然便是孙先生派来的人了。把人都叫过来吧。"

　　小太刀手搭凉篷，张望了一下道："不会是王先生他们吗？"

　　"王先生的船是灰帆，不是这颜色的。"

　　泷长治这帮人都是本已走投无路的浪人，所以个个都是亡命之徒。泷长治粗通文墨，在做了来大明沿海劫掠的海寇后，知道当以张驰之道行事，否则一味劫掠，迟早会惹祸上身。因此他暗中与沿海几个乡绅做了交易，每月由那些村子送些米粮财物，自己便不骚扰地方。如此一来，泷长治便拣了个有淡水的小岛立下脚来。那孙先生正是沿海诸村中为首的一个乡绅，算日子也正是进贡他们之时。

不过泷长治甚是谨慎，就算真是送东西来的孙先生，仍是万分小心。他占据此岛近十年了，岛上建了寨子不说，甚至花力气修了个小码头，如此船只便可直接靠岸，出行更是便捷，却也要更加防备官兵借着孙先生的名义来偷袭。至于小太刀所言的"王先生"则是另一支来往于倭国与大明之间的海寇，与泷长治一党有些不同，王先生所率的是支半商半寇的走私船队，因此泷长治在海上劫掠其实与他也有些过节。好在双方心照不宣，井水不犯河水，一直倒也相安无事。最近泷长治一党做了一票买卖，王先生对此事极有兴趣，泷长治得知后也起了戒心，以防他有黑吃黑之意。待发现来的不是王先生的船，他也放下了心。

泷长治手下已有二十余人，大多是乱世中没了主公的浪人，剑术颇为高强。平时不去劫掠的时候，他们便在岛上喝酒赌钱。此时他们发现有船靠近，全都大为喜欢。因为孙先生每月送来的东西有米有面，家畜俱全，还应他们所求有几坛子酒。只消卸了东西，他们便能大快朵颐一番，自然连赌钱的心思都没有了，一个个都来岸边守候。眼见那船越来越近，小太刀忽然轻声道："咦，父亲，那不是孙先生啊。"

泷长治的目力不及小太刀，还不太看得清，便问道："那是什么人？"

"是个白脸没胡子的老头儿。"

泷长治松了口气。既然是个老者，那多半没什么大不了的，可能孙先生嫌送东西太辛苦又太危险，今天叫了个管家前来。他在海上混得久了，只消一看船只吃水，便能估出载重是多少。来船吃水不深，船上顶多也就十来个人，如果是官兵，应该不会只有这几个的。他道："小太刀，等一下你随我上船去看看。"

此时那艘船已然靠上了码头。待船上刚放下船板，还不曾有人下得船来,泷长治已带着副手和小太刀走上船去。他这些年虽然没踏上大明土地几回,不过一直就在海边转悠,已然学了一口流利的官话了。一上船,便以大明礼拱了拱手道:"敢问阁下前来,所为何事?"

小太刀说的那个白脸没胡子的老头儿正在船头。听得泷长治问话,那老者上前来也拱了拱手道:"在下乃是孙祖诒先生所遣,前来给诸位送礼的。小姓张,请问阁下可是泷长治先生?"

这张老者的态度颇为雍容大度,头发也已白了,只是声音有些尖。泷长治也没往心里去,忙道:"正是在下,多谢老丈,请替我谢过孙先生。"

张老者也不多说,伸手招了招,便见几个水手从船舱中推了一个大木箱出来。这木箱也就一人多高,两人来长宽,底下还装着轮子。以往孙先生送来的都是米粮袋和家禽牲畜,从没送过大木箱,泷长治不由一怔,问道:"孙先生今年怎的打包送来了?没活口了?"

张老者却仍是满面春风,说道:"泷先生海涵。这两个月因为鸡鸭瘟多发,活口不好带,所以本月只带了些腌货,等下月定然补上。"

泷长治见这口木箱虽然不小,却也不重,几个水手推着也不见如何吃力。他心中已然有些不悦,说道:"孙先生以往答应的,乃是米面各四百斤,禽蛋肉都有百斤,你这一箱子够数吗?"

张老者从怀里摸出一把铜钥匙道:"自然够数,请泷先生验明过秤。"

若是张老者说些诸如年时不顺、还请体谅之类的话,泷长治当场便要拔刀发作。不过张老者居然说得如此坦然,他也不好没来由就发作了,他接过铜钥匙递给一边的副手道:"吾作,你去过过数,再回来跟我说。"又向张老者道:"老丈,那我要留在此间一会儿了,不知可否?"

泷长治自是害怕自己一下船，这老者一溜烟就跑了。最后纵然不足数，但他们到时死不认账，自己若不想就此撕破脸，那就只能咽下这哑巴亏了。他心想怪不得孙先生这回不敢来，原来是准备把事情全推在这张老者身上。那自己更不能客气，若是不足数，便将这老者留下来做抵押，非要他们将余数补足不可。只是张老者始终一脸微笑，满口答应道："好，好，泷先生说得极是。"一点也没害怕的意思。

这木箱虽然不小，但底下装着轮子，所以从船板上用绳子吊着滑下后，岛上泷长治那些手下马上一齐拥上，将那箱子推进大寨里去了。海贼们力气比那些水手更大，人也更多，推那木箱越发轻松。泷长治见推得如此之快，心中更是狐疑，心想才这点分量，要是能足数那可见是有鬼了。只是看张老者一副胸有成竹的模样，又有点莫测高深。正在这时，却见舱中又出来了一个碧眼黄发的西番人。

这等西番人，泷长治见过的也有不少，倒也不觉如何意外，心道："现在西番人倒是越来越多了。"这西番人上得甲板来，走到那张老者边上说道："督公，一切顺利。"张老者却只是微微一颔首，也不说话。泷长治心道："这老者不是自称姓张？怎的又姓'都'？"不过称呼原本就是随心所欲，想必西番人如此称呼张老者应该有种特别的说法。他生怕这两人会弄什么玄虚，心里已暗加小心，手也不由自主地伸向腰间。只是手指还不曾碰到刀柄，身后便突然传来了一阵惊呼。

这声音竟是带着无比的惊异与恐慌。泷长治深知自己这一党尽是刀头舐血的亡命之徒，就算白刃加身也不至于会害怕如斯。他也不知寨子里出了什么事，扭头去看，哪知头还不曾完全转过去，那边寨中突然又是一声巨响，咣的一声，有一个黑影穿破了寨子屋顶，冲天直上飞了出来，看样子竟是个人。

寨子因为建在小岛上，四壁还能用些木头，屋顶却并不算牢靠，也就是遮个风、挡个雨。但一个人居然冲破屋顶飞出来，实在难以想象。码头与寨子也不过二十余步远，那人穿破屋顶后飞了足有十余步的距离，重重摔在了地上，已然动也不动，身下却淌出血来，自是彻底死了。

泷长治一看此人模样，已是倒吸了一口凉气。这个飞出来的死人竟然就是他那副手福山吾作！福山与他原本都是浦上村宗家臣，浦上村宗反叛失败后，他便流落江湖，不再出仕，后来与泷长治一同入海为寇。福山吾作自称剑术为别道流，取"有别于天下诸道剑术"之意，出手极是快捷狠辣，只是根本没有这般冲破屋顶飞出来的本事。何况看这状况他还没飞出来的时候就已死了，定是被人掷出来的。可是福山吾作虽然不胖，也有百来斤分量。这等重的一个人竟然能飞得又高又急，还重重摔在地上，实是令人难以置信，除非是被发石机一类的东西打出来的。泷长治只觉心头一阵阴寒，左脚霎时后退半步，右手已握住腰间剑柄，喝道："你们到底是什么人？"

泷长治话音未落，太刀却已出鞘，一刀斜斜劈向了那西番人。他出手向来狠辣无比，杀人更是不当一回事，既觉情形不对，自是先发制人。这一招"袈裟斩"便是先解决了那西番人，反正此人说的话他也听不懂。当寨子里发出异声时，这西番人也不知为何将右手搭在左腕脉门上，不如先一刀斩了立威，谅那老者再不敢隐瞒。

泷长治的剑术源出浦上家剑道师范，不过他长年在海上讨生活，已然多加变化。袈裟斩便是左右斜切，泷长治力量极大，这一招使得更是凶狠。在海上劫掠时，有一次与船上一个保镖动手，那人被泷长治以此招从左肩斩到右腰，一个大活人居然生生被一刀斩为两半。这时他已丝毫不留余地，出手自是更快。只是这一刀刚举过头，还不待发力，泷长治便觉眼前一花，一点寒星直刺他的咽喉，却是这西番人也拔剑相迎。这西番人的右手原本搭在左腕上，竟能后发先至地拔剑。他这把剑极细，剑身居然只有手指粗细。泷长治也没想到这西番人居然还有这等本领，这等形制的剑全无锋刃，手法只有刺击一途，但出剑竟能比泷长治更快，实不易对付。他此时左脚在前，脚掌一蹬，人忽地不进反退，瞬息间退后了半尺许，太刀却是直直斩下。这一招变化甚巧，那西番人本来觉得这一剑定能在泷长治咽喉处捆个透明窟窿，却没想到突然又多出了半尺之距。此时他招式已老，再要用力突刺，必定会有一个停顿。但只消稍一停顿，泷长治的太刀却足以将他的头颅都斩为两半。那西番人也不曾想到泷长治武功有这等高明，脸色霎时死灰一片。只是不待泷长治的太刀落下，一边忽地又伸过一剑，搭在了太刀刃口。

这也是把细剑，但与那西番人的细剑形制完全不同，仍是中原剑式。这等细巧之剑在泷长治的金刚大力之下，定然会被一刀两断、斩成两截，泷长治也是这般想的。然而太刀刚触到细剑，泷长治便觉仿佛砍入了一团极黏稠的胶水中一般，太刀上的大力竟是无影无踪。

出手的，正是那张老者。那西番人有如此剑术已然令泷长治极为意外，而这张老者一直闲闲而立，看去手无缚鸡之力，竟然会有这等本领，泷长治更是做梦都想不到。他的太刀如同被张老者的细剑黏住了一般，进也进不得，退也退不得。正在两难之际，却听一声喝斥，一个人影一跃而起，落向张老者头顶。

那正是小太刀。小太刀一直侍立在一侧，见泷长治一出招便已受制，心下大急，便拔刀上前，用的正是当初那把小太刀。太刀长过三尺，而小太刀一般只有两尺许，他这把更是只有一尺半，只比匕首长了一些。泷长治一党二十余人，个个都有剑术。小太刀跟随他们长大，也不曾专习一门，只是东学一鳞，西学一爪。如此虽然无门无派，但他的刀术其实是在实战中练成，年纪虽幼，却已杀过六人，加上身体轻捷，竟比泷长治还快。此时张老者手中细剑与泷长治的太刀正胶着在一处，张老者见小太刀有这等本领，眼中也有点诧异之色。小太刀见他右手细剑正与泷长治的太刀相抗，定然腾不出手，因此出手毫不留情，直迎着张老者扑了过去。眼见他的短刀便要斩中张老者面门，张老者的左手突然挥出，在小太刀的短刀上一弹。小太刀只觉手臂一麻，还不曾反应过来，张老者一只左手却无孔不入，两指夹住了小太刀的短刀，一屈一侧，左手已然化为立掌，正印在了小太刀的前心。

这一掌仿佛只是信手一按，但小太刀却毫无还手之力，被张老者抓住了前心膻中穴轻轻巧巧地直拖了下来。膻中要穴受制，只消张老者一吐力，小太刀当即便要吐血而亡。只是他这般一分心，右手细剑便再黏不住泷长治的太刀了，泷长治奋力一夺，一个趔趄退出了两步，太刀已脱出了细剑的纠缠。泷长治虽然脱身，但见小太刀危在旦夕，他心下大急，叫道："老丈，手下留情！"

张老者正待震死小太刀，却没想到这个强横无比的海贼居然会服软，侧过脸道："怎么？"他口气和缓，一只左手仍是抓在小太刀前心，随时都可发力。小太刀要穴受制，人已动弹不得，话倒还能说。他向来自负了得，哪知在这个貌不惊人的老头儿面前连一招都递不出去，又是害怕，又是不服，听得父亲求情，立时叫道："父亲，不用管我，快杀了他！"

泷长治一张脸已然全无血色。他是个杀人不眨眼的魔君，向来不会容情，也从来没想过要向人服软。和张老者过得一招，便知自己不是他对手。如果是他自己，就算不敌也不肯说半句软话，只是见小太刀落在了那张老者手中，不知怎的一只手已在不由自主地微微发抖。末了，泷长治惨然道："老丈，请你高抬贵手，我们即刻便走，再不敢来犯。"他顿了顿,又道:"老丈若是为那批货而来,我会将藏货的地方告诉老丈,现在尚不曾动过分毫。"

泷长治入海为寇之后,这些年也不知劫掠了多少商船,向来是管杀不管埋,只有旁人求他,没有他求旁人的。他自觉这辈子也没有求人的一天,但此时见小太刀命在顷刻,软话却不由得张嘴便来。他性情阴狠毒辣,从来都不留活口,任谁求情都没用,唯独对这个义子总是放心不下,这句讨饶的话终究还是说了出来。他也不知这张老者为何要对自己下这等毒手,想来只怕是与先前做的那票买卖有关。那票买卖连王先生也颇有染指之心,只怕这张老者正因此而来。

张老者看了看他,忽然向那西番人低声说道:"此人合用否?"

那西番人方才险些被泷长治一刀斩了,此时还有点惊魂未定。听得张老者问起,他看了看泷长治,点点头道:"很雄壮,很合用。"

泷长治也不知西番人这两句没头没脑的话是什么意思,只是看他一双蓝色碧眼上下扫视自己,心头有些发毛。那张老者却淡淡一笑道:"泷先生,这位想必是令郎吧?你弃刀投降,我便饶你二人一命。"

泷长治一张脸已是铁青。要他弃刀,实是跟要他命一般。但眼下若不弃刀,小太刀这条性命显然马上就要交待了。他看了看手中太刀,咬了咬牙,正待将刀放下,却听得小太刀忽然发出一声嘶吼,人猛然又一跃而起。原来小太刀见父亲真个有弃刀投降之意,他性情暴烈如火,又是在海贼中长大的,平时听父亲所言尽是"宁折不弯"之类,而与同伴劫掠商船时,更是做惯了对方降服后还要杀人灭口的事,已全然不知有"投降"二字。何况他年纪尚小,根本不知张老者这一招的真正厉害之处,只觉自己是偶然不慎才中了张老者的圈套,不见得就是技不如人。趁着张老者在与父亲对话,他猛吸一口气,前心一缩,只觉已脱出了张老者掌握,便趁势又跃了起来。

在小太刀心中，他觉得只消闪过这一招，便可反败为胜了。哪知张老者的本领远远非他所能想见，双脚刚要离地，他便觉前心仿佛被一把数十斤的铁锤猛然一击，本来还想一刀斩向张老者面门，但哪里还斩得出去。他喉头一甜，一口血已然喷出，人也被震得直飞出去。

泷长治此时正待弃刀，突然听得小太刀的嘶吼，他一抬头，正见小太刀被震得口中喷血飞了出去，心头一痛，忖道："完了！"小太刀不知轻重，前心吃了这般一记重手，他心知多半是救不回来了。他虽然杀人不眨眼，却也有个好处，对同伴极是关照，因此在海上做了这些年没本钱的买卖，手下反倒越来越多。对寻常手下，泷长治亦能不离不弃，更不消说是这个义子了。他脑中一热，身形猛地一旋，手中太刀已然疾斩出去。

这一式"风车斩"原本就极为刚猛，此时更是一往无前。眼见刀锋便要斩上张老者了，只是眼前一花，张老者的身影一下便消失不见。没待泷长治回过神来，又觉眼前一黑，前心一痛，张老者竟然已在一瞬间欺近到他身前。此时两人几乎贴身而立，一把细剑正刺在泷长治前心。

这一招形同鬼魅，泷长治的太刀也根本不及回防，前心便已中招。他看着这张老者，又是惊讶，又是绝望。张老者的脸上已经全然没有了方才的随和谄媚，沉如凝冰。细剑其实已刺破了泷长治的心脏，只是因为剑未拔出，伤口被剑身封住，泷长治一时还不曾死。他盯着张老者，低低道："你……是谁？"

这三个字已是用尽了他最后的力气。张老者皱了皱眉，摇了摇头道："可惜，可惜。"也不知可惜些什么。细剑忽地一闪，又没入了张老者袖中。剑尖一抽离泷长治前心创口，一股鲜血立时直喷了出来，泷长治口鼻中也是鲜血喷涌，终于站立不住，一下伏倒在地。

"十二团营提督，张永。"

张老者的声音很轻，也仅让泷长治能够听到。当听得这个名字，只剩下一点微弱意识的泷长治也不知哪来的力气，一下睁大了眼。团营就是京师禁军，眼前这个老者竟然是权倾一世的大太监，提督十二团营的张永！泷长治真的想问问他这等大人物花这等心思来剿灭自己这样一股小小的海贼，究竟是什么用意？

只是这个问题泷长治再也得不到答案了，细剑已刺破了他的心脏，当剑尖一拔出，泷长治的生命便已结束。张永看着他的尸身，喃喃道："皮洛斯先生，可惜这材料被我浪费了。"

那西番人见这个险些杀了自己的对手如此轻描淡写地就栽在了张永手下，心中大为钦佩，正想说没什么大不了，方才被震飞的那少年只是被震闭了心脉，人还不曾死，同样是上好的材料。只是他还不曾张口，身后又是"咣"一声巨响，却是寨子大门被一下推开了。这门还不曾全然打开，里面便你争我抢地挤出来十来个人。

这些都是岛上的海贼，此时他们个个手持利刃，却都极是狼狈。狼奔豕突地冲了大门后，后面几个马上转身将门掩上了。其中一个不知泷长治已死，一边用背抵住门，一边气急败坏地叫道："大哥，里面有个……"只是话未说完，却听得"咚"一声响，前心突然冒出了一个血淋淋的拳头。

寨子的屋顶虽然不甚牢，但大门却造得甚是坚固，都是用圆木钉上船板搭成，要推开都不是轻而易举之事，但门里之人竟然一拳击破了木门，击中了这海贼的背心。背心没有肋骨保护，这一拳力量更是大得难以想象，拳力到处，竟然将他打了个对穿。原本边上还有几个海贼帮着他抵住门，只盼能将这怪物挡在门里，此刻见到这等诡异之极的景象，几人已是胆气尽消，哪里还敢留在此处，转身便逃。他们一闪开，又是"咣"一声响，大门被推开了，一个黑影有若疾风，直冲了出来。

　　冲出来这人身材也不甚高，身上衣服也已破烂不堪，浑身沾满了血迹，几如刚从血盆里捞出来的一般。他一张脸全无血色，双眼更是木然无神，透着一股妖异之气。这人行动如风，一拳便击向一个正要逃开的海贼。这一拳虽然不似方才破门穿心那一拳威势惊人，但一拳下去，那海贼惨叫一声，被打得向前仆倒，就算不死也已去了大半条命。先前在寨中一打开那木箱，这个人不像人、鬼不像鬼的怪物便冲了出来，一出手就杀了他们八九个同伴。而这怪物就算要害中刀也等若无事，现在破门而出，连伤两人，这些海贼更是吓得魂飞魄散。他们好容易逃出寨子，可这怪物不依不饶，竟是要斩草除根的架势。正在惊慌之际，有个海贼突然叫道："进是死，退也是死，与他拼了！"

　　这岛本来就不大，除了码头也没地方可去。这海贼已然发现泷长治情形不对，心想现在进退两难，不如孤注一掷，先解决了这怪物，再想办法对付船上的人，说不定还能杀出一条生路。他倒颇有指挥之才，顺口安排，剩下的十来个海贼立时排成了一个半圆，转身迎了上去。倭人性情向来偏激，一旦认准了的事，便是撞个头破血流也至死不悔。他们本来都已吓得心胆俱裂，此时反倒将生死置之度外，齐心协力反击。

　　船头上，张永看着这些海贼反击得大有章法，忽然叹道："皮洛斯先生，你觉得禺狨能胜么？"

　　西番人也看得聚精会神，仍在搭脉数着脉博，听张永问他，忙道："督公，恐怕……不行，会剩下两个。"

　　他刚说完这话，战团中又发出了一声惨叫，却是一个海贼一刀斫中了那怪人，却反被那怪人伸手抓住了一条腿，硬生生撕了下来。虽然怪人肩头嵌着一把刀,可将那海贼的腿撕下来时也如撕熟鸡。剩下的海贼见到这等惨状,反被撩起了凶性,不退反进,齐齐上前。见此情形,张永摇了摇头道:"皮洛斯先生,只怕你估计得还高了,大概能剩下五六个。"

此时剩下的海贼还有八人。这八个都是死撑到现在,个个都算得上好手,负隅之下,更是凶悍。寨门前这小小的方寸之地,竟是血雨腥风。那冲出来的怪人在这些海贼拼死反击之下,身上连连中刀,待又杀一人后,一个海贼忽然飞身一刀斩来。这海贼的本领其实也不甚高强,但自知必死,这一刀使得一往无前。刀光闪过,一下削去了那怪人的头颅。那怪人虽然强得异乎寻常,身上中刀也浑若无事,但头颅一被削去,终是一下摔倒。

终于杀掉了这个仿若杀不死的怪物,剩下的六个海贼都不由得长吁一口气,转身向着那艘白帆船。连泷长治都折在了这老者手下,恐怕他比那怪物更难对付,但经过这一番生死恶战,这时的他们已是无所畏惧。

船上除了老者与西番人,也就是十来个水手。一个海贼厉声叫道:"杀!"

这海贼正是方才指挥同伴反击的那个。他一声断喝,几个海贼立时便要上前,也就在这时,张永忽然也沉声道:"杀!"

船上的十来个水手都已立在了甲板上,听得张永一声令下,这十余人忽然同时从身后取出了一支火铳。那些海贼正要冲上船来,却听得一声响,火铳已然齐齐发射。这些人看去都只是些寻常水手,但取出火铳,端平、点火,一系列动作却整齐划一,十来支火铳发射时几乎就在同一刻,因此听上去便只有一声响。

火铳声中,有四个海贼翻身倒地,却仍有两人站立。这两个海贼有一个左肩中了一子，另一个却是毫发无伤。火铳威力虽大，但发射后必须装填火药才能再次发射，短时间里已无法使用。只是这些水手也根本没打算再用火铳，放出一发后便将火铳放倒在甲板上，拔刀跃下船去，将那两个海贼围在了中央，动作干脆利落，竟然个个都武功不弱。虽然这两个海贼武功甚高，这些水手也远没有方才那怪人那般可怖，可到了这时候两人也只能左支右绌，勉力支撑。

船头上，张永面无表情地看着下面这一场屠戮。泷长治的尸身便在他脚边，口中喷出的鲜血已在甲板上积了一摊，张永却视而不见，这尸身在他眼里，只怕也与船上的锚和缆绳没什么两样。他的眼中毫无喜色，反倒有点沮丧。

"皮洛斯先生，禺猇之力，比上一次还不如吧？"

当那个怪物被海贼一刀削去了头颅，那西番人皮洛斯这才将左腕上的手放下。听得张永发问，他点了点头道："按我的脉搏计时，巴力西卜的力量，比起皇帝陛下那次来也差了很多。"他顿了顿，叹了口气，接道："这一次，显然又失败了。"

二十一个海贼，被那禺猇，也就是那西番人所说的"巴力西卜"所杀的只有十二个左右，禺猇却也被剩下的海贼除掉了。实力虽然不能算弱，但也实在配不上这等名号。张永道："是啊，先帝那次，有三十余个好手丧命方才拿下。看来若没有那盒子，终究难以再有寸进。"

他们已经试验了数次，但每一次都未能有预想中的威力。那叫皮洛斯的西番人沉默了片刻，忽道："督公，还要继续下去吗？"

"自然不能放弃。"张永的嘴角浮现出一丝诡异的笑意，"如果不曾出错的话，那个盒子很快就会到我们手中了。"

皮洛斯怔了怔，诧道："这个盒子不是一直在埃齐奥手中吗？"

张永望着船下。此时那两个海贼已然只剩下最后一个了。这人武功甚是了得，一口长刀护住了全身，但也是在垂死挣扎了。这时他刚逼开面前两人，有个水手却闪身到他身后，一刀砍去。这一刀他再闪避不开，利刀已然砍开他的背心，几乎没入了身体。这海贼狂叫一声，还待反抗，只是受了这等致命之伤哪还有力气还手，一个踉跄便扑倒在地，背后的伤口处鲜血直喷出来。

看着这最后一个海贼被杀，张永淡淡道："刚得到消息，埃齐奥身边已经没有那盒子了。"

"没有了？"

皮洛斯一怔。那个盒子对他们来说，乃是无上的宝物。而这个埃齐奥，也是他们这一派人一直想除之而后快的人。只不过他也不曾想到，这个本来仿佛远在天边的东西，居然也会来到此间。

张永道："埃齐奥见过的最后一个人，便是……"

"惠妃娘娘？"皮洛斯又是一怔。虽然他也来自欧罗巴，但眼前这个老者似乎比自己更加熟稔遥远的欧罗巴的现状。他皱了皱眉道："她费尽千辛万苦到了欧罗巴，难道还会回来？"

此时那些水手已将死尸一具具拖了过来，死透了的堆成一堆，尚有气息的则放在一边。张永扫视了下方一眼，此时那些横七竖八的死尸将被一把火烧掉，马上这个曾被倭寇盘踞了有十年的小岛便要成为一片废墟，再无痕迹了，自然也不会有人知晓在这小岛上曾经发生过这样一场屠戮。张永看着眼前这一切，喃喃道："从地狱中逃走的人，定然会重返地狱。"

少芸肯定会回来的。她可能是中原兄弟会最后的孑遗，所以一定会带着无比的仇恨回到中原来。

张永嘴角那丝笑意也越来越高深莫测了。正是为了这一天，他劝说今上实行海禁，营造大船者便属违法，连与日本的勘合也不再发了。少芸想要回来，便只能搭乘安南、琉球、满剌加这些属国的贡船。在每一个港口，他都已预先伏下了暗桩，不论少芸从哪里登岸，自己肯定马上便能知道。

杀了她，将那盒子夺到手中，那么这个世界便等如是自己手中的玩具。

不知何时，张永手中现出了一块玉佩。这玉佩并不大，但玉质温润，雕工精细，一面是繁复的水草纹，另一面却是一个篆字"道"。

"率性之谓道。"

无声地念着这一句他少年时就读过的话，即使已是风烛残年的老者，他眼中仿佛也燃起了一团火焰。少年时的壮志，此刻在他心头越来越清晰，而他梦想中的天国，也仿佛越来越近。

这里，便是阿蔷原先的家？

看着眼前这条冷冷清清的巷子，随着一阵满含寒意的海风吹来，少芸仿佛又听到了阿蔷的声音。虽然知道这定然是自己的错觉，但她还是下意识地将手中的包裹又抓得紧了些，看了看四周。

两边的墙都已将要颓圮，墙头长满了干枯的瓦松与野草，被海风吹得似乎在瑟瑟发抖，即使今天的天气并不算太冷。泉州府，这个曾经名声赫赫、号称天下无双的港口，自宋元以来都是市舶司的治所。但自从成化八年市舶司迁往福州后，这里便衰败下来了。加上海禁渐严，进港的船只一天少过一天，再过几年，只怕一年到头都没几艘船靠岸了，再不复昔年万舸争流、樯橹如云的情景，连阿蔷记忆中的热闹也没剩下半分。

就与这个国家一般。

她心底突然泛起了一丝苦涩，只是说不出那是种怎样的滋味。

少芸想起了自己在宫中度过的那些岁月。那时阿蔷入宫没多久，是个眼里透出怯意的少女。在深宫的寂寞日子里，少芸是她唯一的朋友，同样，她也是少芸唯一一个可以倾诉的人。那时她们都梦想着能得到陛下的宠幸，从后宫无数的女子中脱颖而出，即使这个梦想是如此渺茫。那时阿蔷跟她说了很多关于自己出生地的事。海风、鲤珠湖，满城的刺桐花，还有异邦风格的寺院，让从未离开过后宫的少芸曾经如此神往于这个遥远的刺桐城（泉州别名）。正因为如此，少芸选择了这里作为归途的第一站，以兑现当年向阿蔷许下的承诺：有朝一日去她的家乡看看。只是现在看过了，这里却没有什么值得成为回忆的。

阿蔷，你也已经成为当今陛下的妃子，也不会想与我这个叛逆有相见的一天了吧。

少芸正想着，眼前忽地一暗，只听得前面有个人低声道："兄弟，行个方便吧。"她心中一沉，抬起头来，却见巷子的那一头出现了一个人影。

这人手中握着一柄短刀，大剌剌地堵住了巷子的一头。少芸还记得朱九渊先生当初就跟自己说，兵法有云："绝地无留。"这等极狭窄之处即是绝地，狭路相逢便唯有生死一搏。这等地形不给敌人留后路，同样自己也已绝了后路，因此若不是有必胜把握，万不可在这等地方出手。而此人竟然敢这般堵住自己去路，难道是八虎中的哪一个？但此人声音甚粗，又不似个宦官，她实在想不通究竟是什么人。不管怎么说，这人定是八虎派来的杀手。他们阴魂不散，一直追着自己到了佛罗伦萨，朱先生也死在了他们手上。现在自己刚上岸便被盯上了，看来确是难缠。少芸淡淡道："阁下要什么方便？"

那人"嗤"地一笑，说道："兄弟你刚从海船下来，包裹又如此沉重，我们海虎帮早就盯上你了。识相的把东西留下，便留你一条全尸，不然，嘿嘿。"他嘴里说着，手中的短刀上下舞了个花。在这等狭窄地方，此人舞起刀来居然也游刃有余，倒也真个有几分本领。只是他要少芸放下包裹才留她一条全尸，自是已动杀心。

少芸道："光天化日，阁下便杀人越货，真不把王法放在眼里？"

那人却也没料到少芸居然如此大义凛然，不由恼羞成怒，喝道："什么王法？我便是王法！"

他口中说着，一个箭步直冲过来。这人虽然自称什么"海虎帮"，其实这海虎帮从上到下就他一个人。只是此人自幼习武，性情又很是阴狠，在泉州府向来没人敢惹。他一向找落单的异乡客人下手，这等人没有同伴，死了也没人搭理，因此可以屡屡得手。他见少芸瘦小文弱，只道是手到擒来，哪想到少芸居然根本没有就范之意，登时惹动了他的凶性。

在这等巷子里动手，也是此人练就的独门功夫。巷子狭窄，但他习的这一路蛇蟠刀却是刀刀不离身侧半尺。这路刀原本是渔民防身时所用，因为舟中地方狭小，又摇晃不休，寻常刀法并不适用，因此有前辈高人创出这一路最适宜近身格斗的蛇蟠刀来。那人虽然是个拦路行劫的毛贼，却也知道业精于勤而荒于嬉之理，每天都苦练刀法，这路蛇蟠刀练得大有可观。他性情凶残，何况现在背后有人撑腰，见眼前这个瘦小年轻人居然不肯就范，出手便再不留情。这一刀来势如电，在这等小巷子里实是躲无可躲。然而刚一劈出，他眼前一花，却已不见了面前的人影。

妖法么？这人不由一怔，手中刀不由慢了慢。也就是这一愣的工夫，后颈处忽地一阵钻心的疼痛，人不由自主地猛然向前一冲，一个跟跄，已是扑倒在地，连手中的短刀也抛了出去。

这羊牯居然是个扎手的硬点子！他只觉一阵寒意贯穿了全身，一时间竟不敢动弹。平时动手，他向来不留活口，自然也就做好了瓦罐不离井上破的准备。一招失手，自然知道自己的死期将至。只是他在地上趴了一阵，却不见有什么别的疼痛，伸手摸摸颈后，也并没有破损出血，这才大着胆子翻身起来。

这条巷子平时就没什么人走，现在更是冷清。抬眼望去，眼前却是空空荡荡，连一个人影都没有。

走了？这人捡起了地上的短刀，又伸手摸了摸后颈。方才少芸在他出手的一瞬间，忽地翻身跃起，用脚后跟在这人的颈后磕了一下。这地方虽是要害部位，但少芸并没有用靴刃，所以不过是痛了一阵便没事了。这人向来杀人不眨眼，也已动了杀机，可现在这般失了手还能全身而退，他实是难以索解，心中既是庆幸，又是不解。

好在那位大人应该不在泉州府，就当他不知吧。他快步走出了巷子的另一头，先探头看了看，见外面没什么异样，便要出去。身后忽然传来一个低低的声音："陈七郎，留步。"

陈七郎一下停定了。这个声音虽然甚低，但又尖又锐，极好辨认，正是那位大人。他伸了伸脖子，先咽了口口水，才慢慢转过身："大人。"

"跟你说过的那人，你已经打过照面了？"

陈七郎心头一沉，半晌才道："是，大人。"

陈七郎是泉州府的一个独脚大盗，向来我行我素，杀人不眨眼。去年春日，也是这般拦路行劫，这次却撞上了这位大人，他那一路蛇蟠刀连半招都递不出去。正觉得此命休矣，只求能死个痛快时，大人却也留了他一条命。大人告诉他，只要他关注如此一个人，一旦发现后便下手杀了，必成大功。陈七郎原本就是大盗，杀人越货对他乃是家常便饭。杀人还能有功，自是何乐而不为。只是少芸并不是他想象中任其宰割之辈，自己差点儿反将性命送了。能逃得性命，已然是天妃妈祖庇佑，哪还管得别个。他听得这人声音越来越冷，心中惧意也是越来越深，刚说了一句，便觉得这般说显得自己不上心，忙接道："大人，这小子武功好生了得，我……"

他还待再为自己表几句功，那人却打断了他的话道："我已见到你动手的情景了，你已经尽了力。"

陈七郎心下一宽，忖道："大人倒也宽厚……"只是这念头还在打转，心口忽地一阵剧痛。他也不明所以，低头看去，却见大人正将一柄细针样的短剑拔出自己的前心。

只不过，这是陈七郎的最后一眼了。利刃刺破心脏，一时间还不曾死，可周身已然僵硬，再不能动弹半分。那人出手之快，比陈七郎的蛇蟠刀快得一倍有余。当陈七郎的尸身缓缓倒在巷口时，那人脸上仍是木无表情。他迈过陈七郎的尸身向前走去，似乎眼前根本不是死人，倒下的不过是一段木头、一截碎石。

惠妃，想不到你竟然逃过了追杀，真个回来了。

这人的心头掠过一丝寒意。惠妃的本领原来就相当不错，自泰西归来后，显然更上层楼，越发厉害了。幸亏督公神机妙算，让自己在各个港口巡视，果然就撞个正着。现在便是顺藤摸瓜，将惠妃背后这人挖出来，将对手连根拔起的时候了。

这人嘴角抽了抽，浮起了一丝淡淡的笑意，向边上一个从人道："庞春，走吧。"

这人杀了陈七郎，那庞春在一边看着，一直都无动于衷，此时才道："是。"他顿了顿，又道："高公公，要不要通知谷公公？"

这人想也不想便道："跟他说甚？"

庞春心中洞然，心知主人定是要独占这分功劳了。虽然督公吩咐过，此事要主人与谷公公两人协力而为，不过这主人与谷公公素不相容，现在有这等天赐良机，更不愿将这分功劳分给旁人。他也不敢多嘴，只是点了点头道："是。"

第一章 布　局

绍兴府古称会稽，传说乃是大禹治水时召集天下诸侯商议事情之所。《史记》中有谓："或言禹会诸侯江南，计功而崩，因葬焉，命曰会稽。会稽者，会计也。"此地一直是国之通都大邑，人杰地灵，文风极盛。府中的卧龙山西岗，有一个稽山书院，乃是宋时名臣范仲淹知越州时所建，四方受业者甚众。后来朱熹亦曾来此讲学，更使稽山书院名闻遐迩。到了元时败落下来，但就在两年前，绍兴知府南大吉与山阴县令吴瀛重修书院，拓建了明德堂与尊经阁两处，广邀名师，八方学子纷纷前来求学，稽山书院更胜旧观。如今书院中学子众多，除了附近之处，南至湖广，北至直隶，单是各处前来听讲的学者，长年都有三四百人之多。

稽山书院的司阍姓吴，是个六十余岁的精瘦老者。别处司阍不过是做些启门掩关、应呼传唤的事，但稽山书院隐隐然已是天下第一书院，老吴也沾了几分书卷气，平时也好读书。只不过学子读的是四书五经,老吴读的却是消闲说部。此时正拿了本庸愚子序、修髯子引的《三国志通俗演义》在翻。这书印出了也没几年,书页还是簇新的。老吴正看卷十的《诸葛亮计伏周瑜》那一节看得入神,忽听得门口传来一阵轻轻的脚步声,心知定是有学子来求学了。稽山书院亦是禀持至圣先师"有教无类"之说,对求学之人来者不拒,只须挂个号便可。老吴心思都在书上,也不抬头,顺手将一旁的名册往前推了推,说道:"签个名吧。"

传来了一些细碎的声响,访客定是在签字了。待名册推回到面前,老吴这才意犹未尽地将手指夹在了草船借箭那一页上,一边抬头一边道:"你要找哪位……"可头刚一抬起,便不由一怔,眼前竟然空无一人。他只道是听差了,低头一看,却见名册上原先那最后一列左边,有人添写了几字,字迹甚是秀气,写的是"寻友"二字,只不过签的不是名字,而是个花押。

花押其实也算签名,只不过一般是签在账簿文书上的,因为花押极其复杂,若非知道真正含义,寻常人极难伪造。可书院的名册又没什么银钱往来,此人真不知是为什么签了个花押,又不说寻访的是谁,而自己居然连门都不进。老吴心想只怕是哪个爱玩闹的生徒来捉弄自己的,嘟囔着咒骂了一句,也没放在心上,便又去看卧龙先生与周公谨的斗智去了。

老吴根本不认得这花押,自不知那实是心社的密文。秦时曾刺杀秦始皇的魏羽尝集结同道,聚而为社,此后代代相传,不绝如缕。为掩人耳目,各代称谓不一,现在便称为心社。因为社中人员众多,又总是在暗中行动,往往同处一社而不相识,若是以密文联系,又往往太过引人注目,因此有一代宗师突发奇想,发明了这种花押样式的密文。这样纵然被人怀疑,也只以为随意写的几句正文中有什么微言大义,却不知那一团繁复无比的线条组成的花押才是真正的密文。而心社每一个新加入的成员第一件事,便是学习这种密文。

来稽山书院留下这花押的,正是少芸。这一日中夜,少芸站在了卧龙山北麓一株大树的树枝上,望着远处西南边的稽山书院。

心社最后的那位夫子,真的会依言来找我吗?

她默默想着。遵照朱九渊先生临终前的遗言,白天在司阍名册上留下那个花押后,她趁着夜色来到了这里。然而少芸实在没有太大的把握确认心社最后的那位夫子能够逃脱八虎的搜捕。朱先生和自己虽然远遁泰西,但朱先生仍然在威尼斯被他们追上。而在佛罗伦萨,如非埃齐奥先生的帮助,自己也未必能逃过最后一波的追杀。去国两年,她实在有些担心那位夫子已经不在世上了。

夜空中忽然传来了扑翅之声,一只鸟极快地飞过。只是在这么暗的暮色中,根本看不清那是只什么鸟。

该往哪里去?

手扶住树枝,少芸在黑暗中沉默着。穿着这身斗篷,她的身影也仿佛融入了黑暗里。

把她引入心社的,其实并不是朱九渊先生,而是这位夫子。少芸还记得自己在后宫的那段日子,那一年的暮春,陛下突然驾崩,宫中一片混乱,已被封为惠妃的少芸也感到极其茫然。

陛下虽然将她封为妃子,却一直视她为玩伴,让她凭借着轻盈灵活的身手去捉弄那些大臣和宦官,以之取乐。也正是那时她发现了张公公的阴谋,若不是被那位夫子救出,当时她就会被张公公灭了口。夫子将她引入心社,把靴刃也传给了她之后又把她交给了朱先生,就此不知所踪了。她却一直不知那位夫子的真面目,也不知他究竟是谁,甚至怀疑夫子已经死了。毕竟张公公权倾一时,如今更是一手遮天。

朱先生带自己前往意大利，即是为了避祸，可张公公的人居然也能阴魂不散地一路追踪。心社的人几乎已经被张公公消灭殆尽……除了那位夫子。

当朱先生在临终前告诉她，夫子还在人世时，少芸仿佛在黑暗跋涉了漫长一段路后终于见到了一点亮光。要重建心社，凭自己一个人实在很难，但有夫子在，希望就要大得多。毕竟，想让死灰能够复燃，一颗火种是远远不够的。

她正想着，耳畔忽地听到左侧草丛中传来一阵细微的声息。虽然声音十分轻微，但在这夜深人寂之际，她听得十分清楚。她沉声道："夫子，是你吗？"右手却已握住了背后的剑柄。

自从先帝去世后，她的性命几乎一直都悬在刀口之下，也让她养成了无时不敢大意的习惯。她的手刚碰到剑柄，眼前忽地有一道冷冷的微光一闪，直如匹练般直卷上来。

剑气！

几乎在一瞬间，少芸便已拔出了长剑。她不知道草丛中跃出的这人究竟何时来到此处，居然能让自己如此之久都未曾发觉，可见此人不是易与之辈。看这人的出手，纵然不是八虎中人，也定是张公公手下的干将。

她刚拔出长剑，脚下便传来了一阵彻骨的阴寒。那人出手之快，果然惊人，随着剑气一掠而过，"嚓"一声响，少芸方才站立着的那根手臂粗细的树枝仿佛腐泥般从中断裂。若少芸仍然站在这树枝上，定然会立足不稳，直摔下来，但她右手一拔出长剑，左手已搭住了头顶一根树枝。虽然仅是两根手指搭在那树枝上，少芸的身体却轻得如一缕风，一翻身便踏了上去。

她闪得快，可是从草丛中飞出的那道剑光却更快。斩断了少芸先前所立的树枝后，去势不衰，竟然仍旧破空直上，趁着少芸立足未定，将这根树枝也一下斩断。随着连断两枝，剑气终已显出颓势，只是剑光忽地横了过来，斜斜扫过。这一剑虽然已是余势，却阴毒无比——第二根树枝断后，少芸定然会落下来，如此剑势正好扫在少芸腿上，轻则她遭受重创，重者只怕小腿都会如树枝般被斩断。

草丛中跃起这人自觉胜券在握，这一剑已是十拿九稳，嘴角不禁浮起了一丝冷笑。此人性情残忍，与人相抗时出手狠辣，往往要断人肢体。此番虽然奉命追踪少芸，暂时不能杀她，却并不是不能伤她。如果少芸不曾发现他，那他还会隐藏下去。可现在已然现身，他出手便不留分毫余地。至于少芸双足被斩后会不会因此失血过多而死，他也根本不去顾及了。

这一剑如白虹经天，就算周围尽是一片黑暗，仍是出奇地亮。只是剑锋到处，却不如此人预想的那样斩入了人体，剑锋切入的却是坚硬的树干。

"啪"一声，木屑纷飞，这人的长剑掠过了少芸的脚底，正斩在了那棵大树上。这把剑锋利之极，这一剑斩出时力量也极大，因此剑锋一入树干，仿佛被树干的切口咬住了一般，一时间已拔不出来。他一剑失手，少芸的剑却已自上而下，直刺向此人的眉心。这人拔不出长剑，却也当机立断，一下松开了剑柄，右手食中二指向回一缩。他的手指灵活得似乎能够往任何方向转动，在袖口处轻轻一拨，一把短剑突地从袖中跃出，如活物般跳进了他的掌中，就在千钧一发之际，"当"一声格开了少芸的剑。这必杀的一剑虽被挡住，但他身体悬空，方才全然是凭着一股上冲之势，现在势头已竭，人径直落下来。这人当真了得，身体猛然一沉，下落之势顿时加快了一倍有余。

势在必得的一剑落了空，便如下棋时在关键之处落错一子，自是满盘皆输。这人的本领不凡,心思也大为敏捷,心知如在空中交手,少芸在上,自己在下,又没有长剑,只能是个左支右绌之局。就在这电光石火般的一瞬间,这人打定了主意,知既然已失先手,索性抢先一步踩上地面。虽然仅仅是极短的一霎,那自己脚踏实地,少芸却身在空中,如此就算是一柄短剑也能抢回上风。

这人算度极精,身手也好,说时迟,那时快,人已稳稳落到了地面。站立甫定,这人的心神也一下定了下来,右手护住头面,左手食中二指同样往袖中一探,也摸出一把短剑来。他知道对手用的是长剑,又借着下落时的破竹之势,要守是根本守不住的。他只需要挡住少芸那雷霆之势的一剑即可,只消格开了这一剑,他左手的短剑便会发出真正致命的一击。

"叮"一声,少芸的长剑已与那人的右手短剑交击在一处。这人只觉少芸的剑势竟是轻得异常,但百忙中也顾不上再去想这些,人不退反进,左手剑反手斜刺而上。这个时候他已是中门大开,不过少芸人还不曾落地,根本无法变换身形,就算前心毫不设防,少芸也不可能再向他攻击了。

死吧。

这人差点儿将这两个字说出口来。少芸的剑术已然超出了他的估计,不过人的力量终究有其极限。现在自己已经站立在地,纵然立足尚是不稳,可少芸却是身在空中,不可能再变换身形了。

他的左手剑眼见便要刺入少芸的肩头,左肩头却是一阵刺痛,却是少芸的剑刺入了他肩胛骨下。这地方虽不致命,但此处一受伤,整条手臂便用不出力量来。他没想到少芸的剑一快至此,左手短剑已递不出去。他一咬牙,不退反进,右手短剑不再护着前心,反手便刺了出去。

这已经是两败俱伤、同归于尽的招数了。少芸出手之快，已然超过了他的估计，现在左肩受创，半边身子等同残废，再斗下去有输无赢，唯一的办法就是不顾一切地抢攻。古语有云：两强相遇勇者胜。此人更是有视性命若敝履的决绝，也根本不在乎会受多大的伤，心里只有一个念头，就是杀了眼前这敌人。

他已算定，少芸人在空中，纵然一剑刺伤自己，拼着这一条左臂不要，右手短剑正好刺到少芸的前心。只是这人出手快极，一剑刺出，却又是落了个空，少芸竟然并不曾落下来。

不可能！这人险些就要叫出声来。一个人怎么能悬在半空中不落下来？除非真是神仙了。只是这人两剑都落了空，已没了回天之力，"嚓"一下，少芸的剑极快地在他右肩上又是一点。这人双肩齐伤，两臂都再不能用，一个踉跄，退后两步，却仍是怔怔地站立，一副既是不甘，又是愤怒的神情。

此时少芸的身形才轻轻地落下地来。她能停在空中，自然不是因为会仙术，而是她左手的绳镖。这绳镖长有数尺，绳索虽细，却是以天蚕丝揉了鹿筋而成，坚韧异常。那还是她被先帝叫去侍卫豹房时所得之物，不要说少芸这等七十余斤重的身体，便是一个两百斤的壮汉，也一样承得住。而少芸因为身体灵便，绳镖用得更是纯熟，几乎成了她手臂的延长。方才草丛中那人暴起出剑之时，她便已取出绳镖挂在了上方的树枝上，因此虽然第二根树枝也被那人斩断，对她来说其实根本没什么妨碍。倒是这人先入为主，只道少芸定会摔落下来，结果一着失手，满盘皆输，虽然有一身高强剑术，却被少芸伤了双臂，已然等如废人。

杀了他？少芸有些犹豫。她并不是不曾杀过人，但在朱九渊先生被杀之前，她从来不曾杀过一人。正是朱先生的死让她开了杀戒，可现在对手已经全无还手之力，这样子杀了他，少芸当真有点下不了手。

正在她略一犹豫的当口，这人却毫不迟疑，转身便逃。他双臂都已用不出力量，可双脚却是毫发无伤，跑得极快，转眼间便逃到了数尺外。少芸心知若被他逃掉定是后患无穷，她一个箭步追了过去，长剑刺向那人的背心。

这一剑刺的，却是那人的右肩胛处。直到这时候，少芸仍然不想痛下杀手。此时这人已经逃到了一棵大樟树下，少芸的剑正要刺入他身体的时候，树的另一侧却突然间飞出一道剑光。

这人先前一直都不现身，就算方才同伴差点儿在少芸手下丢了性命也仍是按兵不动。在这个时候才出手，自是因为少芸剑势已老，人又在大树的另一侧，此时出手，正是攻其不备，趁虚而入。少芸也根本没料到树后居然还会有个人，心头一沉。现在已无余暇再去追杀那逃走之人了，就算想闪过此人的暗算，她也毫无把握。只是无论如何，都唯有一试。

此时回剑挡格，自是根本办不到了，但少芸的身体却远较常人灵活。当树后那人的长剑刺来时，她的身体忽地一折，便如柳枝般扭转过来，以几非人力所能的姿势，堪堪闪过了剑锋。虽然闪过这一剑，但少芸亦觉得浑身一阵阴寒。

八虎手下的杀手，她并不是第一次遇到。最险一次，便是在佛罗伦萨遇到的那个了。朱夫子也折在那人手下，那人还一直阴魂不散，从威尼斯追赶自己到了佛罗伦萨。最后她若不是经过了埃齐奥的指点，只怕仍不是那人的对手。当时少芸认为那人恐怕便是八虎手下的第一杀手了，但眼前这人分明要更胜一筹。她虽然闪过了一剑，但对手的剑若是顺势变刺为削，便会在自己身上割出一道极深的伤口。就算明知会有这结果，少芸也已别无他法，只有两害择其轻，盼着这一剑伤得不要那么重，自己还能有遁走之力。

那人的剑果然侧了过来，径直削向少芸的腰间。少芸已然躲无可躲，一瞬间反倒一切都变得极慢。

风在缓缓流动，一片树叶停在空中，以蚂蚁一般的速度下坠。在这一片黏稠迟滞之中，有一道微微的亮光忽地自一侧飞了出来，鬼使神差地插入了那人的剑下。

太快了。少芸根本听不到双剑交击的声音，只能看到两把利剑的剑锋在交错时击出的几星火花。只是被这突然伸出的剑锋一格，那必杀的一剑已被化解。少芸趁着这一瞬间闪出了数尺，不由长长地吁了口气。就在这短短的一瞬间，两个黑影已交错在一处，剑锋格击的声音戛然而止，一动不动的黑影。

少芸已然屏住了呼吸，方才被少芸刺伤了双肩的人居然也忘了逃走，也站在树边看着这两个黑影。黑暗中实是看不清这两人面目，只觉树后杀出那人要矮一些，而救了少芸那人则要高些。偷袭少芸之人已是形同鬼魅，而出手相救之人更是有鬼神不测之机，便是少芸也不知他究竟是如何出来的。

"啪"一声，却是矮些的那人倒在了地上。少芸刚松了口气，眼前又是一亮，却是一道剑光飞过，直取树下之人。这人见到同伴倒地，本来便震惊不已，正待要逃，却哪里还来得及，只是低低呼了一声，便倒在了地上。就在他倒下的一刻，手中突然飞起一点亮光，直射天际，"啪"一声炸开。

是烟花！

少芸心下一沉。此时救下少芸之人已大步走到树下，从那死人身上拔出长剑，在尸身上擦了擦，转身低低道："惠妃娘娘，高凤的接应马上就到，快随我来。"

方才所杀的两人，有一个竟是八虎中的高凤？少芸实是有无数的话想问，但眼见山下亮起了星星点点一串火光，定是有人见了信号已向山上而来，于是她快步跟着那人向另一边走去。

卧龙山并不算高，但也少有人迹，树木极是茂密，这儿也根本没有道路。那人走得很快，少芸跟在他身后，步履轻盈，心中却是波澜万丈。

是那位夫子！是那位将自己引入心社的夫子！

方才一听到这个略微有些苍老，却沉稳如昔的声音，少芸就感到一阵激动。惠妃是先帝给少芸的封号。但这个封号随着先帝的去世，也已然消失了，少芸并不想再保留着这个身份。她更好奇的是眼前这位夫子，好多年前他将她引入心社时，她还是个十四岁的少女。只是夫子从未让她见过真面目，也不让少芸知晓他的身份。后来她再不曾见过这位夫子，直到白天在书院留下密文时，她仍然怀疑夫子可能已不在人世了，心中始终茫然不知所措。但夫子终于现身，她也仿如重新脚踏实地。

走了一程，前方有一块小空地，长着一棵古松。这松树年深日久，树冠有如一柄巨伞，生得茂密无比。一站到松下，夫子站定了，低声道："娘娘，到了此处，暂时不必担心他们追来了。"

少芸走上前去。这棵松树实在太茂密，站在树下便如钻入洞穴，连星月之光都透不进来，只能隐约看到一个人的轮廓。她走了过去，单腿跪下，将左手弯曲着放在胸前，轻轻一躬身，说道："夫子，还是请和以前一样，叫我小妹吧。"

这是心社中晚辈见尊长的大礼。夫子当初将她从八虎的追杀中救出时，少芸还是个垂髫少女，那时夫子便如此称呼她。

"嗤"一声，黑暗中亮起了一团光，却是夫子点燃了火折。借着微弱的火光，映出的是一张留着几络须髯的清癯面孔。看着少芸，夫子淡淡一笑，说道："仍叫你小妹？也好，心社中，原本不必顾忌宫中的身份，那你称我阳明先生好了。"

少芸的身体微微一颤。阳明先生？这四个字拆开来全都平淡无奇，但合在一起却足以震惊天下。即使身处深宫的少芸，也曾经听到过这个名字。只是她实在无法将这个名字与心社联系在一起，也许仅仅是名字偶合？

阳明先生似乎看出了少芸内心的疑惑，轻声道："我便是王守仁……小妹，这两年真是辛苦你了。"

少芸初见阳明先生时，才十四岁。两年后先帝去世，宫中乱成一片，夫子也不见了踪影，接着教导她的便是朱九渊先生了。算起来，已有五年了。这五年里，少芸已然去了遥远的异域打了个转，也不知经受了多少风尘，自是与阳明先生离开时那个十六岁少女大为不同。尤其是当朱先生被八虎所遣杀手杀害后，她更是仿佛一夜成长了十年，少女的天真几乎已经荡然无存。她犹豫了一下道："夫子，您究竟是如何加入心社的？"

自己是阳明先生引入，可阳明先生名满天下，实在不知他是如何成为心社成员的。若不是亲眼见到，少芸也根本不会相信有这等事。纵然知道不该对夫子的过往太过好奇，可她实在很想知道这其中的来龙去脉。

火折灭了。黑暗中，却听得阳明先生顿了顿，低声道："此事，待有缘之时再跟你说吧，先找个安全的地方歇脚。"他看了看天色又道："小妹，你一回来，张公公便盯上你了。接下来你想如何？"

少芸道："张公公肯定还会继续派人来的，我想，还是尽早离开这里为上。"她顿了顿，接道："我想再去京中一次。"

第二章 小　尖

看着桌上的尸体，南京奉御谷大用不由得一阵心悸。

死者非比寻常，乃是内官临右少监，代理惜薪司主管高凤。高凤今年只有三十四岁，以这等年纪的内监身居如此高位，当然是因为他是权倾天下的张公公高足。与谷大用相比，有"妖"之称的高凤更得张公公信任。

只是，现在高凤已然成为一具尸体，谷大用实不知应该高兴还是沮丧。沮丧的是同为"八虎"之一，同伴死去总会让他有兔死狐悲之感。只是少了一个在张公公面前争宠之人，谷大用又觉得有些幸灾乐祸。虽然受命与自己一起行动，但此番高凤却是私下出动，自己事前全然不知。显然，高凤是发现了什么，想要独占这分功劳，哪知估计不足，轻敌过甚，反而作法自毙。

"谷公公。"

说话的是谷大用的随身太监麦炳。麦炳跟了谷大用已有多年，性情伶俐，很懂得逢迎喜怒无常的谷大用，谷大用也很是受用。听得麦炳站在门外说话，谷大用道："阿炳，怎么了？"

麦炳咽了口唾沫，小声道："张公公到了。"

一时间，谷大用还有些没回过神，说道："哪个张公公？"但马上就能让麦炳如此胆战心惊的，只有一个张公公了。他顾不得一切，一把拉开了门。刚拉开门，便看见一抬二十四人的大轿。谷大用也顾不得一切，忙不迭上前深施一礼道："属下谷大用恭迎督公大驾。"

宦官领兵，虽然并不是没有先例，但提督拱卫京师的十二团营十万大军的张永无疑是当今最有权势之人。寻常官员所用的轿子顶多是八抬大轿，唯独他用的竟是一具二十四人大轿。这大轿里面有桌有椅有榻，堪称当今第一豪华，旁人一见这轿子便知是张永驾到。人们还传说身为大都督的张公公也是京中第一名剑，这是因为前朝正德皇帝巡边时鞑靼小王子曾派力士前来行刺，那力士力大无穷，陛下身边的侍卫无人能挡，张公公却以一把长剑挡住了那力士重七十斤的铁棒。会斗之下，那力士死战不休，结果被张公公将四肢皮肉尽都削去，手脚全成了枯骨方才收手。谷大用虽然不曾亲眼见过这一战，但陛下回京后他见到过那力士所用的铁棒。那根七十斤重的铁棒，寻常人连抬都抬不起来。想到张公公仅以一柄长剑就挡住了这等怪物，就算向来天不怕地不怕的谷大用也心底生寒。而张公公除掉了当初八虎之首的刘瑾后，谷大用更是对张公公俯首帖耳，再不敢有丝毫怠慢。

轿帘撩了起来，先出来的却是张公公那个贴身太监侍卫丘聚。丘聚一下轿，便站在轿门边，这时张永才缓步从轿中走了出来。作为一个手握重兵的太监，张永却生得十分清俊，与一脸横肉的谷大用颇为不同，如非少了三绺清髯，看去倒似是个饱读诗书的老者。看到谷大用近乎谄媚的表情，张永没有什么异样，说道："小妖被杀了？"

"是，督公。"谷大用的声音不由自主地压低了些，接道："定是惠妃下的手。"

张永鼻子里微微地哼了一声。谷大用对这些官职向来极其看重，少芸虽然已是叛逆，谷大用却仍以她当初的封号称之。张永道："这婆娘有这等身手了？"

"禀督公，高……高公公行事，向来不与我商量。此番他定是要独自追踪惠妃，大用不敢抢功，所以……"

张永没有说什么。谷大用这话虽然有撇清之意，但也并非虚言。除了自己，八虎仅存的五人中除了丘聚一直不离左右，便是身为嫡传弟子的高凤最得自己宠信。而素来野心颇大的谷大用与高凤不甚相容，他也很清楚。本来他觉得如此也好，更能牢笼驾驭，只是这样子终究无法避免相互掣肘之弊。如果这一次同来的不是谷大用，而是与高凤还算不错的魏彬的话，也许少芸的人头已经呈到自己跟前了。他沉默了片刻，说道："小妖的尸身便在里面吗？"

"是，与随从庞春一同在卧龙山北麓被发现，但凶手已下落不明。"谷大用顿了顿，又道："当时正值深夜，山中无法追踪。"

"卧龙山？"张永怔了怔，但马上便道，"带我进去。"

谷大用推开了门，让张永与丘聚走了进去，自己忙跟着入内，便将门掩上了。张永看着桌上的两具尸体，沉声道："丘聚，除了他们的衣物。"

高凤外号为"妖"，丘聚外号则是"魔"。这两人身为张永的左膀右臂，外号也是成对的，但丘聚却似乎根本没有半点对桌上这个前同僚的香火之情，他走到桌前忽地拔出短刀，伸刀斫向桌上的尸身。他的动作相当粗野，只是尸身上却又没受到半点新的损伤，那把短刀几如庖丁解牛之刀，以无厚入有间，极快地除掉了尸体上的衣物。仅仅是片刻，桌上便是两具身无寸缕的尸首了。

面对两具尸首，张永看得极是仔细，仿佛在赏鉴什么名贵的玉器一般。谷大用在一边大气也不敢出，心道："尸体又有什么好看，督公是在为弟子伤心？"只是不管怎么想，张永都不似一个如此多愁善感之人。正想着，却见张永从怀里摸出了一个竹筒。

这竹筒已经有些年份了，外皮也不知经过多少人的摩挲，已成了枣红色。其中一截的盖子上錾有螺纹，将这盖子拧下，里面却是一些摆得整整齐齐的小刀小叉，还有一双羊肠衣做的手套。这些刀叉在烛光下寒光闪烁，显见极是锋利，虽然应该有些年头了，却毫无锈迹。那副手套却极是精致，薄如蝉翼，柔韧异常。

张永戴上了羊肠手套，这才从竹筒里取出一把小银叉，挑入了高凤尸身的创口，又取出一把小银尺量了量，喃喃道："穿心一剑啊。"

谷大用早已看过，高凤致命伤乃是前心，一剑穿心而入，高凤定是当即毙命。虽与高凤不甚相容，但对高凤的剑术，谷大用还是相当佩服的。高凤被惠妃如此杀死，实在让他有些震惊，因为他实在没想到惠妃去了泰西一趟，武功竟能增长了这许多。他听得张永说了一句，忙凑趣道："是，督公。高公公的伤口为扁平状，中央稍阔，正是惠妃所用快剑的形制。"

张永没有说什么，却转向了另一具尸体。这死者乃是高凤的跟班庞春。庞春虽然是个地位不高的小太监，但身手却相当不错，据说已经不比高凤相差多少了。谷大用也检查过庞春身上的创口，庞春受伤有三处，左右肩各有一处，然后便是致命的背心处。显然是左右肩受创后，惠妃想留活口逼问，但庞春拼命奔逃，惠妃这才下手将他除去。这么想来亦是顺理成章，因为惠妃本领纵然增强了许多，终究是个女子。与高凤这一战，无论如何都不是轻而易举之事。庞春双肩受伤，再拿不了武器，双脚却没受过伤，若是逃跑的话惠妃未必能追上他，因此不得不将庞春也除掉。

谷大用正待再说一句，却听得张永沉声道："桀公，少芸这婆娘，可是有同党的！"

这句话仿佛一声闷雷，让谷大用震得呆了呆。惠妃所属的那个中原兄弟会一直是他们的死敌。前年借着大礼议，他们六人齐心协力，帮助张永将那些人连根拔起，彻底消灭了。唯一还留存于世的，便只剩下远遁泰西的朱九渊与惠妃这两人。朱九渊已经死在了泰西威尼斯，少芸虽然逃脱了追杀，但她仍然回到中原，自是知道自己已是仅存的孑遗，还痴心妄想着重建那个组织。如果说她真个还有同伴，那么中原兄弟会不曾被完全摧毁？谷大用实在无法相信。

张永也没有抬头，只道："小妖心口所中剑创，创口深可两寸三分，为偏上五度刺入前心。小妖身高五尺三寸二分，动手时正持弓步，算来受创时创口离地约摸有三尺一寸。剑长一般为二尺七寸，如此可知，伤他之人握剑之手当时应离地三尺三寸二分许。除非是那些身具异相之人，寻常人握剑大抵为脐上一到二寸。此人亦是取弓步方能出如此大力，算下来脐高应在三尺五寸左右。而脐高一般占身高的六成到六成三，因此出剑之人身高至少有五尺五寸，甚至会有五尺八寸许，如此方能以偏上五度刺入。前年少芸失踪，后宫尚服局所存卷宗注明她身高五尺一寸，较小妖还矮两寸许，因此绝非能刺死他之人。"

张永说到此处，又顿了顿道："庞春背心所中剑创与小妖前心之创极为相似，因此你以为那是一人所为。但庞春左右双肩所受之创，却是偏上七十度刺入。这等角度，已是自上而下刺入，绝非平地所能。而双肩所中剑创虽与小妖身上剑创形状一致，却都只有五分许深。小妖中致命伤时，前心肋骨有两根被震裂，出手之人力量奇大。而庞春肩创却如此之浅,还是从空中往下借助体重刺出,却也如此之浅,可见伤庞春肩头之人体重只会较庞春更轻,与在庞春背心留下致命一剑的定非一人。"

张永抬起了头,将那柄在尸身创口处探了半天的小银叉用一块丝巾擦净了,说道:"出手的,是两个人。其中一个在五尺上下,体重不会超过八十斤,多半便是少芸这妖女。另一个却足有五尺七寸左右,体重至少在百斤以上。"他顿了顿,接道:"应该是个男人。"

谷大用只觉呼吸都有些停止了。他看到庞春与高凤两人所受致命伤极其相似,应是同一把剑留下,想的便只是惠妃下手。然而在张永眼中,仅从两人伤口便可以看出这么多东西来。只是五尺七寸虽然已是高个,但并不算太少,仅靠一个身高是查不出来的。他迟疑道:"督公……"

没有等谷大用说出些什么,张永打断了他的话:"桀公,此事就不必有劳了,你接下来便去澳门吧,将皮洛斯先生那件事办理停当,就是你奇功一件了。"

八虎诸人,每人都有个外号。除了张永身边的高妖丘魔,还有一个魏彬外号为"蛇"。魏彬曾执掌三千营,最擅长追踪觅迹之术。大礼议期间,正是魏彬探得了中原兄弟会在京中的秘密聚会之处,这才得以将其铲除了。除了张永和谷大用以外,八虎中还有一个马永成外号则为"屠"。因为马永成性情极其残忍,八虎都是杀人不眨眼之辈,但别人杀人是不以为意,马永成却简直是以之为乐。对他而言,杀人这件事本身便是一种享受。大礼议时所捕得的中原兄弟会成员,最终都由马永成下手处决,而落到了马永成手中的人,能被一刀斩首也成了他们的奢望。

谷大用自己的外号,则是"桀"。用这个以暴虐闻名的夏朝末帝为外号,倒不是说谷大用有不臣之心,而是别有所指。夏桀为帝,自命如日月,视生民为草芥,以致当时有歌曰:"时日曷丧,予及汝偕亡。"谷大用权势远不及夏桀,但暴虐足以继之,因此也得了此名。

只是谷大用在张永面前却是柔顺若软泥,他躬身道:"谨遵督公之命。"虽然让旁人来取代自己这件事让谷大用心里实不舒服,但他的神情却是毫无异样。

此时张永将手套也脱了下来,收回竹筒中,忽道:"桀公,你走之前,将小妖与这庞春的尸身好生安葬了。为人一世,未能善终,总要有个好死。"

张永的口气一直甚是阴冷,这最后一句话中却也有了一丝感慨,谷大用心道:"小妖死都死了,他又没什么家人,何必如此多事?"只是谷大用在张永面前向来别无二话,只是躬身道:"是,是。"

张永没有再说什么,转身向门口走去。一直没说话的丘聚动作却快,不待张永到门边,便已闪身拉开了门,待张永迈过门槛,他这才跟了出去。谷大用忙不迭地过来送客,只是这两人也不再理睬他,顾自上了轿子。

此时已是暮色沉沉,星月在天,洒落一地银辉。两人身在轿中,却是如在另一个世界。丘聚侍立在张永边上,也不敢坐下,张永却是端坐沉思。过了半晌,张永忽道:"丘聚,你觉得少芸还会在山阴城吗?"

丘聚一直垂着头,还不曾抬过。直到这时,他这才抬头道:"禀督公,少芸此番回来,定是想要重建他们那个兄弟会。既然已经与同伙接上了头,应该不会留在山阴了。"

张永点了点头道:"依常理判断,少芸得手后自然不会株守此处。只是……"他略一沉吟,冷冷一笑又道:"置诸死地而后生。还有一种可能，便是少芸一直留在山阴，甚至，就在卧龙山周围。"

丘聚一怔，诧道："卧龙山附近？那唯有稽山书院了。少芸应该不可能留在那儿吧？"

稽山书院乃是文士聚集之地，更何况如今的山长阳明先生与张永有旧。昔年阳明先生平宁王之乱，一月间便平息刀兵，擒获叛首宁王宸濠。当时正德帝欲亲征，指派的先锋正是张永。不料阳明先生如此快便平了乱事，以至于正德帝尚未出发。便有佞臣进谗谓阳明先生必定与宁王早有勾结，因为见势不妙，反戈一击，所以才能如此之快就擒获宁王。但张永力陈定无此事，且在正德帝面前多次维护阳明先生，正德帝这才相信阳明先生确非与宁王勾结。此后二人虽然见面不多，但也算私交甚笃。正因为有这层关系，加上稽山书院乃是时任绍兴知府的南大吉一手促成扩建重修的，因此虽然在卧龙山北麓发现了高凤与庞春的尸身，谷大用也不曾去骚扰稽山书院。此时听得张永居然怀疑稽山书院，丘聚不禁有些诧异。

抬轿的二十四个人都是张永自团营精挑细选出来的精壮士兵，号称"花腿"。当初南宋时循王张俊豪奢无比，从军中挑选体健个高、相貌英俊的士卒编为一队，在腰以下文遍文身，号称"花腿"。张永虽是阉人，却也自称出自清河旧姓，因此亦步亦趋，同样组建了这一小队人马。这些花腿武士人数虽少，却个个精强，的确是一支精锐。不过这支精锐做得最多的，还是给张永当轿夫而已。深夜，这样一具庞大的轿子走得又快又稳，只能听得抬轿人踏着青石板路发出低低的"沙沙"声，人在轿中几乎感觉不到轿子在行进。张永忽然小声道："绝知此事要躬行。"

丘聚并没读过什么书，也不知这是陆放翁的诗，但意思总算也明白，忖道："督公原来连谁都不相信。"

不相信任何人,大概也是八虎的共识。他们这些人自称"驺虞组",驺虞本是仁兽,不食活物,但最初他们八个人却被人称为"八虎",意思是纵然他们八人自我标榜为仁善,但终是凶残如恶虎。而八虎中,刘瑾一骑绝尘,权势远远在旁人之上,真可谓一手遮天。那时张永身属刘瑾麾下,也一直恭事刘瑾,忠心不二。在丘聚眼里,对刘公公最忠贞的,便属这张公公了。谁承想,安化王叛乱,张永借此事告发刘瑾,使得刘瑾最终受凌迟之刑。

隐忍不发,发则致命,这便是督公的作风。丘聚想到此处,已然不敢再用正眼去看面前的张永了。

第二天一早,张永与丘聚便来到了稽山书院。虽然他二人都算得是当朝最有权势之人,但来时两人都只穿了一身便服,甚至连那二十四人大轿都停在了山门外等候。张永独自带着丘聚上山,那司阍老吴仍是让他们在访客名册上落了个款,老吴看了看名字,心道:"这个叫张永的倒写得一笔好字。"他道:"请问张先生是来求学,还是论道?"

来书院的,无外乎两类,一类是慕得哪位教习之名,前来求教的。另一类则是自恃才高,要来书院显显名声的。眼前这两人若说求学,一个长得粗的年近四十,另一个矮小白净点的则已过花甲,年纪也未免有点太大了。若说论道,两个都实在不似读书人。老吴自己虽不是个有才学的人,但好歹也识得字,能读些《三国志通俗演义》之类的消闲说部,加上在稽山书院这隐然已是天下第一书院看门,耳濡目染之下,多半能一眼看出来人的底细了。只是眼前这两个人,真个让他有莫测高深之感。

听他问话,张永道:"请阁下传告阳明先生,说故人张永来访。"

阳明先生这四个字，让老吴一惊，不由得站了起来道："张先生原来是阳明先生的故交啊！失敬失敬！请张先生稍候，我马上去传告。"

稽山书院得享大名，其实正是因为有阳明先生坐镇，否则纵然南知府竭力支持，稽山书院也不能在诸多书院中脱颖而出，成为执牛耳者。慕阳明先生而来的文士，老吴见得也多了，不过故交来访，倒是没几次。老吴已不敢怠慢，也顾不得再端坐在门房里看张文远威震逍遥津了，急匆匆走了出去。刚走了没几步，却见有个书生正执卷而行，边走边默诵，时不时看上一眼手中书卷，应是在温习功课。老吴看得真切，认得是阳明先生的得意弟子王畿，忙道："王先生。"

这王畿今年二十八，山阴人氏。三年前试礼部不第，闻得阳明先生回乡讲学，便索性回乡跟随阳明先生就学。此时他正专心准备今年的会试，因此连走路也在背书，忽然听得老吴叫自己，抬起头道："老吴，怎么了？"

老吴快步走到他跟前，小声道："王先生，请你转告一下阳明先生，说他有位故交张永来访他。"

"张永"这两字对老吴来说，不过是一个寻常不过的姓名，但王畿乃是士人，这名字让他不由一怔，抬头看去，便觉脑袋也"嗡"的一声，忖道："是张公公！他怎么会来此处？真与夫子是故交？"

张永身为宦官，却又是当今天下最有权势之人。这般一个人自然绝无可能来稽山书院求学的，难道真与夫子是故交，前来探望？他忙道："好的。老吴，我带他们过去。"

阳明先生讲学之所，便在稽山书院的明德堂。"大学之道，在明明德"。明德一语，即取自《大学》首句。明德堂前面是供孔子的大成殿，后面是藏书的尊经阁。尊经阁原名缮书阁，南大吉重建稽山书院后方改此名。本来书院已甚是破败不堪，现在却是飞檐斗角，焕然一新。

王畿领着张永与丘聚二人过了大成殿,立在明德堂前道:"两位先生请稍候,小生即刻禀报夫子。"

见这书生将自己二人扔在了明德堂外,丘聚已是一肚子气。他本不是好性子的人,若不是张永也在,只怕他已然发作了。现在他不敢暴怒,却忍不住小声道:"督公,这些酸丁真个好大的架子。"

张永淡淡一笑道:"簧门中人,原本就不是吾辈。丘聚,你也不要失了礼数。"

丘聚道:"是,督公。"心里却仍是咽不下这口气。他默然四处张望,这明德堂建得大是轩敞,屋檐也甚高。举头望去,在檐角上,不知何时立了一只鹰隼之类的猛食。这鸟虽然体形不大,但傲然立在飞檐尖上,眼中竟似有寒光射出。丘聚不知怎的见了这鸟便心下不快,肚里暗骂道:"这扁毛畜生,也和这些酸丁一般看不起人?"正想着,却见有个人急急从明德堂里出来,离得还有十五六步便道:"张公公远道而来,守仁未克远迎,真是死罪死罪!"

迎出来的,正是阳明先生。阳明先生今年已是五十有四,年纪也不轻了,但生得高大清俊,神气凝聚,让人一见好感便油然而生。即便性急如丘聚,一见阳明先生亦觉春风拂面,一团祥和,方才的怒火竟不知不觉间荡然无存。

张永迎上前道:"阳明兄,数年不见,清仪如昔,真是可喜可贺。"

若是不知张永的身份,旁人自当他是个前来叙旧的士人,有谁猜得到这人实是权倾天下的中涓。两人拾级而上,进了明德堂。这明德堂乃是讲学之所,平时阳明先生登坛,明德堂里便人山人海,连门外石阶上都会站满人。此时因为无课,明德堂里只有几个生徒在温课。见阳明先生进来,那几个生徒全都恪守"师严然后道尊"之教,站起

43

来恭恭敬敬行了一礼，方始坐下重新温习。阳明先生领着张永与丘聚二人上了楼，待僮儿送了茶上来，张永叹道："阳明兄，你告老还乡，乐育英才，诚令人肃然起敬。"

阳明先生淡淡一笑道："岂敢岂敢。守仁才德浅薄，只求不曾误人子弟，平生之愿已足。"

张永淡淡一笑，又道："这几年也没见应宁兄吧？"

阳明先生道："应宁兄老当益壮，能者多劳，我也有好几年不曾见他了。张公公你在京中难道也没碰到他？"

张永叹道："应宁兄虽然年过古稀，却仍是姜桂之性，老而弥辣，如今仍是四处奔波。陛下又重新用应宁兄为三边总制了，这两年恐怕也难得见他一面。"

丘聚本以为张永会说起在稽山书院附近发现高凤尸首之事，哪知张永文绉绉地总是说些旧话，也不知督公到底想些什么，只道他多半是旁敲侧击。可说来说去，张永除了叙旧，便只是说了点近来京中风物，以及昔年与阳明先生一同平叛之事，只字不提其他。他胸无点墨，正觉不耐，忽听张永道："阳明兄，此四句便是足下有名的'四句教'吗？"

明德堂楼上这间会客房里，悬着四条立幅，却是四幅字。自右而左，分别为无善无恶心之体，有善有恶意之动，知善知恶是良知，为善去恶是格物。这四句，便是阳明先生平生学问所在。阳明先生所创之学称为"心学"，这四句亦称"阳明四句教"，王门子弟首先便要背熟。心学种种，尽在这四句之中。

听得张永问起，阳明先生道："正是，公公见笑了。"

张永上下打量了这四条立幅，说道："阳明兄，若心之体乃是无善无恶，那么宇宙便是吾心，吾心即是宇宙，则意、知、物不外乎宇宙，皆当是无善无恶方是，为何又有如许分别？"

阳明先生道："公公所言即是。然意本无善恶，动则有善恶之别，故当有致良知之能。而知是行之始，行是知之成，格物而致知，便在为善去恶是也。"

丘聚在一边听得头昏脑涨，心道："这老酸丁在说些甚东西？"张永却也满面春风地道："是，是，受教，受教。"

两人寒暄了一阵，张永道："时候不早了，我等也该告辞。阳明兄学究天人，唉，若某不是身为黄门，未得其便，必当长住书院，听取阳明兄教诲了。"

张永年纪其实还比王阳明大了好几岁，却说得如此客气。阳明先生自然也客气了几句后便端茶送客，让侍立身后的王畿送张永与丘聚出去。王畿听了张永与夫子一番交谈，对这位公公已是大为钦佩，忖道："久闻张公公权重一时，却原来也如此博学广闻，真个人不可貌相。"他身为阳明门下高弟，对夫子实是仰若泰山北斗，这"四句教"自是背得滚瓜烂熟，从未想过这第一句其实与后三句大为矛盾。但张永居然能与夫子辩驳其中奥义，真个让他大为震惊。

出了稽山书院，待下了山，两人上了轿，出了山门有了一程之后，张永忽然轻声道："丘聚，你马上吩咐得力之人，将稽山书院上下所有身高在五尺五寸以上之人都筛一遍。凡三日前不能明确行踪者，皆纳入严查之列。"

方才张永与阳明先生一番对话，丘聚实是一点儿都不懂。他们驺虞组七人中，如张永、魏彬般饱读诗书者固然有之，但也有如丘聚这样大字也认不得几个的。刚才丘聚站在张永身后听他与阳明先生聊得如此热络，也不知督公到底想什么，居然还有心思与故友说闲话。此时听张永突然这般说，他忙垂首道："是。"

稽山书院里，连生徒加教习，以及那些短期求学论道之人，加在一起只怕有近千人了。身高在五尺五寸以上的，得有个一两百。这般筛下来，真有若大海捞针。不过张永手下掌握着东西二厂，要过一遍也不算什么难事。只是丘聚犹豫了一下道："只是……督公，阳明先生也要列在内吗？"

阳明先生一样身高在五尺五寸以上，丘聚心想督公大概忘了这一点。阳明先生是督公至交，方才也只论交情，不说其他，看来督公是碍于面子才不对稽山书院下手。如果将阳明先生也纳入严查之列，只怕会让督公着恼，显得自己不晓事，这才提了一句。

张永没有再说什么，一根手指却下意识地在桌上轻轻敲了敲。方才他与阳明先生的一番辩驳，在丘聚听来根本就是莫名其妙，但张永已经隐隐然感到了一些异样。如果说过去是因为向着同一个目标而走到一起，那么现在张永已经越来越觉得，自己与阳明先生走的终究不是同一条路。

如果说阳明先生认为的是心无善恶，抵达彼岸的唯一办法是知善知恶、为善去恶，那么在张永看来，只消实现那个目标，善恶于他根本不值一提。这两条路如果并行不悖，倒还各得其所，可假如有所交汇的话……

张永的手指不由在桌上敲得重了些。要下这个决心并不容易，但下了决心，就再不会回头了。他冷冷道："一样。"

丘聚心头不禁一震，小声道："督公，您觉得阳明先生也不脱嫌疑？"

"虽然不甚可能，但仍要一视同仁。格物致知，不格之，又将如何致知。"张永慢慢说着，沉吟了片刻又道，"少芸那婆娘的下一步，最可能便是向马永成与谷大用两人下手。这两人现在一南一北，她必定只能选择其中之一。而她选了谁，又必定是听从同伴的安排。如果她往南而去的话……"

张永这话虽然是对丘聚说的，但他知道这个属下武功虽强，脑筋却不甚灵活，多半猜不到自己的用意，因此并不说完。他心中却是洞若观火，自古战亦如弈，现在的枰上布局已毕，真正的对局即将开始。少芸虽然赢下了第一手，只是她与她背后那人只怕都未曾想到其实是离自己所设的陷阱更进一步了。谷大用南行乃是临时的决定，现在要对付谷大用也比对付马永成容易一些。如果少芸真的转向了南方，那么张永便可以断定这个为她布局的人是谁了。假如真是如此的话……

张永的嘴角微微地抽了抽，一丝冷笑浮了上来。丘聚本来也是个性情阴鸷之人，但看到张永这丝笑意时脊背也不由自主地一阵发毛，沉声道："遵命。"心中却仍在想着："那婆娘若是选了大用，又能说明什么？督公这话老不说完。"

丘聚自不知道张永究竟想的是什么，此时张永的心中其实有着一丝隐隐的痛楚。与阳明先生这一次寒暄，虽然还没有什么结果，但张永已然知道这个好友与自己离得越来越远了。纵然要走向同一个地方，但现在终是南辕北辙。尽管他如此对丘聚吩咐，心中却实实希望，那个隐秘的大敌千万不要是阳明先生。

第三章　先　手

走进长阳宫的宫门时，张顺妃不禁向西边的坤宁宫望去。一轮落日正悬在坤宁宫的琉璃瓦上，映得瓦面灿烂无比。她微微地叹了口气，对贴身的小宫女道："进去吧。"

作为贤、淑、庄、敬、惠、顺、康、宁这八等妃位中的第六等，张顺妃的品级并不算高，因此她住的也只能是东六宫中最为冷清的长阳宫。这长阳宫地方甚大，却没几个妃子住在此处，因此更显得冷清了。

进了门，洗漱完毕，小宫女点亮了蜡烛，请安后掩上门退下，屋子里便只剩张顺妃一个人了。她在桌前坐了下来，看着烛台上那点烛火忽明忽暗的，想起白天陈皇后对自己的斥骂，不禁叹了口气。

纵然顺妃的品级不算高，可是因为陛下十分宠幸张顺妃，在陈皇后眼中便不啻眼中钉了。想起刚进宫时自己是何等胆怯，当阿芸成为妃子后自己又是如何羡慕的情景，几乎已恍如隔世。

如果阿芸在就好了……

"阿蔷。"

这个声音很轻,轻得几乎听不到,张顺妃却一下站了起来。这声轻唤仿佛在回应她的心声,让张顺妃不禁感到一阵心悸。

难道是在长阳宫呆久了,人也快疯了?她正想着,眼前忽地一花,一个人影仿佛幻术般突然出现在她眼前。这情景实在太诡异了,张顺妃险些便要惊叫起来,但还不曾发出声,那个人已经拉下了衣服的风帽,露出一张熟悉的脸。

"阿芸!"

张顺妃呻吟一般低低叫了出来。她已不敢相信自己的眼睛,眼前这个人正是自己在宫中唯一的朋友阿芸。阿芸穿着一领深色斗篷,当她将斗篷掩起时,整个人都仿佛隐没在黑暗中了。当斗篷一掀开,便如同突然间出现。张顺妃正待迎上去,但脚步刚要上前却又停住了。这样的动作对常人来说自是寻常之极,但对于因为缠足,平时走路也总要扶着小宫女的张顺妃来说,却是十分艰难。身体略失平衡,她马上便站立不定,晃了晃便要摔下来。只是身子刚侧过来时,她的手臂便已被人扶住了。

扶住她的,正是少芸。从手臂上传来的体温让张顺妃确认,眼前的不是妖,也不是鬼,就是那个与自己一同度过深宫里许多寂寞岁月的好友。她喃喃道:"阿芸,真的是你啊。"

"是我。"

少芸的样子与几年前并没有太大的变化,只是多了些风尘之色。少芸看了看周围,小声道:"阿蔷,你搬进长阳宫有多久了?"

"有三年了。"张顺妃顿了顿,似乎有些犹豫,半晌才接道:"就是你走后没多久。"

张顺妃的声音微微有些颤抖，少芸也没在意。张顺妃有些狐疑地看了看少芸，没等她再说什么，张顺妃把原本就很低的声音压得更低了："阿芸，你到底是怎么进宫来的？"

少芸微微一笑。与缠足的张顺妃不同，少芸自幼就没有缠足，而先帝封她为惠妃后，让她做的也都是些刺探大臣太监的事。少芸本就身体灵便，后来在紫禁城里也走得熟了，就算这冷清的长阳宫，她当初亦来过好几次，只怕比住在长阳宫三年的张顺妃更熟悉地形。只是此番能如此顺利潜入紫禁城，却也并不全靠自己，而是托了阳明先生的安排。虽然心社几乎已被彻底铲除，但阳明先生在京中仍然留下不少人脉。到了京中，不论住店、出行，都有人为少芸打点好了，甚至包括潜入紫禁城也是。进入这个戒备森严的皇城，固然不是件易事，却也并不是张顺妃想的那么不可思议。少芸小声道："放心吧，不会有人看到的，我此次来就为了看看你，马上就会走。"

张顺妃的脸色十分白净，但此时却几乎没了血色。她有点怔怔地看着少芸，好一会儿才低低道："阿芸，你是为了那个……那个东西吧？"

张顺妃的口齿向来十分灵便，加上能歌善舞，所以讨得当今陛下的欢心才得以封妃的。可是她此时却说得吞吞吐吐，少芸心中已有了不祥的预感，小心道："那个东西怎么了？"

张顺妃犹豫了一下，似乎下定决心，这才道："阿芸，我对不起你，那个东西被我弄丢了。"

少芸的眉尖微微一蹙，走到张顺妃面前，右手搭在她肩上道："阿蔷，你记得丢在了哪里？"

见少芸没有责怪她，张顺妃这才道："那一回你刚走，我正是给太后在仁寿宫排柘枝舞，便将那东西收在了宫里……"

张顺妃说的是嘉靖三年的事。那时少芸作为先帝嫔妃，按规定与张太后同居仁寿宫，轻易不得外出。张顺妃那时仅是宫女，反没有那么多禁律。当时少芸听得张公公开始在京中对中原兄弟会痛下杀手，她情知不妙，马上化装成黄门出宫而去。因为张公公在全力追查这件东西，她根本无法带出宫去，因此便交给了正好在仁寿宫的张蔷，要她替自己保管，张蔷便放在了仁寿宫后殿的一个大花瓶里。原本这花瓶平时打扫也只擦拭外面，谁也不会去往里面看，何况仁寿宫是先帝嫔妃所居之所，平时没什么人来，里面的人也根本不能外出，实是最安全之所。哪知少芸走后的第二年三月上，仁寿宫突发火灾，被烧成了一片残砖碎瓦，那一对大花瓶亦成了齑粉，里面那东西多半被大火烧毁了。

听得张顺妃哭哭啼啼地说了这一番原由，少芸脸色仍是没什么变化，半晌才叹道："真是天意啊。"

仁寿宫遇灾，少芸也是进了皇宫方才知晓。在仁寿宫的原址处，正在建一座新的宫宇。她原本以为是当今天子嫌这宫殿破旧，想要拆了翻建，哪知竟是因为被火烧毁。

如此一来，先帝交给自己的那个东西就永远消失了。少芸也不知心里是什么滋味，就仿佛那时她对先帝的感觉一样。

正德帝对待她不可谓不好，不仅给了她惠妃的名号，还给了她禁宫行走之权。这等权力交给一个妃子，实是从来未有过的事。少芸回想起自己在宫中的那几年，虽然孤独而寂寞，却也自由自在。那时她就发誓，要为陛下付出自己的一切。只是陛下要她做的，无非是去探听一下王公大臣，或者哪个太监背地里有没有说自己的坏话。当正德帝在临终前把那个东西交给她，让她保管着的时候，十六岁的少芸第一次落下了泪水。无形中，那个东西已经成了她心底的一个寄托，自己名义上的丈夫托付给自己的最后一件事。

只是，现在这一切都结束了。少芸将手从张顺妃的肩头拿了下来，叹道："阿蔷，不管怎么说，这件事就这样了结吧。对了，陈公公还在宫里吗？"

少芸岔开话题，实是怕张顺妃仍要絮絮叨叨地自责。张顺妃见她不再说卷轴之事，也暗舒了口气，问道："哪个陈公公？"

"陈"乃是大姓，宫中姓陈的太监少说也有五六个。张顺妃现在身边也有个陈公公，不过那陈公公根本没见过少芸，少芸问的自不会是他。

少芸道："是陈希简公公。"

张顺妃"啊"了一声道："是他啊。豹房废弃后，他便被贬出京去了，别个我也不知。"

那陈希简公公当初乃是豹房主管太监，因此张顺妃也知此人。先帝在日，陈公公几乎日日不离左右，每次见到少芸亦是恭顺有加，算是少芸当初在宫中时除了陛下与阿蔷之外最为熟悉的人了。陈公公不属张永一党，看来先帝去世后遭到了排挤，结果被贬出了京城。少芸沉默了片刻，淡然道："是么？那也真没别的人可见了。阿蔷，我也该走了。"

张顺妃停止了抽泣，睁大了眼看着少芸道："阿芸，你要去哪里？"

少芸笑了笑道："全都变了，阿蔷，你现在还是不要知道为好。"

她知道张顺妃当初就梦想着能成为陛下的妃子，因此当得知自己被正德帝册封为惠妃时，她还曾毫不掩饰地表露出自己的妒忌。现在她能成为嘉靖帝的妃子，也算得偿所愿，所以她更担心会失去这一切。

就此一别，再见无期，这个朋友终究已经越来越远了。

少芸将风帽拉了上来。这一身暗色的衣服仿佛能融入黑夜一般,当少芸站在阴影处时,只怕有人从她面前走过都不会发现她。张顺妃看得心惊肉跳,说道:"阿芸,那你还是快点儿离开吧。长阳宫虽然冷清,可出了这儿,碰到巡逻的卫戍可就糟了。"

其时的皇宫,有旗手、羽林、金吾诸卫巡逻守护。内皇城更设有坐更将军百人,每更二十人轮流值更,还有专设的持印官员定时在巡检簿上加盖印章,以防有人玩忽职守。这等守御真可谓铁桶一般,少芸能越过重重守御到长阳宫来,张顺妃本身连想都想不出来。

如果少芸被人发现的话,自己肯定会受到牵连。无疑,张顺妃便是这么想的。就算不曾说出口来,少芸也能猜得到。她淡淡道:"好的,那我走了。"

张顺妃舒了口气。少芸推开窗,正待出去,忽然回过头来,低低道:"阿蔷,这次我从泰西归来,是在刺桐上的岸。"

张顺妃略略一怔,有些尴尬地笑道:"刺桐城是不是和我说的一样?"

"嗯。"

少芸没有再说下去,因为她觉得再说的话,只怕会被阿蔷听出自己声音里的哽咽。很多年前在后宫里携手而行,情同姐妹的两个小女孩,现在虽然又站在了一起,却已经变得如此陌生。

微风倏然,张顺妃只觉眼前一花,少芸的人影便不见了。虽然已是夜晚,外面暮色凝重,但少芸鬼魅一般的身形还是让张顺妃吓了一跳。她定了定神,眼前仍没有人影,只有那扇原本关着的窗子被打开了条缝。张顺妃走到窗前,又轻轻拉开了些。外面,却只是一片昏暗,哪里还看得到什么人影。

阿芸,你保重。这个当今天子面前最为得宠的妃子,白玉般的颊上却也流下了两行泪水。因为她知道自己永远都不会再与阿芸见面了。

在张顺妃的泪水流下来的时候,几乎同时少芸眼角也有些湿润。不仅仅是因为失去了先帝交给自己的遗物,更是因为知道失去了自己在后宫那漫长日子里唯一能让她感到温暖的友情。

如果是尚未去过意大利的少芸,她并不会想很多。然而经历了这几年的追踪、欺骗和暗算,听埃齐奥说了那么多关于忠诚与背叛的事,少芸已经不再是那个在后宫成长、完全不知世道艰险的少女了。方才在张顺妃述说的时候,少芸的手搭在了张顺妃肩上。这个看似轻描淡写的动作,却让少芸觉察出张顺妃的身体在微微地颤抖,脉搏也一下子变快。埃齐奥说过,一个人说话时,如果瞳仁突然变大,脉搏加快,那表明这人言不由衷。而少芸在张顺妃的眼中,看到的不是久别重逢的欣喜,而是猜疑与忌惮。

阿蔷已经不是当初的阿蔷了。

少芸想着。她只觉心底仿佛什么地方一下子碎了,碎成了无数芒刺,她感到了一阵阵刺痛。这分最可珍视的友情,在最艰难的日子里曾经让她感到温暖,原来却如一朵火苗一般早就熄灭了。

少芸记忆所及,自己自幼便是在宫中。父母是谁,为什么那么早就在宫中,这一切谁也没跟她说起过,她也一直懵懵懂懂。孩提时代,那些宫女对她就一直有种异样的眼神,以至她每天都生活在惊恐之中。在得到先帝的恩宠之前,唯一能让她感到温暖的就只有与阿蔷的友情了。只是她现在才知道,原来这分友情是如此靠不住。

人总是会变的,她并不想责怪阿蔷。当自己离开时阿蔷并没有声张,就表示她也不曾完全忘记这段友情。

也许,我真的是被上天所诅咒吧。

少芸的心底突然又冒出了这么个念头。她还记得很小的时候,旁人全都对她有意避开，唯有一个老宫女甚是和善。那老宫女在宫中不知有多少年了，有时趁着周围没人，会拿个果子来给少芸吃。那时少芸便问过她为什么旁人全都不理自己，那老宫女摸着她的头沉默了半晌才道："你的命真是不好。"

那是少芸第一次听到"命"这个字眼，那时还完全不懂，问了那老宫人后也仍然不懂。到了现在原本极其珍视的一切都已经成为不堪回首的回忆，冥冥中仿佛造化一直在与自己作对，凡是少芸得到的，都是那么快就被拿走，她似乎懂得了当年那老宫女所说的话了。

当初她在刺探八虎的密谋时被发觉，险些被灭口时被夫子救出。夫子引她入心社的时候，她在心社中年纪最小，又是个女孩，那些师叔伯师兄弟对她极是宠爱，那是少芸平生第一次有回家的感觉。只是这样的感觉还没有多久，随着大礼议之争的到来，一切又化作乌有。而今先帝的恩宠早已成为过往，而阿蔷的友情也成为虚妄，少芸几乎不得不相信，自己也许真的是被上天诅咒过，所以才什么都得不到。

少芸如一个影子般在宫中的长廊间无声地穿行。虽然天子已经换了一个，可这些巡逻的守卫却没什么变化，仍是刻板地在四处巡视，与过去几乎一模一样。那个时候少芸便将这张巡逻表记得熟了，知道闪在哪个死角里便可以躲过守卫的眼睛，而在哪个时候躲进另一拐角，数到几后闪身到对面的岔口便恰好能让走过的守卫错过自己的形踪，身上的这领斗篷更是让她如同能够隐身一般。只是纵然在宫中游刃有余，她的心中却越发茫然。

向西出了东六宫，穿过建极殿的后廊，便是仁寿宫的原址。这一带仍在修建新殿，已被围了起来。守卫不会到这块地方来，在这里少芸也不必太小心了。此处仍看得到焦黑的痕迹，那场大火看来几乎将整个仁寿宫都烧毁了，再也看不出先前的模样。

再往西，跃上禁城城墙，穿过了护城河，前面有一排长房，便是宫中十二监之一的御用监。御用监是宫中专司造办用品的所在，正德帝因为喜好新鲜，当初曾好几次带少芸来这儿看工匠打造各类奇巧之具。再往西，便是太液池了。太液池自北而南，分别是北、中、南三海，而中海与南海间的西苑，便是这铁桶一样的紫禁城唯一的一处漏洞。

在流出宫墙的御沟里，有一根看似坚不可摧的铜柱其实是活动的。只消在水下扳开这根铜柱，便可从御沟潜行出宫，这个机关其实是正德帝故意留下的。当初正德帝在西苑设豹房，常年住在这儿，少芸也在这里陪侍了两年。那时正德帝发现了这个小女孩异乎寻常的敏捷，于是将少芸册封为惠妃后留在身边，让她去探听外面的王公大臣私下行径时，便是从这个暗道出去的。当正德帝嫌宫里太闷，想微服外出时，也是从此出去。这地方极其隐密，现在大概也只有少芸一个人才知道这个暗道了。而少芸在走之前，还想再去看看已成了一片废墟的豹房，特别是西番馆那一带。

不知不觉，已过了御用监，前面吹来了一阵湿润的微风。

太液池便在前方了。少芸抬眼望去，只见前方是一座长桥。

那是分隔中、南两海的蜈蚣桥。过了蜈蚣桥，便是太液池中、南两海间的西苑，豹房就设在那里。正德帝在日，平时都不住寝宫，常年都在豹房里。少芸还记得当初正德帝接见佛朗机的皮莱兹使团时，便是在豹房。

少芸微微吁了口气，正待走上蜈蚣桥，突然停住了脚步。

从桥的那一头，传来一股彻骨的阴寒之气。

天气很冷了。此时的太液池已经冷然欲凝，湖水中升腾起一片淡蓝色的夜雾,而这股阴寒便如锋利的剑锋破空而来。在蜈蚣桥的那一头,隐约出现了一个人影。

自从正德帝去世后,豹房已经废置,西苑一带也非常冷清,守卫巡逻,平时也不会到这么偏僻的地方来。少芸没想到这个深夜里此间居然会有人,而那人显然同样未曾料到,两人不约而同地站住了。

夜风习习,雾气被吹得翻卷开来。蜈蚣桥两头的这两人都站立不动。但少芸知这不过是暂时而已,虽然那人穿着守卫的衣服,但发现自己后,对方并不曾声张,说明他其实也不是守卫,很可能与自己一样是潜入紫禁城的。只是少芸总觉得此人的身形有种熟识之感,自己应该见过他。

这人冒险到紫禁城来,究竟想做些什么?

"锵"一声轻响。这声音很轻,但在沉寂的暮色中却传得很远。这是剑出鞘的声音,几乎与这一声同时,对面那人已然上了蜈蚣桥,向少芸直冲过来。

这人动手了!

刹那间,少芸便已拔出了背后的长剑。这个人绝非朋友,夫子也说过,心社已经在大礼议中被铲除殆尽,就算尚有漏网之人,也没理由冒这么大风险潜入紫禁城来——除非这人与自己一般,有不得不如此做的理由。只是一见到这个人出手的身手,少芸便知道他绝对不会是心社的残党了。

这个人的本领比自己更强。

一听到那人拔剑的声音,少芸便已经觉察到了。她身为女子,自知力量比不上男子,因此在身法上痛下苦功。只是眼前这人的身法竟然不输自己分毫,两人几乎同时从蜈蚣桥的两头冲来,相遇的一刻也几乎便是桥中央。蜈蚣桥虽长,但一个人若是全速奔跑,跑完全程也不消片刻，更不用说只是半刻了。几乎是转瞬之间，两人已经相距不到四尺。

这四尺的距离，其实伸手出剑，剑尖便已能碰到。纵然暮色沉沉，但这般近的距离仍然看不清对方的面容，却可以看到那人个子也不甚高，手中的剑倒是寻常宫中守卫的佩剑。

宫中守卫，一般佩刀，也有佩剑。此人的剑很是寻常，但剑势却大异俗流，虽然隔得尚有数尺，但少芸已然感觉得到对手剑尖发出来的逼人的寒意。

蜈蚣桥也不是很宽，并排走上五六个人亦是不在话下。那人已经到了少芸近前，也不见如何作势，手一送，那把剑已然刺向少芸的前心。

有若电光石火，少芸的剑却如预先料到一般，长剑横在了前心。这招以守为攻虽然稍失之缓，但少芸心知这对手剑术太过厉害，如果与他对攻，自己未必能占得上风，因此已打了但求无过的心思。她料定了对手第一招必是杀手，因此长剑不抢反守。那人一剑虽然速度更快，但她料敌有中，那把剑一下被她长剑格住，发出了"叮"一声轻响。

这一剑被格住，那对手便是败局已定了。少芸这念头刚闪过，那人的剑却忽地下落了寸许，又从少芸剑下直刺过来。本来少芸的长剑已将那人的剑挡住，那人无论如何都不可能在如此短的时间里重新刺出。只是那人的本领当真了得，原本右手握剑，在剑被少芸格住的一刹那右手忽地松开，左手却已探到了右手腕下，反手抓住了那把正落下的剑。如此一换手，便消去了这一招被破去后的滞涩，而少芸反成了招式已老，无法反击之势。

竟然有这等本领！少芸心中一沉。那人自觉这一招阴阳手必能得手，前冲之势丝毫不减，只准备在一瞬间冲过桥去，而少芸便会中剑坠入冰冷的太液池中去了。然而他的算盘打得虽响，少芸的长剑却也鬼使神差般一样沉下了寸许。又是"叮"一声，第二剑竟然仍被少芸挡住了。

这一下便使那人亦是一惊。两个人的步子几乎一样轻盈迅捷，在蜈蚣桥的石板桥面上也几乎没有发出声音。只是身影交错的一刹那交手两招，这两招都是千钧一发、生死一线，可两人竟然都失手了。只见那人身子一伏，又是一个阴阳手，人更低了尺许，掌中利剑再次闪过了少芸的格挡，斩向她的双腿。这一式二段阴阳手刁钻无比，只是他的剑势虽然阴狠，少芸却突如大鹰一般飞身跃起。两人的动作均是迅捷无比，电光石火之间，二人一上一下交错着换了个位。

虽然闪过了这一剑，但少芸心头却是一阵恍惚，几疑身在噩梦之中。她根本未曾想到这个不期而遇之人竟然有如此高强的武功，若非穿着埃齐奥所赠的这件斗篷，方才那一下变招她定然躲不过了。西方兄弟会不似中原人一般修习轻身功夫，只能靠着器具之能来弥补。这件斗篷不仅能抵挡锋刃，更能让穿着之人身形越发灵便。少芸的身法出自天授，本来就极其高明，穿上这斗篷后更是不作第二人想。方才见那人突然前冲，便知道这个人的身法亦极其高明，只怕不比自己差多少，因此早就打定了主意，右手虽然出剑，左手却发出了绳镖。绳镖的索乃是天蚕丝和鹿筋编的，虽然纤细若线，却是牢固异常。而绳镖既然能做武器攻敌，也可以缠住重物借力。她在拔剑的同时左手绳镖已缠在左前方的桥栏上了。天色甚暗，绳镖的细索也是黑色，那人竟不曾发现。当那人以换手出第三剑时只道少芸避无可避，已成俎上鱼肉时，少芸却以左手之力硬生生让自己格住了那一剑，趁势一提气，人已冲天而上。

纵然如此，那人这一剑其实已经划在了她腿上，只是受斗篷之阻滑开，未能伤她。若不是如此，少芸双腿的筋脉必定已被此人割断了。此时两人已经交错而过，互换了位置，那人本在蜈蚣桥的西侧，现在换到了东侧。少芸只觉掌心已然沁出了汗水，剑柄都有点打滑。她心知此人定然要杀自己灭口，这一次绳镖未必还能救得自己性命了。她暗暗咬了咬牙，定了定神，猛地转过身来，正待对付那人的下一轮攻击，只是眼前一花，那人已经闪身下了蜈蚣桥，隐没在黑暗中了。

这人是准备暗算？可是蜈蚣桥并不是暗算的好所在。桥下便是湖水，桥上也无遮无挡。少芸正自诧异，却觉身后忽地一亮，随之便是一声闷雷似的响。她吃了一惊，眼角瞟去，却见身后西苑那边，竟然升起了一团火焰。看样子，正是豹房的所在。

豹房被烧了！

少芸已然呆住了。虽说西苑很偏僻，守卫晚上都不会到此处巡逻，但发生了火灾，那些守卫可是会马上过来了。看来，这把火便是这人放的，怪不得他无暇杀自己，急着想要离开。可豹房是前朝皇帝所设的别居之处，现在已经废置，这人为什么要毁掉那里？

这些事已无暇多想了，少芸掉头向西跑下了蜈蚣桥。宫中守卫都十分精干，看到火起马上就会赶来，而火势如此之大，也已不可能再查探到什么了，必须尽快从密道离开紫禁城。只是跑过豹房时，少芸还是扭头看了一眼。

豹房是正德三年建造的。那一年少芸只有三岁，正德帝也才是个十七岁的少年。随后豹房越来越大，一直到正德七年还在添造，前后花费了二十四万两白银。少芸被封为惠妃后也陪着正德帝住了两年，因此对此间相当熟悉。虽然离得还有一段距离，但她一眼看去已发现最先火起的，便是那幢俗称西番馆的房子。

西番馆在豹房的两百余间房屋中，最为高大坚固，但即便对于那时的少芸，此处也属禁地，正德帝一向不许她靠近。少芸还记得从那儿时不时会传来一阵阵凄厉的怪叫，豹房养有一些猛兽，这怪叫也不知是什么异兽发出的。只是有一天那西番馆却被封住了，再不准有人进入，少芸只看到有不少死尸被抬出。那些死尸全都肠穿肚烂，浑身没有一处完整，简直如同被绞过一般，让那时的她吓得做了两天噩梦。后来她按捺不住好奇心，曾偷偷从窗口向里张望，只见里面尽是些奇形怪状的桌椅，还有个很大的铁笼，不知关过什么怪兽。虽然打扫过，但还是看得出里面到处都是血污的痕迹。

西番馆里发生过什么，一直到正德帝临死前，将那个东西交给少芸时，她才约略猜到了一点。那个东西，是一个用金筒密封得极其严实的卷轴，外面写着"岱舆"两字。而西番馆里悬着一块匾额，正是这两个字，连字体都一般无二。

这个卷轴里记载的，定然便是西番馆里曾发生过的事吧？正德帝是突然暴病而终的，临终前他已经对最为信任的张公公有了怀疑，因此把这个卷轴交给自己时，叮嘱自己千万不能让张公公拿去……

想到这里，少芸突然心头一震，只觉一股寒意直升上来。方才与她交过一次手的那人，虽然只是惊鸿一瞥，但少芸终于想起来他是谁了。

这个人，竟然是八虎中的**魏彬**！

朱九渊先生说起过，八虎中的七人，除了张永，便以**魏彬**最强。然而这个仅次于张永的强者为什么要在这个当口偷偷烧掉这些本已废弃的豹房？

少芸皱起了眉。魏彬此举，必定是得到了张永之命。而张永要毁掉西番馆，显然是因为他早就得到了那个卷轴，因此当他得知自己回到大明，便已然算到了自己会来豹房这一带查探，因此马上命令魏彬将豹房烧毁。只是张永如果是从火灾后的仁寿宫废墟里偶然得到了卷轴的话，他不应该知道这卷轴与自己的关系，为何为了防备自己查探到消息而冒险烧毁豹房？

仿佛突然间划过一道闪电，少芸心头一片雪亮。

阿蔷说那件卷轴已经在仁寿宫的大火中被毁掉的事，原来不是真的！而阿蔷那种对自己的猜忌害怕，原来也不是因为自己遭到了张公公的通缉而害怕受到牵连，而是因为她害怕自己知道了她的背叛！

一刹那，少芸只觉得心头一阵阴寒。这些看似想不通的事只有一个原因可以解释，便是那件卷轴其实是阿蔷交给了张永。

阿蔷能够在新帝登基未久就得以封妃，肯定是有人在帮她。而能够在后宫说得上话的，就算是首辅这样的大臣也是办不到的。能做到这一点的只有权势极大，又是个宦官的张公公。而张公公会帮助张顺妃，当然不是因为他们是本家，肯定是她给过张公公一个很大的帮助。而阿蔷说那东西是自己离开皇宫时她就放在仁寿宫里了，可仁寿宫却是第二年三月才起火，当中相差了近一年。阿蔷那时只是个宫女，并不住在仁寿宫里，期间有无数次机会转走。她那时只是个不起眼的宫女，也根本不会有人怀疑她，要转移走是件非常简单的事。

将这些事串在一起，答案已是昭然若揭。张公公在追查先帝留下的这件遗物时，一定许下了种种诺言，比方说"可以在陛下面前美言，升为嫔妃"之类。阿蔷的梦想，便是能成为妃子。最终她经不起这个诱惑，拿自己托付给她的东西交给了张公公，这才能够在一大群宫娥中脱颖而出。难怪阿蔷看着自己的眼神里，有猜疑，有害怕。

当少芸正要跳下御沟的那一刻，她又看了看西苑那边的火光，眼角的一滴泪终于淌了下来。

第四章 寻 劫

"豹房原来还有这等变故？"

阳明先生皱了皱眉，端起面前的茶水啜了一口，看了看窗外积了层薄雪的碧霞池。因为凝着层薄冰，所以雪已经积了起来。好在不曾积到与路面平齐，否则只怕有人会当那是平地而误踩进去。

宅前这碧霞池三字，也是阳明先生手题。这宅第乃是阳明先生因平定宸濠之乱而受封新建伯被赐予的伯爵府，时人亦称之为"伯府"。少芸看着他，轻声道："是，我想应该是阿蔷将那卷轴交给了张永。"

阳明先生沉思了片刻，放下杯子，却从门后拿起两根竹竿，递了一根给少芸道："来，小妹，随我出去破冰。"

少芸一怔，也不知阳明先生为什么突然岔开了话题。但她也知夫子所言必有道理，所以并不多说，只是默默接过了竹竿。这竹竿一头已呈紫褐色，大概因为握得多了，十分光润，另一头却甚是粗糙。她跟着阳明先生出了书房，现在虽然雪早已停了，但碧霞池的天泉桥上亦有不少积雪。她随着阳明先生走上了天泉桥，却见阳明先生将手中的竹竿往湖里一插。

湖面的积雪下，冰结得虽然不厚，但因为有雪覆盖，所以相当坚固，虽然未必承受得住阳明先生的体重，但少芸站上去恐怕能稳若泰山。只是阳明先生这一插力道不小，"咯嚓"一声，积雪下的春冰立时破碎了一大片，冰面上的积雪落入了水中，立时半融不融，看去便如白雪上多了个井口一般。阳明先生道："小妹，将冰捅碎了，以防晚间有人失脚踩进池里去。"

碧霞池有里外两池，外池大而里池小，里池清而外池浊。因为里池在伯府中，人行甚少，因此积雪也要厚一些，融得也较外池慢许多，此时几成一潭死水。将浮冰捅碎后，积雪和碎冰都和着池水向外池流去，登时露出一池清泠的池水来。

"大礼议之后，张公公便屡有异动，调用了内库不少银两。我曾暗中查探，发现竟然都是运往广州府。"

少芸一怔，问道："广州府？"

广州府虽是广东承宣布政使司的首府，又是与海外交通之地，但毕竟僻处南海之滨，与京畿之地太过遥远。阳明先生道："正是。当我得知此事时也是大吃一惊，不知他有何用意。后来才得到消息，说张公公暗中与佛朗机人勾结，在经营南海一处秘岛。"他说到这儿，手中竹竿用力一扎，池面一块厚厚的坚冰应手而碎，顺着池水流了出去。看着这些碎冰，阳明先生喃喃道："看来，只怕与你所言之事有关。"

少芸诧道："这卷轴中到底是什么？"

"现在也无人知晓。但既然是先帝临终前如此郑重地交给你，说是一旦解开，便能掌控天下，就必定是件极重要之事，无怪张公公势在必得。"阳明先生说着，又沉吟了片刻，忽地抬起头道，"此事就先姑且搁下吧,还剩下几块冰,捣碎了再说。"

绕着里池走了一圈,将浮冰都捅碎了,重现出一池清冷池水,少芸只觉手掌有些微汗。阳明先生微笑道:"小妹,冷吗?"

少芸摇了摇头道:"不冷。"

其实春寒料峭,春雪初晴,天气也当真有点冷。只是这般绕着池子捅了一圈冰,也真个不觉得冷了。阳明先生叹道:"宇宙便是吾心,吾心即是宇宙。寒暑者,原本也只存乎一心,不关其他。所以世间万物,本是乌有,只是心之所造。天气仍是这天气,你不觉冷,都是心之故。"

阳明先生所言的"宇宙便是吾心,吾心即是宇宙"两句,乃是宋时大儒陆九渊先生的名言。"心社"中这个"心"字,亦来自此语。而教导过少芸的朱九渊先生,亦是因为仰慕陆九渊而改此名,阳明先生所创之学,亦因此而名之为"心学"。少芸入心社时年纪尚幼,阳明先生那时蒙面匿名教导她的亦只是一些武功之道。心学精义朱九渊先生倒跟她说过一些,只是那时一路疲于奔命地西行,也无暇说得透彻。听得阳明先生这话,少芸心中一动,问道:"夫子,若世间万物本是乌有,只是心之所造,那岂不是事事可为,亦无对错?"

阳明先生淡淡一笑道:"世事本来确无对错。喜怒哀乐之未发谓之中,发而皆中节谓之和。便如一辆大车,未曾发动时这辆大车自然尽善尽美,毫无破损,此之谓'中';一旦发动,车行若是中规中矩,大车仍是尽善尽美,此时称是'和'。但一旦车行越于轨,则损伤难免。人心亦如此车,良知便是驭车之人,格物乃是驭车之术。唯有致良知,行善行,知行合一,这辆大车方能行千里而不殆。"

原来阳明先生所创"心学"精义,便在悬于明德堂楼上那四条立幅。"知行合一"四字,亦是心学根本。知则人人皆有,但要知其善恶，才是人所应有。而心学精妙之处，亦在炼气养性，因此后来传其衣钵的弟子如王畿等辈都文武兼修，得享遐龄，王畿最终活到了八十三岁。而王畿的弟子，但阳明先生的再传弟子，名列嘉靖八才子的唐顺之，更是武艺出众，是有明一代的枪术大高手。阳明先生昔年引少芸入心社时，她只是个小女孩，后来由朱九渊先生教导，亦是重于武而轻于文。虽然与少芸重逢之日尚浅，阳明先生已然察觉到这个女弟子因为常年颠沛流离，又眼见师友一个个俱遭八虎屠戮，心中怨气已重，正是四句教中所言的"有善有恶意之动"之理。若不能以致良知、行善行纠正，少芸只怕轻者会走火入魔，重者会戾气顿生，就此走上歧途。

阳明先生本就是循循善诱的良师，听得他这般深入浅出地阐释心学秘义，少芸只觉料峭春寒与体内燥热瞬间化作春风驰荡，不禁露出微笑道："谢夫子教。"

阳明先生看着她，忽然将手中竹竿往碧霞池中一插。此时浮冰已然都被击破，竹竿插入水面，荡起层层涟漪。他道："奈何冰有锋刃之象？"

心学本质是儒学，却颇受禅宗影响。阳明先生这总括心学奥义的四句教，即与佛门偈语一致。王门弟子平时辩驳，也颇喜禅宗公案一般打机锋，从中将至理奥义愈辩愈明。少芸虽不曾在阳明先生门下耳提面命地修习，学识也乏善可陈，但此时福至心理，说道："譬如春冰锋刃，终是一池春水。"

阳明先生又是微微一笑，突然将手中竹竿举到胸前，向少芸平平直刺过来。他手中虽然只是根竹竿，用的却是剑招。而这一招亦是气象万千，极见身手，速度之快，真如一柄无坚不摧的利剑。只是少芸手中的竹竿却也如同有灵有性一般直翻上来，"啪"一声，正挡住了阳明先生这一招。

　　冰块坚硬而有锋芒，若一意执见于此，则只见锋刃而不见圆融，冰水之间就泾渭分明，分开时不费吹灰之力。可冰若融入了春水之中，那天下就再没有人能分得开了。剑术极诣，亦是如此，在于圆融而不在锋刃。如果剑招全无锋芒，则如羚羊挂角，无迹可寻，自然也无人能挡。少芸的剑术是阳明先生嫡传，原本就已登堂入室，到了佛罗伦萨又得闻埃齐奥指点，剑术又融入了泰西一脉。只是她尚未达到圆融之境，而西方剑术与她原来的武功又大为不同，有些剑意甚至截然相反，结果便是每在出手之际想着究竟以哪一边为准，因此那一日她被高凤偷袭后险险躲避不开。阳明先生正是看到了她武功中这个弊病，心知让她偏废哪一路都是得不偿失之事，不如因势利导，将二者融会贯通。他是桃李满门的良师，因此借凿冰之举，以心学中的精义来讲述剑术，冰坚水柔，原本也是一体。那么剑术不分东西，亦是如此，当真让少芸有豁然开朗之感。方才阳明先生从正中直刺过来，若是依朱九渊先生所传剑路，当遇强则避。可此时两人站在池边，一不小心便会落入水中，情急之下她以埃齐奥所传西方剑术中以快打快之法来运剑，本觉凿枘不合，但依阳明先生冰水之喻运剑，却觉这一招自然而然，全无滞涩。以阳明先生出招之快她亦能挡，心中不禁欣喜，说道："夫子……"

　　阳明先生淡淡道："武道虽与文道有别，但本源却是一也。小妹，六经注我后，我方能注六经。"

　　昔年有人问陆象山先生说："何不著书？"象山先生说："六经注我，我注六经。"此语似浅而实有玄机。阳明先生的心学与象山之学一脉相承，又是乐育英才的良师，文武之道两臻绝顶。少芸的武功其实已然超越了朱九渊先生，只是她身怀东西两种最高明的剑术，总不能融会贯通，碰上的又是高凤、魏彬这等极高强的对手，以致信心都有点不足。而阳明先生这一番点拨，实有点铁成金之妙，这一番冰湖论剑，让她实有顿悟之感。只是阳明先生的笑意一闪而过，又轻轻叹道："小妹，虽然你不曾读太多书，但悟心之高，实非寻常人可比。我的心学有文武两道，文道传人有余，武道，只怕唯有你一个了。"

少芸见阳明先生眼神中隐隐有些忧伤之色，心知他又想起被摧毁殆尽的心社了。当初心社中人才济济，能传阳明先生武道衣钵者大有人在，文武全才者也不在少数。然而被八虎一番摧残，现在武道上恐怕真个只有少芸方能传承了。她道："夫子，只消重建心社，自然不必过虑。"

重建心社，这是二人心中最大的愿望了。阳明先生微微一颔首，又道："你能悟透'知行合一'这四字的话，这路心法便已登堂入室，应能夺谷桀与马屠这两个阉党之席，与丘魔与魏蛇亦可争一日之短长，但与张公公比……唉。"

纵然没说话，少芸还是听出了阳明先生话中之意。阳明先生传她的这路心法，她也已修习多年，看来已获阳明先生首肯。当年有"八虎"之称的那八个宦官，自高凤死在阳明先生剑下后，现在只剩下六个了。有"桀"之称的谷大用与有"屠"之号的马永成，相对来说要稍逊一些，外号为"魔"的丘聚与诨名"蛇"的魏彬则要技高一筹。那一日在蜈蚣桥与魏彬的不期而遇，更让少芸清楚自己与八虎中高手的差距。阳明先生觉得自己现在与这魏彬已拉近了许多，但仍不是张永的对手，她多少有些不服气，说道："夫子，冰冻三尺，非一日之寒。"

阳明先生微微一怔，微笑道："不错。小妹，三军可以夺帅，匹夫不可夺志。你这匹女，志亦不可磨。"

阳明先生这般说笑，却也是头一遭。少芸的嘴角也不禁浮起了一丝笑意。她道："对了，夫子，您对张公公似乎颇为忌惮？"

阳明先生方才对八虎中剩下的四人都提了一遍，不是说"阉珰"，便是直呼其外号，偏生对张永却称"公公"而不贬之，这让少芸隐隐约约觉得阳明先生对这个毁掉了心社的最大敌人反而有种异样的尊重，实是让她想不通。因此这话虽然问得有些唐突，但真如骨鲠在喉，不吐不快。

阳明先生听她问起张永，顿了顿，才叹了口气道："张公公这人，有时我真觉得他是我镜中之影。"

"镜中之影"这四字，实是让少芸有些瞠目结舌。阳明先生却抬起头来，喃喃道："昔年我领兵平宁王之乱，张公公奉先帝之命而来，与我曾经有过一夕长谈……"

那一晚一同长谈的，其实除了阳明先生与张永，还有一位他们都十分尊敬的老大哥。在那一夕长谈中，他们三人虽然年纪、身份各个不同，却发现他们几乎有着同样的理想，以致相见恨晚。阳明先生向来喜怒不形于色，但此时却是感慨万千，似乎想起了当年之事。只是他马上转过头来道："对了，小妹，还有一件事，上回你放在我这儿的那个盒子，我终于查出些端倪了。"

阳明先生说的，正是埃齐奥交给少芸的那个小盒子。这盒子虽然不大，但带在身边终究不便，因此少芸前番要去京中见张顺妃，便将盒子留在阳明先生处。埃齐奥交给她时，曾说过这盒子乃是西洋兄弟会代代相传的宝物，一旦少芸在遇到难以抉择之事时，才可以打开盒子。当初少芸将这盒子交给阳明先生时，正为如何重建心社而漫无头绪，想起埃齐奥此言，便打开了盒子。本以为这盒中定有什么能解惑释谜的宝物，谁知里面却空无一物，便是阳明先生亦不明所以。听得阳明先生说已查出端倪，少芸道："夫子，这盒子究竟有何深意？"

阳明先生沉吟道："记得昔年我曾从一本书中读到过一件事，说的似乎就是此物，书上称之为'先行者之盒'。但那本书语焉不详，想必那作者亦是得之传闻，只说此物乃是上古传留，有人不能解之用。"

少芸又惊又喜，问道："夫子，您可还记得是什么书？"

阳明先生摇了摇头道："那是本手抄的宋人无名氏札记，名曰《碧血录》，记钓鱼城坚守之事，讲到这先行者之盒的也就寥寥数句，仅此而已。"

少芸本以为阳明先生从书中读到了关于这盒子的事，定然还会知晓更多的事，哪知居然就这般几句话，不由大失所望。阳明先生似猜到了她的心思，微笑道："虽然遍查古书无所得，不过倒是听到了一件与之相关之事。"

少芸不觉问道："什么事？"

"国子监严祭酒，居然也在查这般一个木盒之事。"

少芸眉头皱了皱，诧道："严祭酒查这个做什么？"

国子监即是京中最高学府。书院之长称山长，国子监之长即称祭酒。阳明先生道："这严祭酒名叫严嵩，前些年一直在南京为翰林院侍讲，去年突然升迁此职，是因为得到了张公公一力举荐。"

少芸一怔，喃喃道："也就是说，其实是张公公在找这盒子？"

阳明先生点了点头："那一日在卧龙山上，我见你一直未曾发觉高凤在追踪你，所以有意将他行踪露给你看。而这高凤一直隐而不发，既是想查出我的下落来，恐怕另一个目的便是想确认这盒子是不是在你身上。当时他从树后暗算你的那一剑极是了得，原本我也已经迟了一步，但当时他的剑原本要刺向你腰眼处，临时却变了招，结果被你闪过了一剑。"

少芸回到大明后，除了在紫禁城西苑蜈蚣桥与魏彬的狭路相逢，便以那天遭高凤暗算最为危险。回想起来，高凤从树后突然闪出，少芸根本不曾料到，原本确是闪躲不开。但当时高凤的剑也当真临时有些犹疑不定，少芸方能在千钧一发之际躲过。回想起来，少芸也觉高凤此举有点捉摸不透，不过也只觉得那定是高凤剑术不精，因此出手后仍拿不定主意。听阳明先生这一说，她才恍然大悟，说道："当时他发觉了我系在腰间的这个盒子！"

回大明后，少芸一直未让这盒子离身，那天在卧龙山与阳明先生接头时亦将盒子用包裹系在了腰间。黑暗之中，高凤先前只怕一直未曾发现，直到出手时距少芸已经甚近，这才察觉此物。高凤宁可这一剑失手也不能伤损这盒子，因此临时变招，使得剑势减缓，被少芸躲过了一剑。

阳明先生微微一颔首道："虽不中亦不远矣。"

少芸沉默下来。虽然仍不知这盒子究竟有何用处，但至少已知一点，张公公原来对此物亦是势在必得。八虎与心社势不两立，要重建心社，必须先除掉八虎。但八虎虽然只余六人了，可每个人都手握重权，加上本身武功亦极是高强，想除掉他们谈何容易。能除掉高凤，说到底也是因为当时高凤根本不知道有阳明先生在而已，否则恐怕亦不知鹿死谁手。只是现在知道了张公公原来在竭尽全力搜寻这个盒子的话……

少芸抬起头，看向阳明先生，却见阳明先生捻了捻须髯，微笑道："小妹，你可是想用这盒子为饵，将他们引出来一个个除掉？"

少芸点了点头道："夫子所言极是。"

八虎中那几个人都不是易与之辈，如果单打独斗，少芸虽无必胜把握，至少还有全身而退的能力。阳明先生沉吟了一下道："只是如此一来，小妹你可是风险不小。"

"为重建心社，必先除八虎。少芸已有此决心。"

阳明先生又想了一阵，终于道："好。接下来诸人中，除了张公公，余下四人里以丘魔和魏蛇最为难斗。但丘魔向来不离张公公左右，为人阴狠却无谋，魏蛇却非百里之才，若不趁现在除掉他，定然后患无穷。兵法如对弈，务求不落窠臼。如果不能料敌机先，便只能被对手牵着走，如此绝无胜机。张公公多半猜你下一步会对付马屠或谷桀二人，对这两人他定然已做好准备。但能而示之不能，用而示之不用，魏彬这人心雄志大，却正是张公公这一局棋的疏漏之处。"

张永手下，除了向不露面的罗祥之外，现在还有丘聚、魏彬、马永成与谷大用四人，其中丘聚和魏彬的武功要更高一些。少芸乍听之下，尚有些疑惑，但转念马上省得，这第一个引出来的，尚是趁虚而入，此后敌人有了戒心，必定会更加难缠，因此必须趁此机会将最棘手的那个先行除去。如此看来，魏彬即是最好的目标。但想起与魏彬那一照面，少芸便不由有些忐忑。阳明先生也发现了她的顾虑，说道："怎么，没信心？"

少芸抬起头道："夫子，那天我与魏彬过了一招，自觉尚不是他的对手。先拿他开刀，只怕把握不够。"

阳明先生淡淡一笑道："八虎中尚余六人，除了罗影极少出头，丘魔无情，谷桀贪财，马屠残忍，魏蛇则是阴狠。此人曾执掌锦衣卫，旁人从未见过他出手，连他用的是什么武器都不知道。不过此人外表恬淡，内里却最好争功。他与马屠最为莫逆，可一旦有功，则一样要占为己有，所以这个人实际上最易挑拨，只消布好局引他入彀，除之当较他人更易。"

少芸听阳明先生如数家珍，将八虎的性情都说得一清二楚，心想怪不得说谋定而后动，阳明先生纵然这些年隐忍不发，其实却一直在策划着复心社被毁之仇。只是听阳明先生说除掉魏彬比他人更易，少芸总有点不敢相信。犹豫了一下，她道："夫子，那该从何入手？"

阳明先生嘴角浮起一丝微微的笑意道："斗力不若斗智。"

这时一阵风吹来，将屋檐上一片积雪吹得滑落下来，"啪"一声落到地上，摔成一片雪沫。阳明先生扭头看了看，低低道："巽二乍至，滕六不远。天色也已不早，小妹，你陪我小酌两杯吧，正好细细商议此事，也借此为你壮行，祝你顺利取得魏蛇的首级。"

巽二是风神，滕六是雪神。唐时牛僧孺《玄怪录》即记此二名。阳明先生说的是杀人之事，谈吐却依然文绉绉的，而魏彬的首级仿佛已是唾手可得。少芸有些忍俊不禁，躬身道："谨遵夫子教。"

就在阳明先生与少芸在书房小酌，商议着如何杀魏彬之际，魏彬自己也正在宅中后院楼上小饮，一边看着院中那几本被积雪压得有些下垂的檀香梅。

魏彬的宅第甚是清雅，后院中花木也多，但魏彬独受这檀香梅。檀香梅其实并非梅花，乃是种腊梅。在花谱之中，腊梅品第极低，因此时人甚至称之为"狗蝇花"。然而事事都有例外，檀香梅虽然也是腊梅，却大为不同。宋范成大《范村梅谱》中即曰："色深黄如紫檀，花密香秾，名檀香梅，此品最佳。"

魏彬虽然身为阉人，又曾执掌锦衣卫，但却是个颇为自命风雅之人。饮酒向来小酌，不作牛饮；食馔务求精洁，不必奢华。如果不知他身份，旁人见了也只认作那是个面白无须的中年儒士。因此在魏彬心中，自己亦如这狗蝇花中的檀香梅，出淤泥而不染，必将出人头地。只是他并没有太大的野心，当初在刘瑾手下时便兢兢业业，万事唯刘公公马首是瞻。待张永用权谋除掉了刘瑾后，魏彬马上就改换门庭，成了张公公麾下的忠犬。不过在魏彬心中，却也仍是觉得门前风景年年换，门里依然是旧人。不管是谁的麾下，只消无碍自己这花间一壶酒，便是足矣。

因为，当中坐着的，未必就不是自己。

酒十分清洌甘醇，但魏彬很是节制，纵然微醺也仍是保持清醒。他想的，仍是那天宫中的事。

趁夜烧去豹房西番馆一带，是奉了张永之命。纵然心底有些不甘受张永驱使，但魏彬还是不折不扣地去做了。以魏彬之能，这当然也不算太难的事，然而当时还是出了一点意外，在离开西苑的蜈蚣桥上，竟会遇上那个衣着怪异之人。原本只道那是个运气不好的宫中侍卫，魏彬打算一剑将那人杀了后往太液池里一扔。然而甫一交手，那人竟然强得出乎意料之外，便是魏彬也被惊出了一身冷汗。当时魏彬因为扮成了宫中守卫，身上并不曾带自己的独门惯用武器，又急着脱身，然而回来后细想，越来越觉得不对。魏彬也见过宫中侍卫，却从未见过侍卫有穿这种斗篷的，而那人的身手，分明又是当初的兄弟会一脉……

难道那夜遇到的，就是少芸？

魏彬有点不敢相信会有如此巧法，但越想越有可能。中原兄弟会在大礼议后几乎被连根拔起，纵然还有一些极隐密的残党，也只是一些小角色了，多半不会有潜入皇宫的本领。唯一有此能，也有此心的，只能是少芸一个。如果真个有如此之巧的话，自己实在是错过了一个天赐良机了。

正自想着，他又待小饮一口定定神，却忽地站了起来，警觉地看向身后的楼梯。

楼梯上正传来极轻的脚步声。魏彬独酌之时，便关照过下人不得随意打扰自己。现在这个人居然好整以暇地拾级而上，竟似毫无顾忌，魏彬自是颇有些恼怒，左手也伸进了右手袖中。只是待看到上楼之人，他马上便泄了气，忙不迭上前两步，伏倒在楼板上道："督公。"

上来的，正是提督京师十二团营的张永。虽然天气甚寒，但张永穿着一领夹衣，神情自若。见魏彬跪下了，便道："起来吧，魏彬。"

魏彬站了起来，却不敢再行坐下。张永见窗前小案的泥炉上还温着一壶酒，却无下酒之物，微微一笑道："魏彬，你倒是风雅，对梅花下酒。"

虽然张永说得很是温和，魏彬却觉脊背后都是一阵难忍的寒意。他待张永坐下了，这才坐到一边，轻声道："督公，上月您吩咐我之事，魏彬已然办妥。"

张永点了点头道："我也听到了，你办得很好，不留丝毫首尾。"

上个月张永命魏彬潜入西苑放火将西番馆烧了。此处虽已废弃，有价值的东西也早就搬走了，可少芸毕竟在此处待过两年，难保她会知道一些别人不知道的秘藏，所以索性趁早将其毁去。他一回来便已听得西苑失火之事，那些守卫发现火起赶到时，西苑已然烧作了一片白地。先帝宾天之后，西苑便已废弃，连当初西苑中养着的几头豹子也都已经移走了。因此这场火虽然不小，却没伤人。何况西苑僻处禁宫的西南角，又有太液池相隔，火势再大也不会殃及别处，因此虽然失了火，就算当今陛下也没当一回事。

魏彬暗暗舒了口气。他见张永的神情仍然甚是凝重，小心道："督公，还有少芸下落之事，目前尚无头绪。"

张永看了魏彬一眼，眼神也并无什么异样，但魏彬仍是感到了一阵莫名的寒意。虽然同是驺虞组八虎之一，若论官职也相去不甚远，但魏彬知道自己与眼前这人的身份实是有着天渊之别。当初刘瑾正是未能看清此人,最终落得个千刀万剐的下场,他自是不想步刘瑾的后尘,一直肃立在侧,神情越发恭顺。

"魏彬,少芸这婆娘,定然已到京中了。"

魏彬一怔,但神情仍无异样,问道:"督公得到什么新消息了?"

"不曾。"

魏彬又是一怔,心道既然根本没消息,为什么又说得如此斩钉截铁?却听张永接道:"正因为全无消息,所以越发奇怪。这婆娘一上岸,形踪便已露了。只是高凤折在她手下后,她反倒行踪全无,再找不到丝毫破绽,定是有人在暗中助她。"

魏彬沉吟了片刻,喃喃道:"有人暗中助她?督公,有谁还能有这等胆子?"

张永鼻子里轻轻一哼,看向魏彬道:"魏彬,三年前兄弟会被你连根拔起时,那首脑应该是死在你手上的吧?"

魏彬因为最擅追踪之术,三年前借大礼议之名,他们驷虞组向兄弟会发起了致命一击。凭借魏彬这一手追踪的本领,京城的兄弟会成员被搜检得一干二净,不留一个。当时魏彬还记得最后追到了兄弟会的总会,那首领拼命反抗,最终还是死在了自己剑下。他道:"是。督公,此人名叫洪立威……"

张永打断了他的话道:"这洪立威只是个小人物,在他背后,定然还有人在。"

驷虞组与兄弟会的争斗,已然绵延上千年。还是战国之时,驷虞组的前身因为辅佐秦始皇扫平六国,便与当时立志要推翻秦朝的兄弟会结仇。

世上万物,必须井井有条,任何人都不得越雷池一步。这个信念一直传承到张永这一代，千年来都不曾变过。正因为他们崇尚强权，而兄弟会却宣称"万事可为"，自然与他们格格不入，每每会拔剑而起。因此从魏羽刺杀秦王开始，兄弟会便成了张永的先辈们竭力打击的对象。此后列朝列代，更是争斗不息，有时这一方占上风，有时另一边得了优势。这么多年来双方一直生死相拼，但也一直势均力敌，如今兄弟会这等几遭斩草除根的情形，却还是第一次。

如果能够彻底除灭兄弟会，那将是从未有过的壮举。便是张永，一想到这些也有点激动。他也知道，欧罗巴兄弟会组织中首领被称为"导师"。导师不除，兄弟会总会死灰复燃。大明这个兄弟会虽然有所不同，但肯定也有这般一个人在。那洪立威的本领固然不错，却要逊于逃走的朱九渊。固然导师未必就是兄弟会中的最强者，张永也曾听皮洛斯先生说起过，但此事总让张永一直介怀。

本领可以不是最强，但一个组织的首领，定要有领袖群伦的气度，否则难以服众。张永看到那洪立威时，已是一具千创百孔的尸体了。魏彬出手，向来都不让旁人窥视，便是张永都不曾见过。能让魏彬下此重手者，自然不是弱者，可是那也仅仅是个勇者而已，张永怎么都无法相信那个洪立威便是兄弟会的大首领。这怀疑已然纠缠了他好几年了，这几年里他已然竭尽全力地搜查兄弟会残党，但都一无所得。有时张永都不得不觉得也许自己真个错了，兄弟会的确已经被彻底铲除。然而少芸的归来却从侧面证实了他的怀疑其实是对的，那个神秘的首领逃过了大礼议期间的天罗地网，现在终于重新浮出了水面。

张永的话音甫落，魏彬却微微一颔首道："督公所言极是，我也一直如此觉得。"

他只是顺口说出，但刚一出口，心头便是一沉，忖道："糟糕！我怎的如此大意？"他生性精细，做事更是谨慎，知道张永猜忌心极重，因此向来都是小心翼翼，从来不做什么遭忌之事。但方才这一句，实是表明自己其实也早就看出了兄弟会首领另有其人，可那洪立威死在自己手上，自己却一直不说，这等事岂不犯了张永的大忌？只是话已出口，后悔也来不及了，他马上接道："只是这些年来苦无证据，不敢妄言。听得督公所言，这才茅塞顿开。"

张永倒也没有注意他这等隐密心思，只是有些木然地看着院中那一本檀香梅，忽然轻声道："不管此人是谁，总要将他揪出来。魏彬，谷大用很快就会将鼎器采办齐全，岱舆计划即将万事俱备，只欠东风了。现在最关键的还是那先行者之盒，此事可有眉目了？"

张永的声音极是温和，毫无半点恚意，但魏彬的脊背上又是一阵阴寒。他自己便不是个易与之辈，可在张永面前，却无论如何都无法摆脱心头那一丝惧意，当年刘公公被处凌迟之刑的场景仍在他心头。这固然不是因为刘公公受刑时的惨状，而是先前张永在刘公公面那副恭顺忠实的样子，以及反戈一击时的决绝，让魏彬自愧不如。张永交给他的两件事，一是烧毁西番馆。二是找到少芸，夺下她那个先行者之盒。第一件事自己做得甚是完美，但少芸和先行者之盒的下落，却是连一点头绪都还没有。他犹豫了一下，问道："魏彬遵命。只是督公，那盒子真的在少芸身上吗？"

"皮洛斯先生已传来消息，这盒子原先在埃齐奥处，而埃齐奥生前所见的最后一个人，便是少芸这婆娘。此后盒子不知下落，所以定是交给她了。只是……"

张永眯了眯眼，从眼皮的细缝里看了看窗外。这样似乎能看得更清晰一些，也能让思路更清晰一些。他又道："那盒子虽然不算大，但随身携带定然不便，她定然交给了背后之人。所以杀这婆娘倒是余事，挖出她背后之人，方是大事。"

此时张永已走到了楼梯口,刚走下一级,忽然又站住了,回头道:"魏彬,杀人手段,想必你不曾忘了吧?"

魏彬道:"督公,小人不敢忘。"

"自然,我也不曾忘。"

这最后一句话,让魏彬不禁毛骨悚然。看着张永的背影,他唯有垂头道:"是,是,谨遵督公命。"

张永走到楼下时,向来不离他左右的丘聚一直等在那儿,跟着张永走出了魏彬的宅院。

一走出魏家的院子,天空中扑簌簌地又下起雪来。这已是春日的雪了,轻得不似是雨水凝成,倒真似柳絮一般,落在身上也并不觉得如何冷。

张永看了看天,喃喃道:"二月了。下月,谢阁老便要复阁了。"

谢阁老,即是名臣谢迁。弘治朝时与李东阳、刘健合称三贤相,有"李公谋,刘公断,谢公尤侃侃"之称。刘瑾当朝时,因为谢迁请诛刘瑾,遭刘瑾陷害而致仕。嘉靖帝登基后,召谢迁重新入阁,谢迁屡辞不果,只得赴京,三月就正式复阁。

从正德十六年开始的大礼议之争,到现在仍未完全结束。张永借大礼议消灭了中原兄弟会,但他也知道朝中仍有不少人对此大为不满,谢迁便是其中之一。从正德元年谢迁与李东阳、刘健一同上表请诛八虎开始,他们就与张永成为势不两立的仇人。而作为三朝元老,就算是张永,自觉也不能轻易对这老人下手,因此谢迁入阁后便难以对这些人定罪。现在的首要之事,已不是搜捕少芸,而是如何对付谢迁了。好在谢迁年事已高,定然不能长为阁老。只消动用手段迫使谢迁去职,大礼议之争便可尘埃落定。只不过这还需要时间,而这段时间里,正好趁机找出少芸背后之人,得到那个盒子,如此岱舆计划功德圆满便指日可待。而魏彬……

张永的眼神中突然出现了一丝异样。对这个驵虞组的得力干将，他既倚若干城，可更多的，却是有若芒刺在背。此人的确很强，但也太强了，强得让张永感受到了威胁。张永自己也是扳倒了刘瑾才坐上了驵虞组首席的，他年纪虽已不小，却也并无让贤之心。只是，魏彬只怕并不这么想。

张永耳边，仿佛又响起了魏彬不经意中漏出的那句无心之语："……我也一直如此觉得。"

原来此人也早就怀疑洪立威并非首领了，却一直隐忍不说。魏彬这么做，一方面是要居剿灭兄弟会的首功；二来定是不想露出锋芒而遭自己之忌。心思如此深沉，必非池中之物，也许，这个人会比少芸更加危险……

"将欲取之，必姑与之。"

丘聚听得张永忽然嘟囔了一句，他不学无术，也听不懂这句《老子》，只道是跟自己说话，问道："督公，有何吩咐？"

张永这才省得自己原来说出声来了，摇了摇头道："没事。"却又道："马永成现在在哪儿了？"

"他奉督公之命正在回京途中，过几天便到。"

张永微微颔了颔首，说道："给他发条令，让他沿途查探少芸那婆娘的下落，再过五日回京。"

听得张永这般说，丘聚不由一怔，忖道："督公这话何意？"

他们八虎之中，本来也非铁板一块，当初的八虎首领刘瑾便是死在张永手中。而刚死的高凤与谷大用也素不相能，不过马永成与魏彬倒没什么矛盾，两人还颇有交情，他二人联手自是比当初让高凤与谷大用联手更合适一些。而且这两人一个精擅追踪术，一个则辣手无情，组成一队倒是相得益彰。只是张永此命实是有意拖慢马永成入京的行程，丘聚实是不知其中深意。如果少芸尚未到京中还好，若是她已经来了，岂不是给了她一个各个击破的机会？只是他自知权谋算度都远不及张永，向来自甘成为张永的贴身侍卫，因此也不去多想了。

这两人沿着长街走去，雪却渐渐大了起来。这一场春雪也不知要下到何时，只见京城的屋顶渐渐变白，而暮色亦渐渐浓了起来。

第五章　胜负手

有明一代，因为设两京制，因此南北两京各设一个国子监。

国子监算不得什么肥缺，不过作为国子监之长的祭酒虽然只有从四品，却甚有清誉。

看着面前这个现任国子监祭酒，魏彬却颇有些诧异。他精擅追踪，自然也就懂一些相面之术。从面相上来看，这位严祭酒虽然不是什么福相，却也颇有几分书生的正气。可是现在这严祭酒一张脸上，分明堆满了谄媚。

不管怎么说，严祭酒做事倒是有条不紊，大为得力。魏彬翻看了一下严祭酒拿过来的这几张纸，问道："严祭酒，你这么快便找到那盒子的下落了？"

严祭酒听得魏彬跟自己说得和颜悦色，忙不迭站了起来道："好叫魏公得知，这也是魏公之福，严嵩方能如此顺利。魏公，你可知道《永乐大典》这部书？"

魏彬心头不由有些气恼。《永乐大典》这部书，看过此书的人只怕天下没几人，没听过此书的也只怕天下没几个了。他道："严祭酒，魏某虽是黄门，好歹也识几个字的。"

听得魏彬话中有不悦之色，严祭酒忙道："是，是，魏公才大，下官望尘莫及。这《永乐大典》的一万九千六百六十三卷，为宋失名之《碧血录》，此书卷二之十九条，记极西有先行者之盒一条，大似魏公所寻之物。"

严祭酒在古籍中查找这先行者之盒的记载，便是魏彬派给他的。按官位，魏彬的从三品虽较严祭酒的从四品为高，但也不能派他什么事。只是严祭酒是张公公一手指拔，自然知道魏彬乃是张公公一脉的驺虞组八虎之一，更是仅次于张公公的高手，所以格外巴结。虽说古书汗牛充栋，但严祭酒博览群书，居然只花了一个多月就找出眉目来了。魏彬大为吃惊，叫道："真的？真记有此物？"

"先行者之盒"这东西，就算张公公也是从佛朗机的皮洛斯先生那儿方才得知。魏彬让严祭酒去查古籍，原本也就是聊备一格，根本没抱什么希望，他的精力尽在搜寻少芸身上。只是少芸仿佛溶化在人海之中一般，居然再没半点下落，倒是严祭酒找出些成果来。

严祭酒见魏彬精神一振，不禁暗自得意。他出身贫寒，少年时苦读寒窗，颇有正直为人之心。只是好不容易登了个第，却因为看不惯刘瑾的骄奢，以至一直在官场上蹭蹬不顺，到年过四旬了还是一无所得。到这时候他终于痛改前非，把当初的"修身持家治国平天下"之念抛到脑后，竭力阿附朝中权势熏天的张公公，结果很快得以入翰林院，又升任国子监祭酒。到了此时，他哪里还有什么当初的"不与阉竖同流合污"之心，已全然变了个人一般竭力讨好八虎诸人。魏彬让他查找古籍，严祭酒也真个将其当成了一桩正事在办，不敢丝毫怠慢。

他上前凑了凑，小声道："魏公，其实那《碧血录》中所记倒也不过片言只语，不过还有一件事却大为可疑。"

魏彬见他这副欲言又止的模样，知他是想表功，便道："严祭酒，你有话便直说吧，又是什么事可疑？"

"就在前天，有个人也来查找《碧血录》，而且还专门查找了《永乐大典》一万九千六百六十三卷。"

《永乐大典》乃永乐朝时成祖皇帝命帝师姚广孝与解缙编成，号称收尽天下之书，有近两万三千卷之多，共一万多册。这么多书便是堆在一处，也足够堆满一间大屋子，一个人想通读一遍几无可能，因此当初编成后便收在南京文渊阁。后来因文渊阁大火，《永乐大典》转至北京文楼。文楼在紫禁城东边的文华殿旁，寻常人都不许进入，想要查阅其中书籍的话，手续极为繁琐。就算严祭酒，身为国子监祭酒，虽说有查阅藏书之权，也不是说查便能查的。魏彬道："咦，这人是哪个官儿？"

"此人并不是官员，却递交了一份查阅单。"

正因为禁宫文楼中的藏书不是随便就能查的，但国子监翰林院这些地方的人常常会有查阅古籍秘本之需，因此便有个权宜之计，这两处都可以递上查阅古籍的条子，再由专人统一查阅，由抄书太监将所需文本抄出。国初洪武帝有明令，不许太监识字，但到了宣宗时，便废了这条禁令，专门在宫中设立内书堂，由翰林教授太监识字。严祭酒自己亦担任过教习，因此宫中太监大多识文断字，有些还有一笔好书法，抄几页书真是牛刀割鸡。这原本是便于有需求之人，不过到了后来也已成了太监渔利之法，要抄一页书价格已然不菲。也正因为价格不菲，因此收了钱后那些太监也根本不在乎是谁要查，以及查什么。若不是严祭酒正好也在查这先行者之盒，只怕就这般错过了。而严祭酒发现有人竟然要在大典的一万九千六百六十三卷《碧血录》中查找有关先行者之盒一条,不禁大喜过望。他虽然才学过人,可是要在这么多古籍中找到一条有关这盒子的,实在无异于大海捞针。按图索骥之下,发现《碧血录》中果然有此条记载,更是欣喜若狂,马上便来向魏公公报功来了。

听严祭酒啰啰嗦嗦地说了一通,**魏彬**面上不动声色,心中却已翻江倒海。他苦搜少芸无着,正在焦头烂额之际,天知道竟然从天上掉下这等好事来。要查先行者之盒的,纵然不是少芸,也必定是中原兄弟会的余党,很可能就是督公猜测的少芸背后那人。不论是谁,只消将此人挖出来,这一件功劳可谓不小。他道:"那张查阅单呢?是谁发出的?"

严祭酒忙不迭从袖中取出一张纸条,递上前道:"请魏公过目。"

魏彬接了过来,却见那纸条上写得十分简洁,却并没有落款。他道:"没有写明谁要?"

严祭酒突然有些尴尬,说道:"这个……**魏大人**,那是因为至圣先师有言:'有教无类',因此国子监大开方便之门,所以便是民间想要查阅禁中秘书,亦无不可……"

原来是趁机赚外快啊。魏彬这才恍然大悟,心想国子监这等清水衙门,这严祭酒也能找出一条生财之道来,此人敛财之能当真是了得。只是他也不想去斥责严祭酒的贪墨,若非国子监有这等舞弊之举,也就查不到少芸的下落了。他道:"那递这条的人什么时候来取?"

"便是明日,此人自会来国子监门房领取。"

魏彬喃喃道:"明日?"

也就是说,明日只消在国子监守株待兔,便可以将少芸一举抓获。魏彬也不曾想到这件让他头痛不已的差事居然如此轻轻易易就能解决了，已是心花怒放。只是他性子深沉，脸上仍是不动声色，说道："好，明日我便带人在你那国子监等候。"

严祭酒听他说要到国子监抓人，却是吓了一跳，干笑道："这个……魏公，此事是不是从长计议为好？若是在国子监动手，只怕……"

魏彬恍然大悟，心想要是在国子监当场抓人的话，那从此只怕再不会有人来请国子监查阅禁中藏书了，等如断了他一条财路。他心想俗话说得好，伸手不打笑面人，这严祭酒既然已有这等功劳，好歹也要给他个面子，便点点头道："那我会与人暗中跟踪，待到了僻静处才动手。"

严祭酒听得如此，这才松了口气，深深一躬道："多谢魏公成全。"

第二日，却是个雨天了。暮春时候，春雨绵绵，寒意料峭，国子监这等清水衙门，越发显得冷清。魏彬坐在门房楼上的一间屋里，从此间正好可以看到大门。国子监虽是个清水衙门，生徒却足有数千人，着实不少。好在白天进出的人并不多，魏彬坐了快一整天，两腿都有些麻了，来取查阅单的倒有两个，却都不是取那张查阅《碧血录》的。到了晌午，严祭酒倒也殷勤，送上了几色酒菜让魏彬吃喝。只是虽然吃得饱暖，可这等干坐着实无聊。看看已然将近黄昏，魏彬正觉大概要落空了的时候，身侧的左辅忽然轻声道："大人，有人来了！"

这左辅乃是魏彬的贴身太监。魏彬自命是天上北斗，因为北斗定人之死。而北斗宿共有九星，其中有两颗暗藏的小星名为左辅右弼，因此魏彬把两个得意弟子取了这样一个诨号。右弼前几年为魏彬办事时被敌人杀了，就剩了左辅一个。这左辅年纪虽不甚大，武功却大是了得，魏彬不少事都得他助力，因此对他也相当信任。听得左辅说有人来了,魏彬精神一振,抬眼向窗外看去。

从楼上往下看,外面雨正下得密。春雨中,只见有个打着纸伞之人正走进这条胡同来。因为被雨伞遮住了,从上面也看不出那人的样貌,只知此人身材并不高,走得也不快。

会是少惠妃吗?魏彬不由长了长身。那个人却已走到了门房边,正与门房说着什么。只是隔着一层楼板,声音根本听不清,但挂在柱子上的一个小铜铃发出了"叮"一声响。

这是事先与门房商量的暗号,说明来人正是来取那张查阅单的!一边的左辅精神为之一振,小声道:"公公,动手?"

虽然答应过严祭酒不在国子监动手,但如果真是少芸的话,魏彬也不惜食言。但他只是小声道:"再等等。"

虽然听不清楼下那人说什么话,但魏彬听得出那人声音虽然不甚粗,却也比自己的声音粗些,定然不会是少芸。想来少芸自己也不会冒这个险,来取查阅单的多半是个替人跑腿的碎催小力把(店铺中做杂活的小工)。如果现在动手,多半要打草惊蛇了。现在上上之策,便是放长线钓大鱼,让这人引自己去见少芸。

拿定了主意,魏彬小声道:"阿左,你跟在我身后,不要被他发现。"

"遵命。"

魏彬站了起来,伸手拿起靠在墙边的一把油纸伞。他也知道这贴身亲随虽然已得自己真传,追踪术不差,但此事不能有半点差池,还是自己亲自追踪方行。

他走下楼去时,那个拿了查阅单的人已然走出了十来步。远远望着那人的背影,待他又走了五六步,魏彬这才跟了出去。

跟踪术之精要,便在于勿太过,勿不及。跟踪一个人,若是跟得太近，会被对方看出破绽，跟得太远，又会跟丢。一般也就是在十步到二十步之间，这段距离对方既不能听到脚步声，又不至因为离太远而跟丢。魏彬对于此道浸淫已久，当初执掌锦衣卫时，他便常常亲自上阵。

国子监位于北京东城的崇教坊，边上便是文庙。国子监面前这条胡同名叫成贤街。成贤街虽然不甚宽，却是笔直一条，加上下雨天行人也少，视野很是清楚。魏彬跟在那人身后，却见那人沿着成贤街向西而行，出了成贤街，穿过安定门街，从车辇店巷转入灵椿坊去了。

灵椿坊位于安定门边，已是相当冷清的所在。一见那人转入这里，魏彬心头更是一动。也许，这一次顺藤摸瓜，不仅能找到少芸在北京城的巢穴，更能找出她背后那人。他知道张永最为忌惮的便是这个为少芸出谋划策的人，自己若能将此人揪出，定然在张公公跟前压倒诸人了。

前面那人似乎全然未曾觉察自己已被跟踪，一路走着，一路还在哼着支小曲，走得却也不慢。又走了一程，堪堪走完了车辇店巷，却见前面是一条南北向的胡同，横着挑出一带黄墙。这等黄色墙壁，除了皇宫，便只有寺院能用。原来已经到了金台坊与灵椿坊交界的北锣鼓巷了。这一带多是富贵人家的别宅，因此一直十分清静，没什么三教九流之辈，那带黄墙便是法通寺。法通寺建于前元至正年间，五十年前寺后增建了三间净土禅堂，如今却十分破败，只有几个老僧在此挂单，平时也没什么香火。

原来借寺院隐身啊。

看到那人走进了法通寺，魏彬心中不由暗暗赞叹。前朝皇妃隐身于寺院之中，让人难以想象，看来少芸虽是女流之辈，隐忍之心却不下于豫让聂政。

他打着伞，站在车辇店胡同口，静静地看着法通寺的寺门。少芸现在肯定不会在这寺院之中，她定是交代过这个小力把，要他将那查阅单放在一个特定的地方，然后静等无人之时再去取。如此神不知鬼不觉，又不需与人照面。一想到这个以前一直在宫中的惠妃娘娘居然变得如此老于江湖，魏彬也不由暗自赞叹。

生于忧患，死于安乐，果然如此。曾经贵为嫔妃的惠妃娘娘，经过几年历练，也已变得如此精细。

魏彬想着。他虽然远不如张永饱读诗书，却颇有点自命风雅，在内书堂里也读过《孟子》。曾几何时，他还曾经发誓要成为前朝的怀恩这样的为百官钦敬的宦官。想到这些往事，魏彬既有些要失笑，又有点隐隐的羞愧。

不论后世如何评我，既已踏上此路，便唯有一直走下去了。

这时那个小力把又撑着伞走出了寺门，看来已经将东西放好了。等那人又走进车辇店胡同时，魏彬一闪身，拦住了那小力把的去路。那个小力把显然也吃了一惊，站定了也不说话。

只怕是吓坏了吧。魏彬暗自好笑，压低声音道："小兄弟……"

这小力把自然不会知道底细，但从他嘴里多少能问出些事来，至少，也能打听出是谁让他来此地的。只是魏彬这话尚未说完，却觉面前微风倏然，那小力把忽地将油纸伞向前一送，一下挡住了他的视线，随即从腰间抽出一把短刀，反手握着削向魏彬咽喉。

魏彬做梦也想不到这小力把居然会动手。此时两人几乎面对面站着，那小力把的动作之快，实是屈指可数的好手。而此人的手法正与那夜蜈蚣桥上所遇之人一般无二，一刹那魏彬已然心头雪亮，沉声道："少芸！"

当发现有人向国子监递交这等查阅单时，魏彬满脑子想的便是少芸绝不会如此冒险，但她偏生就用了虚则实之之计，结果自己一头扎了进来。

果然不应太过自负啊。魏彬想着。他向来自负精细不让张永，可今番似乎每一步都落入了少芸的算计。魏彬无论如何都不相信少芸能有如此算度，那么，她的背后，定然有一个人在为她出谋划策。这个莫测高深的神秘人究竟是谁？他能躲过大礼议中那种如梳如篦的搜捕，定是个名下无虚的强者。一想到其实自己是在与这样的神秘强者对抗，魏彬既是兴奋，却也有一丝隐约的不安。只是到了这时后悔已来不及，少芸的短刀来得如此突然，他全无防备，唯有以空手阻挡。眼见这一刀就要刺入魏彬前心，却是"当"一声轻响，短刀被魏彬的左手腕架住了。

虽然传说有金钟罩、铁布衫之类十三太保横炼的功夫，能够让人刀枪不入，但那等功夫一则难练，二则也未必有传说的那般神奇。短刀被魏彬的左手腕架住后，他的右手一探，已一把抓住了刀背。这一招反客为主，使得行云流水，极是高明。本来魏彬已如俎上鱼肉，全无还手之力了，这一招过后，胜负易手，反是少芸落了下风。

魏彬虽是阉人，力量却比少芸要大得多。一把抓住了短刀刀背，他心中一宽，心知这最大的难关已经过去了。他冷冷一笑道："惠妃娘娘，奴婢有三件武器……"

八虎这八个太监中，魏彬是除了张永之外最为好学之人。用兵之道，攻心为上，攻城为下。魏彬当初在内书堂读书时，最喜欢看的亦是那部《三国志通俗演义》，而其中诸葛亮南征，马谡献上此计时，大让魏彬叹服。以至于初看之时还以为这马谡日后会继诸葛亮之志与魏吴相争，直到后来马谡失了街亭后被杀，让他怅然久之。可是纵然马谡华而不实，这条攻心计仍是让他颇为服膺，因此也喜欢袭用。虽然他也统领过三千营，只是没经过战事，这攻心计也没能在战场上用过。但与人短兵相接时，以口舌动摇敌人心魄，同样能起到削减敌人战力的奇效。遭了少芸的突袭，虽然以腕上的武器扳回局面，魏彬仍然对这位先前贵妃颇存忌惮之心，因此又用出了这攻心计来。只是他这句话尚未说完，只觉手上一松，却是少芸弃了短刀，转身又向法通寺飞奔去了，这条攻心计立时成了无的放矢。

她要做什么？魏彬一怔，便直追了过去。

少芸是在车辇店巷与魏彬动上手的，与法通寺只隔了一条北锣鼓巷。少芸的身形极是轻盈，魏彬的身法算得相当高明了，只是怎么都拉不近距离。

法通寺已是个半废弃的寺院了，在此挂单的几个和尚多半在后面的净土禅堂里，此间空空荡荡，根本没个人影。一进门，魏彬见少芸并没有入正殿，反而跑向偏殿去了，不由一怔，忖道："她要做什么？别是圈套吧。"只是转念一想，以自己的武功，纵是圈套也无足道哉。何况这偏殿并不大，纵有埋伏，也没什么大不了的。再说左辅一直跟随在自己身后，见自己动上了手，左辅马上就会过来，根本不用怕少芸在内伏下什么帮手。

心念已定，魏彬也冲进了偏殿里。

这偏殿供的，却是药师王佛。宫中宦官多半佞佛，但魏彬信奉的乃是也里可温教，从来不进佛寺，也不知这药师王佛是什么东西。一到里面，却见这偏殿原来很小，也没什么东西，正中是一尊等身大小的药师王佛像。年深日久，这寺院香火又清淡，彩绘也已剥落了许多。少芸站在这药师王佛像前，却已走投无路，而周围再无旁人。

魏彬一进门，见这偏殿只有一扇小门在侧，只是这小扇紧掩着，要打开并不很容易。他心下一宽，忖道："她定是慌不择路，走到这绝地来了。"

少芸的短刀在方才交战时已经被自己夺了过来。就算她还有武器，但交手一招，魏彬已自信能制服眼前这女子。他淡淡一笑道："事已至此，奴婢还是请惠妃娘娘不要再妄动刀兵，免伤和气。"

宦官自称奴婢，那是宫中惯例。只是少芸已是遭缉捕的重犯，现在也不是在宫中，魏彬仍是一口一个"娘娘"，已尽是讥讽之意。

"魏公公，你对得起先帝吗？"

魏彬微微一笑道："先帝是先帝，但先帝有了这个先字，便已庇护不了娘娘了。娘娘若不愿束手就擒，那奴婢也只得无礼。"

"我若束手就擒，岂非一样要死？"

魏彬心头突然一阵烦乱，接道："娘娘，你若能交出先行者之盒，那奴婢便可保你不死。"

魏彬也知道张永绝不会放过少芸，当少芸被擒之时，也就是她堕入炼狱的时候了，自己的能力充其量就是在少芸受尽折磨后让她死得痛快些。只是平时说些欺骗之语在他看来丝毫不在心上，今天不知怎的总是感到有一丝痛苦。他也不知自己这等情形究竟从何而来，难道，是因为当初见过少芸？

当初魏彬去豹房谒见正德帝时，曾经见过这个侍立在正德帝身边的年轻妃子。那时的少芸便与其他嫔妃不同，一是她是宫中绝无仅有唯一一个不缠足的女子，二则是在这少女脸上，看不到几分寻常嫔妃的娇媚，更多的是勃勃英气。便是自命已绝断了红尘一切烦恼的魏彬，见到这年轻妃子时仍有种异样的感觉。对一个阉人而言，自非情欲，而是在少芸脸上，他隐约看到了曾经有过远大志向的自己。现在已隔了数年，少芸比那时高了些，脸上更多了风尘之色，但这股勃勃英气却是更胜往昔。

而我，已彻底成为一个将要腐烂下去的废人！

魏彬突然有些莫名的恼怒。少芸忽道："你们要先行者之盒究竟有什么用？"

"娘娘，你还记得你交给顺妃的那个卷轴吗？"

少芸喃喃道："果然，是她交给了你们。这盒子与那卷轴也有关？"

"自然……"

刚说出两个字，魏彬心头一凛，忖道："我和她说些什么？难道年过半百，反倒有了恻隐之心不成？"

方才他多说了一句，其实是魏彬的攻心之计。他心知少芸与张顺妃的交情，当少芸突然知道自己受了这个毕生好友的背叛，内心定然会大起波动，此时便有机可趁了。然而他虽然说得突然，少芸却根本不为所动，反是魏彬有些犹豫不决。

恻隐之心，人皆有之，但魏彬自觉三十岁以后的自己就没有了。大礼议期间，他奉张公公之命搜捕中原兄弟会一党，动手之际从来不曾动过恻隐之心，出手更是毫不留情，都不知杀了多少人了。可今天却不知为何突然饶舌起来，甚至有些不忍下手。因为那个计划，张永自是要竭力活捉少芸。但魏彬对那计划却并不如张永一般热衷。因为计划是张永在主持，魏彬自知纵然再卖力，也仅是为人做嫁。何况计划若是成功了，那自己想要扳倒张永的梦想只怕也要成为泡影。

惠妃娘娘，还是死在我手上吧，至少还能落得个痛快！

想到此处，魏彬的右手忽地往左手上一捋。就仿佛幻术一般，他从左腕上捋下了一柄金光闪闪的细剑。

先前魏彬说自己有三样武器，其中之一便是攻心计之口舌，第二样就是左腕上这柄缠臂金软剑。这把软剑收在腕上时，便如一个金镯，一旦取下，又是一柄二尺三寸长的利剑。缠在腕上时可以格挡刀剑，捋而为剑时则削铁如泥。加上魏彬出手向来极快，又是无绝对把握绝不出手，一旦出手必取人性命，因此许多人连他用什么武器都不知道。

这缠臂金软剑虽则厉害，但魏彬能够剑下从不留活口，靠的却是第三件武器，就是他左手中正扣着的三根摄魂针。这三根摄魂针平时都收藏在手腕上的缠臂金内，唯有捋成利剑时方能取出。动手之际，左手摄魂针先行掷出，右手缠臂金软剑再出杀招。这般双管齐下，能躲过的人至今还不曾有过。那一夜在蜈蚣桥上一照面，魏彬的剑其实已斩中了少芸，却被她的斗篷挡下。他知道少芸那件斗篷非比寻常，不但能使得她身形越发高妙，更能避开刀剑。可现在少芸是个小力把打扮，魏彬委实不信现在她仍能避开自己的武器。

惠妃娘娘，恕我无礼了。

魏彬想着，左手一张，三根摄魂针已然激射而出。他练就的这手法已是熟极而流，根本不必取准，自信十步以内，绝无失手。当摄魂针一出，人已直冲上前，右手的软剑也直刺过去。

他刚一冲出，却见少芸已退到那药师王佛等身像边，手一抽，从神龛下抽出了一柄金色的短剑来。

黄金一物，虽然堂皇，其实却是最不适合做兵器。因为黄金极软，又太重。若是以纯金铸成寻常铁剑的尺寸，这把金剑要比铁剑重两倍还多，而且软如面条，又不似软剑那般柔中带刚。少芸抽出来的，乃是把熟铜剑。魏彬也不知她为什么要用熟铜剑，熟铜的硬度亦是不如精钢，但见她从神龛下抽出剑来，心头便是一沉，知道那定是少芸早就设下的计谋。

只是，这究竟是什么计谋？

不待他再想，自己已冲到了少芸跟前。只是魏彬本以为少芸要穴中了摄魂针，定然动弹不得，全无还手之力，自己的缠臂金软剑就算要刺入少芸前心也是轻易之极。可是眼中那几点针影却仿佛活了一般，竟然向一旁斜着飞了过去，"嗤"一声插到了那药师王佛像平放在胸前的右掌之上，而他右手的缠臂金软剑也仿佛重了好几倍，斜向一边。

软剑较寻常之剑难用数倍，便是因为软剑柔中带刚，非要有特殊手法才能使用，否则根本不能伤人，反会割伤自己。魏彬浸淫此道已久，从未有过这等事，软剑在他掌中已是随心所欲，软硬如意，可此时却觉缠臂金软剑的剑尖仿佛被一个隐身人牵着偏向一边，怎么都刺不中少芸，而且越往前这股力越大。

这到底是怎么回事？

直到此时，魏彬才觉察到自己中计了。他本以为暗中神不知鬼不觉地跟踪少芸，其实却被少芸引到了这个她早做好埋伏的法通寺来。不论摄魂针还是缠臂金软剑，竟然都劳而无功。而他出手极快，本来觉得十拿九稳，绝无不中之理，因此根本不留余地，现在就算再想变招，却也全无可能。他只听得"嚓"一声轻响，前心便是一阵剧痛，却是少芸那把熟铜剑刺入了他的胸口。

以铜为剑，锋利程度实是大大不及精铁，但以铜剑之锋，杀人亦是足矣。前心一中剑，魏彬只觉浑身的力量瞬间便消散无踪，人一个踉跄，抢步摔倒在地。他杀人无算，知道这等要害处中剑，鲜血立刻涌出，充满了前胸，马上就要从口鼻冒出来了。

原来被人所杀，滋味如此。临死之际的魏彬突然有些想笑。他想到的却是很久以前，那个因为家贫而净身入宫，在内书堂读书时立志要成为怀恩这等人的少年太监来。

魏彬出手，向来谋定而后动，因此有从不失手之号。特别是他动用到缠臂金之时，迄今为止还从未失手过，所以也没有一个人知道他

95

的这件真正的武器。只是直到现在，他才终于发现，当自己以为步步为营，将少芸逼得走投无路的时候，其实却是中了圈套，被她引到了这个绝境。

论武功，少芸固然又有长进，但与自己仍然有段差距。纵然平手而斗，她顶多也只能支撑得十数个照面。只是这条计策本来就是针对自己的，每一步都丝丝入扣，以致自己竟然毫无还手之力。也直到临死前这一刻，魏彬总算知道少芸背后那个人究竟有多厉害了。

原来，我到死仍然只是张公公手中的一枚棋子啊。

魏彬的心中只剩这最后一个念头，纵然他不甘心做一个棋子。

这一个回合，张公公是输了……真的输了？

魏彬已经没有机会再去想其中的细微之处，此时却听得外面有人惊叫道："魏公公！"

门口响起了左辅的声音。魏彬让左辅跟随在自己身后，这小太监不敢违逆分毫。先前见魏彬与那来国子监的小力把突然动上了手，左辅还颇为诧异，不知到底发生了什么事。待他也跟着冲进法通寺时，却见魏公公已然中剑倒地。左辅向来视魏公公若神明，见魏公公竟然如此轻易就落败被杀，左辅做梦都不曾想到，惊得竟然连逃都忘了。

杀了魏彬，此时的少芸感到了一阵心悸，更多的却是惊异。虽然阳明先生说过，魏彬定然逃不过此计，她事先还经过了几番演习，但最后的成功还是让她极其意外，甚至有些后怕。蜈蚣桥那一照面，已让她对魏彬有了畏惧之心，可是当依照阳明先生计划而行之时，却又顺利得难以想象，八虎中几可与张永颉颃的魏彬竟然如此轻易就授首毙命，少芸自己都不敢相信。

难怪夫子说斗力不若斗智。少芸现在才算真正理解夫子这句话的意思了。只是可惜，当她想从魏彬口中探出那岱舆卷轴之秘时，魏彬却悬崖勒马，没说出来。只是至少有一点可以肯定，他们果然是竭力想要先行者之盒，而且先行者之盒竟然与那卷轴紧密相联。少芸实在想不通这一东一西两个原本相隔数万里之遥的东西竟会有这等联系，只是现在已不是细想的时候了。听得魏彬那个跟班小太监的声音，她从魏彬前心拔出铜剑，抬头斥道："你还要来求死？"

左辅吓得呆了，闻听才如梦方醒，转身向外逃去。

杀了他吗？看着他的背景，这念头在少芸心头转了转。她也知道若不将这人灭了口，只怕会后患无穷。这小太监虽然武功也不算差，但和自己比较着实差了不少，加上魏彬刚被杀，这小太监心魄已夺，现在要杀他更是容易。可不知为何，少芸心头一动，便下不去手。

无善无恶心之体，有善有恶意之动，知善知恶是良知，为善去恶是格物。夫子的这四句教，此时在少芸心头反而更加清晰。若是毫不留情，恣意屠戮，那么良知何在？心社还能叫心社吗？

就到此为止吧。少芸仿佛听到了内心的自己在这样说着。只是她也知道，无论自己有多么不愿意，这条杀戮之路已经启程，就唯有走到尽头，没有半途停下来的可能了。

第六章　倒脱靴

"遵督公命。"

马永成向张永行了一礼，站起来立在一边。魏彬是三月十三日被杀，本来他在三月十一日便能抵达，可因为收到张永急命，在路上耽搁了数日，直到三月十五日才回到北京。一回京城，他听到魏彬被杀的消息，马上便赶了过来，向张永请缨誓要搜杀少芸。

马永成以心性残忍出名，杀人无算，因此得了个"屠"的诨号。虽然性情相差甚远，但马永成偏生与魏彬是难得的至交，虽然也有过争功，交情总是不减。当初魏彬从征宁夏，战后叙功，魏彬自己因为是太监，不能封爵，依例为弟弟魏英要了个镇安伯的爵位，却也为马永成的兄长马永山讨了平凉伯之封。这等交情，马永成却也一直铭记在心。

马永成一张脸向来和刷了层糨糊差不多，但在说起魏彬被杀时，他的颊上却也抽动了一下。张永视若不觉，说道："壮哉。马公公，我要外出一趟,此事便托付于你了,定要将少芸这婆娘绳之以法。"

马永成生得人高马大,但声音却几乎是八虎中最尖利的一个,纵然说得再慷慨激昂,也实难听出"壮哉"二字来。不过马永成倒是却之不恭,道:"请督公放心,永成定会在京中挖地三尺,叫这婆娘求死不成的。"说着,还伸出舌头舔了舔嘴唇。他的舌头颇为特异,看去舌上长了许多倒钩,倒如虎豹之类的猛兽一般。他们八个太监被称为"八虎",主要还是对他们有权势的比喻,倒是马永成,真个隐隐有猛兽之形。然而他口气虽大,这声音却越发尖利,听起来也更加不中听。

张永脸上浮起了一丝淡淡的笑意,说道:"马公公,若少芸这婆娘不在京中呢?难道将整个大明都挖地三尺?"

马永成心想就算将大明尽数挖个底朝天又如何?不过他虽然粗鲁残忍,也知张永这话实是别有深意,说道:"永成愚鲁,还请督公明教。"

张永轻轻吸了口气。春已归来,此时门外的几本梅花都已开得繁盛,连风中都隐隐约约有一股甜香。他缓缓道:"这婆娘能伤魏彬,实非寻常之辈,自不能以寻常度之。马公公,你要小心为是。"

离开马永成的府邸,当张永与丘聚坐回那廿四人大轿中后,丘聚小声道:"督公,真的便都交给马永成吗?"

马永成最为残忍,但也最不堪大用。这个人性情急躁,若以行伍喻之,此人就只能是个冲锋陷阵的猛将而不是运筹帷幄的智将。几人中最有才干的魏彬如此轻易就被少芸除掉了,马永成又在气头上,头脑一热更是会不识轻重。把这事都交给他的话,轻则也不过没什么成果,重的话只怕没几天又让少芸干掉了。丘聚自知并非足智多谋之人,因此他虽然也是有品级的太监,却向来甘当张永的跟班,张永怎么说,他便怎么做。

　　他嘴上虽然没说出来，心里终在嘀咕。魏彬与马永成二人是难得的莫逆之交，虽然两人也要争功，却终能配合无间。这事先前若是马永成与魏彬联手，说不定已经将少芸捉住了，最不济两人有个照应，魏彬就算中了圈套也不至于一败涂地。如今魏彬已然被杀，更应集中力量将少芸尽快捉住方为上策，张永却在这当口说要去岱舆岛一次。丘聚自觉远不及张永足智多谋，但此事连他自己都看得出来，真不知张永为何要如此一意孤行。

　　这话丘聚自然不敢直说，但这般说话的口风，张永实是一清二楚。他小声道："丘聚，魏彬被杀的伤口情形，你可还记得？"

　　魏彬的尸身，张永一样亲自验过。当时也测了伤口，张永将数据顺口报出，丘聚除了武功以外，记性也是极好，说道："伤口深三寸一分，死因为伤及心脏，刺穿左肺。"

　　张永道："正是。魏彬身上没第二处伤，可见少芸只以一招便已得手。丘聚，若是你出手，你能一招间便杀了魏彬吗？"

　　丘聚怔了怔，喃喃道："难道，这婆娘武功真到了这般田地？"

　　魏彬的本领，丘聚自是知根知柢。将缠臂金这等奇技淫巧除外，单以魏彬的剑术，丘聚就也颇为佩服。八虎诸人，都可算得高手，算起来，除了张永以外，余下五人中便以魏彬和自己剑术最高。虽然丘聚向来自负，但若要他一招杀了魏彬，他自知这绝无可能。但高凤被杀，尚可以说是技不如人，杀他的另有一人。但魏彬却是实打实为少芸所杀，而且是魏彬那个跟班太监亲眼所见。

　　张永哼了一声："这婆娘武功是比当初高了不少，却也高不过魏彬去。只是魏彬并不是死于武功，而是死在了计谋之下。这条计环环相扣，难怪魏彬中计后再无还手之力。"

丘聚一怔，问道："督公，魏彬被杀的那法通寺，一共就四个缺牙的秃厮，难道他们是少芸那婆娘一党？"

张永冷笑道："那四个秃驴若能动手，真是笑话了。丘聚，你想必不知五十年前法通寺增修净土禅堂的缘故了吧？"

丘聚摇了摇头道："不知。"

"净土禅堂乃成化三年由御马监太监刘瑄、内宫监太监马华捐资修建。当时法通寺有个自称琉璃光的番僧挂单，这番僧供奉一尊药师王佛等身像，说是此像素有灵异，能为信众取药治病，名噪一时。刘公公与马公公两位为其所惑，所以就有了指贤修建一事。"

丘聚道："还有这事？那这个什么药师王真个有灵？"

张永道："因为当时那琉璃光亲身试法，将一盆药丸使求药信众捧到那佛像前，说是病若有救，药师王像便能从盆中取药丸在手。当时人们见到果然有药丸跳起，被药师王像抓在掌中。众目睽睽，自不会假，因此才会如此为人崇信。"

丘聚皱了皱眉。他仍然不明白张永所说的这则佚事与魏彬中计被杀有什么关系。张永却似知道他心思一般，接道："原来那药师王佛等身像的手掌，却是一块磁力极强的磁石。那琉璃光也会些粗浅医道，故意将有些药丸中掺杂铁粉，如此佛像便似能自行取药了。这事后来败露，法通寺名声大坏，香火便一落千丈，以至破败如此。当时琉璃光被逐出寺院，但那尊药师王像却一直留在了寺中。少芸那婆娘用计引魏彬入法通寺，便是借这药师王像收去了魏彬的摄魂针与缠臂金，自己却用了不被磁石所引的武器下手，这才得以成功。"

丘聚这才恍然大悟，叹道："这婆娘，倒真是个奢遮人物。"

这等圈套，也只有对魏彬才有效，若是自己的快剑，法通寺的药师王佛等身像就算磁力再强，也没多大影响。少芸这么一个小小年纪的女子，竟能因地制宜，设下如此丝丝入扣的圈套，让丘聚也不禁暗暗赞叹。

张永道："先前我故意将马永成留给这婆娘，她偏生先对付魏彬，实是棋高一招。只是现在她多半会认为我在想她要对付马永成了，我偏用而示之不用，打她个措手不及。"说到这儿，他嘴角又浮起了一丝诡秘的笑意。"现在，我们还是尽快赶往岱舆岛。"

"去岱舆岛？"

丘聚心头又是一惊。先前听张永说要外出一趟，他也没多想，没想到张永竟是要去岱舆岛。他道："督公，难道就要动用……那个了？"

"若我的估算无大错的话，应该很快就是动用之时了。"张永的脸上仍是不动声色，顿了顿又道，"那个人的影子，已经出现了。"

丘聚正想问哪个人，眼睛一瞥，却见张永目光中有些异样，这才恍然大悟，心道：原来督公说的是少芸背后那人。只是我一点头绪都摸不到，督公却说看到他影子了。

与少芸相比，让张永真正忌惮的，还是少芸背后这个主谋之人。如果以前还只是怀疑，那么现在此人已经浮现出来了。知道法通寺里有那尊磁石做的药师王佛等身像的，绝对不会是一个二十余岁的女子，至少也应该是五十岁了，而且必定读书甚多，所以才会知晓五十年前这么一件小事，并且活用到计策之中。用这两个条件，已然可以将张永手头那份怀疑对象的名单筛除一半以上。同时八虎中魏彬是个不贪财而好学的异数，此等人必定不是池中之物，便如张永自己一般。当初张永以隐忍为武器，最终扳倒了刘瑾，安知魏彬会不会将来也玩这一手？此番不论是魏彬擒住少芸，或者借少芸之手除掉魏彬，都是张永乐于看到的结果。何况少芸背后那人所设的计策如此精微，魏彬竟然毫无还手之力就被解决了，可见她背后这人极是了得，这个厉害人物却也因此露出了一个致命的破绽，让张永立刻捕捉到了因为计策过于精微，反而使得他无法再无声无息地隐身在少芸背后了。而且，这幕后者所布之计中，不知不觉地还有一处破绽：查阅单。这张查阅单诱出了魏彬，却也证明了一件事，便是先行者之盒正是在此人手上。通过这一丝线索，揪出此人来应该时日不远。而今最要紧的，倒是找到他后该如何对付。张永算度之下，最有把握的，便是动用岱舆岛上的……

这一手正是皮洛斯先生所言的"一石二鸟"之计，此中深意，实不足向外人道也，张永自也不去向丘聚细说。这条计策其实已经成功了一半，这架天平上再添上马永成这块砝码，那这个幕后者的斤两定然便能秤得。届时，便是自己与这个平生最大敌人的最后对决，而岱舆计划也即将功德圆满。

那个理想，说不定真会成为现实吧？张永纵然已经年过花甲，但眼中却又闪烁起了少年时的神采。

当三月十五日马永成抵达北京时，少芸却在赶往城西的白塔寺城外的鲍记茶社。

饮茶向来被看成清事，茶社也多半是清静之地，但鲍记茶社却是个闹哄哄的所在。原来白塔寺正名应是妙应寺，因为寺中有一座出名的白塔，因此俗称如此。这座寺本是元世祖忽必烈所建，当初占地极大，据说是以白塔为中心，向四周射箭，以箭矢落地之处为界。不过后来因为失火，妙应寺毁于一炬，到了国朝宣宗皇帝时重建，规模已小得多了。只是小虽小，却也成了赶庙会的所在。每月的初一十五，白塔寺这场庙会便会聚集四方百姓，有来进香的，也有做小买卖的，真个沸反盈天,热闹非凡。其实赶庙会的进香反是顺便的余事,凑热闹倒是正事,货担摆得密密麻麻,而来往之人也是摩肩接踵,络绎不绝。这么多人,不论是做小买卖还是看热闹,累了都喜欢来茶社歇个脚、喝口茶,所以鲍记茶社总是比菜市场还热闹。

白塔寺乃是西番寺,所以鲍记茶社也有些不同。除了常见的香片、龙井,也卖番僧爱喝的酥油茶,寺中那些番僧抽空了也会来喝上两碗解解乏。对于平常茶馆,雅座寻常点的是按数字排序,特别点的就是按千字文来排。这茶馆因为紧贴白塔寺,六个雅座却是按"唵嘛呢叭咪吽"这六字大明咒来排。只是茶博士虽然常年在白塔寺外听着番僧们唱经,一说起这六字,却说是"'俺那里把你哄'这六号雅座,小哥要坐哪一座"?

听得西番僧人这六字真言竟被茶博士这等读法,少芸险些笑出声来。她是收到了密信后马上赶来的,密信说是"吽"字座,那便是茶博士所言的"哄"座了。

这密信正是以心社独有的花押式密文所写,旁人根本看不懂,见了也只道是封寻常寒暄的信件,附了个大大的花押。当初懂这密文的,亦不过是朱九渊先生和阳明先生的大弟子洪立威等少数几人,现在只怕就只有阳明先生和少芸自己能够看懂了。阳明先生谨慎之极,诱杀魏彬之计,便是以密文写好后交给少芸,让她依计行事,以防走漏风声。魏彬果然中计伏诛,顺利得让少芸几乎不敢相信,也让她反而有些茫然,不知下一步该如何,莫非赶回山阴去聆命?正在这时候,却意外收到了这密信,要她来鲍记茶社见一个人。

知道她在北京城落脚之处的,只有阳明先生一个。当初北京是心社总部,但心社被摧毁得极其彻底,以致阳明先生孤掌难鸣,这两年也只能深藏不露。难道还有一个自己不知道的心社残党?

来鲍记茶社喝茶吃点心的，多半是些贩夫走卒，甚是吵闹，但总有些进香的达官贵人或女眷也要喝口茶解解乏，所以虽然雅座和大堂不过一墙之隔，此间却是清静得有些意外。那"吽"字座的门口便镶着个梵文的"吽"字，门上只挂了张门帘。透过门帘缝，能看到有个人正坐在靠窗的座前。只不过因为背对着门，看不到面目。

这人究竟是谁？这会不会是个圈套？尽管那封密信不可能有别人会写，只是她也知道阳明先生应该不会来京中的。难道阳明先生还派了另一个人？她实在不知有谁还能如此得夫子的信任。

她正在门口犹豫，屋里那人也不回头，却似脑后生了眼睛一般低声道："小妹。"

一听这声音，少芸伸手要掀门帘的手不由一颤。这正是阳明先生的声音！她一把掀开了门帘，快步走到窗前那人对面，坐在茶案前的，还不正是阳明先生！她极是意外，低声道："夫子……"刚说了两字便觉有些失言。自己的身份，对八虎来说并不是秘密，但阳明先生的身份却万万不能泄露。阳明先生居然亲自来京，还约了这么个人多口杂的地方见面，她实是万万想不到。万一有八虎的眼线在侧，岂不是大势已去？

她正在犹豫，阳明先生却淡淡一笑道："小妹，不必如此拘束。我已看过，此番并不似在山阴卧龙山那回有人盯着你，放心吧。"

在卧龙山第一次接上阳明先生时，少芸却不知高凤与一个随从已经在暗中盯上了她。若不是那一回阳明先生及时提醒，在危急关头出手相助，少芸只怕早已横尸在卧龙山上了。听阳明先生提起旧事，她不免有点尴尬，讪笑道："夫子取笑了。不知夫子为何要在此间见面？"

阳明先生的眼中闪过了一丝狡黠："小隐隐陵薮，大隐隐朝市。小妹,连你都不曾料到会选在此处见面,旁人会料到吗?"

少芸没有再说话。大隐隐于朝,中隐隐于市,小隐隐于野这等话,她也听说过。但话虽如此说,真个要在这等熙熙攘攘的闹市会面,这分胆色和镇定都远非常人所能及。她心知阳明先生既敢选在此处,定是有了万全之策,也不再多问,便道:"夫子怎么来北京了?"

阳明先生一直在山阴的稽山书院,而且是致仕之身。若是突然来北京,岂不是会引起八虎的注意?这令少芸颇为诧异。阳明先生微微啜了一口茶水,说道:"今上命我平田州叛乱,昨日刚到京中受命,明日一早便要动身,也只有今天这一天能与你见一面了。干掉魏蛇了吧?"

田州即是今日广西田阳。嘉靖四年,田州土官岑猛反叛,总督姚镆用同知沈希济之计平之,但此地仍然不稳。不久前,当地土目王受、卢苏又举起了叛旗。姚镆不能平,上书求援。阳明先生虽已致仕,但他曾经一月平宸濠,威名震天下,陛下便钦点已经致仕的阳明先生出征。

怪不得夫子会突然来北京。少芸道:"诚如夫子所教,魏蛇已除。"

她将杀魏彬之事的首末约略说了。只是不知为何,阳明先生越听面色越是凝重,待少芸说罢,他忽道:"马屠不曾露面?"

"不曾,"少芸见阳明先生脸上毫无喜色,诧道,"夫子,怎么,有何不对之处?"

阳明先生喃喃道:"奇怪。"

少芸也想不出到底有什么奇怪,但阳明先生心中自觉极为诧异。他诧异的并不是少芸能顺利诛杀魏彬,因为此计是自己所设,魏彬定然逃不脱。但魏蛇与马屠二人交情莫逆,如果二人形影不离,少芸便难以下手。因此暗中还做了布置,准备将马永成与魏彬调开。只是马永成却根本未曾出现,这条辅计也就成了无的放矢,根本未能实施,这才是让阳明先生真正觉得奇怪之处。

如果仅仅是魏彬与马永成,阳明先生倒也并不很奇怪。魏蛇与马屠纵然是八虎中少有的莫逆之交,可他们同样也会争功夺利。也许魏彬为了独占此功,有意不通知马永成,那亦是十分正常之事。可是在魏彬与马永成之上,还有一个张永。以张永之能,难道会犯下这等大错?以阳明先生与张永的交往来看,他实在不相信这个昔日老友,如今最为危险的敌人会有这等纰漏。只是魏彬也确实已为少芸所杀,自己这条计策虽然辅计落空,主计却不折不扣地实现,只能认为张永百密一疏,无法压伏魏彬的争功之心了。

少芸见阳明先生半晌不语,也不知他在想什么。待阳明先生端起茶喝了一口,她才道:"夫子,接下来该杀马屠了吧?"

当初心社总部被破,马永成为拷问出心社总首领,出手极为阴毒残忍,许多心社成员受尽了生不如死的折磨,连被杀都已成奢望。对此人,少芸的恨意实远在旁人之上。但阳明先生仍在不紧不慢地喝着茶,少芸也不敢多言,却不免有点心急。

半晌,阳明先生抬起头,看了看少芸道:"小妹,心之一物,于意云何?"

心社以"心"为名,阳明先生所传,亦称"心学",这个"心"自是关键。只是少芸也不知阳明先生为何在这当口问起这些不相干之事,虽知定有深意,却也不敢随口便答,想了想道:"即是宇宙。"

"宇宙便是吾心,吾心即是宇宙"。陆九渊先生这两句话,便是阳明先生所发明之学的根本。阳明先生微笑道:"既是宇宙,那么四方上下曰宇,往古来今曰宙。此心无所不容,无时不在,又何拘一时一地?"

纵然知道阳明先生是在让自己不要太过急躁,可是少芸还是有些不安。重建心社,第一件事就是要铲除八虎这个大敌。时不我待,八虎剩下的七个,如今已除掉了两个,此时在少芸心里哪里有什么四方上下,往古来今,只盼着能尽快将张永以下这八虎尚存几人一起除去。只是阳明先生这般说,她也不敢多嘴,只是点了点头道:"嗯。"

"小妹,魏蛇虽然伏诛,此事我觉得却可以暂缓一缓。田州之叛,我想最多一年即可平息,待明年我从田州归来,再随机应变,继续行事。这一年里,你也正好暂出北京。"

"离开北京?"

阳明先生点了点头道:"你杀魏蛇杀得如此轻易,我有些怀疑此事是张公公有意配合了。"

少芸张了张嘴,几乎说不出话来。半晌方道:"他为什么要这么做?"

"虽不知张公公究竟有何深意,但此事绝对不会简单。魏蛇才干过人,张公公对他已深为忌惮,所以我有点怀疑张公公其实是在用他的一条性命来诱你入彀。如果再去对付马屠的话,只怕马屠易制,你却要泥足深陷,难以拔足。"

马永成乃是东厂提督,手下耳目众多,又向来跋扈妄为,如果与他相抗,再用计只怕难有成效。少芸没有说什么,虽有些不甘,她也知道阳明先生所言定然不会有错。如果没有阳明先生的安排,杀魏彬绝不能如此顺利。在他受命平叛这段时间里,自不能再兼顾此处,一旦自己应对失措,这一局棋便满盘皆输。因此暂时偃旗息鼓,亦非不可。一想到阳明先生此行实不知何时方能回返,少芸终究还是不甘心。阳明先生却仿佛读到了她的心事一般,微微一笑道:"小妹,在我前往田州之际,有件事你不妨去做一下。"

少芸听得有事,抬起头道:"夫子,是什么事?"

"便是你说的那个卷轴之事。"

少芸皱了皱眉道:"这卷轴到底是什么?"

那个写着"岱舆"两字的卷轴,乃是前朝正德帝临终前交给少芸的,而要她将来找机会转交之人,正是阳明先生。正德帝在弥留之际还将这事交给少芸,应该也已经觉察到了张永的野心,所以才有此布置。只是当初少芸并不知阳明先生正是将自己引入心社之人,以至于错失良机,随后她又被张永在后宫中的大搜索逼得不得不远遁,那卷轴最终落到了张永手中。这卷轴定然关系到一件极其秘密之事,但迄今为止,除了这一个名目,别的他们全然不知。

阳明先生道:"正是。此物究竟有何用途,我们尚一无所知。但张公公如此看重,甚至他还因此冒险烧毁了豹房,正是为了不让你追查此事。而魏蛇为了此物,居然肯答应放你一马,可知此物的重要非比寻常。"

少芸凛然一惊,喃喃道:"是啊。夫子,岱舆究竟是什么意思?"

"岱舆者,出自《列子》之《汤问篇》。书中有谓,渤海之东有大壑名曰归墟,八纮九野之水,天汉之流,莫不注之。而归墟之名有五神山,其一便名曰岱舆。先帝当以此命名。"

少芸怔了怔,说道:"神山?"

正德帝极好神仙之术。他在位之时,宫中召了许多来自异域的番僧法师,便是正德帝自己,亦尝以"大庆法王西天觉道圆明自在大定慧佛"自称,甚至连圣旨之中亦署此名。只是正德帝最终却以三十一岁的盛年寿终,连中人之寿都没能达到,这个以神佛自诩的冗长法名听来有若嘲讽。

阳明先生道:"是啊。《汤问篇》中有谓,这五神山之上,珠玕之树丛生,结成之实,人若食之,便能不老不死。但后来龙伯之国的巨人钓走了承载两山的巨鳌，岱舆、员峤二山流于北极，沉于大海，所以后来只说是海上三山了。"

海山三山之说，少芸却也听说过。便是昔年在后宫，也曾听得老太监说起海上三山之事。她道："原来典出于此。只是先帝为何要以岱舆取名？"

"先帝聪慧过人，定有其深意。"阳明先生放下了杯子，眼神落到了窗外。鲍记茶社的雅座，后院对着的是几株白果树。白果树生长极慢，有谓公公种树，孙子方才食果，故又名"公孙树"。这几株白果树乃是元时所种，虽然是两百余年的古树，长得却仍然不是甚高。时值初春，银杏叶已然萌生，虽然还不甚多，但再过数月定然会满树葱茏了。阳明先生看着那几片早生的绿叶，低声道："小妹，我听你说起过，当初豹房总管太监，叫陈希简是吧？"

少芸道："是。夫子，他还在世吧？"

"依然在世。不过，现在已在南京看守孝陵。"

孝陵即是开国洪武帝在南京之墓。成祖迁都之后，以后历代皇帝都建陵于北京。陵墓，多是太监失势后受贬的去处。少芸喃喃道："原来是被贬往孝陵去了。"

"此人在嘉靖三年被贬去南京，乃是卷入大同兵变之事，忤了张公公，因此遭贬。"阳明先生沉吟了一下，又问道，"小妹，此人曾为豹房总管，看来应该知道那卷轴的内情了？"

少芸点了点头："先帝将这卷轴交给我时，他也在一旁。"

阳明先生端起杯子啜饮了一口，这才道："不错。只是此人虽然被贬，但只怕未必肯配合你，说不定就是他把卷轴之事透给张公公的，你真的能那么信他？"

少芸只觉心头微微一痛。她对阳明先生说了几乎所有的情形，除了阿蔷的事。阿蔷辜负了她的信任,这件事本身比那卷轴落到了张永手中更让她心痛,她连想都不愿再去想了。她低声道:"夫子,陈公公应该可信。"

阳明先生沉默了片刻,忽道:"小妹,过于轻信旁人,会有极大的后患。若此人心怀异心,你能有壮士断腕之心吗?"

阳明先生这话却让少芸有些意外。她总觉阳明先生慈悲为怀,纵然那陈希简不与自己齐心,也不会过于难为他的,可这意思竟是要杀了他。一想到那陈希简已是个年过古稀的老者,少芸终有些不忍。只是阳明先生仿佛又猜到了她的心思一般,低声道:"知善知恶是良知,为善去恶是格物。如果此人有诈,你去见他,等如将自己这条性命送到他手上了。此等恶物,若不去之,反是逆天之行。小妹,你的禀性未免过于良善了些,有时便会优柔寡断,做事都要三思而后行。我要提醒你,一旦决定,便要快刀乱麻,绝不回头,可记得了?"

少芸心头忽觉一亮,说道:"夫子,也就是说,小善大恶犹是恶,大善小恶终是善,是不是这道理?"

阳明先生淡淡一笑道:"此香奉杀人不眨眼大将军,立地成佛大居士。"

原来善恶一理,看似皂白分明,其实却最难析清,所以孔子亦说:"吾党之直异于是,父为子隐、子为父隐,直在其中矣。"若一味拘泥于善恶之别,最终反会变得善恶不分。阳明先生的心学最为圆通,"致良知"三字乃是根本。因此为大善者不必为小恶而却步,而大恶者纵有小善,亦无改其恶,定不可恕。所以佛门有谓纵杀人如麻,未必无慈悲心,而毕生不伤蝼蚁性命,也未必就不是大奸大恶之辈。阳明先生所说的这两句,即是北宋时名僧佛印所言。北宋时名将王韶多杀伐,晚年知洪州时颇悔少日杀戮,便请佛印前来升座说法。佛印燃香后,便说了这两句,意思便是王韶昔年杀业,并不为罪业,而晚年这一心之慈,便已能立地成佛。阳明先生出入儒、道、释三家,此时便引了佛家语来赞许少芸。他又从怀中取出一块小小的玉牌道:"小妹,这个东西你便带在身边吧。你若在南京到了万不得已之时,便可去夫子庙一家'五德玉行',将此物交到柜上。此人神通广大,在南京城里得他庇护,就算张公公亲至,也找不到你了。"他顿了顿,又道:"若不是走投无路,千万不要动用此物。"

这玉牌不大,玉质甚好,上面一面用阳文刻了个篆文的"教"字,另一面却是十分繁复的水草纹。那家五德玉行多半是阳明先生的故交所开,可以信任,所以阳明先生要自己在万不得已之时前去求助。少芸接了过来躬身一礼道:"谢夫子。"待她再抬头时,眼前却已不见阳明先生了。想到阳明先生的笑容,少芸只觉心头光风霁月,当初与埃齐奥夫子分别时听他说过,如果觉得前路渺茫,便可打开那先行者之盒。只是先行者之盒中空无一物,毫无头绪可言,但有阳明先生引路,定能一路顺风。

此时阳明先生已经走出了白塔寺。在人头攒动的白塔寺里,他便如一滴融入了大海中的水一样,再不可寻。可就算如此,阳明先生仍然不敢大意,确认了周围没有可疑人物,这才混在一群进完了香的香客中走了出去。

自己马上就要领兵去田州了。田州这场叛乱虽然声势远不及宸濠之乱,但想要平定,却不知要多久,实是大不容易。只是身为天子大臣,为国分忧,那是本分,现在也只能出发。然而阳明先生实是还有一个顾虑。向天子建言,举荐自己平叛之人,正是张永……

在旁人看来,这固然是张永举荐老友立功,但阳明先生却感到了隐约的危机。高凤死后,张永突然出现在稽山书院,虽然他一直说些闲话，但正因为如此，阳明先生可以断定，张永已经对自己产生了怀疑。这些日子过去，他是消除了对自己的怀疑，还是怀疑更甚？就算是阳明先生也实在无法判断。何况，一旦踏上了征程，阳明先生最担心的还是少芸。他自知已是垂垂老矣，重建心社这件大业自是要落到少芸身上。但他也发现少芸有些急躁之气，特别是除掉了高凤与魏彬两人后，她更是有些轻敌之念。而杀魏彬这事顺利得出乎意料之外，更让阳明先生为之心悸。他与张永已是故交，深知以此人之能，绝不会如此大意。但魏彬还是轻易被少芸所杀，那么此事更加可疑。

阳明先生还记得，张永曾经说过，为使大明焕然一新，唯有手握天下权，大刀阔斧地一改前非。但这握天下权谈何容易，阳明先生如今已是天下儒生的冠冕，有新建伯封爵，却也根本谈不上天下权。张永固然权倾一时，可同样无法掌握朝中众多文武。难道，那个卷轴中真有能掌控天下的秘密？威力无比的火炮？还是随心便可发子的火枪？可不管怎么想，他总觉这些武器纵然有绝大威力，却也离掌控天下尚远。何况听少芸所言，当初豹房西番馆里发生的意外，也并不似试验武器失事。

他轻轻摇了摇头。张永的目的已越来越清晰，他想要那先行者之盒，其实更甚于想取少芸的性命。虽然不知先行者之盒与那卷轴到底有什么关系，但魏彬死前漏出的那句话也已说明了一切。张永如此不择手段地想逼出自己来，定然已经发觉盒子不在少芸身上了。所以只消自己保存着这盒子，就可以让少芸多一分安全。

阳明先生淡淡一笑。张永暗中编织着这张罗网，借着魏彬的死又收紧了一圈。少芸还不曾发觉越来越近的危机，但阳明先生越来越感到渐近的阴寒。虽不知张永究竟在如何下网，但这个时候，少芸若是仍留在北京，只怕会在张永这计谋中越陷越深，最终不能自拔。

便如一局棋逢对手的对弈，双方一直在试探着对手的实力。自己的劣势是实力不足，优势却在于一直处于暗处。张永所行的这几步棋全然不依常规，看似大违棋理，可他绝非不通弈道之人，那么肯定是暗藏杀机。阳明先生纵然尚不能看清对手的棋路，却已然觉察到有隐隐受对手牵引之势。张永比自己更强的，便是能够视人命若草芥，毫不犹豫地舍弃同伴，可自己却万万不能这么做。因此当未能查清对方的底细时，以不变应万变，让对手的这几步险棋成为闲棋，才是上上之策。只是纵然避重就轻，那个叫陈希简的老太监，会不会也是张永撒下的饵食？

阳明先生忽然淡淡一笑。

如果这样一直想下去，只怕过犹不及，反要成了庸人自扰。自己一直觉得少芸尚有不足，但从另一面来看，自己岂非也是看轻了这个年轻女子的能力？无论如何，实力在她之上的魏彬最终轻易死在了她的剑下，这一点就证明她已经不是一个简单的年轻女子了。她如此信任那个陈公公，自然也有她的道理。自己一直有点看轻了她，几乎事事都越俎代庖，为她布好计划，未必就是件好事。就让那个叫陈希简的老太监成为一块砺石，让少芸得以磨砺出更锐利的锋刃出来吧。何况，自己已经为她在南京留好了那一条后路……

谁也看不出阳明先生的笑意中，隐隐已有着一丝痛楚。现在与张永这个老友之间，就要图穷匕现，见个真章了。纵然再不愿意，也许，有一天，两个人会直接面对面地决一胜负吧。就算阳明先生再不愿看到这一天，这一天还是马上就要来了。

交给少芸的那块玉牌，便是当初他们三人友情的象征。只是这分当年为了同一个信念而结下的友情最终变成这样，便是阳明先生也未曾料到。留在身边时，他总会感到仿佛有一阵灼痛。交到了少芸手里，倒是有种如释重负之感。

　　阳明先生敛去了嘴角的笑意，随着人群走了出去。

第七章　欺　着

　　南京孝陵，乃是开国洪武帝朱元璋陵寝，占地达两千五百余亩，几将钟山尽数划入，尝纠工十万，前后营造二十五年方始完工。

　　虽然南京亦是大明的两京之一，但毕竟只是名义而已。而看守陵墓更是一个遭贬后的闲职，至于孝陵自然就越发冷淡。只不过对陈希简来说，这个活计倒也得其所哉。《大明律》明文规定，若有人在陵寝之上砍柴采薪，开荒耕种，或者放牧牛羊，一律杖八十。擅入太庙门及山陵兆域门者，杖一百。若有谋毁山陵者，则不分首从，一律凌迟处死，株连全家。非但如此，连知情不报者也要处杖一百、流三千里的重刑。这等严刑酷法之下，钟山一带平时自是连个鬼影子都没得。看孝陵的尽是些年老体衰的太监，每天将墓道洒扫一遍，以备不知哪年才会有的天子祭扫，就算了却一日了。而陈希简作为总管太监，活计就更为轻松。每天早晚从金水桥一直走到最外面的下马坊，前后五里踱上一遍，看看没有什么异样，他的活便算了结了。

不分寒暑，也不分阴晴雨雪，日日如此。对年过古稀的陈希简来说，这样每天来回二十里倒也不是苦事。反正人过七十，活得一日是一日，以往的豪情壮志都已化作烟云，那么看守太祖皇帝的陵寝也没什么不好。不过对于他的跟班小德子来说，却着实是件苦事。

小德子不过二十来岁。净身也没几年，这年纪陪着自己这把老骨头成天枯守皇陵，有怨言也难怪。只是小德子光有怨言也就罢了，总是一副颐指气使的模样，自是仗着自己做过张公公的亲随，看自己这失势的总管不过尔尔。陈希简虽然一肚子气，但也害怕张公公权势。他也自知不是张公公所奉的也里可温一教教众，所以纵然在正德帝时期在大内也有些权柄，但到了新朝，自然就不受张公公待见了。

真是人老珠黄不值钱。

陈希简暗自叹了口气。此时天色已渐昏沉，前面已到大金门。从门口看去，那边下马坊上"诸司官员下马"六个楷书字也仿佛已消融在渐渐浓起来的暮色中了。他在大金门站定，身后的小德子却是一怔，问道："陈公公，今儿个不走到下马坊了？"

"就到此处吧。记下来，今日无事。"

小德子答应了一声，肚里却嘀咕道："今日无事今日无事，哪天会有事？你这老杀才到了此间还要摆谱，总有一天叫你后悔不可。"

他心中抱怨，陈希简自是看在眼里，从怀里摸出块碎银子道："小德子，你这两日也辛苦了，这里有些银子，趁着已到此处，明天索性放你一天假，去城里顺便喝口茶吧。"

小德子险些不敢相信自己的耳朵，心道："这老杀才今天转了性子了？平日里嗜钱如命，连一点油水都不漏给我，今天怎的会拿出白花花的银子来？"他眼角一瞟，已见陈公公手里那块碎银子着实不小，起码也有个五六钱。陈希简虽然说要他喝茶，其实指的却是喝酒。男人所好，无外乎酒色二字。小德子是个太监，色字上是没指望了，在这个酒字上却极是上心，平时得空便想喝几口。只是在钟山看守孝陵，想买酒都大为不易，何况他一个小太监。虽然是奉了张公公之命而来，可仍然就这么几分银两，也就够吃几顿饱饭，喝酒自是奢望。现在天气已热了，市集上越来越热闹，秦淮河上更是舟楫如云，仕女如织。小德子纵是个刑余之人，好热闹的心思却不比别人少。陈公公不仅放了自己假，居然还给酒钱。一想到盐水桂花鸭跟三白酿，小德子的馋虫都要爬出喉咙来了。他好容易才把嘴里的唾沫咽了回去，说道："陈……陈公公，这个如何当得……"

陈希简淡淡一笑道："小德子，你跟了我这几年，累你一直清苦，也该当的，拿着吧。你去了春江阁，顺便给我带半只鸭子回来。"

春江阁乃是城里一家小酒楼。店子虽小，但盐水鸭甚是出名，酒也是甘醇异常，而且还有个章程，守陵的太监去吃喝能打个九折。听说这家店原先有太监入股，因此才定下此规。小德子若是去喝酒，每回都去的春江阁。陈希简从不喝酒，小德子也从没见过他去春江阁，不过这酒楼在太监中名声很大，陈希简知道也不奇。半只鸭子花不了多少钱，这五六钱银子入手，带半只回来当然不在话下。他生怕陈希简会变卦，忙接过来道："陈公公，那我明天定给您带个肥肥的桂花鸭子回来。"

陈希简道："甚好。切记说是给看孝陵的陈公公带的，定要姚师傅手制的鸭子，不要别个。"

小德子接过那块碎银子，忖道："当你这老杀才在春江阁有多大面子？报了你名难道能打折？"不过这种事也是动动嘴的事，至于是不是姚师傅手制，便是春江阁里的人看着办了，他小德子也管不了那么多，便行了个礼道："多谢陈公公，那我去了。"他平时行礼不过敷衍了事，不过这回拿了银两，这个礼却是行得毕恭毕敬。

看着小德子沿着山下过了下马坊，向着城中而去，陈希简转过身，背着手向山上走去。

从大金门向前走一程，便是俗称"四方城"的神功圣德碑亭。此碑乃是永乐十一年所立，碑上大书"大明孝陵神功圣德碑"九字。每日看守孝陵老监一路洒扫过来，都扫到大金门为止，而四方城因为是个碑亭，落叶什么也飘不进来，因此老监扫得反而不上心。

陈希简站在碑前，抬头看着碑文，似乎在沉思着什么。此时天色渐暗，四方城里更显昏暗异常。那块立在赑屃上的神功圣德碑足有六七人之高，陈希简也不是个十分高大之人，站在碑前越发显得小了。也不知他到底在想些什么。

赑屃便是俗称的驮碑乌龟，其实却是龙生九子之一。赑屃擅能负重，因此常以之驮碑。这赑屃足有一人多高，陈希简本也不算太矮，但站在碑前却真个有若须弥芥子。

天色越来越暗了。原本初夏之时天黑得不算很快，但孝陵严禁樵牧，四周树木极高。若不是有这些守陵太监日常打扫清理，只怕野草都要长满整片皇陵了。黄昏一过，暮色在山中来得似乎更快。待门口那一点残存的余晖一下暗去，这四方城突然间便暗了下来。就在这一刹那，陈希简忽然身形一矮，一手往那赑屃前腿上一按，人如强弓射出的劲矢一般激射而出。他一手仍然搭在那赑屃腿上，便如用了极黏的胶水粘着一般，身体一下绕过了石碑，直向碑后冲去，右手中却握着一柄熟铜尖杵。

神功圣德碑高有近三丈，宽也足有两人许。这等宽大的石碑后，躲个两三人都不在话下，陈希简闪电一般跃到碑后，却见碑后正站立一人。这人穿着一领斗篷，整个人都仿佛隐身于阴影之中，不注意看的话几乎发现不了。陈希简发现有人跟踪自己，心知人的眼睛如果突然经受明暗交替，会有短时间的失明，因此故意选在余晖散去的一刻突然出手。一见这人，陈希简的铜杵一下当心刺去，沉声喝道："张公公派你来取我性命吗？"

这铜杵乃是昔年陈希简拜在国师大善法王星吉班丹门下时所得的密教金刚杵。星吉班丹号称密教第一高手，拙火定内功炉火纯青，陈希简得他真传，这路拙火定功夫也已有了五六分火候。

拙火定乃是密教绝学，传说共有五相八德。五相即烟雾、阳焰、萤火、灯焰、无云青天。若修成无云青天相，号称身融虚空之气，如无云青天，再无迹可寻。八德则是牢精、润泽、暖盛、轻安、不显、洁净、不见、无碍。其中第七不见德有谓人及非人皆不能见，第八无碍德则云能穿山透壁，于一切处无有挂碍，而能自在游戏。若能五相八德俱成，便是无远不届，无微不至，无所不能了。不过这等功力，便是星吉班丹也远未能至，陈希简中年后方才苦修拙火定，五相中也就到阳焰相，八德中则修成了轻安德。虽未能大成，但身体轻捷，已远非常人可比，因此就算年已七十三，每天走这五里多路，连小德子也追不上他。纵然他年过七旬，精力已远不如少年时，但骤然使出拙火定来，仍然有鬼神莫测之机。而以金刚杵为兵器，更有百魔辟易之威。

碑后那人虽不曾料到陈希简会暴起发难，但他已然在碑前立了这一阵，自然不会不防。金刚杵刚一刺出，那人便已退后一步。陈希简又进一步，那人又退一步。虽然一进一退，却是旗鼓相当，陈希简也根本刺不中那人。退得三步，陈希简已是再衰三竭，这一击之力终成强弩之末。他深吸一口气，正待再次出击，忽听得那人轻声道："陈公公，你不记得我了？"

一听得这声音，陈希简这口气却一下成了倒吸进的凉气，失声道："少……惠妃娘娘！"

碑后这人，正是少芸。听得陈希简如此称呼，她一颗心已然放下了五六成。少芸虽然觉得陈希简应该可靠，但终不敢十足确定。但陈希简刚才这一声呼喝已让她断定陈希简定然不是张公公的亲信了，而现在他称呼自己为"惠妃娘娘"，更是让她添了几分把握。她道："陈公公，正是我，不过这封号如今早已废了，你也不必如此称呼。"

陈希简眼中有些异样，沉声道："娘娘终是娘娘。但不知娘娘因为何事来找老奴？"

陈希简第一次见到少芸时，少芸还刚被封为惠妃，正德帝带她到豹房去观赏新驯成的几头猎鹰。那一次陈希简只不过是来禀报一声，见正德帝边上这个新封的年轻妃子时，亦是毕恭毕敬，与别个太监大不相同。后来每回碰上，陈希简对她都是丝毫不敢缺了礼数。西番馆出事那回，少芸因为听得异声，按捺不住好奇趁乱过去看了看，正见到一些太监从西番馆里抬出一具尸首，当下被陈希简撞了个正着。少芸本不被允许靠近西番馆，一旦违禁，纵是贵妃也难逃责罚，因此被陈希简发现后她吓了一大跳。但陈希简却毫不声张，小声让她回避，事后再没有别个，显然陈希简帮她瞒过了。待后来正德帝堕水得了重病，陈希简曾过来禀报事情，正见到陛下将那卷轴交给侍立在身边的少芸。再后来，就是张公公用事，陈希简被贬往南京看守孝陵了，从此也再不曾见过。数年已过，少芸自是全然不似当初模样了，而陈希简却也似老了十年都不止。听他的口吻仍与当年在宫中一般，少芸心头也不禁起了一丝波澜。她小声道："陈公公，你可知我如今的身份？"

陈希简肃容道："自然知道。只是老奴风烛残年，在这世上还有几年可活？何况先帝纵已宾天，在老奴心中，唯有昔日的惠妃娘娘，没有今日的钦犯。"

看着陈希简这副小心翼翼的模样，少芸知道他纵是满怀戒心，但身上敌意尽消，也更增了几分希望。她道："陈公公，你方才以为我是张公公派来之人，却要痛下杀手，却是为何？"

陈希简垂下了头，沉默了片刻，他忽地又抬起头道："惠妃娘娘，此事与你无关，你还是走吧，老奴便当今日之事不曾发生过。"

少芸听他这般说，心中更是明白。无疑陈希简与张公公之间定然已势成水火，张公公只怕早就想除掉这个知道太多的老太监了。她道："陈公公，只怕就算张公公不知今日之事，他也不肯放过你吧。"

这话果然打中了陈希简的内心，他身体微微一震，沉默了一阵，小声道："此处不是说话之处。娘娘，随我来吧。"

过了四方城，便是神道。神道长达数里，呈北斗七星状，绕陵前的梅花山而过。梅花山本是三国时东吴孙权之陵，当年洪武帝选定孝陵时，主持建陵的中军都督府佥事李新向洪武帝提议将孙权墓迁走，但洪武帝批道："孙权也是一条好汉，便留他守门。"因此未迁走孙权坟，神道也就与一般的笔直形状不同了。在神道尽头又是一处拐角，过了这拐角，树木间掩映着一间小屋。包括陈希简在内，守陵太监住的都是金水桥两侧的厢房，这间小屋乃是平时老太监一路打扫过来，碰到雨雪天时歇脚所用。本来就极是隐密，现在自是没人，因此越发显得此间死气沉沉。

少芸跟着陈希简一路走来，心中却一直未敢有丝毫大意。当初与陈希简一共见过没几次，只知此人虽然也算张公公的亲信，但对正德帝一直甚是忠心。现在已隔数年，看样子他也很是不如意，安知会不会出花样，因此一路实是抱着十二分小心。只是走了这数里，根本再不见第三个人。孝陵本来就不是人来人往之处，陈希简也定然不会料到自己会来，就算他想设埋伏，只怕也找不到人手。而方才与陈希简对了一照，此人武功虽然颇为不弱，但真个动起手来，定然不是自己的对手。待跟着陈希简进屋，看到这屋子只是临时歇脚之用，里面空空荡荡，少芸也终于放下了心，小声道："陈公公。"

陈希简摸出火镰，走到案前打着了去点亮烛台上的蜡烛，说道："惠妃娘娘，此间自无六耳，娘娘请坐吧。"

一支蜡烛亮起来的时候，少芸打量了一下周围。这屋子因为是临时歇脚之用，前来祭祀的都是显贵无比的皇亲国戚，因此这间小屋原本就造得极是隐密，就算是大白天不注意看的话都未必能一眼发现。外面看去倒还堂皇，与孝陵别的屋子一样红墙琉璃瓦，可里面却极其简陋，不过一案一榻，几张竹椅，再就是墙上有几个衣架子。祭陵的一年未必有几人，而来祭陵之人定然不会到这等屋子里来的，因此营造孝陵时连厢房也是虚无其表，更不消说这等临时歇息之所。陈希简当初在豹房做总管太监时，虽然也不能说要风得风要雨得雨，但锦衣玉食却也少不了，和现在相比，真个是天上地下，难怪就算太监，也都视守陵为畏途。少芸叹道："陈公公，你也受累了。"

陈希简却是苦笑了一下道："娘娘取笑了。娘娘此来找寻老奴，不知究竟因为何事？"

少芸犹豫了一下。陈希简倒是意料之外地恭顺，大概是忤了张公公后，吃了这几年苦，再不甘为张公公卖命了。她顿了顿，说道："陈公公，不知你是否还记得当初西番馆发生之事？"

陈希简的手突地一颤，正在点的第三根蜡烛光也是抖了抖，半晌才道："果然。"

"果然？"

听到少芸话中的诧异，陈希简转过身，苦笑道："娘娘，我一共见你也没几次，其中一次便是西番馆出事之时吧。"

少芸点了点头道："是，有三次。"

"我见过你四次。"陈希简的嘴角浮起了一丝笑，"娘娘，还有一次，是我见过娘娘，娘娘却不曾见到我。"

少芸淡淡道："那定然是我去查探西番馆之时被你看到了吧。"

陈希简眼中闪过了一丝佩服之意。少芸年纪比他要小五十余岁，当初又是先帝妃子的身份，在他心目中，这女子不过凭着些雕虫小技得了先帝宠幸而已。但少芸在这一刹那间便猜破了他打的哑谜，这分镇定功夫已远非寻常女子所能，也不由得陈希简佩服。他道："娘娘说得正是。后来张公公为找寻先帝遗物险些将后宫都翻了过来，随后老奴听闻娘娘你失踪，便知定是因为此事了。"

少芸皱了皱眉："西番馆里，到底发生了什么事？"

这时一阵风吹了过来。这厢房也是金玉其外，糊窗的纸都破了许多，也没得补，这阵风吹得烛火一阵乱晃，屋中也忽明忽暗。陈希简忙伸手护住了烛火，说道："娘娘，你真的想知道？这些年来，老奴可是日日都盼着能忘掉此事。"

少芸看着他郑重模样，心中更是一沉，问道："究竟是什么事？"

陈希简顿了顿，问道："先帝宾天之前，给过你一个卷轴吧，娘娘你可曾看过？"

"当时张公公追得极紧，何况陛下也只让我留着，说将来有机会转交，因此并不曾看过。"

陈希简道："是要你交给杨阁老吧？"

杨阁老，即是曾任首辅的杨廷和。杨廷和历宪宗、孝宗、武宗三朝，总揽朝政达三十七年之久，号称天下第一贤相。但嘉靖帝继位后，被张永借大礼议罢归故里。只是正德帝当时并不是要少芸将卷轴交给杨廷和，她摇了摇头道："不是。这卷轴中究竟记了什么事？"

陈希简叹道："娘娘，此事实要从十七年前说起了。"

十七年前的少芸只是个五岁的小女孩，懵懵懂懂，根本连自己在什么地方都不知道，而那时正德帝自己也不过是个弱冠少年，生性轻慢佻脱，极好种种灵异怪诞之事。正德元年甫一即位，便召大隆善护国寺住持星吉班丹入宫说法，一听之下大为钦服。这少年天子颇敢想人之不敢想，便自封为"大庆法王西天觉道圆明自在大定慧佛"。历代佞佛之帝也有不少，梁武帝尝三次舍身入佛寺，但自称为佛的，正德帝堪称第一人。除了乌斯藏密教之外，西域、朝鲜、安南、日本身怀秘术之人，无不在正德帝罗致之列。上有所好，下必效焉，因此当时各地纷纷进献异人异物，以求讨得陛下欢心。其中广东行省献来的，是一张西番书残页。

虽是残页，但上面有图有文，所记甚是完整。只是文字怪异，全然不同于已知任何一国之文，不过那些插图却很是清楚。献上这张残页的官员禀报说此乃极西某无名秘术士所记的秘典，那秘术士毕生精研种种秘术，晚年将所学撰成一书。但因为研得秘术实在太过险恶，因此故意以谁也不识的密文撰成，传说昔年极西某王正是倚仗此术称雄一时。而这密文唯有以西方一个上古宝盒方能解开，但那宝盒不知下落已久。这残页本是元时一个西番人携来，那人死在广州，只留下此物，因此献给陛下。

正德帝对这些离奇怪诞之事向来极为好奇，听得后马上召集宫中秘术师研究此物。虽然不识文字，但一人计短，众人计长，正德帝所召的这些秘术师中虽然也有不少欺世盗名之辈，却也有些颇有真才实学。相互切磋，取长补短之下，更是精进，最终将插图破译，原来竟是欧罗巴炼金术中的一门炼制长生丹药之术。

听陈希简说到此处，少芸诧道："长生丹药？真有此事？"

陈希简苦笑道："娘娘，此等事实非老奴这等黄门所能知晓，只听说欧罗巴炼金术，出自大食。而大食丹术，又是从我中原传去，因此颇有相通之处。老奴也只知先帝当初召集了许多秘术师，就在那豹房西番馆里开始钻研此事。只是正德十五年突然便发生了那件惨事，西番馆的秘术师死伤殆尽。听说，是因为练成的丹药有剧毒，西番馆里的人一闻到蒸出的气息便神志错乱，自相残杀，惨不忍睹。先帝查明此事后有所醒悟，想到秦皇汉武这等一代雄主也以毕生之力求长生药，终不可能。到了现在也仍属虚妄，因此将西番馆封闭，此术也就封存了。"

原来那个写有"岱舆"的卷轴中记载的，便是这一次不成功的长生药炼制方法啊。在少芸记忆中，正德帝也确实是如此一个人。那时的正德帝是对什么都充满好奇心的年轻人，我行我素，什么都想尝试一下。她也记得正德帝对她说过好几次想求长生之事，只是陛下想要寻找长生之道，最终却只活了三十一岁，实在是个说不出的讽刺。

不知为什么，少芸知道那卷轴真相竟然如此，却有些失望。她这才知道张公公也在寻求长生之术，看来人生在世，最怕的仍是此生苦短。权尊势重如张公公者，在年近六旬的时候只怕更是怕死，所以竭力寻求长生。但少芸深知这等长生之术实是丝毫不可信，当初西番馆里发生了这等事，可见那卷轴中所记的肯定更为虚妄。而陈希简说的那个上古宝盒，无疑指的便是埃齐奥交给自己的先行者之盒了。怪不得张公公竭力想要得到此物，可就算先行者之盒被张公公得到，少芸也不信真的能炼出什么长生丹来。

这一条线索，原来竟是如此虎头蛇尾。少芸正自想着，陈希简忽然一口吹灭了蜡烛。此时月上中天，屋中一暗，外面却显得明亮了。他神情极是郑重，小声道："惠妃娘娘，你来时可曾被人发觉？"

少芸心头一沉。当初她一回来便被高凤跟踪，那一次完全不曾发觉，若不是得阳明先生之助，早已酿成大错。因此后来已加了十二万分小心，那回去白塔寺时就事先检查了多遍，确定没有人跟踪才出发。此次来孝陵，她也是加倍小心。到了山上后被陈希简发现，那是因为她并不刻意隐藏行踪，有意要让陈希简觉察到自己。她向阳明先生修习的象山心法最能察觉周遭异动，阳明先生几已修到了释门"天眼通"的地步，少芸虽然还没这等功底，但耳目也已远较常人灵敏。只是她也一直不曾发觉异样，倒是陈希简先发觉了，不由一怔道："有人来了？"

陈希简面色凝重，小声道："娘娘，你先不要露面，老奴去应付。"他顿了顿，又小声道："娘娘，若应付不过去，老奴拦住他们，你绕过太祖皇帝之陵，从后山走吧。"

陈希简的声音说得很轻，原本也只是少芸才能听得。可话音甫落，外面却传来了一个尖若利针的声音道："陈公公。"

第八章　循环劫

这声音竟然就在门口响起。一听这声音,少芸心头不由一震,看向陈希简。陈希简一张脸也如同刷了糨糊一般,极是难看。他向少芸做了个"少安勿躁"的手势,开门走了出去,朗声道:"我道是谁,原来是马公公大驾光临。"

说话的这人,竟然便是少芸原本就想对付的马永成!因为阳明先生说不能被张公公牵着走,马永成定会在京中大肆搜捕少芸。因此要她暂避锋芒,少芸才南下南京,来与陈希简见面,却万万都没想到马永成竟然会尾随而至。

夫子失算了!

其实人非圣贤,自然不可能事事皆知,只是少芸向来觉得夫子的神机妙算百发百中,怎么都没料到即使是阳明先生竟然也有漏算的时候。而且马永成早不出来晚不出来,就在自己后脚来到孝陵,难道早就盯上了自己?一刹那,少芸心头一阵迷茫,极是难受。

看来夫子也有失算的时候，现在全得由自己拿主意了，该怎么办？一是夺路而逃，但如此实属不智，谁知道马永成会不会带帮手来。如果动手的话，夫子说过，自己的武功要对付马永成应该不算困难，可假如陈希简与他联手，那自己没半分胜算了。短短一瞬间，少芸已然闪过了两三个主意，却都觉得不合适。她越想心中越乱，心知越是这种时候，就越要冷静，而听陈希简这口气似乎不是出卖自己的意思，现在不如沉住气静观其变。

屋中烛火已灭，自是昏暗一片，外面的月光反倒显得越发明亮了。陈希简出门时，并不曾将门完全掩住，还留了一条缝。从这缝里，可以看到有个人正站在门外十余步远的地方。此人身躯甚是雄壮，比陈希简大得一圈，虽然看不清面目，但看身形，听声音，正是马永成。少芸当初也见过马永成几次，这马永成身材甚是魁伟，若添上一副络腮胡，就是条威武雄壮的大汉，只是偏生嗓子极是尖利，若是不知底细之人乍一听到他开口说话，只怕会以为那是在演双簧。因此虽然没见到相貌，只听这声音，也是马永成无疑。

陈希简倒是镇定自若，出了门后，走到马永成跟前五六尺远的地方站住了，沉声道："马公公，好几年不见了，今天怎么有空黉夜来看望老朽？"

当初在正德朝时，马永成执掌东厂，权势极大。不过陈希简也是豹房主管太监，论品级却也不比马永成低。现在二人固然一个在天一个在地，已不可同日而语，只是真较起品级来，两人仍是相去无几。看着陈希简不卑不亢，马永成倒也不着恼，嘿嘿一笑道："陈公公，咱家有一套富贵着落在陈公公身上，怎能不来看看？"

马永成这话说得寒气迫人，少芸心头更是一沉，忖道："糟了，看来马永成真个发现我了！想不到他的跟踪术已非吴下阿蒙，高明至此。"

八虎中追踪术最强的是魏彬。传说被魏彬盯上的人,纵然逃到天涯海角也脱不了身。马永成虽然残忍第一,可追踪术较魏彬实是差得远。少芸的身形本来就极为敏捷,更兼耳聪目明,她本来便是追踪一道的高手,只是马永成竟然追到了这小屋边她仍未曾发现,固然是因为这小屋隐没在山道拐角,但马永成的潜行本领也十足惊人,已然远较当初为强了。

屋中的少芸在暗暗吃惊,屋外的陈希简却仍是一副好整以暇的样子,淡淡道:"马公公有富贵逼人,希简却是老朽不堪,愧不如人。只求马公公能提携一二,这才是理,如何又说富贵在老朽身上?"

马永成嘿嘿一笑道:"陈公公,督公要你来此守陵,难道真是叫你吃干饭不曾?那时督公是如何交代你的?若是钦犯少芸来此见你,你务必要将她拿下。眼下少芸便在屋中,你倒还……"

他正说得高兴,陈希简忽地身形一晃。他一个七十余岁的老者,仍有动若脱兔之势。他与马永成原本相距了六七步,但这六七步之遥几如一线之隔,马永成这话尚未说完,陈希简一下便冲到了他跟前,一掌拍向他的前心。他是昔年大善法王星吉班丹弟子,武功虽然不算绝顶,也算得是好手。如今年事虽高,但日日仍是勤练不辍,这一掌使得甚是高明。马永成根本没想到陈希简居然会对他动手,叫道:"你……"伸手便去拔剑。他比陈希简年纪要轻不少,体力自然也好很多,这剑拔得甚快。一招使出,虽是连消带打,攻敌之必救,但陈希简竟然不躲不闪,一掌已然印到了马永成前心。这一掌如中败絮,"噗"的一声,马永成的声音已戛然而止。马永成生得甚是高大,比陈希简高出一头,宽里也多出不少,但陈希简一掌印上他前心,马永成便双脚一软,人一下趴在地上,口中已是鲜血狂喷。

少芸也不曾想到陈希简居然会抢攻，她知道陈希简的武功师出密宗。朱九渊当初也向少芸概述过星吉班丹所传下的一脉心法，说密宗武功与中原同源而异趣，其中的"大手印"掌力绝似"绵掌"一路。星吉班丹的大手印能在石上铺一纸，一掌下去击石如粉而纸不破分毫。陈希简的武功出自星吉班丹，虽然远不及星吉班丹，但听这掌声，应该已用全力。眼见马永成被他一掌击倒，陈希简却也一个踉跄，单腿跪在了地上。她心下大急，顾不得一切，推开门冲了出去。只见月光下，马永成已瘫倒在地，脑袋边尽是鲜血，陈希简却是捂住前心，心口竟然插了柄短剑，虽然马永成被他偷袭得手，临死前却也击伤了他。

见陈希简心口中剑，少芸大吃一惊，抢上前扶住他低低道："陈公公……"

陈希简费力地抬起头道："娘娘，你没事吧？我不碍事。"

少芸见他已是血染前襟，却说什么"不碍事"，说道："陈公公，你受伤了？"

陈希简道："我以掌力震死了他，不过左胸口亦被他刺了一剑。好在剑伤不深，我还挺得住。"

他说着，伸手拔出了短剑往地上一扔。少芸见那短剑尖上有两分许的血迹，看来刺入体内也不过两分。只是左胸口乃是心脏所在的要害之处，两分伤口虽然不深，也已伤及心脏，可陈希简脸上有痛楚之色，却并不如何难忍，真不知是怎么回事。陈希简似是知道她的诧异，说道："老奴的心脏与寻常有异，是生在右边的，他这一剑还要不了我的命，不然老奴定然会死在他前面了。"他顿了顿，又道："娘娘，马公公应该不是孤身前来的，山下应该有他的党羽，你快往后山走吧。"

少芸见他仍在关切自己，心想方才自己若是相信陈希简，与他联手的话，除掉马永成应该不算太难。只是马永成出现得太意外，她多少有点怀疑,结果害得陈希简受此重伤。人的心脏偏左,此处一旦受创,定然当场身死。陈希简原来生具异样,怪不得左胸口中了一剑也不会死。只是纵然不死,这伤却也不轻,若不能及时救治,仍是难逃一死。她心中不禁有点内疚,说道:"陈公公,那你呢?"

陈希简苦笑道:"年过古稀,已不为夭。娘娘,老奴有句话一直未曾向你实说,张公公其实算定你会来此问我,因此要我等你一来便去通报。只是我也不知马永成竟然来得如此之快,只怕娘娘你的行踪已然走漏了风声,千万要小心,别轻易相信任何人。"

少芸听他这么说,更觉心头一阵酸楚。马永成想必自恃此事必成,因此孤身前来,但他的党羽若是久候不至,定会过来的,到时自己也走不掉了。月光下,她见陈希简一张脸已是全无血色,煞白如纸,终究有些不忍,说道:"陈公公,我若一走,你怎么办?"

陈希简道:"老奴求娘娘走前,成全了老奴,别让我受马公公的党羽折磨。"

听他这般说,少芸更是心痛,小声道:"陈公公,你别这么说,你这伤并不致命,好生调养的话,应该不会有大碍的。"

陈希简苦笑了一下,道:"唉,老奴在南京城无亲无故,除了孝陵也无处可去。何况就算逃得一时,也逃不了一切,天下虽大,何处能躲过八虎的追杀?左右都是一死,只求娘娘给我个痛快。"

少芸扶起他时,左手已暗暗搭在了陈希简的脉门。阳明先生跟她说过要三思而后行,她也不敢有丝毫大意。但一搭之下,便觉陈希简的脉博虚浮错乱,正是重伤后之相。又听得他这般说,少芸心里越发难受,犹豫了一下,伸手按了按前心,咬了咬牙道:"陈公公,你能走吗?"

陈希简一怔道:"老奴自己能走。只是娘娘,一时半会也走不远,只怕不管躲哪里都逃不脱八虎的搜索。"

少芸扶着陈希简站了起来,见他虽然受了如此重伤,但站着倒还稳,看来他说尚能走动倒也不假,便道:"有个地方能躲过他们的搜索。"

陈希简又惊又喜,说道:"还有这地方?娘娘,你不必管我了,只消跟老奴说了那是何处,让老奴自己过去吧。"

少芸道:"那地方没有信物可去不了。陈公公,走吧。"

那块玉牌此刻正悬在她的颈中。少芸心想阳明先生交给自己时吩咐过,不到万不得已之时万万不能动用。现在虽然自己还不曾走投无路,但陈公公却真个已到了绝路,动用这玉牌救他一命,亦是心社"为善去恶"之旨。现在马永成的党羽随时都会前来,还是尽快离开方为上策。

她扶着陈希简的右臂向前走去。马永成的尸身仍然趴在地上动也不动,脑袋边上那一摊血已被风吹干了。虽然不是死在自己手下,但一想到此人当初以杀戮为乐,心社中不知有多少师兄师伯都伤在这人剑下,少芸心中便是一阵厌恶,下意识地向一边闪了闪。刚走过马永成的尸身,忽觉得有一阵阴风从背后吹来。

此时暮色沉沉,夜风渐起。虽是夏日,风来时也有寒意。只是这阵寒气仿佛有形有质,冲向她腰间的意舍穴。

有人暗算!

少芸天生便身形轻巧,阳明先生引她入心社习武之后,身法越发敏捷。而此时她身上还穿着埃齐奥给她的那件斗篷,更是如虎添翼,纵然有人暗算,她仍是游刃有余。随着左脚一点地,右足一脚虚踢,人已转过半个身子,右手趁势按在了身后的剑柄上。从背后暗算她这人神通却也不小,居然神不知鬼不觉欺近到如此距离。少芸这一剑反击自不留情,这式"斜月斩"借着转身之力出鞘,速度更快。月光下,刹那间闪过一道弧形剑光。暗算少芸那人再要冲上来,纵然能刺入她背心,自己一条手臂非先被斩落下来不可。那人倒也了得,百忙中脚一点地,人忽地一个倒翻,堪堪闪过了少芸这一剑,只是如此一来他本以为必中的暗算也落空了。少芸虽然一剑迫退了那人,心头却是一沉。

这个突施暗算的,赫然便是马永成!

马永成方才被陈希简重手震死,此时却上蹿下跳,精神百倍,哪有半点受伤的样子?她心知不妙,正待收剑,后脊忽然如有艾火烧灼上来一样一热,悬枢、三焦俞、肾俞、命门诸穴同时受制。

制住少芸的乃是密宗拙火定大手印。寻常点穴手法,总是要认准穴位而点,这几处穴位虽然靠得甚近,却也不可能同时受制。但大手印与中原点穴法不同,乃是以掌力封穴。寻常点穴之时,认穴不准,或者及时闪避,都可破解。大手印却是运掌力透入诸穴,将穴位封住,纵闪得一处,也闪不了第二处。少芸在这当口要穴受制,只觉半边身子一麻,已然站立不定,右膝一软,单腿跪了下来,长剑也已收不回来了,"锵"一声倒在地上。不过大手印封穴术奇诡难防,却不如点穴术那般精准,少芸虽然背后多处要穴受制,右手仍然还能动。长剑刚落地,她伸手便要去抓。手指刚碰到剑柄,背心又是一热,这回至阳、灵台、神道诸穴也被封了,她连单腿都跪不住,人一下扑倒在地。大手印封的尽是她背后穴位,她耳目仍是如常,心里只有一个念头:这人是谁?

其实少芸自然知道这个暗算了自己的除了陈希简没有旁人,但她实在不愿相信这老太监居然骗了自己。就在她终于摔倒的一刻,耳畔传来了陈希简的声音:"娘娘,恕老奴无礼了。"

陈希简一直是一副诚惶诚恐的神情,但此时这声音里却透着得意与嘲讽。少芸已是痛悔不已,心道:"夫子要我三思而后行,我终究还是未能看破他的圈套。"其实她已然算得十分谨慎,只是在少芸心中,陈希简一直是正德帝所信任的亲随太监,万万想不到过了这几年,他居然会投靠了当初不甚相容的张永。

陈希简走到少芸身边,先一脚踩在少芸的长剑上,见少芸没什么动作,这才确信她已经受制,于是伸手摸向少芸颈边。在宫中时,他们这些太监岂敢对妃子无礼,只是这时却毫无顾忌。一摸到少芸颈中的一根细线,他脸上立时现出了一丝喜色,一把抽了出来。

这细线缚着的,正是阳明先生交给少芸的那块玉牌。少芸亦知此物万万出不得差错,因此一直贴身戴在颈中。陈希简取出这玉牌仔细打量了一下,心道:"这个东西便是件信物吧?她身上应该并无其他可疑之物了……"

他正在想着,那边马永成又走了过来。马永成方才装了半天死,趁着少芸不备突施暗算,却又遭反击,迫得他倒翻出去逃命。他逃得虽快,颊边仍被少芸那一式"斜月斩"割了道伤口。这伤口虽然不甚要紧,却也流了不少血。先前他装死躺在地上,嘴里吐出的只是早就备好的血袋,可这回糊在脸上的却是货真价实的鲜血。马永成生性残忍好杀,自己却从未受过伤,哪想到这回在少芸手中吃了这般一个大亏。走到少芸身边时,他越想越怒,恨不得飞起一脚踢去。若不是张永对他说过定要活捉少芸,不可伤了她性命的话,马永成定会将少芸的头都活活割下来。他深吸了口气,又长长吐出,这才勉强将肚子里的气压了下去,见陈希简从少芸脖子里取出个什么东西看得若有所思,更是没好气,喝道:"陈希简,你从这婆娘身上找到了什么东西?"

陈希简比马永成的年纪要大不少,虽然官职不如马永成,资格却要老得多。马永成对他大是无礼,陈希简倒也不以为忤,躬身道:"马公公,惠妃方才跟我说有个地方可以让我藏身,说的定然便是她背后那人所在之地。她说这话时我见她伸手按了按前心,猜她定然把这信物戴在胸前,想必就是此物。"

马永成又惊又喜,说道:"真的?给我看看!"

马永成惯用的武器是一长二短三把剑,此番只带了两把短剑,现在手头就剩了一把。方才他暗算少芸未成,险些被少芸一剑将脸都斩成两半,虽然见少芸受制,却仍不敢有丝毫大意,手中仍是紧紧握着这短剑。他伸手去捡那把掉在地上的短剑,听得陈希简说拿到了这件至关重要的信物,他将两把短剑一并往腰上一收,上前从陈希简手中一把夺过了那玉牌。手指一触到玉牌,心道:"好一块羊脂白玉!可惜太小了。"

马永成有权有势,什么奇珍异宝不曾见过。这玉牌虽小,摸上去却是光润无比,有如凝脂,若是能够有碗口大的话,便是传说中的连城璧想必也不过如此。他道:"这玉牌很少见啊。"

"马公公明鉴,希简所料亦是如此。凭此物定可追查到惠妃背后那人。"

少芸此时虽然已不能动,但将陈希简的话一字一句听得清清楚楚。尽管陈希简猜得并不完全对,但这块玉牌确实是件无比重要的信物,如果落到了张永手中,完全可能追踪到夫子身上。她又惊又悔,只恨自己太过于轻信,竟然上了这老太监如此一个大当。她努力想凝聚内力冲开被封的穴位,但拙火定封穴术与中原点穴术颇为不同,虽然每一处都封得不深,却是牵一发而动全身,解穴法几无效用,更何况她此时心浮气躁,越发解不开。

马永成举起玉牌对着月光看了看,赞道:"不错,大内也少有这等美玉,应该不难追索。督公真是神机妙算,足不出户,算定了这婆娘的行踪,当真了得!"

这条计策,正是张永面授。张永见马永成时,对他说少芸很可能在杀了魏彬后离开京城,那么最有可能出现的几处便须多加留意。南京的孝陵虽然并非张永算定的第一目标,但当时他亦说少芸很可能来此,要马永成务必要来查看一下。马永成其实也是昨天刚到南京,原本并没抱太大希望,与陈希简暗中见了一面,得知少芸并未前来,已然准备继续南行,没想到今天却撞了个正着。他正在看着玉牌,忽听陈希简小声道:"马公公,是不是给惠妃娘娘补一下封穴?"

这玉牌上有一些细密的花纹,月光下实是看不清,马永成正在仔细看着,被陈希简这般一打岔,大是没好气,说道:"怎么?"

陈希简一张脸有些不安,说道:"马公公,您也知道,我的武功实算不得如何,惠妃娘娘却非寻常之辈。方才她还暗中试了我的脉门,若不是我有拙火定心法,只怕便会穿帮。虽然我用摩尼珠力封住了她背后的四轮穴,恐她能够凭本身真力解开,那可就糟了。"

当初星吉班丹入宫,大开法门,在宫中收了不少弟子。马永成虽然奉也里可温教,不能入密教之门,却也曾向星吉班丹学过这一路拙火定,知道拙火定心法能控制心跳脉象。此道高手甚至能让心跳极慢,有若死去,以至于能埋入土中数日,挖出来仍能恢复如常,他刚才装死也是用了这一手心法。陈希简虽然还没到这等功力,但临时瞒过少芸应该不难。只是少芸在这时候居然还防了他一手,这等精细让马永成也不禁暗暗咋舌,忖道:"不错,这婆娘如此了得,此事万万出不得差错。"

他本来并不如何看得起少芸,但先前过了一招,方知这个先帝妃子的武功竟是异样厉害,难怪魏彬都折在了她手上。虽然少芸中了陈希简的暗算倒下，但安知她会不会冲穴成功。万一因为大意而被这条入网之鱼重新遁走，那可无法向督公交代。想到此处，马永成点了点头道："我去给她补上一道。"他正待向少芸走去，陈希简忽道："马公公，这块玉牌是要紧之物，暂且交到我手中吧。"

马永成见他直盯着自己手中的玉牌，心中一动，忖道："是了，这老阉物原来生怕我忘了他这分功劳。"他的性子向来阴沉，但此番大获全胜，既活擒少芸，又拿到了如此要紧之物，此时心绪大佳。他心想这老太监这几年在孝陵吸风饮露，做梦都盼着能回宫中，自己做惯恶人，这回不妨就做个好人，便将那玉牌交到陈希简手上道："陈公公，你先好生收起来吧。"说罢转身向少芸走去。

大手印封穴术与中原点穴术虽有相通之处，却也颇为不同。这路封穴术乃是以本人真力冲击对手穴位，因此不必如点穴术一般要认得准确无误方有效应，同时也能封住对手数穴。但若是对手的功力比施术者高得多，那么纵然封住穴位也很快就会被解开。马永成走到少芸身边，伸掌便按向少芸的背心。他虽然并不专修拙火定，但本身武功甚强，这路心法也已登堂入室，已得其中三昧，确是比陈希简强得不少。此时内力凝聚掌心，只消按在少芸背心处，掌力透穴而入，想来少芸再有本领亦不能自行冲破了。只是手掌刚贴到少芸背心处，却觉少芸气血流动缓慢，心道："这老儿原来并没有他说的那般不济。"

中了封穴术后，浑身气血便不再顺畅流动，人自然也动弹不得了。马永成已然觉察少芸全无解开封穴术的样子，显然陈希简方才这两下封穴使得大是了得，便是少芸也根本抵挡不住。不过纵然未曾解开，再封一遍也未尝不可，让少芸至少在两三个时辰里动弹不得。他正待将掌力吐出，腰间却忽地传来一阵钻心疼痛。

这阵痛楚来得实在太过突然，马永成全然不防，一时还回不过神来，低头一看，却见插进他腰间的正是少芸那柄长剑。他惯于暗算旁人，做梦也没想到自己在这当口居然也会中了暗算，右手一掌回身扫去。只是这一掌力量虽大，掌风惊人，却扫了个空，暗算他那人一出剑便又闪了回去。月光下，却见那人正是陈希简。

陈希简一招得手，虽然闪得快，但被马永成掌风一逼，险些喘不过气来。此时他距马永成已有五六尺，可陈希简仍不敢怠慢，目光灼灼地死盯着马永成。马永成武功自是要比他高许多，但这一剑直刺入他腰眼，使他受了致命之创，已然移动不得，就算犹有杀人之力，也已追不上去了，只是恨恨喝道："你……"才说得一个字，嘴里已是鲜血狂喷，却听陈希简嘿嘿一笑道："马公公，独乐乐，与人乐乐，孰乐？吾曰，不若独乐。"

陈希简在内书堂读过好几年书，很能拽几句文，马永成地位虽高，肚里却没什么文墨。但纵然听不懂这几句《孟子》，也知道陈希简说的是要独吞的意思。他已是懊悔万分，心道："马永成啊马永成，你也该知道这老杀才不是省油的灯，怎的还会大意？"其实他也并不算大意，只是在马永成心目中，这老太监只会奴颜婢膝地阿谀奉承自己，根本没想到这人居然会下这等黑手。而陈希简这一招出手极是狠辣，长剑已刺破了马永成的左肾。马永成一生残忍暴虐，以杀人为乐，可此时身体已然完全不能动弹，痛得冷汗直冒，纵然一时半刻不死，却是大罗神仙都救不回来了。陈希简见他疼得说不出话来，更是得意，温言道："马公公，您奋不顾身，与惠妃娘娘同归于尽，督公面前，希简定会为你多多美言，为你讨个美谥。"

陈希简到了此刻，说起话来仍是诚惶诚恐，一副毕恭毕敬的样子，马永成却是心中恶寒，忖道："这老杀才原来早就打好了这主意了。"

这个主意陈希简的确早就打好了。他年事渐高，偏生功名心越来越重，当昨天马永成前来，让他得知少芸可能会来找自己时，便已打好了整个主意。他心知此事有马永成掺和，自己注定只是个敲边鼓的角色，说不定事成后连回宫中养老这愿望都达不成，因此索性借这机会把马永成做掉，自己独占其功。因此昨天他便对马永成说为避免被少芸察觉，届时只消小德子前来要半只姚师傅手制的盐水鸭，便是少芸已到，让马永成即刻前来，如此神不知鬼不觉，少芸自然也不会看破。当时马永成还觉得此计甚妙，现在才知道陈希简与其说对付少芸，不如说真正的用意是对付自己。

他身受重伤，只觉浑身力量也渐渐散去，心中恨意却越来越盛。陈希简知他恨极了自己，也不上前，便站在数尺外看着马永成。这条计策唯一的不足便是要将少芸灭口，功劳不免要打一点折扣，只是衡量起来仍是大为值得。他仿佛已然看到自己回到宫中，颐养天年的模样了，险些便要笑出来。只是他的心思深沉之极，纵然心中欢喜无限，脸上仍是声色不露。见马永成伏在少芸身上渐渐不动，却仍怕他还不曾死透，喃喃道："马公公，您这一世福也享得够了，留点残羹剩饭与希简受用，想必也是不枉。"说罢，上前便要去握住剑柄给马永成补上一剑。他为人甚是精细，心知做下这等大事，就万不能留任何破绽。以少芸的武器杀了马永成，再以马永成的短剑杀了少芸，这般就算张永亲至，定然也看不出破绽，只会认为他二人一番死斗，以致同归于尽。

他的手还不曾碰到剑柄，却见马永成忽的一动。若是个粗枝大叶之人，只怕也会不管不顾，但陈希简心细如发，担心的便是马永成在装死想骗自己过去残死一击。一见他身体动弹，陈希简便是一惊，人向后一跃。陈希简年纪老大，武功虽然不算极高，身形却远在寻常人之上，这一跃动若脱兔，不下少年，一步便又跃出了五六步，心道：

"好险！这家伙果然在装死！"只是他惊魂未定，却听得少芸道："陈公公好一条苦肉计。"

一听得少芸的声音，陈希简一刹那已吓得魂不附体，下意识地又向后跃出了三尺许。此时已经远离了足有丈许，抬头看去，却见少芸已站了起来，只是身形有些虚浮，马永成这回却是彻底倒在了地上。陈希简一怔，马上回过神来，暗骂道："马永成这吃里扒外的东西！"

陈希简先前跟马永成说什么要防备少芸解开封穴术，其实他也知道凭自己的功力，将少芸穴道封住，没有两三个时辰她是解不开的，为的只是诱马永成过去好施暗算。结果马永成确是中了暗算倒地，少芸却站了起来，显然是马永成自知必死，临死之前以掌力解开了少芸被封之穴。

少芸对陈希简已是恨之入骨。这老太监若论武功也就罢了，这分做作功夫却当真了得。自己实是被他耍得团团转，连夫子给自己的这块玉牌也被他诈了出来。如果不是陈希简贪心不足想独占功劳的话，此番自己已是一败涂地，已然完全没有翻身的机会，连夫子也会受到自己牵连。只是人算不如天算，正是陈希简这一点私心让他这个天衣无缝的计划露出了一丝破绽。虽然马永成临死前并不能完全解开她所中的封穴术，但就算豁出自己性命不要，也得杀了这老太监，夺回那块玉牌。

少芸所中的封穴术主要还是封住了她的双腿。此时她两腿仍是一片木然，仿佛非自己所有，双臂倒是恢复七八成。马永成的尸身仍压在她身上，她从马永成身上一把抽出了长剑，一脚将他蹬开，站了起来。虽然马永成在临死前解了她的穴，但当初心社不知有多少同门都死于这太监的折磨，此番马永成解开她的穴位也仅仅是为了不让陈希简能够坐收渔人之利，她对此人仍是痛恨无比。陈希简见她拔剑时动作甚是利落，但身形却晃了晃，忖道："是了，马屠这王八蛋死前劲力已然不足，不能将封穴术尽数解除。趁这时候动手，这婆娘不是我的对手！"

陈希简主意已定，淡淡一笑道："惠妃娘娘过奖。"右手却一把摸出了自己那柄金刚杵，一个箭步便冲上前来。他自知精力已衰，已无长力，因此算计更精，没有十拿九稳的把握绝不出手。今晚骗少芸、暗算马永成，一步步都是精打细算，没一步落空。此时见少芸腕力已恢复了七八成，但脚力只怕还没有两成，心知这般抢攻，定有八成以上的把握。因此再不犹豫，抢步上前，金刚杵已刺向少芸前心。

金刚杵梵名"伐折罗"，有独枝、三枝、五枝，乃至九枝之别。佛经中有谓："金刚杵者，菩提心义，能坏断常二边，契中道。"本来乃是佛门法器，但陈希简拜在星吉班丹门下，只修武功，不修教义，因此清静之心丝毫未得，功名之心倒是越老越热衷。眼见这一杵便要刺到少芸心口，他已是暗自窃喜，心想这一招"迦楼罗炎"虽然平平无奇，但少芸长剑重量比不上金刚杵，而双足尚不能动，想闪也闪不开，因此这一招实是她的煞星。

他已有了灭口的心思，自然再不留情。只是金刚杵眼见已将刺中，少芸的身形突然向一边疾闪而出。这等速度，就算陈希简年少时也不能有，他一杵刺了个空，正在诧异，却觉左肩头一阵剧痛，一条左臂霎时没了力气，血光已然崩现。他惨呼一声，这一招已递不出去，人向右边一个翻滚，总算这条手臂不至于被少芸斩落，但伤势已是不轻。

这一招"迦楼罗炎"毫无用处，反被少芸刺伤，陈希简心中又惊又惧，心道："这婆娘难道在装模作样？"他心知少芸双足无力，但也怕她是诱敌之计，因此紧盯着少芸的双脚，只消少芸身法有异，马上便可变招。只是少芸闪身斜跃时竟然不见她双足有丝毫用力，竟然就这般平平斜飞出去，结果陈希简反而被打了个措手不及。他的武功原本就不及少芸，废了一条左臂更是难以应付，只是少芸并不趁胜追击，他抬头看去，借着月光，见少芸站在对面，左手中却握着一根细细的绳索，绳索一头插在对面的一棵大树之上。

那正是少芸的绳镖。少芸也知自己双腿尚是无力，陈希简若是与自己游斗的话实不易对付。夫子说过，"能而示之不能，用而示之不用"。自己现在双足虽然无力，却有绳镖可以借助，正好可以攻其不备。陈希简心思狡诈，偏偏不知少芸还有这一手本领，果然中计。只是借助绳镖固然可以使移动速度不下于平时，但也有无法随时变换方向之弊。虽然一剑伤了陈希简的左肩，但陈希简闪身遁走，她也无法趁势追击。只是无论如何，这一战已是势在必行，她暗暗咬了咬牙，左手一紧，将绳镖收了回来。绳镖的长索坚韧无比，又极是轻盈，团在掌心也不过是细细一束。一收回绳镖，少芸又是一掷，这回绳镖却扎在了陈希简头顶的一根横生出来的树枝上。少芸猛一提气，悬在绳镖上直向陈希简冲去。

陈希简左肩上的伤口甚深，血已染红了他的半边身子。其实他虽然左臂已废，但身法仍然还在少芸之上，只是这等情形之下也被少芸所伤，陈希简已成惊弓之鸟，再没有半点对抗之心。好在他手臂虽伤，双腿却是完好无损，不等少芸冲上，左手捂住伤口，转身直冲下山道去了。他年纪虽老，可天天在孝陵的山道上往返五里，身体仍然颇为强健，情急之下也真个不慢。

一定要杀了他！

见陈希简落荒而逃，少芸反倒有些惊慌。那块玉牌还在陈希简身上，万一被他逃走，仍是满盘皆输。她所中拙火定封穴术到现在仍然不曾完全解开，纵有绳镖助力，单臂仍然不够。眼见陈希简箭也似的逃下山去，少芸心下大急，将长剑插回背后鞘中，右手也抓住了绳镖。此时有两臂用力，立时快了许多。她是女子，身躯原本轻盈，又常年习武，力量不输于寻常男子，双手用力拉着绳镖一跃而起时，竟是比陈希简更快，只一个起落便冲到了陈希简前方。一赶上陈希简，她伸手便要去拔剑，心想只消陈希简出招挡格，便可将他截下。

此时陈希简正冲到一匹石马边，少芸的剑尚未出鞘，陈希简却是一跃而起。他左臂虽废，双脚却仍是完好无伤，见少芸腾空落到了自己跟前，也不恋战，索性向那石马直冲过去，一脚在那石马上一蹬，人已腾空跃起。他的身法虽然比不得平时的少芸，但也不算弱了，此时借一蹬之力，跃得更高。不待少芸长剑拔出，他一个起落，已然又冲到少芸前面去了。

虽然闪过少芸的拦截，陈希简心中却越发惊慌。天下各门各派点穴术虽然各有巧妙，本源却都是一样。拙火定封穴术亦是以劲力使对手气血不能流通，但并不比点穴术精微，一般过了两三个时辰总会自行解开。少芸本已解开了大半，再这般上下蹿跃，等如在以外力迫使血脉流通，用不了片刻，她的双腿便能行动自如了。陈希简也知道自己纵然浑无伤损也不是少芸的对手，更不要说已被她伤了一臂。

无论如何都要甩掉她！

陈希简已是心如火焚。如果周遭是一片空旷，那甩掉少芸实是简单之极。可这一段偏生是神道，长年严禁樵牧，两边大树参天，少芸随时都可借力。而她再追一程，手足越发灵活，待拙火定封穴术尽数解开，不消别个，只凭她这手百发百中的绳镖，自己就再无回天之力。虽然他拼命奔逃，少芸仍是紧追不放，纵然陈希简拼尽了全力，两人之间的距离仍然不曾拉开。

眨眼间，两人一追一逃，已过了四方城，穿过大金门，马上就要到前方的下马坊了。过了下马坊就是山下的官道，官道两侧虽然也有树木，却远没有山上这么多，头顶也不会有那么多横生的树枝可借力。少芸心知若被陈希简逃过了下马坊，再要杀他就更难了。而下马坊边也没有树木，她心一横，趁着此时绳镖正扎在头顶一根粗大树枝之际，左手奋力一拉。

她手中这绳镖乃是昔年正德帝从内库中找出来给她的，以鹿筋混合天蚕丝织成，坚韧异常，且弹性极好。这般一拉，绳索立时缩回了袖中数尺，而她的身体却是向前甩得更急了。借这一甩之力，少芸仿佛插上了翅膀般冲天而上，一下翻过了下马坊。

过了下马坊，便是一条宽阔官道了。官道一边乃是护城河，另一边则是山坡，再无大树可以借力。少芸已是孤注一掷，定要抢在陈希简之前拦住他的去路。只是若是平时，以她的身手这般一跃而起也不算什么，但现在双腿仍然未能完全复原，只怕落下时会站立不定。如果不能立足的话，这样跃下只怕会受伤，但少芸已将这些顾虑全然抛在脑后，心中只有一个念头，就是拦住陈希简的去路。

就算这一下会将腿骨摔断，也在所不惜！

她这一跃而起，斗篷兜风，人仿如鹰隼般在天空中滑行。陈希简不知少芸也是孤注一掷，见她身上的斗篷还有这等功用，只道她到了空旷处居然能够飞翔。眼见少芸一下便冲过了下马坊，陈希简已是暗暗不住价叫苦。他虽然两腿无伤，可毕竟是个老人，一路狂奔下山已然耗尽了他的全部力量，此时就算想再快一步也难比登天。见少芸抢在了他前面，他更是吓得魂不附体，根本顾不得多想，一个箭步，猛然间向前面的护城河里扑去。

这护城河就在官道西边。寻常城池的护城河最宽不过数丈，但南京城东面这一段护城河却是秦淮河的一段支流，直通玄武湖。这一段更是宽有十余丈，几乎就是一个狭长的湖了。少芸此举极是冒险，落地之时她心中也是大为忐忑。因为跃下来之势极快，必须极速前冲方能消去跃下之势，否则腿骨只怕会因承受不住而折断，因此落地时全神贯注。待她双脚一落下地，却觉浑身一震，而双腿借这一震之势竟是一下有了知觉。她大喜过望，心知定然是因为这一震使得血脉得以流通，所中封穴术已经完全解开。她立刻快步前冲，只是这般一跃而下的势头当真不小，她冲出了十余步才算能够站稳，却也已经冲到了河边。待站定了，双腿终有些疼痛。正想着总算拦住了陈希简，哪知"咚"一声，陈希简却是一下跳进了河里。

少芸也没想到陈希简竟会借水遁逃生，眼见冒险抢到他先头又要功亏一篑，她顾不得自己尚未完全复原，将身一纵，也跟着跃入了河中。她虽是女子，水性却并不算差，心想陈希简已是走投无路，无论如何都不能让他逃了。只是她刚跃入河中，面前突然翻了一个水花，右肩便是一阵剧痛，一把金刚杵插在了她肩上。

这正是陈希简。陈希简跃入水中，却也知少芸定然不会放过自己，就算在水中也会追来。他虽会些水性，却并不如何高明，除非少芸不会水，否则更难逃脱，因此索性来个破罐子破摔，一入水中，却并不游开，只潜入水底静候。见少芸果然追下水来，他猛然间冲出，手中金刚杵插向少芸前心。这一招其实已是他的孤注一掷，水中出手，比岸上更要耗费体力。若是刺向少芸身上，少芸有斗篷护身，金刚杵不一定能刺进去。但她肩头却无防备，少芸只来得及一闪身，金刚杵已刺入了她的右肩。剧痛之下，左手下意识一把抓住了金刚杵。金刚杵四棱皆有锋刃，少芸这一把抓上，掌心顿时被割得鲜血四溅，可陈希简却再抓不住这金刚杵了，只待弃了杵要逃，少芸的右手却已一掌击来。这时两人相距极近，少芸这一掌正中陈希简的右前心。他先前说什么自己心脏在右边云云，其实尽是胡扯，不然这一掌只怕当场就要了他的命。虽然在水中出掌不及陆上一半力量，加上少芸右肩受伤，右臂力量所剩又已不及平常一半，可纵然只剩四分之一的力量，陈希简这把老骨头仍是承受不住，嗓子里一甜，一口血已猛然吐了出来。他知道虽然伤了少芸，可自己伤得只会更重，此番暗算得不偿失，正觉走投无路，忽然河上一阵夜风吹来，飘来了几句唱："飞絮沾衣，残花随马，轻寒轻暖芳辰。"

这却是有名的南戏《琵琶记》中一段唱。《琵琶记》这出戏号称南戏之祖，江南一带更是风行，真个有井水处皆能歌之。秦淮河上的歌姬，更是人人会唱几段。只是这条护城河虽然也是秦淮河支流，但因为靠近孝陵，附近也无人家，冷冷清清，那些歌船自然不会来到此处。只要有歌声，自然有人，陈希简也不知哪来的力气，一个翻身，便向那歌声飘来之处游去。他游得不慢，少芸依旧紧追不放。两人都已受伤，可少芸伤势终要轻些，已从一开始相隔丈许追到了只隔了四五尺。陈希简又急又怕，身上伤口也越来越疼，忽见前方隐约有灯火漂浮于水面，不禁大喜过望，心道："总算有救了！"

少芸中了陈希简暗算，右肩头已是刺痛难忍。她仍是咬牙紧追不放，此时却也听到了歌声。此时从那船上飘来了后几句："江山风物，偏动别离人。回首高堂渐远，叹当时恩爱轻分。伤情处，数声杜宇，客泪满衣襟。"却是有个少年在与歌姬曼声齐唱。暮色中，这一曲《满庭芳》甚是悠扬动听，定是哪家公子不爱热闹，来此清静之地赏玩夜色。如果被陈希简逃上船去，自是再没机会了。少芸心中一急，奋力追了上去，顿时又拉近了尺许。陈希简见少芸追得近了，更是害怕，嘶声大叫道："救命！"

那艘船是在河上向着这边缓缓而行，此时已近了，可见船头点了好几盏灯笼,有五六个人立着。正中是个身着团花锦袍的少年公子,一边却是个怀抱琵琶的女子,生得甚是艳冶,方才正是这公子与这艳姬在合唱这一阕《满庭芳》。这等夜里,船上根本看不到河上情景,陈希简的声音突然响起,那少年公子吃了一惊,边上一个家丁模样的人提了盏灯笼走到船边向下照去,正好见陈希简水淋淋地抓住了船头。陈希简左肩中了一剑,伤势不轻,血已将衣服都快染透了,此时浸透了河水,越发难看。这家丁吓了一大跳,正想问是人是鬼,陈希简已然抢道:"我是孝陵守陵太监,有钦犯要杀我!"

少芸此时也已追到了船边,见那家丁一把将陈希简拖了上去,已是心急如焚。她右肩有伤,可情急之下连疼痛也全然忘了,一把抓住了船头,也不知哪来的力气从水中奋力跃起,左手从背后拔出长剑,直冲上船。

就算丢了性命,也要杀了陈希简,将那玉牌毁去!

少芸脑海中只剩了这一个念头。陈希简此时正被那家丁拖上船来,只觉死里逃生,一口气散了,已瘫倒在船头,哪知随着一声水响,少芸竟会直冲上来,一剑便刺向他前心。从山上逃到此处,陈希简实已油尽灯枯,再也没力气逃了,见这一剑直取自己前心,不由吓得怪叫起来。只是少芸的剑看便要刺中陈希简,斜刺里忽地伸来一根白蜡杆,"当"一声,将少芸的长剑格在了一边。

出手的,却是那个少年公子。这公子一副纨绔子弟的模样,哪知出手竟是干脆利落之极。

白蜡杆笔直坚韧,向来都是做棍棒枪杆使用。那公子此时用的却是枪术,一格开少芸的长剑,白蜡杆一端忽地舞了个花,已重重在少芸右肩头一击。那公子是见到少芸肩上本已受伤,更是趁虚而入。这一招使得行云流水,少芸平时还能以身法闪开,可这时身上带伤,浑身又湿淋淋地重了许多,哪里还闪躲得开。白蜡杆"啪"一声击在她肩上,本来已经止血了的创口登时崩裂,一阵钻心般的疼痛让她一下晕了过去。

夫子,对不起……

这是少芸最后的一个念头了。

第九章 奇 手

不知过了多少时候，少芸被耳畔一阵隐隐约约的歌声惊醒。
"一片花飞故苑空，随风飘泊到帘栊……"
这歌声其实有些咬字不清，只是娇脆婉转，也还动听。少芸犹在半醒半醒之时，心道："咦，我是在豹房里吗？"
少芸是在宫中长大的，一直到被正德帝叫去陪侍，才第一次知道这些戏文。正德帝贪玩爱热闹，时不时会召个班子来豹房献技，有时觉得不过瘾，甚至还带着少芸易服去大前门有名的查家楼看戏。那时她还不太听得懂，只觉台上那女子唱得极是动听，唱的曲子正与此时耳边听到的相似，因此一时间还以为自己犹在宫中。听到后来，曲子已然有些走调。当年能进豹房来献技的戏班，无一不是顶尖的角儿，哪会唱得如此荒腔走板？她怔了怔，便想睁开眼。哪知正待睁眼，眼皮仿佛有胶水粘着一般，刚翕开一条缝便觉极是难受，眼前的亮光却让她霎时什么都看不清。

这是因为长时间都在黑暗中,乍到亮处有些羞明。少芸索性闭上眼定了定神,听着这歌声。唱曲之人应该年纪甚小,声音还带着几分稚气,也不知哪里听来的这曲子。这一段唱后面乃是"玉人怪问惊春梦,只怕东风羞落红。阶下落红三四点,错教人恨五更风"几句,到"三四点"几句,那少女的声音有点拉不上去,越来越不成调,干脆便翻来覆去地哼着,想要找回原先的调子,唱来唱去都是"三四点"三字。

此时少芸的神志已然恢复了大半,再睁开眼,这才发现自己原来是躺在一张榻上,身上还盖了块薄毯。这房子应该是个书房,布置得甚是精致,床头有一个满堂红的大烛台,点了好几支儿臂粗的蜡烛,照得屋中一派通明。床边是一张桌子,桌前条凳上坐了个少女,看年纪不过十二三岁,头上梳着双鬟,坐在条凳上双脚还踩不到地,悬空不住划着圈,嘴里正自哼着那支唱不下去的小曲。

这是哪里?见这儿并不是什么牢房,少芸倒也放下了心。她正待挣扎着起身,哪知手刚一撑到榻上,却觉浑身酸痛,遍体骨节仿佛都已散架了一般,禁不住微微哼了一声。那少女听得声音,一下停了唱曲,从条凳上蹦了下来,走到榻边挽起少芸的头,在她背后垫了两个厚枕头,说道:"哎呀,姑娘你身上的药力刚散,先不要动,我给你倒盅参汤。"

少芸记忆中,昨晚在护城河上被那个少年公子以白蜡杆子重击在右肩的情景此时越来越是清晰。这也是她最后一个记忆了,本来只道自己定然有死无生,哪知醒来竟会在这个地方。她身上的酸麻虽然还未散尽,但此时已比刚醒时好得多了,手已能抬起。她伸手摸了摸右肩,只觉厚厚包了层纱布,伤处虽然还有些疼痛,但已不太有感觉,定然已经过了一番精心诊治,上过药了。她半躺在榻上,见那少女走到桌边，踮着脚从桌上端下一个大茶盅，然后小心翼翼地端到少芸嘴边，说道："姑娘，你把参汤喝了，伤很快就会好。"

茶盅一递到少芸嘴边，她便闻到一股极浓的参味。当初在宫中时，正德帝喝参汤前都让她试毒，她也喝过不少，一闻这味便知是上品的老山参。啜了一口，只觉气息一下平静了许多，力量也似恢复了不少。她疑云更深，看了看四周，问道："小妹妹，我这是在哪儿？"

那小鬟听少芸叫她"小妹妹"，微微一笑道："姑娘，我叫烟霏，你叫我烟霏就是啦，叫我小妹妹可不敢当。"

这烟霏自是个大户人家的丫环了。寻常丫环，取的都是些"春兰""秋菊"之类的名字，取名为"烟霏"未免有些刁钻。烟霏似乎看出了少芸的疑惑，指着墙上一幅字道："这是主人给我取的。主人说给我取这名，便是从这首诗里来。姑娘你识字吗？帮我看看主人有没有骗我？"

她的话中还带着几分天真，听口气，那位主人待她倒也不错，没什么架子。少芸更是奇怪，心道："难道是她的主人救了我？这位主人是谁？为什么要救我？"

她正在沉思，烟霏不知她是另有心事，全然视而不见，只道她看了半天也没看出名堂来，有些失望地道："姑娘，是不是这诗里没我名字？我知道主人准是逗我开心。"

少芸怔了怔，凝神看向墙上。见这幅字是十分工整的颜体楷书，乃是首七律："何处高人云路迷，相逢忽莽目前机。偶看菜叶随流水，知有茅茨在翠微。琐细夜谈皆可听，烟霏秋雨欲同归。翛然又向诸方去，无数山供玉麈挥。"字体工整而秀丽。少芸学识也不甚高，看不出这诗的好坏来，不过里面"烟霏"二字倒是一眼就看出来了。她道："有的，你名字便是在里面。"

烟霏脸上本已有些黯然，闻得此言，一下又是容光焕发，说道："真的？哈，主人原来真没骗我。那么朵锦、寻芳、瑶琴她们的名字也定然是从诗里取来的了。真想不到主人的学问这么大！"

少芸不由暗暗好笑，心想从诗里摘两个字做小鬟名字又有什么学问，这小丫头真是天真。烟霏却大是兴奋，说道："姑娘，那你指给我看看，寻芳的名字是哪首诗来的？"

她向四壁指了指，少芸顺着她手指看去，却见这屋子四壁竟全都挂着字。看字迹，几乎全是工工整整的楷书，别说草书了，连行书都没有。她说的"寻芳"二字，出自一幅七绝："经年尘土满征衣，特特寻芳上翠微。好水好山看不足，马蹄催趁月明归。"这些斗方条幅大多没有题款，唯独这一幅却有个后缀，却是"月夜大醉，摩云山人醉草武穆王《翠微亭》一绝纪之"。少芸道："是啊。烟菲，你们主人自号摩云山人？"

烟霏道："我也不知道主人给自己取了些什么名字，反正这些字儿啊，都是主人亲笔写的。我倒觉得这几个不如有我名字那几个好，那几个全都棱角四方，很好看，这几个没写齐。"

少芸虽然也不算饱学之士，但她两个老师都非凡俗之辈，阳明先生更是当世硕儒第一。她没练成什么书法，但好坏总还看得出几分。这房中满墙的字大多工工整整，几如小孩子描红临摩写出来的一般，唯独这幅楷中略略带草，算是满墙字画中的异数了。这个摩云山人多半便是烟霏口中的主人了，只是他大醉之后，写出来的字仍是如此端正，只怕是个十分古板之人。而"武穆王"三字，少芸也知道是宋时名将岳飞。岳武穆抗金，而国朝灭元，因此洪武帝大为推崇岳飞，封其为"宋少保鄂国武穆王"。只是岳飞诗词并不甚多，而且也不甚适合摘句做小鬟之名，真不知这位摩云山人怎的起了这念头。她道："烟霏，你们主人怎的用岳武穆的诗给人取名？"

烟霏眼中一亮，说道："哇！姑娘，你的学问也真大！原来你也知道岳武穆啊？主人说他平生最敬服岳武穆，所以这书房里写的都是岳武穆的诗。"

这屋中都是岳飞的诗？少芸又是一呆。她虽然早先识得几个字，但真正学到一点东西，还是在去泰西途中朱九渊先生教的一些。朱先生并不喜欢词章一道，因此很少教少芸读书，此后她读得也就更少了。岳飞虽是绝世名将，诗词却不甚多，除了一首《满江红》，别个流传也不算广，因此少芸本来都不知那首《翠微亭》乃是岳飞所作。但听得烟霏的主人如此敬服岳武穆，她心里也定了定，心道："想必，昨晚我受创之后，也不知如何因缘巧合，这摩云山人救了我。"

她打量了一下屋中。这屋子也不算小，四壁刷得雪白，壁上则挂满了这个"摩云山人"的字。因为天热，窗子都开着。抬眼看看窗外，外间倒也不是太暗，还能看到窗外正是一棵大槐树。这槐树生得极是高大，一树槐花开得如火如荼，有几株都要探进窗来了。

想必，自己是被这摩云山人所救。这个摩云山人究竟是谁？看这处宅院，气派当真不小，看来此人也不是寻常人物。少芸不由微微皱了皱眉，问道："烟霏，你主人真名叫什么？"

烟霏眼睛眨了眨，诧道："姑娘原来不认识我家主人？我也不知道他叫什么。"

少芸一怔："你不知道？"

"是啊。我就是叫他主人，不叫别个，也没人跟我说过。"

少芸暗自好笑。不过烟霏说得也在理，其实当初在后宫之中，她就算受封为惠妃，一直也就只知道陛下姓朱，不知他名叫什么。宫中没人敢直呼陛下之名，同样不会有人跟她说陛下名叫什么，自然便是以"陛下"称之。她道:"那带我去见一下令主人可好?"

烟霏看了看她,眨了眨眼道:"姑娘你身体不碍事了?"

少芸在榻上坐了起来,伸手握了握拳,说道:"不碍事了。"

少芸肩头先受了金刚杵之伤,后来又被打了一棍,创口崩裂,伤势并不算轻。但诊疗得当,伤处也不知敷过些什么药,她只觉一阵阵清凉,加上刚才又吃下一盏上品山参汤,体力都恢复了五六成。蹿高纵低恐怕力有未逮,寻常行走却已是无碍。烟霏见她先前伤得人事不知,一醒来便没事人一样,也暗暗佩服,说道:"主人两天前就说过啦,他说姑娘你受伤甚重,安心养伤,醒来后他自会过来拜访。"

少芸一怔,说道:"两天?"

"是啊。前天主人带你回来的,昨天一天你都没醒。"

竟然昏迷两天了!少芸也没想到肩头这处伤居然如此厉害。只是两天已过,真不知发生了什么事。陈希简的下落,那块玉牌的消息,这些性命攸关之事都全无着落。一想到这些,她哪里能安心养伤?少芸说道:"我有急事要向贵主人相询,不能等了。他在哪里?"

烟霏道:"主人今天应该在金翅舫前的登云台上乘凉呢。"

"金翅舫?"

烟霏重重点了点头道:"你下了楼,沿着路一直往西边走,走到君子塘前,西边有个石头船,就是金翅舫,登云台就在边上。姑娘,这么晚了,还是先歇息……"

烟霏的话还没说完,少芸翻身便下了榻。烟霏没想到少芸说走就要走,不禁着急,忙拦住她道:"姑娘,主人说了……"没等她说主人说了些什么,少芸已一下闪过她身边。烟霏只是个小鬟,就算堵在门口,其实仍留不少空隙。少芸纵然肩伤未愈,可是要闪过这般一个毫无武功的小鬟实是轻易之极。烟霏只觉眼一花,原本在身前的少芸一下到了她身后。等她再转过身,少芸已走到了楼道口,已然下了楼。烟霏见少芸竟然走得如此之快,急道:"姑娘,你等等!"快步追了起来,她纵然没缠过足,仍远远比不上少芸的身形。待她走到楼道口时,少芸已出了门。

一出门,周遭尽是花木,这宅院竟大得出奇。天色已暗,这间小楼附近还能借点烛光,走出丈许就漆黑一片了。好在花木丛中有一条小径向西,少芸定了定神,顺着小径快步走去。

已经两天了……

少芸心中有种说不出的忐忑。阳明先生给她的那块玉牌仍未追回,陈希简也不知下落如何。如果张永知道了五德玉行这地方,派爪牙杀到那里,只怕再无回天之术。一想到这里,少芸就忍不住。纵然自己这么做极是冒昧,但她仍要尽快见到这主人问个明白。

照理这等一个园子,再大也没几亩地。但曲径通幽,这园子居然有千岩万壑之势,布置得极具匠心,加上天色昏暗,少芸走走停停,只觉这小路长得异样。也不知转了多少个弯,眼前豁然开朗,前面出现了一个荷塘。

寻常人家,在宅院中留个池塘,那也是常事。但这荷塘竟然有十余亩,大得异乎寻常。正值炎暑,塘中莲叶田田,荷香阵阵。莲花又称花中君子,难怪这池塘会取名为"君子塘"。在荷塘的西岸,有一个伸向塘中的平台。平台边上有座石船,自是金翅舫了。那台上灯火通明,有几人或坐或立,偶尔传来一两声琵琶声。遥遥望去,只见两个人正在台中进进退退,似是在演戏。

元时杂剧大兴,天下各处,都有瓦肆。特别是江南一带,更是风行,以至于有些大户人家索性买了戏班养在家里,以为酒宴时助兴之用。这宅子如此之大,那摩云山人定然也是个富甲一方的世家子,养个戏班在这暑夜纳凉时所用,倒并不奇怪。隔着一个荷塘,少芸也看不真切,只能看到平台边有几个人坐着,当中有一个多半就是那摩云山人了。少芸沿着荷塘走去,正想着该如何开口方不失冒昧。还未走到那平台前,心中却是一沉。

在荷塘对岸看来,平台上那两人跳跳舞舞,真似在做一出武戏。可凑得近了,才见那两人身上穿的并不是戏服,而是寻常的劲装,手中用的也不是戏班上的花枪,而是两根白蜡杆。这两人一进一退,竟然也是真个在动手。这两人武功寻常之极,即便少芸并不精于枪术,可一样看得出他们用的乃是枪法,而不是戏台上的功夫。而在这两人后面,坐着两男一女三个人。坐在左边的女子一身艳装,生得美貌非常,怀里抱着面琵琶,正在弹奏。右手边是个老者,长相十分清癯。而坐在当中的那个宽袍大袖的少年,赫然便是那天在船上的花花公子!

怎么会是这人!

少芸一下站定了。她做梦也没想到这花花公子竟然也在此处,心中正在犹疑不定,却听身后有人突然喝道:"什么人?"

少芸微微一扭头,眼角已瞟到了身后。身后又是两个手握白蜡杆的年轻汉子,一样穿着劲装。这两人手里的白蜡杆平举在胸前,正是中平枪的一招起手式。中平枪号称"枪中之王",乃是军中最为通行的枪法,这两个年轻汉子生得精壮有力,握枪的姿势也是有模有样,口中呼喝,手中的白蜡杆已然一左一右,交叉着刺向少芸后心。

中平枪因为在军中通行,所以有许多合攻招式。这一招正是"金铰剪",乃是锁住对手的高招。这两人见少芸乃是陌生人,便想着先制住她再说。哪知他们出枪虽快,眼前却是一花,少芸已然一跃而起,左脚在右手那人白蜡杆上一踏。右手那人力量虽大,可一端突然加上了一个人的体重,纵然少芸并不算重,他也根本挑不起来,手中白蜡杆一下被踩得斜刺入地。他手中的白蜡杆本在前面，一被压下，正压在了左手那人的白蜡杆上，那一根白蜡杆被他压得也是斜斜刺了下去，几乎同时，两根白蜡杆都扎在了地上。

这两个汉子自恃膂力，向来颇为自傲，哪知这个突然闯来的女子只一招便破了这式"金铰剪"，他二人都是一惊。此时少芸若是趁势反攻，二人已全无还手之力，只是少芸也不愿没来由地动手，正待开口，身后忽地又有一股劲风袭来。

那是台上相斗的两人发现有异，立时停手不斗，齐齐跃下，两根白蜡杆也是一左一右刺向少芸。他两人用的也是这一招"金铰剪"，只不过这两人是从台上一跃而下，速度要快，力量也要大得多。少芸情知对这两人不能再用这一招，她肩伤甚重，右臂使不上力，但身形之巧，实已不作第二人想，左脚一勾，右脚随即将那两杆被她压住的白蜡杆一踢。此时身后那两个汉子正竭尽全力想把被少芸压住的白蜡杆抬起来，突然间手上一轻，那两根杆子登时疾挑而出，正与台上跳下的那两人手中的白蜡杆撞到了一处。这两对人本领相仿，力量也相去无几，"啪"一声响，四根白蜡杆撞在了一处，有一根竟然被别得断成了两截，少芸却已闪到了一边，分毫未伤。

白蜡杆非常柔韧，寻常要折断也大为不易。听得这一声响，台上那老者忽地站了起来。他仍然不知少芸来历，刚才见台下突然来了个女子，一时也不知少芸究竟是何许人也。想来公子心性风流自赏，只怕又是新纳的小星，也并不在意。哪知少芸一招就将台下两个弟子的白蜡杆锁住，随后一招更是连消带打，极是高明，居然连带弄断了一根白蜡杆。这老者大吃一惊，心道："哪来这么个厉害的婆娘？不要是刺客！"正待出手，那少年忽地站了起来，沉声道："且住！让她上来吧。"

这少年坐着的时候一派花花公子模样，但站起来时却是渊停岳峙，大不相同。围攻少芸的四人一招失手，极是不忿，本来还要上前，听得那少年发言，四个人都是一怔，悻悻地退了下去。特别是台上那两人，方才在少年跟前起起落落地演棍，大有高手风范，可与少芸一动手，居然四个人围攻还一败涂地，脸上更是挂不住。少年倒不以为意，看着少芸过上那平台，淡淡一笑道："原来你来了，伤好了？"

少年说得倒是平易近人，仿佛是跟老友说话一般。少芸抬头看着他，沉声道："你是谁？"

少年身后那老者一皱眉，喝道："大胆！"只是没等他再说什么，少年却伸手止住了那老者的发作，说道："我本想让你养好了伤再来的，不过既来之，则安之。阁下有什么话，待胜过我手中之枪，自当相告。"

这平台一边有一座兵器架，只是架子上放的却都不是真的兵器，只是几根白蜡杆，还有几把竹剑，自是平时练习所用。少年走到兵器架前，抄起了一根白蜡杆，又取出一把竹剑，伸手掂了掂，向少芸一掷，说道："用这个吧。"

少芸伸左手一把接住竹剑。这竹剑十分轻巧，便是左手握着也不觉沉重。此物乃是平时练习所用，当初朱九渊先生教少芸剑术时也是用的竹剑。接剑在手，少芸更是诧异，看了看那少年道："你究竟是什么人？"

少年伸手将腰带一拉，脱下了外袍，笑道："有什么想问的，还是来在下枪上领取。"

少芸见他仍是不肯说，心中已有怒意，忖道："你要托大，真以为竹剑就伤不了你？"这少年本领固然不弱，但定是没见过什么世面的纨绔子弟。那夜他在船上突然出手击倒了少芸，实是因为少芸已精疲力竭，心思又全在杀陈希简上，全然不曾防备。现在少芸虽然肩伤未愈，可体力实已恢复了七八成。她练剑时原本就练成了双手都能使剑，左手剑法较右手使来并不相差多少。以身法加剑术，未必不能制服这少年。只是这少年到底在打什么主意？她越来越觉得莫名其妙。

难道这少年也如猫捕到了老鼠后，要将猎物玩弄一番？可是他不仅治好了自己肩头，先前也只让烟霏一个小鬟看着自己，其他竟然再无任何防备。这等举动，实在不似把自己当成猎物的样子。

少芸抬头看了看。这少年脱去了外面的宽袍，里面却是一身缎子的短衫。虽然只是件短衫，但在烛光下隐隐有宝光流动，这等料子，就算当初大内之中的缎料也不过如此。而这个一身富贵气的纨绔少年，手中握到了白蜡杆后，眼神竟异样锐利，身上亦隐隐散发出一丝杀气。

狮子搏兔，亦用全力。纵然手中握的都只是练习用的兵器，但少芸也知道，只消她再上前一步，这一场恶斗马上就要开始了。此人有恃无恐，定是欺自己肩伤未愈了。少芸虽是女子，却生就了宁折不弯的性子，咬了咬牙，将左手竹剑握得紧紧的。一脚正待踏上前去，身后忽然传来一阵"啪啪"的脚步声。

脚步声越来越近，方才拦住少芸的那两人又有个厉声喝道："是谁？"黑暗中却听得一个少女上气不接下气地叫道："是我！主人，是烟霏！"

原来少芸突然离开书房，烟霏急不可耐，匆匆追来。只是她虽然也没缠足，可一个寻常少女，哪里追得上少芸？好容易追到这儿，已是满脸通红，上气不接下气。见少芸竟然要和主人动手了，她更是慌了神，大声叫道："主人，是这位姑娘硬要来见你，我……我拦不住她！"

她话音刚落，一边那怀抱琵琶的艳冶女子忽然掩口"嗤"地一笑，却是见烟霏一来先急着撇清,大感好笑。少年本已如临大敌,亦是一笑道:"烟霏,你先回书房去吧,此间没你的事。"

烟霏见主人没生气,喘息总算平息下来了。有心想让主人别和少芸动手,可看了看少芸,这话到底是不敢说,转身忙不迭便走,心里不住地寻思道:"这姑娘到底是什么来头?原来她还能和主人动手,怪不得我追不上他。"

待烟霏一走,那少年道:"已过两更。趁这良夜未尽,可否能让我见识一下阁下杀魏公公的手段?"

方才被烟霏一打岔,那少年身上的杀气不知不觉已淡了许多。听得此言,少芸心头却是一凛。

他知道我杀魏彬之事!

少芸几乎要惊叫出来。那就是说,这少年早已知道自己的身份了!她将竹剑举到与眼平齐,心中不住地转念。这少年到底是什么人?还没等少芸再想什么,少年已是将身一侧,左足踏上半步,白蜡杆直刺向少芸前心。

这是六合枪中的秦王磨旗一式。只是这少年出枪之时,却只用左手握枪,右手垂在身侧不动,而左手握枪也较平常靠前得多。这种乃是双枪术的握法,但双枪术是双手有枪,阴阳相合,如此方能水火既济,威力倍增。这少年却只以单手握枪,等如将双枪术拆得只剩一半,再高明的枪术也只剩一半威力。少芸实不知这一招到底有何妙用,却也不敢大意,左手将竹剑一竖,只是不动,待少年枪势刺到她身前尺许之时,忽地右脚上前半步,左脚从右脚后踩向右侧,身子趁势一转,如卷帘一般闪过了白蜡杆一端,人已欺近了少年。

枪是长兵,剑为短兵。以短破长,唯有拉近距离。少芸的身法还在剑术之上,她右臂用不出力,心知剑术纵然还能用出七八成,力量却顶多及得平时一半。这等情形之下，必不能与人久战，只有速战速决。而那少年一出手，她便已看出此人实是不俗。那夜在船上他暴起出手，尚可说趁虚而入，但现在只看这一招秦王磨旗，老辣圆融，兼而有之，实非易与。就算平手而斗，少芸也觉不能轻易胜得过这少年，因此她这才冒险等到那少年招式用老之后方才出手。此时她已闪过了白蜡杆的头里，那少年再要攻击，唯有先将白蜡杆收回。但高手过招，机会转瞬即逝，若他真个要收枪再出枪，这一收一发之间少芸假如用的是真剑，足以在少年身上刺出三四个透明窟窿来。就算是伤不了人的竹剑，只消刺中少年的手腕，也必要让他再握不住白蜡杆。

这少年出枪奇速，只是少芸这一招甚是奇妙，这疾若奔雷的一枪现在反成了累赘。当年这少年曾经与魏彬比试过，结果不过两三个照面便被魏彬逼得动弹不得。那时他枪术未成，其实败了也是常事，只是他心气极高，引为奇耻大辱，誓要与魏彬一战，以复前仇。当听得魏彬被少芸刺杀的消息传来，他便有与少芸比个上下之心。他自认枪术已然大成，如果有机会，定能与天下群雄一争高下。谁知才第一招便已落了下风。眼见便要败北，他实是又惊又惧。好在他乃是名师所传，自己也是将门之后，身形虽然不似少芸那样灵动，却也远非常人可及。眼见少芸已抢到自己近前，想要退自是退不开了，索性右脚也是踏上半步，左脚踩往右脚之右，身形趁势一转。这一招与少芸几乎一般无二，两人同时向前，倒仿佛隔着白蜡杆换了个位置，少芸闪到台左时，他却到了右边，此时左手抓住的是白蜡杆原先的头部。若是寻常的长枪，势必还要翻个身方能继续攻击。但白蜡杆并没有首尾之分，他抓住了白蜡杆的另一端，这招秦王磨旗自是使不出了，却立时化成了梨花摆头一式，杆头"吐噜噜"一抖，似是化出了三四个头来。他左手握着白蜡杆，力量其实并不大，这一招连消带打，以防少芸趁势追击。

这少年好强!

虽然少芸知道这少年不是易与之辈,但他的枪术仍是比自己预想的还要高些。她虽然并不用枪,但当初朱先生教她剑术之时,也扼要讲过六合枪术。

六合枪本由南宋红袄军首领杨妙真所创。杨妙真虽是女子,但武功之强,尤在其夫李全之上,自称"二十年梨花枪,天下无敌手。"这路梨花枪后来一直流传军中,为历代使枪名将增删补缺,终成这路六合枪。朱先生说过,梨花摆头这一式,绝顶高手使来能化出七个枪头。这少年竟然化出了三四个,可见手法大为不凡。只不过这一招手法虽妙,但那少年是情急变招,又只用一只左手发力,力量却是远远跟不上了。没等那白蜡杆刺到,少芸的竹剑已然瞬间变招,一剑从那三四个枪头中斩落。

"嚓"一声轻响,竹剑在白蜡杆上一磕,几个枪头立时烟消云散。此时少芸若是趁势攻上,那少年身法本就不如她,一变已不能再变,只怕会被少芸逼落台下。方才那招"梨花摆头"若是以双手使出,少芸的左手竹剑只怕根本不能如此轻易将此招破去。可是这少年一直都只用左手握枪,显然他是见自己右臂受伤,因此死都不愿占这便宜。不管怎么说,这分胸襟让少芸大生好感,不愿如此不留余地,便退了一步道:"公子,你只以左手持枪,终不是我对手,还是双手握枪吧。"

少年的脸上红了红。他先前说了不少"枪上领取"之类的大话,这一招虽然未分胜负,其实自己也知道少芸是留了情了。一旁那观战老者听了,忙道:"是啊,公……"

这老者闪在一旁看着,见少年出手时大有章法,极占身份,正在赞叹,可眨眼间情势急转直下,少芸已抢到了少年跟前。虽然少年勉强闪过了少芸这一剑，可当梨花摆头这招被破去之后，实已成了鱼肉在俎之势。少芸的竹剑若是斩到了少年腕上，少年自是一败涂地。他离得不过几步之遥，若是抢上前去，自是可以助那少年挡住少芸，可如此一来少年的面子也将丢个干干净净。他知道主人虽然年轻，性情却极其好胜，自己真个帮了他，定然只会吃力不讨好，事后一股气尽要撒在自己身上。可不上去的话，少芸这一剑万一失了分寸，甚至将少年的手腕伤了，自己这个不曾好生保护主人的黑锅也将背个结结实实。因此他虽然有意上前，可脚刚一挪，却反而后退了半步，一张脸登时涨得通红，正在着急，见少芸居然不进反退，已是松了口气，连忙插嘴，心想要这少年住手不斗看来不成，可至少得双手握枪。只消双手握着枪，纵然不胜，至少也不会轻易便输。哪知这少年听得老者开口，厉声打断他道："闭嘴！那你再试试我这路三无漏枪，看是不是你对手！"

第十章 后　着

一阵夜风吹过，荷香缥缈，随风而来，少芸只觉心神为之一爽。

这少年一直气度雍容，此时这一声叫得却多少有点气急败坏，定是输了一招后不服气了。虽然少年恼羞成怒了，少芸反倒对他生了几分好感，她还记得自己初随阳明先生练剑时，也是如此不肯服输。

这少年难道真会是八虎的爪牙？少芸越来越不敢相信。这少年身上虽然有些杀气，但她却感受不到有多少敌意。他想要的，也许仅仅就是胜过自己？她将竹剑举到面前，沉声道："领教公子高招。"

"三无漏枪"这名字，少芸连听都不曾听说过。天下枪术，不外乎"崩、拨、压、盖、挑、扎"这运枪六法，万变不离其宗。只消平心静气，就算对手千变万化，以不变应万变，一样有胜算。少年见她神情自若，比方才更是淡定，心中暗暗佩服，忖道："怪不得连张公公也对她无能为力，这女子真个奢遮。"

原先他对少芸只是因为不服气，非要比个输赢不可。赢下了少芸，也就是曾将他逼得动弹不得的魏彬也不是他的对手了。只是过了这一招，他已知左手使寻常枪法实是奈何不了少芸。纵然双手使枪，单以力量便足以压制住少芸，可这个面子他也是宁死都不愿丢的。三无漏枪乃是他师传绝学，他便想以此枪术来压过少芸。见少芸摆好了起手势，他将白蜡杆向后缩了缩，握到了前三后七的地方，长吁了口气定定神，朗声道："如意儿，给我奏一曲《满江红》！"

寻常握枪，多是在前七后三处，此时他握在前三后七处，这白蜡杆便有一多半在自己身后了。少芸还是第一次见到这等握枪法，正在诧异，那个艳装女子却伸指在琵琶上一拨，琤琮几声，正是一曲《满江红》。这调子可刚可柔，那女子先前所奏的曲子尽是柔媚至极，这时却铿然有干戈之声，大有金戈铁马之气。就在琵琶声响起的一刹那，少年已然冲上前来，枪再次出手。

此时出枪，与先前已大不相同。虽然夜风渐凉，但仍是暑气未消。这时那少年一出枪，周围却仿佛一下子冷了许多。那老者见少年真个出手，心中一慌，忖道："糟了糟了！"

所谓三无漏，乃是"戒、定、慧"三字。佛经有谓，非戒无以生定，非定无以生慧，三法相资，一不可缺。以此三者入手修行，必断见思烦恼，而证无漏圣果。只是修习此枪须先将根柢打得极厚。这少年十六岁方能开始修习，虽然天分不错，以一个贵公子之身练成这等功底实属难能可贵，可至今仍不过有个六成火候罢了，要用这路枪法还有些勉强。可眼见少芸的本领实非寻常枪术能敌，唯有用这路绝枪才可能有胜算，这少年本来就是个我行我素的性子，脑子一热，自已不顾一切。只是这路枪威力虽大，却也更加危险。他火候不足，拿捏不住方寸，伤了少芸也就罢了，万一反伤了自己，那可谁都担不起。这时那少年已然出手，场面一发不可收拾，就算拦也拦不住了。

此时少年出手，与先前已是迥然不同。他的身法原本不及少芸，可这路三无漏枪一使发，身形有如游龙，已完全不比少芸慢了。那平台并不算太大，两人此番过招，在这卧牛之地也腾挪有余。那艳装女子这一曲《满江红》才弹了四五句，两人已经交错转了七八圈，旁人几乎都看不清两人的身形。突然间便听得那少年一声厉喝，人忽地冲天而上，跃起了四尺许，白蜡杆自上而下，向少芸刺去。

这一招，便是三无漏枪的绝学"般舟三昧"。"般舟"二字是梵文"立现"立意，《摩诃止观》中有云："如明眼人清夜观星，见十方佛亦如是多"，说的就是"般舟"二字之意。那少年此招其实并未练成，平时练习不是跃起时身不能随枪而出，就是枪不及随身跃起，总是拖泥带水。但此时与少芸斗发了性，又得那艳妆女子如意儿的琵琶助兴，这一招竟是使得神完气足，极是凌厉，白蜡杆本无枪头，此时却有万点寒星隐闪。如果是一把装了精钢枪头的真枪，这招一发，这方圆数丈的平台尽在笼罩之中，真个连只小飞虫都逃不过了。

那老者见少年使出这一招来，脸却一下变得煞白。般舟三昧这一招，绝诣其实并不在枪的威力。三无漏枪原本就是以枪证禅，一味好勇斗狠，便失了这路枪法本意。这少年气势正盛，已经全然没了禅宗恬淡退让之心，心中只是想着一枪取胜，一味只求枪势的速度与威力，便没了余地。这一招胜则伤人，败则必定会伤了自己。只是老者虽然知道这一招的利害之处，可他也没想到少年居然能将这原本没练成的一招发挥到这等地步，就算他也没本事阻拦了，一时间一颗心立时到了喉咙口，险些就要跳出来。

"啪"一声响，白蜡杆与竹剑已交击在一处。两个人的身形就如定住了一般霎时不动，那把竹剑却直飞了起来，"咚"一声摔进了塘里。一见飞起的竹剑，老者只觉胸口一块大石落了地，心道："还是小爵爷技高一筹！"正待喝一声彩，却听琵琶声戛然而止，那少年忽道："我还是输了！"

这一句说得极是沮丧。方才这招般舟三昧他出手之时，便觉手中的白蜡杆直如活了一般不住颤动。他也根本没想到这一招威力奇大，仅以左手根本压不住，当白蜡杆递出一半时，其实已然虚有其表。此时少芸的竹剑却已经直斩进来，他根本没有阻挡的余地。少芸也已发现他这看似威力无匹的一招其实外强中干，自己的竹剑竟然将直取这少年的面门。虽是竹剑，但要是斩到了眼睛上，只怕少年的双眼都会被抽瞎。少芸出手后才发现竟会如此，只得奋力收住剑势。而此时那少年也已发觉自己实已危在旦夕，右手忽地一把扳住白蜡杆的后端，双手奋力一挑。他的力量本来就比少芸要大，更不消说是双手用了全力，少芸仅是一只左手，竹剑自是一下被他挑了出去。

少芸见他自承失败，心中却是一宽，忖道："这人倒不是小人。"她沉声道："那公子是否可以回答在下之问了？"

此时那把竹剑又浮了上来，少年走到台边，将白蜡杆伸到水面上一搅，杆头上似有极黏的胶水一般，一下将那竹剑带了上来。他抓住了竹剑，甩去了上面的积水，叹道："自然，在下未敢食言而肥。"

捞起竹剑，凭的全是手法，却是比他动手时更干脆利落。甩去了竹剑上的池水，少年将白蜡杆与竹剑往兵器架上一放，对那艳妆女子道："如意儿，真个抱歉，今晚让你看笑话了。"

如意儿伸手掩口一笑道："公子才是说笑话了，都怪如意没能将这一曲《满江红》奏好。"

少年道："好，好，那下回你好生给我奏上一曲。"

这少年一直都是心高气傲，唯有对如意儿大是温柔。他转过身，向那老者道："穆先生，请你先送如意儿姑娘回房歇息，待一会儿我自会回去。"

老者听得他竟然要把自己也打发了,看了看一边的少芸,小声道"公……公子,不要紧吗?"

少年也看了一眼少芸,微笑道:"岂有鸩人羊叔子,穆先生不必过虑,你们都回去歇息吧。"

西晋初年,名将羊祜受命攻吴,吴国御敌的乃是名将陆抗。二人势均力敌,惺惺相惜。羊祜听得陆抗生病,命人过江赠药,陆抗的部将说敌将赠药,定非好意,陆抗却说了这句话。言下之意羊祜纵是敌人,也是正人君子,绝非暗算人之辈。这段佚事那穆先生不曾听过,只是诺诺连声,含糊答应一声,向少年行了一礼,领着如意儿走下了平台,先前那四个使白蜡杆的汉子也跟着走了。待他们一下平台,少年走到石舫门前撩起帘子,微笑道:"金翅舫中,以待佳客,盍兴乎来。"

方才他输了一招后,一张脸很是难看,此时倒是满面春风。少芸暗暗好笑,心知这少年定是武艺上没能占得上风,便拽几句文,以示自己文才上总要胜过少芸。她也越来越好奇,这少年明明知道了自己身份,却仍然对自己全无敌意,实是不知他到底是个什么身份。

那石舫建得极其精致,门口的帘子却是用草珠串的。草珠实是一文不值的东西,但串成这帘子的草珠一颗颗不但大小一样,颜色也是一般无二。虽然不值钱,但这分心思用得也是不小。少芸撩开了帘子进到里面,却见那少年正在点着烛台上的蜡烛,见少芸进来,他指了指一边的一张椅子道:"惠妃娘娘,请坐。"

纵然少芸也猜到他早已知道自己的身份,但听他亲口说出来时,心中仍是一动。在平台上时,看着这石舫甚是小巧玲珑,但一进里面方知别有洞天,空间宽大,足足可以坐得十来个人。这种石舫白天太阳晒着也不是甚热,到了晚上却不会觉得太凉,很是舒适。里面布置得也甚是清雅,几张细木苏作太师椅排成一列,上首椅前还摆了一张精雕苏作的细木几案,案面却是镶了层象牙,圆润无比。这案上放着一个铿明瓦亮的熟铜方鉴,鉴中斜搁了一把细颈青瓷壶,铜鉴中想必放着碎冰,还在不住喷着凉气,铜鉴身上也沁满了水珠。少芸在宫中时也见过这种铜鉴,乃是前朝大内传出的"冰鉴"。夏日炎暑之时,将冬天窖藏的冰块取出放在冰鉴里,然后就以之来冰镇瓜果美酒。冬天的冰块自一文不值,到了夏天却是价值不菲,只有豪富之家方能享用。

少年从冰鉴里拿出那个长颈瓷瓶,取出两个瓷盅倒满了,将其中一杯推到少芸身边,微笑道:"娘娘当初在宫中时,想必也不曾喝过这葡萄酒吧?"

他说着,将瓷盅里的酒一饮而尽。少芸低头看了看,其实葡萄酒她也喝过,不过眼前这杯酒酒色竟作金黄色,与她见过的葡萄酒大不相同。虽然见这少年饮了一杯,她仍然不敢冒失,拿着瓷盅道:"请教公子,你究竟是何许人也?"

那少年正将喝干了的瓷盅放在鼻下细细闻着酒香,听少芸这般问,他将酒盅放下了道:"阳明先生将那玉牌交给你时,难道不曾跟你说过?"

这句话更是有若石破天惊,少芸下意识便要去背后拔剑,但手一伸向背后才省得自己实是手无寸铁。不过她这动作却落在了那少年眼中,他淡淡一笑,又起身打开身后一个壁橱门,从中捧出了一个纸盒。这纸盒足有四尺来长,他将这纸盒放在案上,揭开了盖道:"娘娘请看。"

纸盒中,赫然正是少芸的长剑与绳镖,边上还放着阳明先生给她的那块有个"教"字的玉牌。一见这玉牌,少芸只觉心中一块巨石落地,拿起来看了看。这玉牌昨夜一直被陈希简拿在手上,陈希简受伤后上面沾的尽是血迹,但此时已被洗得干干净净,连玉牌上的系绳都洗得看不出沾过血了。

这少年将绳镖与长剑这般轻易地交还给她,自是表明毫无敌意。少芸拿起玉牌看了看,放进了怀里。这件东西实是最为重要,现在重新拿回,她这才如释重负。只是心中疑云更浓,她抬起头道:"恕少芸眼拙,请教公子尊姓大名。"

少年又在倒着一杯葡萄酒,抬起头正色道:"回娘娘的话,在下便是徐鹏举。"

少芸一怔,心道:"原来他叫鹏举,那正是岳武穆的表字,怪不得如此推崇岳武穆。可他到底是谁?"顺口道:"原来是徐公子,久仰。"

这徐鹏举做足了架子,本以为少芸听了定会大惊失色,哪知她竟是毫不在意,这句"久仰"也不过是客套罢了,不由大为尴尬,手上做足了的架势也就做不下去了,讪讪笑道:"娘娘不曾听说过我?"

少芸心道:"你年纪比我还要小几岁,难道就名满天下了不成?我怎么知道你是谁。"只是见徐鹏举一副天下谁人不识的模样,心头一动,突然想到了一个人,怔了怔,慢慢道:"徐公子,你与……魏国公如何称呼?"

徐鹏举此时脸上的讪笑这才化解开来,微笑道:"娘娘,在下正是守备南京、统领中军都督府、太子太保魏国公徐鹏举是也。"

"守备南京、统领中军都督府、太子太保"这一长串头衔说出来倒也没什么。她在正德帝身边时,什么样的巨公高官不曾见过,但听得"魏国公"这三字,她仍是有些吃惊,喃喃道:"原来徐公子正是中山王之后,怪不得如此英武。"

这魏国公始祖乃是开国中山王徐达。徐达有两子,长女又嫁给燕王朱棣,长子徐辉祖袭魏国公爵,荣宠一时无两。但徐辉祖对建文帝忠贞不二,靖难役起,徐辉祖领军数败靖难兵。但他的弟弟徐增寿却是暗中向燕王朱棣传递消息,以至靖难军将破南京时,建文帝看出端倪,将徐增寿斩杀。等朱棣攻入南京,徐辉祖仍坚持不降。因为徐家有洪武帝所赐之丹书铁券,朱棣也未能杀他,只将他革除了爵位,另封徐增寿之子为定国公,世居北京。徐辉祖死后,魏国公之爵却也未曾革除,仍由他子孙世袭,因此徐家有南北定魏两家国公。其中列代定国公多有仗势不法之辈,而魏国公却多贤明之人。这徐鹏举便是徐辉祖的七世孙,正德十三年袭爵。不过他袭爵之时年纪尚幼,因此虽然成为魏国公已近十年,现在也仍是个少年。只是因为幼年袭爵,做的又是守备南京的太平官,纵然自命英武不凡,枪术过人,但在旁人眼里终究只是个因祖荫而袭职的纨绔子弟罢了。少芸说他"英武",实是说他身为富贵人家子弟,枪术却无论如何也可称得上高明,多少有些佩服。这话在徐鹏举耳中实是比什么赞美都中听,嘿嘿一笑道:"娘娘过奖了。"心中已是又惊又喜,大生知己之感,他将杯中的酒一饮而尽,又道:"娘娘最想问的,还是那个老太监的事吧?此人已然往生极乐,再不会说半个字了,娘娘敬请放心。"

少芸又是一惊。徐鹏举年纪不大,生得也俊秀文雅,哪知如此狠辣,说起这等杀人之事亦是轻描淡写。她抬头看向徐鹏举,轻声道:"徐公子,但不知你为什么如此帮我?"

徐鹏举道:"娘娘,阳明先生将这玉牌给你时,不是让你有难处便去五德玉行求援吗?"

少芸见他说得句句都深中肯綮,越发诧异。虽然玉牌曾被陈希简套在手中,但当时他并不知道五德玉行这个地方,怎么徐鹏举反而知道?而且他一口道破自己背后便是阳明先生,更是让少芸惊疑不定。

徐鹏举却似料到了她的疑惑,又道:"虽然外人大多不知,但其实这五德玉行便是我家开的。昨夜若不是那老太监多嘴,我还不知娘娘的身份。冒昧出手,还请娘娘见谅。"

原来如此!少芸这才恍然大悟。阳明先生要自己走投无路时前去求救的地方,原来就是魏国公府。历代魏国公都是南京守备,中军都督府的统领,也是南京最有实权之人,怪不得阳明先生说得他庇护,就算张永也找不到自己了。昨夜陈希简逃上徐鹏举的船后,见徐鹏举出手制住了自己,只道已是死里逃生,自然拿出玉牌来向徐鹏举邀功,说从此物中可以查出自己的后台,哪知道正撞上了正主。她道:"少芸还要多谢徐公子手下留情。但不知公子与阳明先生怎么称呼?"

徐鹏举背着手踱了两步,这才道:"阳明先生乃是家师莫逆之交。家师也有一块与阳明先生一模一样的玉牌,他老人家跟我说起过,此物是当初他总制三镇,远征漠北,破鞑靼王庭所得。本是一块没半点瑕疵的羊脂白玉镇纸,可惜在乱军中断为三截。家师便请了姑苏碾玉高手将其改制成三块一模一样的玉牌,分赠两位好友。这三块玉牌只有阳面的刻字不同,家师的是一块'性'字,阳明先生的是块'教'字,还有一块则是'道'字。家师与我说此事时,吩咐我那两位世叔若以玉牌为记,必当视若师尊亲临。我一见娘娘你那块玉牌乃是'教'字,便知是阳明先生给你的了。可笑昨夜那老太监还自以为得计,跟我说什么惠妃娘娘你身为钦犯,可从中找出后台之人来,哈哈哈。"

原来"天命之谓性,率性之谓道,修道之谓教"这三句,是《中庸》开篇的三句话。当年徐鹏举的老师与两个好友夜谈,大为投机,但各人看法也有所不同,因此便请碾玉高手制了这三块玉牌,分赠给两个朋友,以纪念这一番深谈。少芸虽然不知这"性""道""教"三字还有这等来历,却也知道阳明先生与徐鹏举的老师交情大是不浅。

她嘴上说"是，多谢公子"，心中忖道："原来夫子还在此处伏下如此一个强援，怪不得他放心让我来南京了。"

徐鹏举打了个哈哈，又正色道："只消在我府中，纵有塌天之祸，也自有在下担当，娘娘便安心养伤吧。等娘娘伤好，鹏举还想向娘娘请教一番武艺。"

徐鹏举年纪轻轻，又极好声色犬马，乍一看，任谁都觉得只是一个纨绔子弟罢了。可他却又痴迷于武艺，现在仍然还想着要比试之事，自是觉得不能与少芸平手一斗，已是人生大憾一样。少芸道："徐公子，冒昧问一句，传你武功的师尊是哪一位？"

她对这位年轻国公的师承更是好奇。徐鹏举道："家师杨邃庵先生。阳明先生不曾对你说起吗？"

少芸一怔，喃喃道："是杨先生啊。"

杨一清，号邃庵。在当时名臣中，一说文武双全，首推两人，其中一个是阳明先生，另一个便是杨一清。相比只是奉命平叛时临时领兵的阳明先生，杨一清却曾三任三边总制，因此被称为"四朝元老，三边总戎；出将入相，文德武功"。得名还在阳明先生之前。少芸最早听得杨一清之名，还是在前朝的正德帝口中。那时少芸刚被封为惠妃，有一回正德帝批阅杨一清为谏劝正德帝不要一味游戏而上的奏折时突然大发雷霆，将奏折扔在一边，嘴里恨恨说着："定要叫这南蛮子住口。"但很快又让少芸将奏折捡回来，喃喃道："南蛮子终不会害我。"

这是少芸第一次听得杨一清之名。正因为杨一清性情耿直，屡屡冒犯陛下，当初与刘瑾更是针锋相对，寸步不让，因此在朝中也是屡起屡落，屡落屡起。但正德帝也知道杨一清文武全才，又是忠直之人，所以一直颇加重用。杨一清比阳明先生要大了十八岁，已是上一辈的人，少芸虽然也曾听阳明先生说起过杨一清，言语中颇为尊敬，却没想到原来他二人还有这等交情。徐鹏举微笑道:"正是。阳明先生曾指点过我,所以娘娘与我也可算是同门,不必有何顾虑。"

这些年来,不论是去欧罗巴,还是回到大明,少芸几乎没有过宽心之日,直到现在才真正松了口气。她端起杯子将酒啜了一口,也微微一笑道:"是,叨扰徐公子了。"

葡萄酒又香又甜,少芸平时也不好喝酒,但这酒一入口,一股凉意沁人心脾,身上却是暖洋洋的很是舒服。见她终于将酒喝了,徐鹏举也一笑道:"今世亦无鸩人徐鹏举,哈哈。"

少芸收好了长剑与绳镖,向徐鹏举行了一礼道:"多谢公子,少芸就此告退。"

徐鹏举道:"也是。天已太晚,还请娘娘安歇。现在城中查得极紧,娘娘不要外出,待伤好之后,鹏举便送娘娘出城。"

少芸心头一动,问道:"公子,城中查得很紧?"

"自然。昨日谷公公便为了那老太监之事来过一次。他倒也了得,猜到是你下的手,请我向中军都督府下令严查城中外来之人。此事我也不能敷衍他,这些天巡查得极紧。这人耳目众多,他在南京的话只怕会有些麻烦,不过谷公公过几日就要南下,只消他一走,便不足为虑了。"

少芸顿了顿,问道:"谷公公,便是谷大用?"

"正是此人。"

"谷大用经常要南下?"

"是啊,他每隔一阵便要南下,听说是与南边的佛朗机人有什么交涉。"

谷大用乃是南京奉御,他在南京城里,确不是好相与的。但如果能得徐鹏举之助,以有心算无心,干掉谷大用应该也不是太难。她与阳明先生所定之策，便是将八虎各个击破，听得徐鹏举说谷大用要南下，只怕要错失这个良机了。她道："公子，有件事……"

没等她说完，徐鹏举忽道："还有件事要请娘娘知晓。娘娘在我府中养伤，鹏举自一力担之。但娘娘与八虎的恩怨，鹏举只能作壁上观，恕不相助。"

少芸不由一怔，看向徐鹏举。徐鹏举既然为救自己不惜灭了陈希简的口，并且收留自己在府中养伤，加上有阳明先生的托付，她只道这少年魏国公定然是自己这一边的，做梦也想不到他会一口拒绝。她还在犹豫，徐鹏举已道："娘娘请吧。"

话到这份儿上，少芸已再难开口。她又行了一礼道："多谢公子。"转身出了石舫，此时星月在天，荷塘上不时响过几声蛙鸣，更增静谧。她抬头看了看天空，默然不语。

这一次，她做梦也不曾想到居然绝处逢生。陈希简被灭了口，消息自不会走漏。而魏国公府中虽然也有几人知道了自己，但这些人尽是徐鹏举的亲信，谅也不会有事。徐鹏举说就有塌天之祸也不会有事，倒不是虚言。他在朝中固然还不能与张公公相比，但在南直隶，张公公却比不上徐鹏举有权势。只是少芸记得阳明先生说过，不到万不得已不能向徐鹏举求助，想来也不全是阳明先生不信任徐鹏举，而是因为此人年纪太轻，自幼又养尊处优，多少还有些轻佻的缘故。更主要的原因，只怕还是阳明先生也知道徐鹏举是不会助自己对付八虎的。先前如果不是陈希简多嘴说出了五德玉行的事，说不定徐鹏举也不会灭他的口。

不管怎么说，现在唯有走一步看一步了，徐鹏举能收留自己，已是一番好意，待养好了伤，再去与阳明先生商议下一步。

她回到书房，却见烟霏还在门口张望。一见少芸，烟霏马上迎了上来，长长吁了口气道："姑娘，你跟主人没打架吧？"

少芸道："烟霏，你怎的不去睡？"

"主人先前就说等你的伤好了要跟你打架，我怕他下手没轻重，姑娘你伤还没好呢。"

少芸见她说得虽然天真，但关切之情溢于言表，心中不禁有些感动，笑道："当然不会。烟霏，去睡吧，我也要歇息了。"

第十一章　相思断

　　在魏国公府这些天，烟霏将她服侍得极为周到，各种良药亦是不断，这一阵少芸肩头的伤便已好了不少。自从那晚之后，徐鹏举倒是每天都来看望少芸，每回来的时候总带些新鲜的吃食，有些少芸听都不曾听过，徐鹏举却说得头头是道。这些水果尽是各处快马送来的，说起运输的过程，耗费的人力马力不知凡几，徐鹏举却也只是轻描淡写，仿佛那是天经地义之事。

　　这个少年公爵究竟有一副什么样的面目？他灭了陈希简之口，除掉了少芸最为担心的心腹大患，自是让她松了口气。可是他又决意不想牵涉到少芸与八虎之间的恩怨，实是让少芸越来越捉摸不透。现在虽然常来看看，却绝口不提这些事，说的也尽是些闲话。徐鹏举倒是对少芸游历欧罗巴之事大感兴趣，不时问问泰西风物。当听得少芸说着海上种种，以及意大利的事物之时，徐鹏举大为神往，叹息自己若有机会，定然也要去看看。他身为魏国公，虽然只是个闲职，却也不能私离驻地，连进京都不是轻而易举之事，更不要说去意大利了，自然只能听听少芸说些异域之事过过耳瘾。

这一日烟霏给少芸换了伤处的药膏，待擦去先前的血污，她道："姐姐，你这伤已经结口了啊。"

烟霏奉命服侍少芸，这些天混得也熟了。虽然她并不知道少芸的真正身份，但也不再生分。少芸看了看，见肩上伤口已经结痂。这处肩伤是被陈希简以金刚杵所伤，伤口不小，先前少芸一条右臂几乎使不上力来，现在却已经恢复了四五成。她伸了伸右臂道："是啊，烟霏，谢谢你了。"

烟霏咋了咋舌道："姐姐你好生了得！厨户的阿七师傅上个月切菜时不当心把手指切掉了一片，血流得满地都是，到现在还不曾全好，你只用了这几天就好得七七八八了。"

少芸道："手指切掉，跟这种伤不一样吧。"

"有什么不一样，先前我给姑娘你换药时，吓煞人了，那个伤口跟个小孩子的嘴一样大咧。"烟霏说着，还拿着两根手指比画了一下，待比画出来又觉未免比得太大了点，又将手指收拢了些，说道："有这么大！姐姐，你就花了这两天就好了，真是厉害。"

烟霏虽然只是个小鬟，年纪不大，却明显是个碎嘴子，要她不说话只怕比什么都要难受。听她叽叽喳喳说个不停，少芸暗自好笑，心中却也一动，问道："烟霏，你们主人平时都做些什么？"

烟霏撇了撇嘴道："主人呀，他就喜欢如意儿那个狐狸精！姐姐，你见过如意儿吗？她其实也没什么好看的，就是会打扮。真不知有什么好，主人巴巴地花了三千两银子买了她来。"

在烟霏眼中，徐鹏举十足就是个花花公子，好的只是酒色，只不过性情随和，对这些小鬟更是没架子，所以烟霏对他也并不十分惧怕。

少芸心知从她口中也问不出什么来，但是见烟霏小小年纪，居然会吃那个如意儿的飞醋，倒也有些好笑。她转念想起了当初宫中，争风吃醋还不是家常便饭。她被正德帝册封为惠妃时，后宫里许多原先对她很是客气的宫女马上就掩饰不住满怀的妒意。

想起这些往事，少芸心头便不知是什么滋味。刚被陛下册封之时，少芸也正值情窦初开，又惊又喜。然而成为妃子之后，她虽有嫔妃的名分，实际却只是陛下的一个侍从。那时正德帝要她做的，也就是去打听消息，刺探隐情，做着个仍然带着几分淘气的皇帝陛下的玩伴而已，只有极偶然的时候才能从陛下的眼中看到一丝对自己的温柔。

少芸苦笑了笑。她不知道自己为什么会突然想起这些来。虽然也并不是非常久远的事，可如今想来，却已经恍若隔世。正在这时，忽听得徐鹏举在门外道："烟霏你这小丫头片子，也敢在背后弄嘴了？"

这话是笑骂着说的，徐鹏举自不曾当真，但烟霏的脸色却一下变了，诚惶诚恐地站到一边道："主人，烟霏不敢。"

徐鹏举走了进来，手里却提着一个小竹篮。他将竹篮递给烟霏，说道："拿去，将这一篮鲜核桃剥了皮取肉，细细砸了，煮一锅浓浓的核桃酪，搁凉了放冰鉴里镇着，晚间端上来吧。"

徐鹏举自幼生长在公府之中，养尊处优，自是食不厌精，脍不厌细。用鲜核桃做核桃酪实非易事，还要放冰鉴里镇着，没半天时间做不好。烟霏刚才在主人背后搬弄了些是非，自觉失言，现在听徐鹏举不说什么，如蒙大赦，接过那竹篮走了出去。等烟霏下了楼，徐鹏举方道："娘娘，你的伤如何了？"

少芸见他神情有异，又故意打发走烟霏，心中便是一动。平时徐鹏举过来，跟自己说的只是些闲话，但今天显然有些异样。她道："徐公子，出什么事了？"

"家师刚给我来了封信。"

徐鹏举的老师杨一清,此时正是第三次任三边总制。衰年领兵,气骨不减少年,时人都以郭子仪比之。少芸道:"杨公说了什么?"

"倒也没什么,只说亦不剌败退之后,再不敢来犯,土鲁番也已称臣纳贡,边境日渐平安。"

这些都不是坏消息,但徐鹏举脸上仍是十分凝重。少芸心知定然还有下文,也不说话,只是听他说着。徐鹏举道:"有件事,想请娘娘明示。"

少芸见他神色郑重,平时的轻佻一丝都看不到,便道:"公子请说。"

"张公公尝言,大明今已如病虎,以致内忧外患不断。沉疴当下猛药,方能气象一新,重现万邦来朝的盛世。娘娘以为然否?"

少芸没想到他问的居然是如此重大之事,不由微微沉吟一下。她是个女子,年纪比徐鹏举也大不了几岁,读书更是不如徐鹏举多,只是几位老师都是当世难得的硕儒,更兼远游西方,见识实非株守南京一隅之地、轻易不得外出的徐鹏举可比。她看向窗外,低低道:"少芸西行之时,跨海数万里,其间经过了三十余国。这三十余国有盛有衰,但今日盛者昔年曾经衰弱到险遭灭国,今日衰者昔年也曾经虎视八方,为一方雄国。虽然原因各不相同,但冰冻三尺,非一日之寒,树高千丈,非一岁之功。一国非一人,不是一两剂猛药就能起死回生的,唯有励精图治,开启民智,顺其自然,积数十年之功方能有成。"

少芸这些话,其实亦是听阳明先生说的。其实当年阳明先生与张永也曾有过一番类似的深谈,他们都希望能让大明富强,只是如何做,两人分歧甚大。当少芸与阳明先生闲谈,说起国力兴衰究竟受何影响时,阳明先生便说了这一番话。此时听徐鹏举问起,她便一口气说了出来。她见徐鹏举一脸无喜无嗔，若有所思的样子，也不知他在想什么，正待问，徐鹏举已抬起头道："娘娘是听阳明先生说的？"

少芸见他一口道破，点了点头道："正是。少芸不过拾人牙慧，但不知公子以为如何？"

徐鹏举沉吟了片刻，慢慢道："鹏举也曾向家师问起过，家师尝言，天命不可违，故不可逆天而为。只是天意云何，谁也无法预知。"

少芸心中微微一沉，心想杨一清若是有这等说法，便是说他并不以张永之言为非。她道："那公子之意呢？"

"闻道有先后，术业有专攻，如是而已。"

少芸一怔。她读书并不多，不知徐鹏举掉的这句书袋乃是引了韩愈的《师说》，一时也不知他文绉绉地说些什么。其实徐鹏举所言这两句之上，乃是"弟子不必不如师，师不必贤于弟子"两句。徐鹏举是世袭国公，又正值不知天高地厚的年少之时，难免有几分傲气。对杨一清这老师自是尊崇无比，但有些话却也不能认同老师。就如这件事，当初实是张永带了魏彬前来南京拜访正在传他枪术的杨一清时，两人闲聊时说起，徐鹏举陪坐在一边听到的。张永认为国事日非，如一个人病入膏肓，不下虎狼药已不能祛除沉疴。杨一清则认为当顺天命，因此也不妨一试，担心的只是这一剂虎狼药会不会太猛了。当时徐鹏举比现在还要小几岁，实是不甚懂，但隐隐觉得张永有朝一日如果真的大权独揽，岂非要成史上所说的权臣了？这药下去，固然有可能药到病去，也有可能让这病人一命呜呼。他倒觉得一个人若是重病在身，最要紧的乃是固本培元，先将身体养得好些，再下虎狼药不迟。不过在前辈面前他也不敢多嘴，亦不知自己所想对不对。这心思萦回心底，便如骨鲠在喉，不吐不快。他见少芸乃是阳明先生所遣，因此有意相询。阳明先生乃是当世儒者冠冕，论学问，还在杨一清之上。待听得少芸这一段话，实与自己不谋而合，他心底更是喜不自禁，暗道："原来阳明先生也与我想的一般！"他见少芸眼中有些诧异之色，微微一笑道："对了，娘娘，先前你曾要我助你除去谷大用，我未曾答应，实是有难言之隐。"

其实先前少芸还不曾开口，便被徐鹏举回绝了。看徐鹏举的样子对谷大用也并不如何看得惯，却不知为何要维护他，也正是因此少芸一直对徐鹏举存了一分忌惮。听他说起此事，少芸心中已有些异样，拱手行了个揖礼道："请公子明示。"

"阳明先生交给你的那玉牌，当初实有三块。"

少芸点了点头道："公子说起过，还有一块乃是'道'字牌。"

"拿着那块'道'字玉牌的，便是当今十二团营提督张永张公公。"

仿佛背后突然吹过一丝彻骨的寒风，虽然正值酷暑，少芸仍是不由自主地打了个寒战。夫子、杨一清，还有张永，当年竟然会是莫逆之交！这等事实是让少芸怎么都想不到。但回想起来，阳明先生称呼八虎时个个都以诨号称之，偏生对张永却是一直称"张公公"，其实已经暗露端倪了。少芸记得她曾问过阳明先生，为什么对张永总似怀有一分敬意，阳明先生当时也顾左右而言他，并不曾正面回答。回想起来，即使是阳明先生，也在纠结这段曾经的友情吧。故友成为最为凶恶的敌人，这等变化就算立志要成为圣人的阳明先生，亦是难以接受。也正是因为如此，所以阳明先生告诉自己不到万不得已不要向徐鹏举求助，恐怕也是难以保证徐鹏举这个杨一清的高弟在阳明先生和张永这两个世叔之间到底会偏向谁吧。幸运的是，徐鹏举终究还是偏向了自己这一边，因此才会向自己告知这个消息。

少芸低声道："原来如此。"

徐鹏举见少芸若有所思，问道："娘娘不会怪我吧？"

少芸摇了摇头道："人生在世，总有些不得已的苦衷，旁人自不能强人所难。"

徐鹏举的嘴角微微一抽，眼底闪过了一丝宽慰。当他发现少芸身边这块玉牌乃是阳明先生所托之时，心中实是左右为难。少芸乃是张永正在竭力捉拿的钦犯，阳明先生与张永都是他老师杨一清的莫逆之交，张永手下的谷大用又是南京奉御，因此实难抉择。把少芸交出去，自是对不起阳明先生，帮助少芸，却又对不起张公公了。思前想后，仍是无法决断，直到今天接到了老师的来信，这才决心向少芸直言。说出了这个秘密后，少芸并不曾怪他，让他仿佛卸下一副千钧重担，徐鹏举长舒了口气道："娘娘，家师信中还说到一件事。"

"什么？"

"张公公前不久刚去拜访过一次家师。见面之时，张公公还特意说起昔年之事，专门看了家师手中那块玉牌。"

少芸心中一动，问道："张公公要看杨先生的玉牌？"

徐鹏举点了点头道："也许只是巧合吧。但家师现在正总制三边，张公公风尘仆仆而来，说起这等事，未免有些让人生疑。"

少芸只觉心头如同被一片阴云遮住，一种不祥的预感浮了上来。她沉声道："公子，先前的消息有可能走漏吗？"

徐鹏举皱了皱眉道："那老太监的口当场便已灭了。后来我也派人去查过，说谷大用在孝陵神宫监外还发现一具尸身，但未曾查明是什么人。那天还有旁人来孝陵吗？"

少芸道："那具尸身乃是马永成。"

听得这名字，徐鹏举的脸颊不由微微一抽。他倒不是怕马永成，马永成虽然权势熏天，却也根本奈何不了他这个魏国公。只是以马永成的身份死在孝陵实是一件难以解释的大事，难怪谷大用会把这消息瞒下来。他道："娘娘，是你杀了马永成？"

少芸摇了摇头道："不是，是陈希简动的手。"

徐鹏举一怔，马上道："是了，定是那老太监想独占功劳，所以要灭了马永成的口。"

少芸见他只一转念便猜出了真相，也有些吃惊，心道："徐公子虽然多少有点纨绔习气，但心思敏锐，真不愧是杨邃庵先生的及门高弟。"她道："公子所料不差，正是如此。"

徐鹏举皱了皱眉道："谷大用应该并不知道这等内情，也怪不得张公公会如此上心。"

他接到老师的来信时，并不曾太放在心上。待听得少芸说那晚孝陵死的另一个人竟是马永成，徐鹏举才明白过来其中的真意。少芸无论如何都不该是马永成与陈希简联手之敌，但如今马陈二人全都横尸于野，少芸却不知去向，纵是张公公也会有莫测高深之感。

少芸道："有件事我实在想不通，张公公究竟怎么知道那玉牌之事？"

徐鹏举道："那天那老太监在船上一身血水地拿出玉牌来时，倒也有好几人见到，不过那都是我的心腹家人，而且这些天未外出过，绝不会出什么纰漏。何况若是从我这儿走漏的消息的话，张公公只怕直接就来公府问罪要人了，不会去向家师旁敲侧击。大概……大概就是寻常的叙旧吧？"

这封信里，杨一清对此事并不在意，只是见老友说起旧事，不禁有些感慨，所以写信来向弟子说了此事。但徐鹏举看了却是坐立不安。他向来自命是武穆转世，足智多谋，从不失算。此番灭了陈希简之口，其实已经有违他置身事外的打算了，好在自觉做得干干净净，绝不会失风。待看到老师说起张公公居然问起这玉牌之时，他心头便是一沉。

老师分赠玉牌,也已是多年之前的事了,连老师自己也很少说起此事。张公公不早不晚,就在少芸之事发生后不久去向老师问起,怎么看都似专程而来。他自信不会走漏半点消息,可是听少芸说当时就只有马永成与陈希简两人,这两人又都已死了,那么更不应该有走漏消息之虞。饶是他自命有岳武穆之智,想破了头也想不出究竟是何原因,想来也只可能是张永突然动了故人之思,所以来找杨一清叙叙旧。自己疑神疑鬼,只怕是庸人自扰。

徐鹏举说这仅是个巧合,少芸也想不出有走漏风声的可能,但她仍然不敢相信会真的只是个巧合。张永之能,她已然比谁都清楚。为了不让人发现岱舆计划的真相,他能够让魏彬夜入皇城,将豹房里废弃已久的西番馆也付诸一炬。以这等缜密心思,真个会没来由地专程远赴边关,只为去与杨一清叙个旧?

不,不对!纵然再想不通,也绝不可大意,只能当张永已经知道了玉牌的消息,率先怀疑的自然便是杨一清。然而当他确认过杨一清后,下一个目标就会是阳明先生了。

她越想越是心惊,猛然站了起来。徐鹏举吓了一跳,没等他问什么,少芸已然道:"徐公子,我必须马上离开南京!"

徐鹏举见她额头已是冷汗涔涔,也是一惊道:"这么急?你的伤……"

"不碍事,我即刻便要走,能安排出城之事吗?"

徐鹏举斟酌了一下道:"谷公公现在仍在城中,他正在追查你的下落,现在出城只怕不甚容易。娘娘,你真要如此急法?"

少芸深深地吸了口气。徐鹏举纵然心思甚为缜密,却终究还是个不识轻重的少年,直到现在还不曾发现此事的蹊跷。但少芸深知张永这个八虎头目绝不会做无用之事。可以说,当他确认了杨一清不是他要找的人后,定已马不停蹄地去见阳明先生了。如果被张永抢先的话,阳明先生就算再神机妙算,也不可能猜到张永已有了怀疑,只怕阳明先生将会大难临头。所以无论如何,都要先找到阳明先生,将这玉牌交还到他手上,以解这燃眉之急。她道:"现在出发都只怕来不及了。公子,杨先生这信是几天前写的?"

杨一清总制三边,正巡视西北,离南京足有几千里。纵然是驿站加急传送,这封信送到这里少说也得半个月了。有这半个月,张永恐怕已经到了阳明先生正在平叛的广西。徐鹏举见她这般急法,却笑道:"纵然张公公对阳明先生起了疑心,定然也不可能这么快就到了田州。家师这信,乃是前天写就的。"

"前天?"

徐鹏举道:"正是。家师与我乃是以羽书来往。我养了一对海东青,乃是从建州觅来的通灵俊物。家师说以此物传书,胜于凡鸟,必定能用于军中,因此有意带往三边驯养。这鸟虽小,千里之地一日夜即能飞越,因此只花了三天时间我便接到了。"

"张永见杨先生,是几时之事?"

徐鹏举道:"这个家师倒不曾说,只说是近期之事。想必,也就是前几天吧。"

少芸总算松了口气。看来张永见杨一清,应该不过五六天之前的事。仅仅五六天,要从西北赶往广西终是不可能,也许还有机会。她抹了抹额头的冷汗道:"徐公子,此事已不能再耽搁了,请你马上带我出城,我即刻便赶往田州。"

南京距田州,足有三千多里,快马加鞭,一路便无耽搁,也要一月有余才能抵达。徐鹏举沉吟了一下道:"好吧。不过为瞒过谷公公的耳目,要委屈一下娘娘。"

不到一个时辰，魏国公府中已集齐了一队人马向西城出发。国公出行，虽然还不至于黄土垫道，净水泼街，声势亦是不小。三十余人浩浩荡荡地到了城南聚宝门。这聚宝门乃是南京十三门之一，传说国初定鼎南京，江南首富沈万三为讨好洪武帝，捐建南京城。洪武帝见沈万三财雄一世，打听他究竟是如何聚得如此敌国之富，有人说沈万三家藏有聚宝盆，所以金银永世不尽。洪武帝大为忌惮，便暗中派人将南门白天建晚上拆，说是有妖物为祟，须以至宝镇压，便以"三更借，五更还"为由向沈万三借了聚宝盆。哪知洪武帝将聚宝盆埋在了南门外，下令南京城永世不打五更，沈家因此破败，而南京的南门也从此被称为聚宝门。

这等事自是下里巴人的村言乡谈，不足为信。聚宝门乃是南京正南门，建得坚固无比，有瓮城三道，可藏兵数千。当这队人马到得聚宝门外时，一个门官过来拦住道："是什么人？"

领头的正是国公府的总管穆先生。穆先生骑在马上，见那门官过来，斥道："瞎了眼吗？国公爷今日前往大报恩寺进香，你吃了豹子胆敢拦？"

一听是魏国公，那门官已然唬得矮了三寸，赔笑道："是，是，谷公公有令严查出城之人，所以小人不得不然。既是公爷出行，小人即刻禀报谷公公知晓。"

他说得客气，但这话的意思仍是要先拦住。穆先生正待发作，徐鹏举打马上前道："谷公公在这里？"

此时谷大用已然得到消息，赶紧过来了。他一眼便见徐鹏举，忙不迭过来道："徐公爷！今日要出城去？"

谷大用乃是南京奉御。奉御一职，品级并不高，但因为南京亦属京师,奉御乃是南京的宦官统领,也有调度戍军之权。见谷大用过来,徐鹏举在马上拱了拱手道:"是啊。谷公公这几日一直在此盘查,好生辛苦。我今日要去大报恩寺为先母进香,可能行个方便否?"

谷大用打量了一下徐鹏举身后那些随从,谄笑道:"岂敢岂敢,公爷为先太夫人上香,孝心可感天地,大用怎敢留难?只是张公公有令,人人不可有例外,徐公爷那几辆车……能不能行个方便开了门看看?"

徐鹏举带了二十余人,大多骑着马,不骑马的则赶着三四辆大车。这些车都很是庞大,每辆车再载个二三十人都不在话下。这等车厢,要藏个人实是太容易了。谷大用也知徐鹏举不好惹,只是陈希简莫名其妙沉尸在护城河里,无疑少芸也在城中。虽然徐鹏举不太可能与她有牵连,但谷大用深知万事都不可大意一理。就算是徐鹏举,他仍然要搜。只是他的官职比徐鹏举小得多,不敢造次,便搬出了张永来。他也知徐鹏举的老师杨一清与张永乃是莫逆之交,张永当初来南京,也曾在魏国公府小住数日,还让魏彬指点了徐鹏举的武功。不看僧面看佛面,徐鹏举只消心中无鬼,听自己说起了张永,多半会答应,否则更要加倍注意。

徐鹏举淡淡一笑道:"这个自然。王子犯法,与庶民同罪,岂能有法外之人。谷公公请便,只是不要把东西弄乱了,其中有一辆车里乃是给先母烧化用的纸马。"

所谓纸马,其实并不都是马。祭祠之时,烧化用的纸人纸马,纸车纸屋,统称便叫纸马。这些东西都是一把火烧了的,只有富贵人家才会做得如此精致,寻常人家往往就是在纸上印了些人马器物,纸粗墨劣,反正是付诸一炬,一样叫纸马。魏国公府乃是南京第一家,用的当然是精益求精。谷大用开了门细细看了一遍,见第三辆车里堆了许多纸马,单是长班丫环就有七八个,个个都做得精巧绝伦,连五官都做得凹凸有致。他不算没见识之人,但看了一样有些叹为观止,心道:"这纨绔子弟真个会花钱。"

谷大用虽然生得痴肥,但心思却意外地细密,而且精通机关之术,心知这些纸马中若是藏个人在内,真个神不知鬼不觉,因此还细细看了看脚底。里面若是藏得有人,别处看不出来,但脚底必定被踩着,因此脚下的纸定然会变形。只是看了一遍,见这辆装纸马的车虽然塞得最足,但分量却是最轻,里面那两班纸人一个个都轻轻巧巧,而纸做的桌椅之类更藏不了人。再看看另两辆,则尽是纯素食材。大报恩寺虽有素餐,但寺中僧人不甚讲口腹之欲,所以素席滋味也不算好,徐鹏举带了这些食材,自是自己去寺中动手开素席的。细细看了一遍,没见有什么异样,他掩上门过来道:"徐公爷,恕大用无礼了。大用恭祝公爷一路顺风,太夫人冥福无限。"

八虎中人,因为都是身居高官的内监,大多甚为傲慢,魏彬、马永成辈更是阴鸷寡言,唯独谷大用颇精阿谀奉承之术。徐鹏举的年纪几可成他的孙子辈,但谷大用说得一脸谄媚,便如对长辈一般恭敬。正说得高兴,他忽觉得后颈微微有些刺痛,只道是被虫子咬了,伸手一摸,却什么也没有。回头一看,只见后身是徐鹏举那一班侍卫,一个个戴着遮阳的斗笠,穿着一式宽松骑装,立得水泄不通。他也没有在意,扭头又对徐鹏举道:"耽搁徐公爷赶路,大用实是万死,还请徐公爷恕罪。"

他正在谀词滚滚,说个不停,根本未曾发现徐鹏举的侍卫中有一个将斗笠压得甚低的小胡子侍卫正从斗笠下盯着他,眼中已充满了痛恨。

这人正是少芸。

徐鹏举的计划中,那三辆大车只是虚张声势的诱饵。他年纪甚轻,自幼袭取爵位，几个叔叔对他大是不忿，一直在谋夺徐氏家产。徐家从中山徐达传下来的赐第，好几处都被他叔叔占了不还。若不是魏国公府有陛下御赐铁券，他们不敢下手，否则没等徐鹏举长大，连这国公府都不归他所有了。因此徐鹏举年纪虽轻，这些权谋机变之术还在武功之上。他算定了谷大用这人颇有计谋，虽然不敢明着来搜国公府，暗里却肯定有人监视，以防万一。因此若是趁周围人少之际单独送少芸出去，说不定会弄巧成拙。权衡之下，干脆召集了这二十多人大张旗鼓地出发，让少芸穿上侍卫服，粘了两撇小胡子掩人耳目。谷大用的耳目一发现国公府有异动，肯定马上会赶到城门口来拦截检查。如果不带什么东西，谷大用的注意力自然就在侍卫身上了。现在弄了三辆大车故弄玄虚，谷大用的心思便都在车子上了。这条瞒天过海之策，是杨一清传他的兵法，徐鹏举化用到了此处，谷大用果然中计。

少芸的长剑便放在鞍下。现在距谷大用没有多少路，若是拔剑一跃而下，谷大用背对着自己，又全无防备，这一剑定然能将他穿心而过。只是少芸仍是死死地忍住了这个诱惑，她看着谷大用近在咫尺却动不了他，心中极是难受。

谷大用的马屁拍了好一阵才终于拍完了，最后微笑道："公爷，到了大报恩寺，是要歇息一晚吧？"

大报恩寺就在城南聚宝门外不远。原本当天也能来回，不过见徐鹏举带了这许多东西，显是要过夜的意思。徐鹏举身为国公，行止不能与常人一般随便，尤其不能轻离驻地。谷大用身为南京奉御，其实也有监视徐鹏举的意思在。不过大报恩寺虽在城外，仍算南京地方，在那边住一晚，自不能算轻离驻地，但再要离得远了便不成。徐鹏举道："是啊。谷公公有暇的话，何妨与本爵同行，去寺里散散心？"

谷大用听他邀自己去大报恩寺，暗自苦笑。他们八虎都奉也里可温教,岂能去寺院进香?只是这花花公子客气一句,他当然也只好再客气两声,命门官开了城门让徐鹏举一行出城。

大报恩寺原名建初寺,三国时东吴始建,是仅晚于洛阳白马寺的中原第二所古刹。永乐十年,成祖为纪念洪武帝与马后,在建初寺原址翻建大报恩寺,耗时十九年始成,规模之大,冠绝天下。而大报恩寺中的琉璃塔更是被称为天下第一塔,通体由琉璃烧成,高达二十余丈。塔身遍布长明灯,每到夜晚,整塔灯火通明,蔚为奇观。此时还是大白天,看不出灯光来,但日光映在塔身,光焰万丈。

到了大报恩寺,方丈听得魏国公突然前来进香,忙不迭前来迎接,在后院打扫净室让徐鹏举一行歇息。魏国公出行,自然将闲杂人等全都赶开了,因此大报恩寺的香客虽然四季不断,但徐鹏举一住进后院,便再无外人。

下了马,徐鹏举屏退了左右,这才向少芸道:"娘娘,看来今日一别,也不知后会何期。娘娘与我的比试,可千万不要忘了。"

少芸听他直到现在还没忘了比试,又是好笑,却也有点伤怀。不管怎么说,这一次都是靠了徐鹏举才能化险为夷,少芸心中终是感激。她道:"公子,后会终是有期,下回少芸再来请教公子的三无漏枪。"

上次徐鹏举虽然以三无漏枪取得先机,击落了少芸的竹剑,可当时他既以双手出枪,少芸又是单手持剑,因此是名胜而实败。徐鹏举看了看少芸的肩头道:"那娘娘的伤势现在如何了,可能动手?"

少芸见他这副跃跃欲试的模样,似乎听得自己说伤势已然痊愈,就非要马上动手比试一番不可了。她道:"多谢公子。虽然仍不能动手,但再过得五六日应该便可痊愈。"

徐鹏举微微叹了口气,说道:"是吗?"显然是听得少芸还不能动手而大是失望。这时只听得门外有人道:"公爷。"

说话的，正是国公府的总管穆先生。徐鹏举说道："进来吧。"穆先生闻言推门进来，手中却拎了个包裹。徐鹏举道："穆先生，事情都办妥了？"

穆先生将手中的包裹递了过来道："妥了。那陶震霆的衣物与勘合都在此间。"

徐鹏举接了过来，打开看了看。里面却是一套青布外套，还有一份盖好了骑马章的驿传符验。徐鹏举将这包裹递给少芸道："娘娘，这驿使陶震霆的身形与你相去无几，你便冒称陶震霆之名，沿途要好走得多了。"

原来有明一代，驿传分水马驿、递运所与急递铺三种。递运所专门运送粮草，急递铺则是一站站接力地递送紧急公文，水马驿则是寻常的邮传。驶使每到一处驿站，凭这份驿传符验吃喝休息，换乘马匹。南京前往田州，路途三千余里。就算日夜兼程，全速前行，人能吃得住，马匹也是吃不消的，因此少说也得个把月。但若能在沿途驿站歇息，那么十五六日应该便能赶到了。而且有了个驿使的身份，急行赶路也不会惹人注目。少芸见他想得如此周到，大为感激，接过那包裹进内室换好了外套，那个陶震霆的身形果然与她很是相近，这衣服穿上相当合身。待走出来，见徐鹏举背着手站在门口看着外面。她躬身行了一礼道："多谢徐公子。"

听得少芸的声音，徐鹏举转过身，微笑道："娘娘穿上这衣服，谁也看不出破绽来了。那陶震霆换上你的衣服，明日随我一同回去，饶谷公公奸似鬼，这一回也看不出破绽来。"

少芸道："谷大用难道对公子也有怀疑？"

"未必是怀疑，但此人心细如发，极难对付。出城之时，他说得一团和气，其实却在数我带的人数。如果我回转时少一个人的话，他定会派人来追你了。"他顿了顿,又道:"娘娘,八虎之中,除了张公公,最难对付的,恐怕就要数谷公公了。"

少芸心中微微一震。谷大用长了副童叟无欺的痴肥模样,少芸虽然知道这人也不是个好相与的,却也没想到他竟然是个如此精细之人。如果徐鹏举说的是真的,那么谷大用只怕真是八虎中除了张永以外最难对付的一个了。只是刚见徐鹏举时,少芸做梦也没想到他会如此尽力地帮助自己。一想到这些,她心中便大为感慨。徐鹏举的老师杨一清与张永交情莫逆,因此就算不是敌人,少芸也从来没想过把他当成朋友。只是此番徐鹏举纵然不答应对付谷大用,却也在竭尽全力地相助自己。她道:"有句话少芸想请教徐公子。"

"娘娘请说。"

"杨先生与张公公乃是莫逆之交,公子这般助我,尊师若是知道了,会不会责怪你?"

徐鹏举笑了笑。"阳明先生与家师一样交情莫逆。何况,"他抬起头看向少芸,眼中有些明亮在闪烁,"家师是家师,我是我。"

少芸心中一动,低低道:"多谢了。徐公子,少芸就此告辞。"

徐鹏举看着少芸出了门,眼底忽地闪过一丝忧伤。这少年国公养尊处优,声色犬马无一不好,所以会不惜效石崇以明珠一斛买得绿珠那样,以重金买得如意儿回府。只是纵然是个花花公子,看厌了那些浓妆艳抹的庸脂俗粉,当他看到英姿飒爽的少芸时,便如一道清流净洗眼底,而且少芸还能够击破他的六合枪法与三无漏枪,更让这少年对少芸生了一分仰慕之心,油然而生亲近之意,甚至有些感到自惭形秽,不敢对少芸有丝毫唐突。他最终在张永与阳明先生之间选择了阳明先生,最根本的原因,其实便是因为少芸。待少芸的身影终于消失在大报恩寺的后院门外,徐鹏举低下头,用仿如耳语般的声音喃喃道:"仗酒祓清愁,花销英气。"

徐鹏举向来极喜姜白石这一阙《翠楼吟》,平时吟来,只觉风神俊朗,其中有骨。但此时念及,心中却多了一丝淡淡的愁绪。他终究知道,这个女子与自己虽然曾如此接近,却也相距得那么遥远。

第十二章 劫 杀

看着远处簌簌而动的林梢，突然有一阵风迎面吹来，让正在田州城头眺望远处的王受打了个寒战。虽然正值春日，但南疆炎热之地，四季不见冰霜，这阵风也毫无寒意，只是王受心底却感到了一阵彻骨的阴寒。

田州，本是唐开元间所设。此地僻处西南，已近安南地界，向来是土官岑氏的势力范围。弘治十五年，土官岑浚叛乱，至十八年都御史潘蕃率军平定，杀岑浚后将田州改土归流。但诸多土官不服，相继作乱，正德九年土酋覃恩叛反；嘉靖三年，土目刘召作乱。到了嘉靖四年，田州土官岑猛更是聚众叛反，都御史姚镆领兵八万平之。姚镆觉得思恩、田州二府屡屡作乱，便是因为不设流官，便加紧将此二府改土归流，谁知一波未平一波又起，岑猛的余党卢苏、王受二人越发不满，奉岑猛之子岑邦相为主，诡言岑猛未死，借得交趾之兵二十万复起，势力极大，奉姚镆之命留守田州的张经不敌叛军猛攻败退，思恩、田州二府相继被叛军攻下。

虽然胜了一仗，这些日子王受却越发惶惑。田州的土兵被称为狼兵，以悍勇而天下闻名，卢苏、王受皆是狼兵头领。只是与卢苏不同，王受虽是狼目，却颇知诗书，知道朝廷不会善罢甘休，定会继续派兵征讨。所谓交趾二十万兵，其实只是虚张声势，借得的不过万余交趾兵。这些交趾兵本来就不会为思田二府卖命，何况当年英国公四征交趾，杀得杀趾人胆战心惊，余威至今尚在。而且他们属下的僮瑶二族兵丁中，也有不少并不愿作乱，只是被裹胁进来而已。而今朝廷的征讨兵马已至，究竟该如何应对？王受不禁陷入了沉思。

他正自沉思，一旁他的弟弟王珍却有些不耐烦了，小声道："大哥，怎的了？"

王珍刚从卢苏那边过来，向王受传达了卢苏的意图。卢苏准备迎击官军，邀王受一同行动。只是王受想了这半日仍不作声，王珍不免有点焦躁。王受看了弟弟一眼，也小声道："此番，随官兵一同前来的，还有瓦夫人啊。"

王珍一怔，原本很低的声音更低了："瓦夫人也来了？"

王受点了点头道："是，且自统一军，看来是不留什么情面了。"

他们口中的"瓦夫人"，便是岑猛正妻张氏。张氏本来亦是姓岑，为归顺州知州岑璋之女。弘治十七年，岑浚反叛攻破田州，岑猛当年年仅九岁，受忠心家臣保护逃往归顺州，得岑璋庇护。岑璋见岑猛年纪虽小，却颇有英锐之气，便将女儿岑花许配给他。岑氏乃是僮人，同姓为婚本是常事，但岑璋汉化较深，觉得此举有些不妥，便让岑花拜州中汉人大姓张氏为义父，改名为张花与岑猛成婚。张花虽是女子，自幼却很有男儿气概，更是嫌父亲给自己取名为"花"太过柔弱，于是改名为"瓦"，自称为"田州官妇岑氏瓦"，所以旁人都称其为"瓦夫人"。瓦夫人为岑猛生了嫡长子岑邦佐，但岑猛与这正妻一直不甚和睦，一味宠爱妾侍林氏，也一心想立林氏所生的庶长子岑邦彦为嗣，因此岑邦佐自幼便被迁往武靖城。岑猛死后，岑邦彦一同被杀，土知府之位便传给了邦彦之子岑芝。岑芝年纪幼小，林氏亦是个无知妇人，幸得瓦夫人主持大局，方才稳住田州局面。只是这也使得田州的实权人物卢苏大为不满，会同王受起兵反叛，拥立了岑猛之幼子岑邦相。虽然与卢苏一同起兵，作为岑猛旧部的王受却一直对瓦夫人颇为尊敬，委实不愿与她兵戎相见。先前卢王两军破田州时，瓦夫人带着岑芝遁走，依岑邦相之意只待斩草除根，将这个嫡母与侄子一同除掉，但王受暗中留情，让瓦夫人祖孙安然退出了田州城。此次瓦夫人仍是率部随官兵前来征讨，王受实在不知该如何面对。

他正自想着，王珍小声道："大哥，不管怎的，这一战定然是免不了的。"

王受知道弟弟说得没错，虽然他起兵的原意是不愿田州和思恩两府被改土归流，并非真的要反叛朝廷，但箭在弦上，不得不发。事已至此，也唯有一战先拿点筹码，才有本钱向朝廷开价，请求招安，否则他与卢苏两人必会作为叛酋处斩。他点了点头道："好，以进为退，出击之时多分寸，不可一味伤人。"

这支朝廷兵马虽然不知具体实力，但应该并不太多，以田州狼兵实力，又是以逸待劳，给这支官军一个下马威应该不难，难的倒是如何留有分寸。卢苏的策略是埋伏左右，进行钳击。官军虽然有瓦夫人带路，毕竟远道而来，比不得狼兵熟悉地形，待击退官兵的前锋，然后便可提出求和之议了。

当卢苏与王受两军前去埋伏之际，官军的中军在田州城北已扎下了营。

中军帐里，阳明先生看着案上的一幅地形图。西南一带，山川起伏，地形极为复杂，这等地形图其实并不如何准确，仅能知道大概位置。阳明先生看得十分仔细，半响才抬起头来唤道："瓦夫人。"

坐在下首的，正是瓦夫人。听得阳明先生唤了自己一声，她站起身来行了一礼，道："王大人，小妇人在。"

虽然自称"小妇人"，但瓦夫人个子极高，几与阳明先生差不多。此时穿了一身戎装，顶盔贯甲，更显得威武不凡。阳明先生淡淡一笑道："瓦夫人请坐吧。现在田州城中卢苏、王受二人，你还熟悉吧？"

瓦夫人道："此二人都是城中土目，卢苏更是小妇人弟妇之父，小妇人对他二人甚为熟悉。"

瓦夫人之弟名叫岑献，娶的正是卢苏之女，因此瓦夫人与卢苏算是姻亲。阳明先生道："以瓦夫人之见，这二人会有什么举动？"

瓦夫人迟疑了一下，说道："卢苏志大，王受多智，都不是寻常之辈。先前一直未曾有什么举动，应该是想集中力量背水一战。"

阳明先生点了点头道："瓦夫人所言甚是有理。我先前见前方左右皆有飞鸟惊起，他们定会用左右夹击之势，准备先击破我军锐气。"

他话音刚落，外面忽地传来了一声呼喝。树木茂密，声音传来已经不响了，但仍能听到，自是在里许以外发出的。而官军的前锋正距中军里许，显然是前锋遭袭。瓦夫人皱了皱眉，心道："果然来了！"

她本道杀声一起，定要缠斗一阵，中军主力正好可以上前增援。但阳明先生却仍是端坐不动，只是侧耳听着这声音。这杀声越来越近，几乎是片刻间，便从远处到了近前。瓦夫人心头一沉，暗道："怎么回事？官军难道如此不济？"不由看向阳明先生，却见阳明先生也有点微微动容，叹道："瓦夫人，你说得果然没错，这二人果非寻常之辈。"

瓦夫人虽是女子，但自幼便与男子一般习练武艺，熟读兵书，深知思田狼兵战力极是惊人,阳明先生所领这支兵虽然也算精锐,但与狼兵相比却实是不如,只是这么快便被突破防线她也始料未及。见阳明先生仍是端坐不动,心想这位王大人定是书生领兵,不知轻重,却不知兵败如山倒,一旦中军崩溃,乱军中想逃都逃不了,只怕会被活活踩死。她上前一步道:"王大人,小妇人愿率本部狼兵坚守,万一有何不测,请王大人先退。"

阳明先生正在细听,见瓦夫人这般说,他淡淡一笑道:"多谢瓦夫人。不过还请夫人放心,这条计名唤反客为主,正是要将叛军放进来方能得售。"

狼兵虽然战力极强,但也有军令不严,不肯听从号令之弊。这等军队,胜则大胜,若是一败,耐力反而不如寻常官兵。这一路行来,阳明先生未见受到拦阻,便猜到卢苏王受定是不愿分散实力,只想集中力量在田州城外给自己一个下马威。若是他二人各自为政,由于狼兵熟悉地形,想要捕捉到他们的踪迹亦是难事,现在正好可以将计就计,引他们上钩。只是敌人的意图固然都被阳明先生料中,但这支狼兵的兵锋之锐,仍是有点超出了他的估计,冲得竟然如此之快,已然能够听到厮杀声了。不过他谋定而后动,纵然稍稍低估了狼兵的行动力,但无碍这条计策的施行。

瓦夫人见阳明先生说得如此坦然,心中仍是有些忐忑,心道:"难道王大人有伏兵埋下?"阳明先生却似猜到了她的想法,说道:"瓦夫人,卢王二人,我猜他们定是用左右夹击之策猛攻我军前锋,然后趁势中线突破,直取中军。"

官军此行,正是以前锋在前开路,中军随后压上。前锋固然是支锋芒毕露的强兵,但思田狼兵实非易与,当前锋遭到左右两方同时而来的攻击时,未必能一直坚持下去。而中军虽然实力强大,却也担负着押送辎重、保障后勤之责,若是中军被击破,就算损失不大,丢掉了辎重,这路大军还如何能继续行动?纵然见阳明先生镇定自若,她仍多少有点没底,说道:"王大人,小妇人也是这般想。是不是派兵增援前锋?"

阳明先生道:"若是增援了,便不易取胜了。"

瓦夫人一怔,心想难道是兵越少越容易取胜?正在这时,耳畔突然传来一声惊天动地的炮响。

这声炮几乎就在咫尺之外发出,随之便是连串的炮声。这是大明神机营中的火炮,思田两府有的仅是一些聊备一格的土炮,从没见过这等军中大炮,听得这炮响,瓦夫人脸上又是微微一变。

阳明先生之策,原来是这样啊!

直到此时,瓦夫人才算约略知道了阳明先生的计谋。他料到了卢苏、王受必会纠集部众背水一战,若是正面硬抗,官兵恐怕多半会顶不住狼兵的冲击力。而要对抗狼兵这等声势骇人的猛攻,最好的办法无过于火器,因此他实已在中军外布好了火炮阵,前锋担当的只是诱敌之计。当前锋受袭佯败退却时,狼兵不知不觉间被引入纵深。以此化解狼兵惊人的冲击力,同时使得卢苏、王受想从左右钳击官军的设想落空,反而陷入官军的埋伏,怪不得此计名为"反客为主"。只是听得炮声,瓦夫人心中实是越发难受。因为狼兵虽然在卢苏、王受率领下反叛,却也都是她的族人,瓦夫人此次前来,正是希望即便不能兵不血刃地解决此事,也要尽量少有杀伤。听这连天炮火,不知有多少狼兵的血肉将化齑粉,但这时候又不敢向阳明先生求情,眼中已然大为不安。

"瓦夫人放心,炮火虽猛,但我已关照过,填炮时药多子少,意在退敌,不在杀伤。"

听得这话，瓦夫人不禁舒了口气。阳明先生仿佛能够看穿了瓦夫人的心思一般，而瓦夫人到了此时对阳明先生更是钦佩不已。她站直了深施一礼道："多谢王大人。"

阳明先生道："苟能制侵陵，岂在多杀伤。我受命于陛下之际，便已决定以抚为主。瓦夫人，彼军新败，定会退入田州城坚守，届时还劳烦夫人手书一封劝降，以体上天好生之德。"

阳明先生深知"知彼知己，百战不殆"之理，因此在受命之时便多方调查，觉得此事之因，实际还是改土归流引起。岑氏在思田二府根基已久，若是贸然将土官改为流官，触动土官之忌，反而会引发动荡。因此卢苏、王受二人就算借交趾之兵，却也仍奉岑氏子孙为主，而此战也定实是二人以进为退，想以此来换得与朝廷和谈的筹码。现在这一战既要让他们排除二心，又不至于在接下来的招抚中漫天要价，因此看似轻描淡写，其实是阳明先生深思熟虑之后，定下此计，将前锋交给了麾下沈希仪统率。沈希仪本是姚镆部将，又久在西南，熟悉地形，先前平岑猛之时，岑邦彦据关坚守，便是遭沈希仪击破而败亡的。有这样一个能力超群的智将主持，纵然卢苏、王受颇饶智计，不是寻常之辈，定然也会陷入官军的反埋伏而不自知。

此时阳明先生从军声之中也已听出，狼兵的杀声虽然越来越近，却越来越没有锐气了，显然狼兵离中军越近，便越是泥足深陷，进退两难。

炮声与杀声渐稀，显然狼兵见讨不到好，已不得不退却了。狼兵战力极强，可败退之时更没章法，若是官兵此时趁势掩杀，只怕出战的狼兵会损折一半。只是并不见官军追杀之声，显然阳明先生所言不假。瓦夫人又是欣慰又是感激，听得他说要自己手书劝降信，便道："这个自然。不过王大人，小妇人还请身入城中劝降，应该更为有效。"

阳明先生听她竟然请缨亲自劝降,微觉意外,叹道:"久闻瓦夫人深明大义,果然不假。如此甚好,我让天祐兄陪夫人入城劝降,谅卢王二人不至于如此不识好歹。"

阳明先生所言的"天祐兄",指的是部将张祐。张祐,字天祐,广州人,出身将门,身长八尺,自幼熟读兵书,深通兵法,足智多谋,少年时便袭职为广州右卫指挥使。先前思州土目黄镠作乱,张祐买通了黄镠部下黄廷宝将黄镠缚来。结果立下此功,反遭总督所忌,嫌张祐自行其事,不先向自己请示,污告张祐怀奸避难,结果张祐立功后反被下狱。好容易脱身,却被革除官职闲居。姚镆发兵时知张祐不是等闲之辈,将他召至军中。待阳明先生代姚镆领军,仍然十分信任张祐。这一战前锋是沈希仪所统,中军设伏的便是张祐,这二人当得阳明先生的左右手。让张祐陪瓦夫人入城谈判,自是诚意可见。

此时的王受正断后退入田州城里。他不禁回头看了看,心中仍是有些胆寒。

这一败既出乎意料,却并不意外。官军的防线竟是如此无懈可击,领兵之人实是非同小可。当发起攻击的那一刻,王受其实已经觉察到败北会如期而至了。只是当狼兵败退下来时,官军并没有追击。本来官军借火炮战胜之威乘势追杀,狼兵必遭重创,可他们居然明显留了情。

官军到底有什么用意?他正自想着,卢苏带着几个随从走了过来。远远见到王受,卢苏长吁了口气,叫道:"老庚,你没事吧?"

卢苏与王受都是僮人。僮人结义,称"打老庚",相互也以"老庚"相称。其实卢苏与王受并不曾结拜过,只不过现在同舟共济,便以老庚相称了。

王受道:"我没事。"

其实岂但王受没事，那些狼兵虽然大多灰头土脸，但受伤的并不多，战死的就更少了。卢苏走上前，压低了声道："老庚，你看这回官军是不是……"

卢苏这话并没说完，但王受也知他要说什么。卢苏并不以智计见长，但连他也看出来官军意在抚而不在剿了。王受点了点头道："老庚，若官军招安，你以为如何？"

卢苏沉吟了一下，叹道："杨先生也这么说。别个倒没什么，就是四爷不好办。"

卢苏说的杨先生，乃是他的谋主杨四维。这杨四维数年前来投靠卢苏，卢苏对他极为宠信，实可谓言听计从，当初起事正是听了杨先生的一力怂恿。只是成也萧何，败也萧何，当初这杨四维一力主张起事，现在却主张招抚了，王受心中暗暗叹息。不过现在那杨先生与自己意见一致，卢苏耳根软倒也不是坏事，倒是他口中的"四爷"，即是岑猛的四子岑邦相，倒是个问题。岑邦相为岑猛侍妾韦氏所生，原本田州土知府根本轮不到他，但卢苏因为反对瓦夫人立岑芝为主，逐瓦夫人而立岑邦相。如此一来，官军招抚狼兵，别个可恕，岑邦相这位置必定坐不稳了，只怕还会被定为首恶。岑邦相年纪虽轻，但此人心狠手辣，手头也有岑猛留下的一支势力，实不可小觑，他必定不肯受抚，何况是卢苏、王受立他为主，借的是岑猛尚在之名，若是弃邦相归顺朝廷，下半辈子也别想再统率狼兵了。王受其实最为顾虑的也是这一点，他心头一阵烦乱，说道："走一步看一步吧，看官军下一步如何。"

偷袭未成，反遭惨败。虽然实力损伤不大，但对狼兵的士气影响却是极大。当日晚间，官军逼近田州城下，岑邦相心犹未甘，率本部狼兵夜袭，结果官军的防守比先前更加严密，岑邦相一部被炮火逼得根本无法靠近，只有退回城中。连遭两败，正当他们惶惶不可终日之际，官军中有两人前来叫城求见。其中一个是有名的智将张祐，另一个竟然就是瓦夫人。而更让他们意外的是，瓦夫人带来的劝降条件。

一是将田州改为田宁府，设流官知府以总其权；二是割田州府的八甲归田州，命岑邦相为州判官统管州事；三则是分田宁府四十甲设十八土巡检司，卢苏、王受等土目皆为土巡检，让他们统管各土巡检。

这三条条件，虽然仍未改田州府改土归流的大势，然而不但卢苏与王受二人得到安置，更主要的是岑邦相仍得为田州之主。卢苏、王受却不知这一条先前阳明先生也颇为踌躇，但瓦夫人说岑氏四子，今存其三。嫡长子邦佐自幼出继武靖州知州，而武靖位置重要，邦佐又深得当地民心，一动不如一静，宜仍其职。剩下的三子邦辅为外婢所生，名实不正，土目不服，不如仍立邦相，这样近可以绝卢王二人之杂念，远也可以杜后日之争。当时阳明先生听瓦夫人说出这一番话来，大为动容，赞叹瓦夫人深明大义，卓有见识。要知瓦夫人是因为立邦彦之子岑芝而与卢苏、王受产生冲突，现在一来，连这条曾引发冲突的原因也不存在了，自然也就消除了卢苏与王受的顾忌。

黄昏时，张祐和瓦夫人平安回来了。他们带回的是个好消息，田州城已同意投降，但还须宽延一日，待明日早间出城受降。这等也实属寻常，张祐说他观察城中情形，应该不是诈降，但这一日的耽搁也不得不防，仍须加紧防备。阳明先生也甚以为然，让张祐整顿各部，谨防突变。

待张祐和瓦夫人都告退后，阳明先生暗暗吁了一口气。虽是智珠在握，在旁人面前阳明先生一直都是一副稳若泰山的模样，但张祐与瓦夫人进城后，他在军帐中仍是有些不安。

谁也不知道，阳明先生临来之际，嘉靖帝曾给他的机宜却是以剿为主，不惜以血洗血，定要一战杀得思田土人百年无力再叛。

陛下尚在少年，这等想法自是听身边的张永所说。张永从来都不是个能发善心的人，如果此次由他领兵，只怕已经血流成河了。尽管与张永相识多年，阳明先生却一直无法认同他的这种想法。

天下苍生，不分贤愚，每个人都有活下去的权利。阳明先生心中不禁有些苦涩。当得知张永原来是那个与心社争斗了不知多少年的组织首领时，他仍然希望能够有可能化解双方千余年的仇怨。只是，看起来，永远都不可能了。

这是我与张公公共同的宿命吧……

阳明先生不禁有些黯然。无论如何，都要将思田之事圆满解决。算度归算度，卢苏和王受都有愿受招抚之心，这个情报也定然不会有错。但事态瞬息万变，安知会不会有意外发生？究竟如何，却是谁都不能事先料到十足，纵是神仙也难保意外的发生。王受还则罢了，卢苏手下有个名谓杨四维的谋主，据说此人是个不第的秀才，依附卢苏后屡出奇计。当初姚镆决定对田州府改土归流，便是这个杨四维建议卢苏阳奉阴违，一面以迎接流官知府王熊兆上任为名；一面却奇袭已经改土归流的思恩府，破城后将知府吴期英捉获。这一条假道伐虢、声东击西之计使得相当高明，便是阳明先生看了军报后亦为之击节，赞叹彼亦有人。现在这个杨四维会不会又弄什么玄虚？而更让阳明先生不安的，还是另一件事。

如果所料不误的话，张永的怀疑已经转到了自己头上了……

也许，上天也担心我会有跋扈难制的一天，所以给我降下个克星来吧。阳明先生自嘲地想着，心头也感到了一丝隐隐的寒意。

南疆多雨多雾，第二天却是个风和日丽的好天。一大早，田州城便大开城门，不持器械的狼兵在城门口列成了两排，岑邦相与卢苏王受二人一同出来迎接阳明先生。阳明先生率众将进入城中，自己却只带了两个年少侍从。待到了城中正堂，堂前昨夜已扎好了一座彩楼。田州虽然僻处南疆，高手匠人倒也不少，这彩楼扎得甚是精致。

正堂中已经排好了酒席。僮人饮食尚酸辣，倒也甚是精致。阳明先生上座后，张祐与沈希仪坐在阳明先生左手，瓦夫人坐在了右手边，岑邦相带着卢苏、王受二人上前递交降书。这正堂本是土知府的官邸，先前瓦夫人便是在此处被他们逐走的，现在却成了岑邦相的府邸。虽然知道阳明先生答应仍让自己做土知府，但看到坐在阳明先生下首的瓦夫人，岑邦相仍是大不自在。瓦夫人倒是神情坦然，对这个背叛了自己的庶子也没什么异样。

降书是以白绢封着口。阳明先生拆了开来，一目十行地看了下去。岑氏现在被归为僮人，其实岑氏始祖岑仲淑乃是北宋时随名将狄青南征侬智高的将领，得功后受命留镇永宁传下的这一脉。岑仲淑本余姚人，与阳明先生正是同乡。岭西自有岑氏，皆自岑仲淑始，岑邦相跪献的降书上倒是抓住了这一点大书特书，只是文字颇为俚俗，倒是书法不错，阳明先生看了不禁莞尔，将那降书放到案头道："岑公子，但不知此书是何人手笔？"

岑邦相不过是个十五六岁的莽撞少年，先前凭着血气之勇想来偷营，结果被阳明先生严阵以待，大败一场。若不是阳明先生早就决定以抚为主，那一阵里也留了情，岑邦相现在只怕已经被炮火轰成一堆碎肉了。见阳明先生问起，也不知怎的，这天不怕地不怕的夷人少年对这个长相清癯的老人竟会惧从心头起，结结巴巴道："禀王……王大人，是……是……杨……杨……"

他"杨"了半天也没能说下去，一边卢苏见这少主人太过丢脸，忙接过口道："王大人，此表是我记室杨四维先生手书。"他见阳明先生对这封降书颇有欣赏之意,见缝插针地起了邀功之心,"我记室"这三字说得还特别重一点,生怕阳明先生没注意到那是他的记室。

阳明先生道:"但不知这位杨先生可在此处?"

卢苏又惊又喜,忖道:"这位王大人果然是个爱才之人,杨记室倒说得没错。"他没读过什么书,阳明先生在他眼里也仅仅是官军主帅这一个身份而已,全然不知眼前这人乃是名满天下的儒士领袖。昨晚杨四维劝他接受招安,还执意要跟他同来递交降表,说王大人看了降表后多半会召见自己。卢苏心想杨四维虽是自己的谋主,在王大人眼中却大概一文不值,凭什么会召见他?只是卢苏对杨四维极是信任,既然他开了口,便将他也当作随从带了来。如今阳明先生果然要召见杨四维了,卢苏不觉对杨四维更佩服了三分,说道:"禀王大人,杨记室就在门外听命。"

"请他进来吧。"

听得阳明先生竟然要召见一个记室,便是王受也暗暗吃惊。卢苏那个名叫杨四维的记室他也见过,生得貌不惊人,虽然也非寻常之辈,但也看不出有多少了不起的地方,却不知阳明先生为何对此人如此看重。此时有亲随人下去将那杨四维唤了进来,却是个留了三绺短须的老书生。到得阳明先生案前,那杨四维跪倒在地,道:"小人杨四维叩见王大人。"

这杨四维身材不高,看似是个读书人,嗓门却是又粗又响,只是声音却有些发颤。阳明先生打量了他一下,说道:"你便是杨四维?"那杨四维似是没见过世面,颤颤地答了两句。

看着杨四维这模样,一边的卢苏却在暗骂,心道杨先生平时在自己跟前侃侃而谈,怎么到了王大人跟前却是这般一副木讷的怯样?这样下去岂不是要被王大人看扁了。正在着急,外面突然传来了一声惨叫。

这里是田州府正堂，平时是土知府议事之所，现在更是要紧的时候，不许闲杂人等靠近。突然传来这一声惨叫，屋中众人都大吃一惊。瓦夫人与沈希仪几乎同时跳了起来，沈希仪向瓦夫人点了点头道："夫人且住，我去看看。"便大踏步向外走去。只过得片刻，却带了四个抬着两具尸首的亲兵进来。那四个亲兵将两具尸首放在了案道，沈希仪向阳明先生道："大人，有人行刺！"

一见有尸首，岑邦相和卢苏的脸一下变得煞白，话还来不及说便一下跪倒。王受倒还镇定，高声道："王大人，请立刻加强戒备，定要捉拿刺客！"他的心思比另两个灵敏多了，心知若是被王大人认为刺客是自己派的，这黑锅可着实背不起，因此赶紧撇清自己。

看见尸首，阳明先生也有些吃惊，问道："希仪，可曾看见凶手？"

沈希仪道："末将出门后，这两人已倒在地上……"

沈希仪足智多谋，此时却也有点摸不着头脑。按理刺客行刺，首要目标自然是大人，最不济也是行刺自己，这般刺杀两个守在门外的护兵算何道理？就算还有后续手段，现在打草惊蛇了，又能如何施展？最有可能的是为了嫁祸给岑邦相诸人。只是这等手段实在过于拙劣，很难相信想嫁祸之人会如此天真，以为自己真会觉得岑邦相三人不甘投降而来行刺。饶是他熟读兵书，一时间也有点茫然。只是这话刚说了一半，眼前一花，却见方才一直战战兢兢的那杨四维忽地一个箭步，冲向了阳明先生。

这杨四维因为在与阳明先生答话，两人相距不过数尺之遥。突然出了这么件事，一时也没人注意到他，任谁都想不到这个看似猥琐之人竟然会暴起袭向阳明先生。沈希仪心思灵敏，一刹那心道："糟了!"此时阳明先生右手边坐着瓦夫人,左手边坐着张祐。张祐虽然也是武人,但此人只擅马上击刺,格斗之技却不擅长。而杨四维站的,正是阳明先生的左手方。

这一刹那,瓦夫人也已发觉了有异。她并不认得杨四维,原本见此人貌不惊人,根本没放在心上。待杨四维暴起伤人,她左右手在身前一错,一把抓住了腰间双刀。原来瓦夫人虽是女子,但自幼就习练武艺,这一路双刀更是使得变幻莫测。只是她出刀虽快,终是慢了一步,双刀刚要出鞘,杨四维已冲到了阳明先生近前。

这杨四维方才似慑于阳明先生官威,连话都不太说得顺,但这时却是动若脱兔,出手如电。今天乃是阳明先生前来受降,投降一方自岑邦相以下,统统不许携带兵器,这杨四维进来时自然也搜检过身上,确认没武器了才放进了。但此时杨四维右手食中二指之上各戴着一个蓝幽幽的指刃。这指刃锋利无比,刃上亦带着一丝淡淡的腥味,自是喂上了剧毒。纵然只有两指戴着指刃,但这一招要是刺中阳明先生前心,纵然只是点皮肉之伤,也会因中毒而救治无效。

杨四维的脸上已浮起了一丝狞笑。

这条计策却也不是他自己想出来的。那写得俚俗可笑的降书乃是第一步,若是旁人大概顶多付诸一笑,但阳明先生乃是当今儒者领袖,见到如此书法却写出如此鄙俚可笑之文,定然会生出好奇心,想见见作者。此等儒者生性,必不落空,纵是阳明先生也不会例外。当他靠近阳明先生近前之时,贸然出手,却也十有八九会失手,因此此时便是第二步了。正当阳明先生与自己搭上话之时,同伴会在外面动手,引发骚乱。在计策中便说,出门看的定然会是沈希仪。此人乃是智将,做事仔细利落,定会马上将尸首抬入正堂来察看,而此时,便是下手的千载难逢之机。杨四维见眼前情形,竟然与定计之人说得一般无二,已是佩服得五体投地，也因此信心百倍，心道："饶你奸似鬼，此番定逃不过我五指山了。"

他这指刃喂过剧毒，平时藏在衣边缝中的皮夹里，因此躲过了搜检。这一招阴毒狠辣，却有个十分清雅的名目，叫"斜拔玉钗灯影畔"，是取自唐时张祜之诗。"禁门宫树月痕过，媚眼惟看宿鹭巢。斜拔玉钗灯影畔，剔开红焰救飞蛾。"张祜之诗说的是宫人夜坐无聊，见飞蛾扑火，以玉钗剔开火焰，放飞蛾逃生。只是这一招却是要刺入对手前心，两把指刃将敌人心脏都劈成三片。此时阳明先生正要走出书案，身子亦是侧对着他，根本未曾注意到他。只是就在杨四维的指刃将要触到阳明先生的外袍之时，阳明先生的左手忽地一探，按向杨四维的右腕。

阳明先生年事渐高，论力量只怕不及这杨四维。但人的手臂向前用力之时，却很难抵挡侧方来的力量。杨四维这一招已用尽全力，尤没想到阳明先生竟然侧面亦如生了眼睛一般，手臂一下被推开，指刃又刺了个空。

他虽没想到此招会落空，却并不意外。因为定下这条刺杀之计的人便说过，这一招未必能奈何阳明先生，很可能会被他化解，因此真正的杀招还在下一手。这时他的右手被推到一边，中门大开，却将身一纵，人冲天而上，已是一跃而起。

杨四维这一招却也出乎阳明先生的意料。本来一击不中，不是继续攻来，便是罢手远遁，像他这样直冲上去，下盘已然全无防备，阳明先生只消扣住他腿上脉门，杨四维再有通天本领也使不出来了。一瞬间阳明先生亦是一怔，正待出手，杨四维身后却有一道寒光直刺过来。

第十三章　两头蛇

那竟是刚才沈希仪让士兵抬进来的两具尸首中的一个。抬进来时沈希仪也试过脉息，只觉这具尸首前心插着一柄短剑，剑锋入肉，人已全无气息，哪想到这尸首突然间会一跃而起，杀向了阳明先生。进内之人不得携带武器，可这具尸身上偏生就带着一把武器，就这么大模大样地进来。等他回过神来，那装死之人已冲到了阳明先生跟前。而这时正是杨四维跃起之时，两人配合得极其巧妙，杨四维一跃竟是以身为饵，当阳明先生的注意力全在他身上，那装死之人才发出必杀一击。

沈希仪差点儿便要惊叫起来。只是杨四维与这人一起一落，竟是天衣无缝，他哪里还来得及。只是阳明先生虽然措手不及，但原本要扣杨四维双腿脉门的右手忽地一沉，三指捏住了那人短剑的剑身。这短剑虽然两面有刃，但捏在当中无锋之处，却是伤不得人。此人只觉短剑如同落到了一把铁钳之中，竟是再难动弹分毫，而右手脉门处却如遭电殛，自是阳明先生以内力冲击自己经络，不禁又惊又佩，忖道："这家伙好强！"一张脸却一下变得通红。

阳明先生之强，给他定下此计之人已经说得很明白了，但此人终究还是有些不信，觉得以自己的本领，纵然不及也相差不会太多。但此时这必杀一招在千钧一发之际被化解，脉门处传来的内力更是如同长江大河，一波接着一波，再不弃剑只怕这一条手臂尽会被震得麻木了。这人倒也硬朗，右臂虽遭阳明先生的内力冲击，却强运内力与之相抗，脸色也因此如噀血一般。

阳明先生的象山心法虽不霸道，却如水银泻地，无孔不入。本来只道一举冲开此人脉门，便可夺下他的短剑，不料此人居然会强抗，一时间竟相持不下。杨四维此时已跃起了六七尺高，在空中一个翻身，右手指刃忽地扎向阳明先生的头顶。

这一招，才是真正的最后杀招。那装死之人不惜一切强行锁住阳明先生的身形，为的正是杨四维此招。沈希仪此时正要拔剑上前，他行动虽快，可方才这几式实在太快了，仅仅这一呼一吸之间，居然已经有了好几番变化。待见空中的杨四维一个翻身刺下，沈希仪的心亦是一沉。阳明先生方才已是两回扭转必死的局面，现在阳明先生不仅人已无法移动，右手也遭牵制，这一回沈希仪实在想不出他还能有什么手段。

杨四维在头顶的这一击已是无从抵御，阳明先生却浑若不觉。装死那人虽然内力甚强，但哪里比得上阳明先生浑厚之极的内力？一张脸在这刹那便已红得要滴下血来，心知若再不弃刀，只怕浑身经脉都要被阳明先生震断。那时武功全废，想逃也逃不了了。好在杨四维这一击的时间已经争取到了，谅阳明先生再躲不过去。

想到此处，这人手忽地一松，放开了短剑，人已退了半步。就在退开这半步的当口,却见一个人影忽地从阳明先生身后跃起,迎上了正在从空中下击的杨四维。下落之势,自然远超跃起之势,但从阳明先生身后跃起这人势若疾电,竟然比杨四维还要快,杨四维的指刃正在刺下,寒光一闪,一道剑光已从杨四维指端划过。

此人竟是阳明先生身后的一个侍童。阳明先生是绝世儒者,就算在军中,身边也不带弁兵,只让这两个侍童随身服侍。只是这一剑直如流星经天,单看这轻功,便是阳明先生竟然都似不如那侍童,更不消说杨四维了。杨四维人在半空,根本闪避不了,只觉一阵剧痛,右手食中二指已被齐根切断,戴着两根指刃的断指被那侍童一剑拍出,直飞向一边。

这侍童突然杀出,堂中几乎所有人都惊呆了。阳明先生已夺下了短剑,他已轻易不用兵刃,短剑一下递到左手,右手一掌印向那装死之人的前心。他相信杨四维这一击虽然神鬼莫测,却定能被挡下,因此全力对付这装死之人。而这人却是一怔,自是躲不开此掌了。哪知这一掌正待伸出,一旁风声微动,一个人影直扑过来。

那正是瓦夫人。瓦夫人自幼习武,虽然算不得什么大高手,却也不是弱者。见有人行刺阳明先生,她心中震惊,当即拔刀上前。她便站在阳明先生下首,虽然慢得一步,但此时也抢了过来。此番全靠阳明先生,思田之叛才得以兵不血刃地解决,一旦他遇刺,势必要前功尽弃,因此瓦夫人也已将自己生死置之度外。只是如此一来反而挡住了阳明先生的出手,那人本已绝望,谁知竟有个瓦夫人斜刺里杀出。此时他若是掉头便逃,正堂上还真个没人能挡得住他,但这人受命行刺,却是不达目的绝不罢休,当瓦夫人一过来,这人不进反退,抢步上前。瓦夫人双刀落下,正斫在他背上,而这人一掌从瓦夫人肋下穿过,击向阳明先生前心。

阳明先生纵然学究天人，到底不是神仙。他也根本没想到这刺客竟会连自己性命都不要还来行刺，此时瓦夫人挡在了他面前，亦根本看不见情形，待那人一掌击来时，已是来不及，那人一掌正中阳明先生胸口。只是这一掌刚打中，这人只觉一股大力排山倒海般涌来，"喀嚓"一声，臂骨被震断，人也倒飞出数尺。沈希仪此时正抢过来，当此人被震到近前，他伸剑一把压住了此人咽喉。几乎同一刻，杨四维"砰"一声摔下地来。

杨四维右手两指被削断，伤虽然不算很重，但十指连心，疼得死去活来。何况他的武功有一半是身法，另一半便是这两把指刃。现在指刃被废，人也摔得七荤八素，一边的张祐也已抢到了他近前。张祐虽是智将，做事却是有点不顾首尾，一见杨四维摔下，也不知这人已经被那侍童伤得几同废人，只道此人犹有再战之力。张祐的格斗之技不甚强，但膂力却也不小，腰刀一落，一刀斩在了杨四维的咽喉处。

血光崩现，杨四维立时绝命。这两人突然行刺，也不过片刻之前，仅仅短短一瞬，便已一死一伤，田州诸人全都吓得魂不附体，卢苏反应倒快，高声叫道："不是我！不是我！"他心想自己的记室突然行刺，虽然自己真个不知情，可是在王大人眼中，自己定是主谋，那这条性命已经十成去了八成，无论如何都要先撇清了再说。他这一喊，岑邦相却也喊了起来："不是我！不是我！"两人的叫声此起彼伏，听来更是凄惨。

张祐一刀杀了杨四维，见击落杨四维的那侍童又退回阳明先生身后去了，他这才回过神来，心道："糟了！我太性急了！"他先前因功反遭上司之忌，以致革职下狱，全在自行其事，这回又是出手快了点，只怕阳明先生会认为自己是因为牵连此事而想灭口。此番能以布衣之身参与军事，实全靠阳明先生知遇之恩，得有官复旧职之望，如此一来岂非前功尽弃？他看向阳明先生时不禁有些忐忑，但听得阳明先生缓缓道："诸公少安勿躁，刺客乃是有人指使，与诸公无涉。"

阳明先生的声音沉稳而温和，所有人都为之一定，连正在惨叫的岑邦相与卢苏两人也停下了叫喊。卢苏惊魂未定，却听王受道："王大人，这杨四维之事，我们委实不知因何而起，还望大人明察。"

阳明先生见王受在这瓜田李下之际仍能镇定，也有点佩服，点了点头道："不错。诸公已愿反正，本官相信三位不可能做这等妄悖之事，主使的定然另有其人。"他顿了顿，声音突然高了点，喝道："来人，将这两个大胆的刺客枭首示众！"

一听要将刺客枭首，便是张祐也是一怔，心想两个刺客已经被自己杀了一个，剩下一个岂不应该细细拷问，问出背后主谋之人出来？却不知为何阳明先生问也不问便要将他枭首。但阳明先生军令已下，他也不敢还嘴，下首的沈希仪说了声"得令"，唤过两个亲兵，将地上那刺客扶起，推出去枭首。那刺客被扶起来，眼中却露出一丝惧意，沈希仪心道："这时你觉得害怕，那是晚了！"他也不多说，只说将此人枭了首，连同另一个已死的杨四维一同首级号令。待两颗首级端上来验过后，自去悬首城门号令。一旁瓦夫人见阳明先生若无其事，心中却总有些不安，待沈希仪将两个刺客带出去枭首之际，她道："王大人……"

瓦夫人才说得三个字，阳明先生已知她的意思，淡淡一笑道："方才多谢夫人援手之德。思田之事，今后便有劳夫人了，愿夫人不忘此心，永为国之干城。"

瓦夫人方才阻挡了阳明先生，使他受了那刺客一掌，但她实是好意。阳明先生知道她心存内疚，因此才这般说了句。瓦夫人心潮起伏，垂首道："是。"自此瓦夫人果然一心为国，待后来倭寇大起，张经受命平倭，想起狼兵战力，特地前来征调。瓦夫人与岑芝祖孙二人相继前往，岑芝更是捐躯在与倭寇血战之中，其由实是今日阳明先生一语之慰。

接下来这一场受降宴阳明先生倒是谈笑风生，但田州三人都吃得心惊胆战。好在再没出别个乱子，待酒宴结束，阳明先生便留在正堂后院歇息，岑邦相与卢苏、王受二人自回去登记造册，将各部土目名录与鱼鳞册呈上。阳明先生如言宽慰了几句，又让众将自去整顿部众，不得有扰民之举，这才回后院。

一回后院，两个侍童刚跟着他进屋，阳明先生忽地一个踉跄，竟然险些摔倒。一个侍童一把扶住他，低声叫道："夫子，你怎么了？"

这侍童的声音，赫然正是少芸。阳明先生伸手抹了抹嘴角，向另一个侍童道："阿良，你给我煮一壶养气汤去。"

那侍童答应了一声，走了出去。少芸扶着阳明先生坐下，轻声道："夫子，你受伤了？"

养气汤乃是调理内息的药汤。阳明先生如今年事渐高，虽然毕生勤习武功，但年岁不饶人，每到秋来便有些气喘，因此便煮这养气汤调理。只是现在尚在开春，他突然要煮这味药汤，自是受了伤。方才少芸一手对付杨四维，并不曾见到阳明先生中掌。此时见阳明先生脸色很是难看，都不知究竟因何而起。阳明先生却淡淡一笑道："不碍事。小妹，罗祥还真个了得，我倒小看他了。"

少芸心头一震，喃喃道："那人便是罗祥？"

"罗者四维，祥者羊也，这杨四维其实已经将名字都告诉我了。"

少芸又是一怔，诧道："可他的胡子不像是假的啊？"

那种三绺须髯很难做假，方才杨四维上蹿下跳，被少芸从空中击落到地上，也没见他那胡子歪半分，实在不似假胡子。另一个被枭首的倒是没胡子,但八虎中少芸唯一不曾见过的便是罗祥,也不知是不是他。阳明先生叹了口气,从案上取过纸笔,极快地勾了几笔,勾出了一个人的脸型。他道:"小妹,方才那装死的刺客是这样子吧?"

少芸见阳明先生寥寥数笔勾出的这副相貌甚是传神,正是方才那刺客模样,点了点头道:"正是他!"心中暗暗赞叹,心道:"真是能者无所不能,从没见夫子画过画,没想到他写真竟能如此传神。"

阳明先生拿过笔来,在这张脸上又添了三绺短髯,说道:"现在呢?"

少芸方才与杨四维正面生死相搏,杨四维的样子比那个装死之人更为深刻。见阳明先生添了三绺短髯的这张脸赫然便成了杨四维的样子,她吃了一惊,喃喃道:"这是兄弟两个?"

阳明先生叹道:"我也只见过罗祥一次,因此也大意了,万不曾想到他被人称为'影',真个是如影随形,原来是兄弟两人。唉,若不是你先来示警,今天只怕要着了他的道。"

杨四维想要行刺,阳明先生其实也并不曾料到。前日少芸才火急赶到田州,说了张永向杨一清查看玉佩之事,阳明先生便知此事已然不妙,当张永确认了杨一清不是目标后,必定会向自己下手了。只是他怀疑的是刺客多半潜伏在自己手下,因此全力防备,万没想到这刺客居然早就潜伏在了卢苏部下。因为有少芸打探得的消息,他确认了卢苏和王受都有受招抚之心,这才大胆让张祐与瓦夫人前去谈判。因为听得这杨四维竭力主张受抚,阳明先生对此人也颇有兴趣,现在才知,罗祥这般故布疑阵,正是为了一步步将自己引入彀中。这条计策环环相扣,一层套一层,严密已极,若不是自己身后有少芸这个敌人也未曾料到的因素,否则罗祥真能得手。

临出发时,曾在陛下面前聆命,当时张永也在座。那时张永竭力主张要剿灭思田叛军,是阳明先生力主以抚为主,才终于让陛下回心转意,同意少些杀戮。回想起来,当时张永有此主张,一来是他本心如此,二来也是让自己不会想到刺客布置在对方这一步棋。而不管怎么说,驺虞组八虎的确都非等闲之辈。罗祥以如此身份,竟能视生死如无物,大有古之刺客的遗风。纵是敌人,阳明先生也不禁有那么一丝敬佩。

少芸皱起了眉道:"怪不得夫子您问也不问便要将他枭首了。只是罗祥早就潜伏在卢苏部下,张永先前又举荐夫子前来平叛,那其实早就在怀疑您了?"

阳明先生叹道:"张公公岂有不疑之人。只不过先前是有此疑心,故意要将我调开而朝你下手,以此来确认我是否你背后之人,这回却定然已经坐实了。"

张永当初也正因为尚不能确认阳明先生便是心社的大宗师,所以才故意举荐阳明先生来平叛。而这刺客乃是罗祥,这种事一旦暴露出去,将会引发朝中剧震。如果拷问时罗祥耐不住酷刑说了出来,反倒无法收拾了,因此以无名刺客之名将他枭首,既除掉了张永的一个得力手下,又避免与张永过早冲突。张永在嘉靖帝面前一力举荐已是致仕之身的阳明先生复出领兵平叛,旁人只道是因为张永与阳明先生颇有交情,而阳明先生平宸濠之功亦是天下闻名,因此无人生疑。但现在方知,原来这也是一个圈套。只是去年这圈套竟然就已布下,便是阳明先生也不由思之骇然。

少芸沉吟了片刻,说道:"夫子,那接下来该如何?"

杀了罗祥后,与张永的正面冲突已经无法避免了,现在只能拖得一日是一日。阳明先生也微微一沉吟,说道:"事不宜迟,钓鳌必须马上开始了。"

少芸怔了怔："钓鳌？"

"张公公这一连串举措，其实都是因为那个写着岱舆的卷轴。他不得先行者之盒，定不肯罢休。用兵之道，坐守必不能久，不如以攻为守。欲灭岱舆，岂不是钓鳌？"

岱舆本是传说中的五仙岛之一，为巨鳌所载。传说有龙伯国的巨人钓走了载岛的巨鳌，使得岱舆、员峤二山流于北极，沉于大海。阳明先生取此名，自是针对"岱舆"二字。少芸也忍俊不禁，心道："夫子这当口还有这闲心。"她见阳明先生眼中已是神光四射，恍若重回少年，意气风发，心头亦是一热，说道："好！夫子，该如何开始？"

"那玉佩你仍在身边吧？"

少芸点了点头道："是。我一直贴身带着。"

先前这玉佩被陈希简诈出，险些误了大事，少芸从此再不敢离身了，也再不曾向旁人说过。阳明先生道："那就好。"他伸指在桌上轻轻一敲，沉吟了片刻，说道："张公公那个岛究竟在何处，眼下尚未探明，但应该已有眉目了。现在也不必再等，小妹，现在你与我一同班师，待过了桂林府便要分道扬镳了。你在端午日那天去广州东南一个叫洪奇门的渔村，那里有个五峰鱼行，你去找一个铁心先生，便说是奉阳明先生之命而来，以玉佩为记，他便会相信了。那是我布下的一支伏兵，现在终于可以动用了。"

少芸听得暗暗惊心，她早知阳明先生深谋远虑，却原来早已布好了此局。张永心机之深，让她思之骇然，但阳明先生的谋略也不比他弱。便道："是。那铁心先生可是夫子新收的弟子吗？"

少芸一直觉得心社已被摧毁，中原仅剩阳明先生与自己两个了，万没想到阳明先生还有这一支伏兵。这些人若是能力足够，重建心社便指日可待。只是阳明先生道："不是。这些人却是可用而不可信。"

少芸一怔。俗话说用人不疑，疑人不用，她实在不明阳明先生所言的"可用而不可信"到底是什么意思。但阳明先生也没多说，只是道："到端午时，我也会赶到洪奇门的，你便知道了。"

少芸又是一怔，问道："夫子，您不与我一同去吗？"

"田州虽平，但三军班师，我暂时尚不能脱身。"阳明先生见少芸神情又有些忐忑，微微一笑道："小妹，还记得当初你刚回来时，问过我该怎么走吗？"

与朱九渊先生一同逃离大明，然后朱先生遭到八虎追杀，少芸就在遥远的异域孤身漂荡了两年。刚回大明时，她确有不知该往何处去的茫然，在埃齐奥先生处得不到答案，向阳明先生求问亦不可得。这两年中她浸淫于阳明先生的教诲，已不复吴下阿蒙，不再是刚回来时那个只知出手的少女了。随着心思日深，也越能领会到这两个堪称当世最强者之间的斗智，便如秋水时至，两涘渚崖之间不辨牛马，便以为莫大于此。及观北海，不见水端，始知有难穷也。只是心智渐长，有时也越发茫然，重建心社这个目标，仿佛更加遥远了一般。听得阳明先生旧话重提，她道："是啊。夫子，少芸请教。"

"路就在你脚下，除了你，谁也不知道。所以埃齐奥先生不知道你的路，我也同样不知道。"阳明先生抬起头，看着少芸，"路是你走出来的。"

阳明先生这话很是淡然温和，但少芸却是浑身一震，心道："是啊，我只想着要追寻夫子而行，却不知世上本无路，自然无所追寻。世上本无路，走过了便已成路，又何须多虑？"

在心社，她第一次感到如同回到了家中。然而很快，她又亲眼看到了心社被八虎彻底摧毁，这等锥心刺骨的疼痛实是没齿难忘。因此在离开的那一天起她就发誓，有朝一日定要重建心社。只是该如何入手,以前一直都漫无头绪,现在却终于如同见到了一线曙光。她也不说话,点了点头道:"嗯。"

阳明先生看着她,忽道:"小妹,这些天也辛苦你了,先去歇息吧,等端午日我们在洪奇门再见。"

少芸沉默了片刻,伸左手到胸前,向阳明先生行了一礼道:"遵夫子命。"

决战要提前开始了。

看着少芸的身影走出内室,阳明先生却忽地伸手到嘴边,轻轻咳了两下。待将手拿下,掌心里却多了些血丝。

罗祥在阳明先生前心所击的一掌,乃是决死的一击,阳明先生受的伤其实比旁人以为的更加严重。只是他一直强撑,现在却终于还是撑不下去了。此时那书僮阿良正煎好了一剂养气汤端了出来,见此情景连忙将药汤往案上一搁,从一边拿过汗巾递来道:"先生,你怎么了?"

阳明先生伸手将手心里那些血块擦去,轻声道:"阿良,不用大惊小怪,我没什么大碍。"

虽然罗祥掌力之沉重超过了阳明先生的预想,竟然击破了阳明先生的护体心法。这伤虽然不是无关紧要,却也算不得太重,只消做上十天吐纳功夫便能痊愈。只是罗祥一死,张永的第二波攻击随时就会到来,这才是最为可畏的事。若是少芸在自己身边,反而给了张永一个合而歼之的机会,因此阳明先生才要尽快让少芸离开。

阳明先生端起那碗养气汤试了试寒温,一口饮尽了,说道:"阿良,你歇息去吧。"

阿良见阳明先生刚才虽然咳出血丝来,现在说话却已平静如常,这才放下心来。他虽是个书僮,但跟着阳明先生也有好几年了,年纪虽然不大，得阳明先生教诲却颇多。他恭恭敬敬行了一礼，大有儒生气度，忽然问道："咦，先生，阿云去哪里了？"

少芸在阳明先生身边时，都是书僮打扮，阿良也只道她真是阳明先生新招来的书僮。他心想这阿云方才还曾与刺客大打出手，现在阳明先生咳血了却不见踪影，不禁有些诧异。

阳明先生道："阿云先去歇息了，你不要去打扰她。"

阿良正在少年好事之时，先前见少芸出手如电，那个本领高强的刺客亦被她制住，实是让他佩服之至。直想私下问阿云这一身功夫是哪里学来的，能不能传与自己。听得阳明先生这般说，他不敢再说，便端起空碗走了出去。

待阿良走了出去，阳明先生盘腿端坐在椅上，将双掌平放在膝上，静静地开始做吐纳功夫。罗祥这人实不愧是八虎中人，这身功夫实不逊于魏彬，而内力只怕还在魏彬之上，已不下于张永，这一掌之伤，恐怕没有月余好不了。罗祥的死传到张永耳中，少则十余天，待张永找到自己，又得过个十来天，时间非常紧迫了。若是能抢到这段时间以攻为守，打他个措手不及，断了他的后路，便能让他的后手都落到了空处，这一局棋也只怕能提前见分晓了。

阳明先生将一口气息长长地吐出。尽管觉得胜算甚多，但他心中仍是没半点喜悦之情，脑海中来来去去，总是昔年三个人纵谈天下大势，每当一人说罢，另二人都觉于我心有戚戚的情景。

大明两京十三布政司，每个大一点的集镇都会设水马驿，全国共有一千处以上，就算极偏远的地方，若有加急文书，也不消十天半月就能送达。

马驿一般都是六十至八十里一置，大驿备有马匹八十匹，至小者也有五六匹，以备驿使换骑。这些驿马都按脚力分为上、中、下三等，按驿使所带勘合的等第换乘。徐鹏举交给少芸的勘合乃是级别最高的一种，因此沿途驿使为她所换马匹亦是最上等。只是现在要在端午前赶往广州，时间甚为充裕，已不必如此心急，因此少芸也不似先前这般日夜兼程了。

两广一带，其时大多还是蛮荒之地，道路崎岖难行。少芸走的是官道，从桂林府转道东南，经平乐府、梧州府、肇庆府而抵广州府。此时正过了平乐府，虽说是官道，其实也是行人稀少，往往数里不见人烟，獐鹿狐兔倒有不少。这条官道也因为行的人少，岭南一带又地气和暖，草木孳生极快，不少地方都已杂草丛生，几不能辨路。

这种路上自不能全力驰骋，少芸带马而行，一路总在想着心事。罗祥的行刺亦是让她颇为意外，张永是那种一旦认准便全力出击，绝不留余地的人，所以当他确认了杨一清并非是自己背后之人时，立刻就命罗祥向阳明先生下杀手了。如果不是自己先到一步，阳明先生在全无防备之下，能不能躲过罗祥的行刺？她这一路想来想去，纵然对阳明先生崇敬无比，可不管怎么想，都觉得真个极难。

罗祥隐忍至今，自然不会一开始就为了对付阳明先生，阳明先生才智再高，也根本预料不到这个时候会遇刺。与八虎斗到现在，虽然屡屡得手，八虎中七人已被消灭了四个，但少芸却越来越感到了心悸。张永这人便如一口古井，总也探不到他的底在哪里，反而越来越让人不安。

也许，只有在阳明先生率领下杀入他这些年一直在经营的那个小岛，才能揭出他真正的底来吧。

少芸正想着，忽听得前方传来一声呻吟。她怔了怔，踢了踢马腹，向前快走了几步。

这条路也不是很宽,因为走的人少,如今就算路中也长了不少杂草。前方有个转角,转过了,却见那里长着棵极大的树,树下倒着一辆平板车,一头毛驴倒在了地上一摊血泊中,车边还倒着个穿着花布夹袄的大脚妇人。那妇人正在地上呻吟,听得马蹄声,撑着抬起头道:"有人吧?快救救我!"

难道是圈套?但少芸马上打消了这念头。她在阳明先生身边,一直是以书僮的身份出现,就算田州受降宴上出手杀了杨四维,旁人也只道阳明先生的书僮武功极高,根本不知她的真实身份。等到了桂林府与阳明先生分手,更是神不知鬼不觉,不太可能有人会追踪到此处来向自己下套,看来这是哪个乡间妇人赶着驴车经过这里,结果被石块绊了下,驴子摔死了,人也摔得受伤爬不起来。少芸心中不忍,打马上前道:"大娘,你伤到哪里了?"

马蹄哒哒,跑得一下快了许多。眼前就要到那妇人跟前,少芸正待勒马,心头却忽地一动。虽然看起来毫无可疑之处,但她仍然感到了一丝隐隐的不安。俗话有笑谈说:"天不怕,地不怕,就怕广东人说官话。"其实岂止广东,岭南的粤东粤西一带,方言都是佶屈聱牙,外乡人难以听懂。当地的士人还多少会说些官话,乡间会说官话的绝无仅有,不要说是这些老妇了。可是这个妇人说的虽然甚是含糊,却实实的是官话。纵然也不能说完全不可能,但这等事终究令人生疑。

她心头正有了疑心,身下那匹马忽地惨嘶一声,少芸只觉身子一轻,猛然间直坠下去。就在她身下,赫然出现了一个黑黝黝的洞口,也不知有多深。

中计了!

霎时,少芸惊出了一身冷汗。这老妇人果然有诈,只是现在已经晚了,眼见那匹马直坠下洞去,少芸双足一点,已脱出了马镫,左手猛地向上一挥，绳镖直射向头顶的一根树干。

这匹马足有几百斤重，此时正向坑中落去，再想借力跃出，希望微乎其微，因此唯一的办法便是弃马，借助绳镖逃生。少芸的念头转得极快，双脚一脱出马镫，便已在马鞍上一踩，将下坠之势一缓，手中绳镖已然掷出。这绳镖她已练得极是纯熟，几同手臂一般，就算闭着眼睛都能百发百中。只是那马是绝对救不回来了。那是匹上等驿马，既驯良，脚力又健，少芸极是爱惜，眼睁睁看着它没入洞中，少芸心头有若刀绞，正想着自己的长剑一直收在马鞍下，情急之下取不出来，仅能靠靴刃绳镖与敌人对抗了。只是她这念头刚起来，头顶忽地一暗。

那是一个人突然从树丛中冲了出来。

这人一直隐身在树冠之中。粤东的树木远较北地茂密，一棵大树往往长得如巨盖一般，几可遮蔽半个村子。这棵大树虽然还不至于有如此之大，但树叶极是茂密，那人躲在树叶中，自是谁也发现不了。一冲出来，手中一张，"啪"一声响，却是手起一剑，正拍在少芸绳镖的镖头上。镖头一被拍中，立时直飞向少芸，少芸冲上之势已尽，本来正待借绳镖之力跃起，如此一来再不能借力，人直直坠落，仍是落入了洞中。

她刚落入洞中，眼前忽地一暗，却是那老妇忽地翻身跃起，猛然一推那破了的平板车。平板车两个轮子已掉，其实就是块大木板，"咣"一声，一下严严实实盖在了洞口。洞中再无光线透入，自是漆黑一片。少芸心中亦是一沉，脚下却是一软，人已重重摔倒，原来已到了洞底。这洞挖得很深，幸亏她的坐骑先摔了下来，少芸落下来时正摔在马腹之上，否则这般摔下来只怕会受伤。饶是如此，少芸亦觉身子都似散了架，黑暗中只听得那匹马还在微微地打着响鼻，却是有进气没出气，痛楚不堪。少芸心中一疼，忖道："这马儿也是因我而死。"

她不忍这马再受活罪，摸黑从马鞍下取出长剑，摸到了马腹上心脏所在，猛地一剑刺下。这一剑直刺入马腹，马又是一哼，微微一挣扎，再不动了。

她刚杀了马，忽听一个声音从上面传了下来："惠妃娘娘，你还活着吧？"

这正是先前向少芸求助的老妇的声音，只是此时声音中尽是阴沉。她也无意与那人多费唇舌，抬头看了看头顶。那辆平板车压在了洞口，洞中已是一片漆黑，只从那木板缝隙中漏下些微光亮来。这些光亮亦照不出什么，但可以看出这洞甚深，约摸两丈许。

这样的深度，想要一跃而出自是绝无可能，但要攀爬上去倒也不难。她一脚在洞壁一踩，提气跃起，待跃起之势将尽，伸脚又是一蹬。少芸的身法本来就已不做第二人想，这洞虽深，对她来说实不算如何。两个起落，已然到了洞口。洞口正盖着那车板，少芸便伸手一推。虽然脚下不好着力，可她这一推仍是将那板车推得抬起了寸许。少芸心头一喜，知道能够抬起的话便能挪动。只消能挪开一条够钻出头去的缝隙，便能一跃而出了。洞口必定有人守着，只是他肯定想不到自己居然会硬闯上来，如果动作够快，便能够抢在他反应之前冲出去。

她这主意打得极快，可是还没等她用力将板车挪开，却觉一股大力排山倒海般压了下来，"咣"一下，便将板车压回原位。少芸被这股大力突如其来一压，脚下已然站立不定，将洞壁一块泥土也踩得塌了，登时直摔下来。好在这回她已有防备，不待落地便一折腰肢，人轻轻着地，连洞底那死马都不曾碰到。人刚落地，却听"咚咚"几声响，应是板上又被压上了好几块大石头，只听得又有个人道："这婆娘厉害得紧，千万不可有丝毫大意！"

一听到这声音，少芸便是一惊。这声音她认得，正是一直形影不离张永身边的那个号称"魔"的丘聚。

发现了击落绳镖的正是丘聚，少芸只觉双手不知不觉间有些发抖。阳明先生也说过她的武功尚逊丘聚一筹，但她对丘聚并不害怕，只是对张永这个一直不曾打过照面的敌人，她却真有种难以遏制的惧意。即使有阳明先生的布置，自己仍是步步遇险，若非意外得了徐鹏举之助，自己实已一败涂地。这一次这圈套实是并不如何高明，但回想起来，那假扮老妇之人若是一口粤东方言，自己实是一字不懂，定不会马上上前。正因为说的是官话，自己才会毫不犹豫地走上前去，待想到破绽之时已来不及。而自己会以绳镖逃生也被他们想到，所以丘聚一直躲在树冠中等候自己。细细想来，这条计似拙实巧，丘聚未必能想得如此丝丝入扣，难道张永就在附近？

这时假扮老妇的那人道："这婆娘伤了我两个兄弟，为什么不直接杀了她？"

这个说罢，便听得丘聚马上道："督公还要她性命，你生了几个胆，敢如此妄为？"他顿了顿，又道："罗影公，你们三兄弟'对影成三人'，如今只剩了一个，自然不忿。待督公杀了新建伯，见过这婆娘后，定会任由你报仇的。"

丘聚这话虽然说得阴风恻恻，却也带着些许嘲讽之意。少芸心中又是一震，罗祥竟然是兄弟三人！这三个人才合成一个罗祥，这等事，便是天纵奇才的阳明先生亦是始料未及。罗祥在两个兄弟被杀后，一直隐忍不发，一路跟踪至此，怪不得如此清楚自己的行踪，设下了这般一个圈套。更让少芸感到惊慌的，是张永已经知道了阳明先生的身份，也已经开始行动了。现在反是阳明先生在暗处，他还能不能躲过比罗祥三兄弟更加阴险毒辣的张永的刺杀？

罗祥在八虎中的地位显然在丘聚之下，被丘聚一斥，也不敢再多嘴，只是恨恨道："难道还要好吃好喝招待这婆娘不成？"

丘聚嘿嘿一笑道："她这没牙雌老虎，你又怕什么。督公只要留她性命，又不曾说要全须全尾？"

原来罗祥本是一胞三胎，十分少见。他家中甚是贫穷，因此将这三胞胎儿子中两个送进了宫里当太监，留一个守家。罗祥这双胞胎兄弟因为生得一般无二，做起事来便也要比寻常人方便许多。成为张永手下后，更是将家中的大哥也引了进来。如此罗祥忽焉在西，忽焉在东，忽而为寺人，忽而为常人，更是让人感到高深莫测。只是这罗祥武功在三兄弟中最弱，两个武功高强的兄弟都已毙命，单凭自己一个，只怕从此再不能在张永跟前有先前那样的地位，因此更是对少芸恨之入骨。听丘聚这么说，他恨恨道："那便好，我去卸了这婆娘一条……"

没待罗祥说要卸了少芸一条手臂还是一条腿，这时突然传来一阵马蹄声。这阵马蹄疾若骤雨，来得极快。丘聚与罗祥二人在此间设伏，为的正是这条路少有行人，往往十天半月都没一个人经过。而粤东极少见到马匹，有几匹毛驴也是难得一见，真不知这匹快马自何而来。

少芸在洞中也已听得了马蹄声。她仍在心中盘算着该如何脱身，听到马蹄声由远而近，不由一怔，心道："这些太监还有援兵吗？"

虽然不能看到，但只从这马蹄声便听得出那是一匹堪称神驹的骏马。能有这种好马的，非得是张永这等极有权势之人不可。丘聚说张永是去向夫子下手去了，难道这么快就得手归来？少芸实是不敢相信。她与阳明先生分手已有数日，但这数日间，想来张永也不可能后发先至，能够害了阳明先生后又到这儿来，再说丘聚与张永分手时，张永也未必知道他们是在这地方设伏。但不是张永的话，又能是谁？

她正在想着，突然听得罗祥厉声喝道："你是什么人？"

罗祥的声音大为惶急，只是刚喝问一声，便是"啊"一声惨叫，随之却是"咚"一声闷响，一个东西重重砸到了盖住洞口的那板车上，想来便是罗祥的尸身。几乎是同时，便听得丘聚尖声一啸，随即是"叮叮"数下精铁撞击之声，应是与来人动上了手。

罗祥三兄弟中，仅存的这个武功不值一哂，所以行刺阳明先生时他根本不曾动手，也因此逃得一命。只是罗祥本领就算不甚强，也不是无能之辈，来人瞬间就将他杀了，实非易与。而此人与丘聚交上了手，听起来也丝毫不落下手，少芸实在想不通还有谁能有如此本领。

难道是夫子知道自己有难，赶来救援？

尽管少芸也知这等想法实是异想天开，但她也真个觉得除了阳明先生之外，只怕没几个人能有这本领了。她又沿着洞壁向上攀去，伸手推了推，只觉这回那板车重得异乎寻常，定是先前自己差点儿逃出去，丘聚压上了好几块大石。既推不动那板车，少芸叫道："夫子，是您吗？"

她话音刚落，却又是一声惨叫。少芸吓了一跳，只道是来人听得自己的声音一分手，被丘聚伤了，但随之便听得一个尖利的声音骂道："好不要脸，竟然暗算……啊……"

丘聚这叫骂声还不曾落，便又是一声惨叫，应是又遭了暗算。他骂人暗算自己，全然忘了自己暗算少芸在先。只听得"当"一声响，自是丘聚的剑被击飞了，正落在了那板车上，便再没声音，想必就算不死，也只剩了一口出气。

来人竟然将丘聚也杀了！少芸更是吃惊。她用力推了推板车，只盼能推开一条缝看看来人到底是谁。只是她只凭一脚踩在洞壁上，手上一用力，又是将脚下踩塌了一块。洞壁别无受力之处，她又一次直摔下去。好在这点高度对少芸来说直如平板，轻轻一纵便在洞底站定了。她正想再爬上去，却听"咚咚"数声，从缝隙中可见压住板车的石块被移开了。

果然是救我来了！

少芸心头已是欣喜若狂。到了此时她倒不急了，站定了只待那人掀开板车。只是等了一阵，听得马蹄声又是疾雨般远去，板车却动也不动。少芸大是诧异，再一次从洞壁攀了上去。

这已是第三次了。到了洞口，她先深吸一口气，然后伸手一托板车。这回手上虽觉有分量，但明显仅是那板车本身的分量。少芸用力一推，已将板车挪开了尺许。有这尺许空隙，她脚下一点，人如飞鸟般疾射而出。

冲出来时她还怕遭人暗算，长剑在头顶舞了个花护住身体，但根本没人朝她动手。待站稳了，少芸定睛看去，只见洞边躺着一具尸首，前心穿了个大洞，一张脸果然与田州城里那没胡子的刺客一般无二，自是罗祥了。罗祥边上还趴着一个高大的汉子，便是丘聚。丘聚所受的致命伤在背心处，伤已见骨，还微微有一口气。

丘聚伤得如此之重，就算他肯说，也是说不出一个字来。即便对八虎恨之入骨，少芸也不禁有点不忍。她叹了口气，走到丘聚身边，伸剑刺向丘聚后心。

少芸将丘聚与罗祥两具尸身扔进了洞里，又胡乱推了些石块下去。这洞是他们挖了来暗算人的，现在亦是作法自毙。虽然八虎所剩的七人已去其五，但少芸心中却越发沉重。这个救了自己的人神龙见首不见尾，自然绝无可能会是阳明先生，现在夫子究竟如何了？

她一边想着，一边向西边望去，却听得身后又传来一阵疾雨样的马蹄声。少芸一转身，只见一匹快马正疾驰而来。这匹马极为神骏，比少芸先前的坐骑还要好，只是马上虽然鞍鞯齐全，却空无一人。

少芸大为诧异，待那马跑到近前，她飞身一跃，一下跳上了马背，捞住了马缰。这马甚是驯良，一觉背上有人，马上放慢了步子。少芸更觉诧异，心道："这匹马分明是有人送我的脚力，这人到底是谁？难道也是夫子早已安排下的伏兵？"但如果真是夫子安排的伏兵，现在阳明先生已到了危急时刻，此人难道还有这分闲心故作神秘？

她越想越是不解，心道："算了。此人既然如此，必定有他的道理，反正他终是救了我一命。"她跳上了马打了一鞭，喃喃道："马儿啊马儿，你莫要怪我，快点跑吧。"真恨不得这马能背插双翅，转瞬便飞到阳明先生边上去。

第十四章　生死劫

　　当初在桂林府分手时阳明先生说过他要班师回南昌，将部队散了后归复陛下之命，便会赶在端午之前来到洪奇门，与少芸一同出海攻打张永在海上的巢穴。现在已经过了好几天，算起来阳明先生已经一路往东南而行，要经永州府后再经彬州，过了赣州前往南昌。待少芸赶到永州后却听得阳明先生一军已然前往彬州。待到了彬州又说前一天便已出发。接连错过了两站，少芸更是心慌。上一次自己抢到了先手，罗祥这条天衣无缝的行刺之计最终落空，只是她也实在不曾想到张永的第二波攻势来得如此之快。如果不能抢在张永之前的话……

　　少芸已不敢多想。她也顾不得再惜马力，一路除了必不可少的休息，便是日夜兼程地赶路。这一日翻过了大庾岭，已到了江西省南安府地界。南安府在江西行省是个小府，只领四县，却是江西与岭南的交界。当年赵佗割据南越，传国四代共九十一年，便是因为有五岭隔断岭南与中原的要道。这五岭中的大庾岭，便位于南安府西南。到了初唐宋之问被贬至岭南，有《度大庾岭》一诗曰："度岭方辞国，停轺一望家。魂随南翥鸟，泪尽北枝花。山雨初含霁，江云欲变霞。但令归有日，不敢恨长沙。"写尽凄惶之情。此时南安府虽然不似初唐时那般蛮荒，终是少见人烟。少芸经过了一个岭北驿站，那驿站又小又破，较当年阳明先生被贬去的龙场驿好得有限。一问起，却说阳明先生昨日刚经过此处。

终于得到阳明先生的准信，少芸不由长吁了一口气。她马不停蹄，一路疾行，第二日倒到了南安府的黄龙镇。黄龙镇西倚丫山，东临章水，是个风光秀丽的小镇，却没设驿站。少芸刚到镇外，却见扎了一座营房。

黄龙镇不是什么军机要地，向无驻军。一见这营房，少芸心头便是一动，打马过去。到得近前，却见有个少年正抱着一捆柴火过来。少芸认得那少年正是阳明先生的书僮阿良，又惊又喜，叫道："阿良！"

阿良听得有人叫自己，抬头一看，一时却认不出少芸来了。怔了怔，忽道："咦，阿云，是你！你怎的会这般打扮？"

先前少芸在阳明先生身边时，都是一副书僮打扮，但现在穿着一身驿差的服饰，他真个不认得了。少芸道："先不要管这个。夫子呢？"

阿良道："刚才有位先生的故友来邀他去赏玩风景。"

少芸心头一震，追问道："是谁？有几个人？"

"我也不认得，就是瘦瘦的一个老者，也不知叫什么，先生吩咐我管好营帐，便出去了。"

少芸松了口气。张永这人谋定而后动，此番更是确定了阳明先生乃是目标，必定会召集得力手下，绝不会贸贸然孤身而来。少芸曾听阳明先生说起过，他昔年受兵部尚书王琼所荐，升任右佥都御史巡抚江西，便坐镇在南安。当时南安一带叛军四起，阳明先生征剿两手双管齐下，不两年便平定在南安号称"南征王"的谢志珊。叛贼虽平，但阳明先生只觉破山中贼易，破心中贼难，便在南安一带多设学校，以求变易民风，使叛乱之根基不复存在。当时阳明先生几乎踏遍了南安府，也有不少故友在此，大概是某个老朋友听得阳明先生得胜班师经过此处，前来找阳明先生叙旧。只是阳明先生多半不曾料到张永这么快就开始了第二波行动，必须尽快通知到他。想到此处，她道："那夫子可曾说过何时回来？"

阿良摇了摇头道："这个便不知晓了。今日在此打尖，明日才重新出发，想必等天晚了就会回来吧。"

阳明先生虽然已是封了伯爵的高官，但他向来不喜排场，一般也就是带个书僮便出去了。这回有老友来访，索性连阿良这书僮都没带在身边。少芸有些迟疑，正想着是不是在这儿等到黄昏时再说，这时阿良忽道："阿云，有句话我想问问你，你别嫌我冒犯。"

阿良跟着阳明先生也有几年了，倒也学足了儒生的派头。少芸笑了笑道："问吧。"

阿良迟疑了一下道："阿云，你是不是也是公公啊？"

少芸身上穿的还是驿差的衣服。当初为瞒过谷大用，在出南京城时脸上还贴着两撇假胡子，现在自然早就拿掉了。她是书僮打扮时，因为身高与阿良相差无几，所以也不惹人注目，可此时却多少有点异样了。阿良越看越觉奇怪，虽然与少芸也认识，但一共也没说过几句话，他这话在肚里来回了好多遍，终于还是说出了口。少芸一笑道："怎么……"

她的话还不曾说完，心里突然一沉，仿佛有根针突然扎了一下一般。阿良问自己是不是公公时,用的是一个"也"字!她猛地抬起头,急道:"阿良,快说,来找夫子的是个太监?"

阿良见少芸口气突然间大变,不由后悔,心道:"看来真不该问这个。"他也知道净身做太监的往往是有难言之隐,不是家里穷,就是父母犯了事,很小就没入宫中,因为这些公公往往都不肯说。只是自己这话问也问了,终不能收回,他道:"是啊,是位公公。"

他话音未落,少芸翻身一跃,从马上一下跳到了阿良跟前,惊道:"快!快跟我说,夫子往哪个方向去了?"

阿良被吓了一大跳,说道:"这个我也不知,先生只说是去赏景聊天。"他伸手往东北边一指道:"向那边去的。"

他这话还没说完,少芸却又飞身上马,疾驰而去。这一起一落,真如兔起鹘落,矫健无比,阿良看得目眩不瞬,舌挢难下,心道:"阿云到底是什么人?他到底是不是公公?"

此时少芸已疾冲出去,身下那匹好马本来跑了这长长一段,水草都没有沾牙,早已疲惫不堪,少芸也毫不怜惜,仍是不住踢着马腹,只恨它跑得太慢。她日夜兼程地赶来,只道连一天都不曾浪费,定能赶上,没想到仍是功亏一篑,被张永抢了先手。此时少芸的心中已是无限惶恐,就仿佛暗夜独行,突然间坠入了无底深渊一般。

夫子,你千万要小心!

少芸在心底无声地喃喃自语。阳明先生的智谋、武功,无一不是当世最顶尖的。在这个世上,没有几个人会是他的对手,然而阳明先生毕竟不是神,如果说有人能对阳明先生不利,张永肯定位居其列。少芸已是既痛又悔,她至今仍然不知道张永究竟如何抓住玉牌这条线的,但无论如何,自己终究是大意了。对这大敌,实不能有丝毫轻心,然而就算阳明先生,此番不免也有一点大意。现在唯一能庆幸的是张永如果没有帮手的话，未必能奈何得了阳明先生，因此他肯定会将阳明先生引到自己的埋伏中去。但阳明先生是何等样人，岂会让张永轻意如愿。何况就算图穷匕现，只消自己及时赶到，与夫子联手的话，纵然张永有爪牙相助，一样会让他作法自毙……只消能赶上！

就在少芸打马狂奔的当口，此时章水河心一条小舟之中，阳明先生正好整以暇地坐在舟里。

小舟并不大，上面搭着一架竹船篷。船舱里放着一张小案，案上一把红泥小火炉上正煮着一壶茶。这茶乃是大庾岭出的松萝茶，清香宜人。小案两头，两人正端坐着对弈。此时枰中正至中局，黑白子渐多。

这里已经是镇外偏僻所在了，夹岸尽是枫树，已有零星的几片红叶缀在枝头。清风徐来，河上水波不兴，枫叶却是簌簌有声，让未消的暑热里增添了一丝早来的秋意。

"张公公，怎么会这般巧来这南安小镇？"

阳明先生啜饮了一口茶，微笑着落下了一子。他执黑后手，但此时枰中却已渐占上风。而坐在他对面的，正是身为京师十二团营提督的张永。张永出行，向来声势喧赫，那一抬花腿武士所抬的二十四人大轿更是天下无人不知，只不过张永此刻穿着一领灰布夏袍，既无富贵之气，也无跋扈之态，完全是个寻常老者的模样。虽然张永有先行之利，但白子有一条大龙已陷入了苦战。张永倒是丝毫不将胜负放在心中一般，仍是不紧不慢应了一手，笑了笑道："当今天子圣明，河清海晏，宇内升平无事，纵有些思恩、田州的疥癣小疾，有阳明兄这等才兼文武之人，不消多时便干戈底定。张永也听得阳明兄昔年曾在赣州为官数年，方才在你帐中所见那首《过峰山城》，想必是近作吧？"

阳明先生见他语气平和，说的尽是家常，总不到正题上。但他心知肚明，张永不远千里而来，定然不会只为闲聊。对这个实为至敌的至交，阳明先生向不敢大意。他文武双全，创"心学"一门，而武功亦得心学之助而大成，这路象山心法便是远超南宋陆象山，以心为眼。陆象山称"宇宙便是吾心，吾心便是宇宙"，修成这路心法，周围数丈之内，不必肉眼观看，单凭心眼便能洞察一切。阳明先生于这路心法的功底，实已超过了当年的陆象山，因此当初高凤追踪少芸，少芸自己都不曾发觉，阳明先生身处暗中却已一清二楚。此时人虽端坐舟中，心眼却已遍察周遭，数丈之内就算有一只小鸟飞过都逃不出他的掌握。但细察数遍，并不见有其他人，那就是说张永只是孤身而来，连那个时常与他形影不离的丘聚都没带来。那么看来是罗祥的消息还不曾传到张永耳中，因此张永看似莫测高深，实则在旁敲侧击。阳明先生文武全才，胆色过人，心知只消稳住张永，过了这个关口，然后正可趁虚而入。待将张永在海上经营多年的巢穴破了，他便再没有底气来对抗自己。

张公公，纵然我们是往同一个地方走去，但你所选的路恕我绝不能认同。

阳明先生在枰上应了一手，淡淡道："这还是方才重回故地，有感而发，胡诌了两句，张公公见笑了。"

张永喃喃道："犹记当年筑此城，广瑶湖寇尚纵横。民今乐业皆安堵，我亦经过一驻旌。香火沿门惭老稚，壶浆远道及从行。峰山弩手疲劳甚，且放归农莫送迎。阳明兄，昔年的广瑶湖寇，当今的思田茅贼，吾兄运筹帷幄，一一荡平，难怪野老村童，都会感吾兄之恩而箪食壶浆，远道从行了。"

这首《过峰山城》就是阳明先生方才写下的，张永来时墨迹未干，还悬在营帐中晾着。听张永顺口背来，一字不错，阳明先生心头却是一痛，忖道："张公公确是不世出的英才，可惜……"

当年，杨一清、张永与阳明先生，因为志趣相投而结忘年交。虽无结义之名，其实也已有结义之实了。阳明先生看事圆通，并不因为张永是刑余之人而有鄙夷之心，亦让张永甚是感动。那一夜，他们说起这个国家的将来，更是心同此念，要让大明变成人间乐土。这个理想纵然远大得有点可笑，但他们三人都不是不切实际之人，觉得事在人为，只要踏踏实实地做下去，就会离这目标更近一些。

那时，他们之间亦是肝胆相照，毫无芥蒂。平安化王之叛，平宁王之叛，张永在其间都出了大力。到了后来，阳明先生才发现，尽管他们所憧憬的目标是同一个，但走上的路却大相径庭，自己与张永更是完全背道而驰，而张永所在的驺虞组，竟然就是与兄弟会争斗了近千年的那个组织。尽管如此，在大礼议之前，阳明先生还有着与张永达成某种心照不宣的默契的想法。

无法化解千余年来的仇怨，至少这一代，就把这怨恨关起来吧。阳明先生是这样想的。只是张永借大礼议痛施辣手，心社几乎被完全摧毁，让阳明先生这幻想彻底破灭。

以往的友情，终究化作乌有。今天，会图穷匕现吗？

"怎么，阳明兄，我是不是背错了几处，让你见笑了？"

张永的声音打断了阳明先生的思绪，阳明先生道："岂敢。张公公有过目不忘之能，实令守仁佩服。守仁只是想，张公公此来，应该不只是与守仁叙旧吧？"

张永微笑道："阳明兄明鉴。张永此来，其实也不是突发奇想，实可称殚精竭虑了。"

他说着，又在枰上落下一子。此时张永这片棋已遭阳明先生接连攻击，气已渐紧，若是这片棋做不成眼，那便满盘皆输了。阳明先生见他到了此时仍不肯服输，也便又落一子，紧了口气道："哦？但不知何事会让张公公如此费心？"

张永端起杯子，又喝了口茶，眼里突然闪烁了一下，沉声道："便是为了那钦犯少芸。"

他突然间说出少芸的名字，阳明先生仍是声色不动，说道："哦？惠妃娘娘有消息了？"

张永见阳明先生毫无异样，他心中也暗暗佩服，心道："阳明兄的养气功夫，纵然不是天下第一，只怕也没人敢说超过他了。"

他突然单刀直入地说出少芸之事，实是存了察颜观色之心。张永目光之锐，同样可称得上天下无双。任何一点小小的破绽，都逃不过他的眼睛。他的眼睛有若利刀，仿佛可以剥开皮肉，直抵人心，而以言语挑起对手的心绪，使之露出破绽，更是张永的独得之秘。只是阳明先生便如一座铁瓮城，张永的目光虽利，谈锋纵健，仍是不能侵入分毫。他道："不错。日前少芸竟然前往孝陵，结果被人发觉。这婆娘也真个了得，拔剑拒捕，连伤数人，最终才伏诛。"

阳明先生叹道："唉，惠妃娘娘虽然已是钦犯，但她毕竟是先帝御封的嫔妃，落得如此下场，实在可叹。"

张永道："是啊。虽然冷宫甚是冷清，但至少无性命之忧。这婆娘实是咎由自取，而她背后这主使之人，更是罪不容赦。"

张永的声音一直舒缓温和，似是说着一件没紧要之事，但说到这儿，口气突然变得阴冷。阳明先生道："有人主使？"

"不错。少芸是在后宫长大，先帝虽然封她为妃，但直到失踪之前，她极少离开后宫。能做下谋刺先帝的大逆之事，不可能是自己突发奇想，必定是受了某人的指使。"

张永的声音越来越冷,但阳明先生仍是不动声色,喃喃道:"多半如此。只是此人为何要指使少芸谋刺先帝?"

正德十六年四月,正德帝暴亡,年仅三十有一。正德帝死前见的最后一个人,正是少芸。张永为了从少芸手上夺取那个写着"岱舆"的卷轴,发文通缉。此事自是机密,因此对外宣称的是少芸犯下了谋刺正德帝的罪名。张永道:"这某人自是有其目的。而这某人隐藏之深,实非寻常人所能想象。当初少芸失踪,我也只道这一党已然彻底根除,还曾怀疑是不是我多心了。"

张永的眼里已是灼灼有光,似含有无尽的深意。阳明先生仍是毫无异样,淡然道:"是啊。张公公可曾找到此人的痕迹?"

"正因为这个某人如此了得,先前竟然毫无痕迹可寻,以至于我都不敢太确定是不是真有此人。直到少芸重回大明,高凤被杀,我方才相信,这个某人必定存在。"

"何以见得?"

张永将身子往后靠了靠,微微一笑道:"高凤是我弟子,对他的深浅我自是清楚。但高凤被杀,却是当心中剑。我察看过高凤的伤口,伤他之人当在五尺七寸上下,与阳明兄差不多高。少芸只有五尺一寸,因此我断定她定有这个某人作为背后的同党。"

阳明先生道:"哦?我记得高凤的尸身就是在我先前执教的稽山书院后面的卧龙山被发现的吧?那么这个某人当时很可能就在稽山书院了?"

张永看着阳明先生。虽然两人的口吻仍然很是温和,但他们都心照不宣,话说到此处,已然是最后关头了。张永点了点头道:"很可能,所以上回我来拜会过阳明兄后,让人对稽山书院所有五尺七寸上下的人做了一番查探。只是这等查探无异大海捞针,并没有什么结果,这个某人也并不是一定就在稽山书院,不过很快,魏彬的死让我将怀疑的范围缩小了很多。"

"愿闻其详。"

"少芸这婆娘,故意向国子监的严祭酒递交了一份查阅《永乐大典》中《碧血录》的申请,引出了魏彬。又借着法通寺净土禅堂的药师佛等身像机关破去了魏彬的武器,将魏彬一举刺死。这条计策丝丝入扣,极是高明,但也正是太高明了,反倒漏出了几许破绽。少芸不是博览群书之人,那本《碧血录》更是冷僻之极的宋人札记,我很难相信少芸竟然读过此书。而且《碧血录》中虽然有一条涉及先行者之盒,但仅寥寥数字,实无必要再去冒这风险专门查阅。因此冒险向国子监递交报单,完全是为了将魏彬引出来。由此可见,这背后的某人定是个学富五车之辈。"

阳明先生喃喃道:"听起来,张公公说的似是守仁啊。"

小舟中,一刹那仿佛有寒流席卷而过,便是河水也似乎在瞬息间止住不流了。张永看着阳明先生,从怀里摸出一块玉牌道:"本来阳明兄不过是张永怀疑的七个人中较为靠后的一个,直到在少芸那婆娘身上搜出了此物。"

玉牌平放在桌上,却是水草纹在上。阳明先生道:"是这玉牌?"

张永的嘴角浮起了一丝冷酷的笑意。他慢慢道:"这是我那块'道'字牌。"

他翻过了玉牌,另一面正是个"道"字。当初杨一清将三块玉牌中的两块分赠给张永和阳明先生时,自留一块"性"字牌,张永是块"道"字牌,而阳明先生则是块"教"字牌。

"天命之谓性,率性之谓道,修道之谓教"乃是《中庸》起首之句。当初杨一清与张永、阳明先生夜谈,说起将来,杨一清觉得人性皆由天赋，故不可逆天而行，还是要顺天应命，自然而然。但张永却认为，人定胜天，所以人也能只手回澜。阳明先生却说，一人之力终究有限，最重要的乃是广育英才，开启民智。三人固然有共同的理想，但如何去做，三人却谁也说服不了谁。杨一清年岁最大，便将《中庸》起首这三句中最切合各自身份的一字分赠，以纪念这一夜深谈，也希望三人能够同心协力，求同存异，为大明出力。那时三人也确是如此，除掉了刘瑾后，朝中风气为之一变，颇有蒸蒸日上之势。只是当正德帝暴病而终，嘉靖帝继位，大礼议兴起，一切都急转直下了。

张永看着这块玉牌，低声道："看守孝陵的陈希简，昔年乃是豹房太监总管。我也算定，有朝一日少芸定会去找上他的，因此将他布在了孝陵做一步闲棋。只是我精心布局，尽遭化解，这一步闲棋却是无意得中。可惜陈希简功名心热，武功却是稀松平常，反送了自己性命。"他抬起头，看了看阳明先生，接道："只是少芸灭了他的口，却忘了这块玉牌的一面沾了血后，印在了衣服内侧。谷大用一发现这一点，马上便以羽书送到我处。"

阳明先生道："原来张公公是因此怀疑我了？"

张永笑了笑道："本来我先怀疑的乃是应宁兄。毕竟，他那个宝贝徒弟坐镇南京，少芸又在那儿一现后消失得无影无踪，实属可疑。只是我去见过应宁兄，他却拿出了玉牌来。那时我便知事情不妙，因此马上令罗祥出手，一面日夜兼程赶来找你。可惜，纵然如此我仍是慢了一步，罗祥也被你无声无息地解决了。"他顿了顿，又道："不过，以阳明兄之才，也不知道罗祥真正的外号是叫'对影成三人'吧？"

阳明先生见他直承罗祥之事，心知张永已经再不留丝毫余地了。他心头越来越寒，却又更加狐疑。张永如此孤身而来，却又将话说到这等地步，此人究竟在打什么主意？难道真有必胜的信心？便是阳明先生也感到了有些高深莫测。但他脸上仍是声色不动，说道："还有这等事？"

"自然。罗祥一母三胞，还有两个长得一模一样的兄弟，这事你不知也不怪。"张永说到这儿，忽又叹道，"只是阳明兄，你自命心学已得大成，但终不能太上忘情。方才我取出这玉牌时，你手上毫无异样，左脚却已劲力外泄，使得小舟微微一晃，便是承认我的怀疑了。"

阳明先生沉默了片刻。他有泰山崩于前而不变色之能，也相信少芸定然不会被杀，张永只是在诈自己。但方才张永突然取出这玉牌来时，他仍是心为之一动。阳明先生抱元守一，胎息浑成之时，几与密教六神通中的天眼通相类，实可谓无懈可击，因此才坦然来此与张永面对面相聚。然而在他心底毕竟还有一丝牵挂，便是少芸。少芸可以说是他心学中武学一脉的唯一传人了，关心则乱，心头略微一动，这路象山心法也已露出破绽。纵然及时收束心神，可左脚的劲力终究有所外泄，被张永察觉了。

"阳明兄，你有王佐之才，伊吕不能过，张永一生最为敬佩的，一是你，第二个才是应宁兄。那一夜承蒙应宁兄与你看得起我这刑余之人，张永至今铭感五内，实不愿相信你就是那个某人。只是造化弄人，终究还是到了这地步。"

张永长叹了一声。这一声长叹竟然大为感慨真诚，只是小舟之中随着这一声长叹尽是森严杀气。

"阳明兄，张永素未吟咏，此刻却步阳明兄韵诌成一首，还请阳明兄指教。"

明代立国时，太监本不许识字，但宣德年间废除此条，设内书堂教太监识字。只是太监大多也就是识得几个字罢了，称得上有学问的寥寥无几。如张永、魏彬这等颇为好学的太监，实是凤毛麟角，阳明先生也不知张永居然还会做诗。此时图穷匕现，这一场生死战已是迫在眉睫，但阳明先生仍是坦然自若，说道："也好。只是张公公，你这局棋只怕是要输了。"

张永道："鹿死谁手，尚未可知。"

他拈起一子，作势要放。阳明先生也知这棋子只消一放，张永的攻势必须如惊涛骇浪，汹涌而来，因此也全神贯注。只是张永拈起棋子，却是顿了顿，低低道："阳明兄，终非万事可为啊。"

这句话说得没头没脑，但阳明先生却是清清楚楚。"万事可为"，那是兄弟会的信念。正因为有此信念，阳明先生在知道了张永的身份后，也曾有过化解仇怨的想法。只是这种想法随着大礼仪之争而烟消云散了，阳明先生也只是追悔自己曾经的不切实际。然而听得张永突然感慨万千地说出这一句来，让他心头便是一震，忖道："张公公难道也有过与我一般的想法？"

不管张永是不是真个有过这种想法，但他眼下定然已完全没有留情的打算。话音未落，张永脸上黑气一闪，棋子已落在枰中。他这片棋只做成了一个活眼，却已被黑子围得水泄不通，再无逃出生天的可能，这般长一手也不过苟延残喘而已，浑不济事。只是张永似乎全然不知，放下子后，伸指在案上写着，一边沉声吟道："曾经年少志成城，垂老依然意气横。"

这张桌案是枣木做的。枣木的木质极为坚硬，用钢凿来凿孔都相当困难，但张永的手指一落下，却是木屑纷飞，就如极快的利凿在刻一般。他连行带草，写得极快，待写到那"横"字时，阳明先生的衣袖忽然如水面波纹一般起了无数褶皱，桌上那把茶壶也"叮"一声响。阳明先生一身宽袍大袖，舟中虽然时有微风吹来，本来根本吹不动衣襟，可此时他的衣袖却是无风自动，但他神情自若，淡淡道："原来张公公能诗，守仁实是失敬。"

张永用的正是阳明先生刚写的那首《过峰山城》诗韵。这两句虽算不得好，却有章有法，平仄合律，便说是寻常的生员做的也不为过。阳明先生也从来不知张永居然还有这等本事，忖道："张公公的内力原来如此之深，这份隐忍功夫真个叫人叹为观止。"

当初刘瑾当国，权倾一时，张永虽然也名列"八虎"之一，但在刘瑾手下只是唯唯诺诺，从不敢出头，因此刘瑾对他一向不疑。结果被张永找到机会，趁与杨一清一同平定安化王反叛之际，反戈一击，终将刘瑾扳倒。而张永借大礼议之争将心社斩草除根，阳明先生能熬过这场腥风血雨，靠的同样是这个养气的隐忍功夫。他二人虽然武功大相径庭，却也有极相似之处。此时两人一言一语，谈吐仍是温文尔雅，其实张永已经借这落子之时向阳明先生发去一道暗力。他也知自己若是攻不破阳明先生这路象山心法，自是难有胜算，因此借落子之机以内力攻击。

张永虽然信奉西方也里可温教，但修习的却是融合了密教拙火定心法的火莲术。他修习这路火莲术时，大善法王星吉班丹还是个名不见经传的年轻僧人而已。他们这支也里可温教徒却是自前朝大元时便在内廷代代相传而来。所谓也里可温教，即是元时对基督教的称谓。其实基督教聂斯脱里派在唐时便已传入，但聂斯脱里派因为奉行教义被正统教会定为异端，因此难在西方立足，传来中土后被称为景教。唐后景教在中原渐趋式微，但在蒙古却大行其道，元太祖铁木真少年时所拜义父，克烈部大汗王罕便是个虔诚的景教徒，后来元室宗王有不少也皈依景教。铁木真之孙、拖雷之子，西征欧罗巴，一直打到了多瑙河边的伊儿汗旭烈兀，他的母后与妃子亦是景教徒。因此也里可温教传来时，景教虽与其同归一源，争斗反而远远比与佛道两教的相争为烈。至元二十六年,方济各修士孟高维诺受教皇革利免八世任命,为汗八里(北京)主教。但也里可温教因为来得晚,在景教打压下一直未能有大发展,反而也里可温寺被景教徒所夺之事屡屡发生。因为信徒多是蒙古人和色目人,元室覆灭后,中原景教已然烟销云散,也里可温教自然也就再无痕迹了。只是当初孟高维诺主教在元代大内中传下了一支,当元室覆灭,宗王大臣大多北逃后,太监宫女却有不少留了下来,代代相传,一直到了现在。

"圣殿骑士"。

这是这支隐秘的也里可温教徒世代相传的名称。这个名称其实远在孟高维诺主教传教以前很久就有了,只是圣殿所指云何,在遥远东方的这些信徒早已茫然不晓,因此张永他们也一直以"驺虞组"这个名目出现,而这一脉的功法更是因为改朝换代而残缺不全。张永心怀大志,博览群书,很早就发誓要恢复本门武功。历代元帝都宠信番僧道教,禁宫之中收藏的密教道教经书甚多,张永在查阅典籍时,发现前朝国师八思巴所传密教拙火定,虽然看似大相径庭,但究其本源竟然与本门那些零散心法极为契合,极似出于一源的两个分支。他殚精竭虑,费数年之功,终于把本门补充完备而更上层楼,名之为火莲术。

"历代元帝都宠信番僧道教,禁宫之中收藏的密教道教经书甚多,无一不是此中精髓。张永眼界天赋之高实不做第二人想,这路火莲术融东西武学之长,更是青出于蓝而胜于蓝。"

以内息为火,以人体为鼎,结成金莲。这路火莲术有隐、炽、明、暗、无五相,与拙火术五相实是大同小异。张永精修数十年,已到了"暗"相。此时出手,用的却是"隐"相。

"如水于水,如火于火。羚羊挂角,无迹可寻"。只是张永的内力虽然无形无质,幻化无方,一发出去却似泥牛入海,被阳明先生接下了。不过阳明先生虽将张永这有形之力化解为无形,却也觉这力量极为霸道,以阳明先生之能仍不能在无声无息中化去,以至于衣袖起了阵阵波纹。虽然化去了这道暗力,阳明先生的心头却越发沉重。

张永出手,已然毫不留情,如果阳明先生未能接下方才这一招,此时定然口喷鲜血,深受内伤。虽然只是无声无色地过了一招,但阳明先生知道,自己与张永这十余年的友情今朝已然彻底了结了。

纵然早有这个准备,但向来心如磐石,八风吹不动的阳明先生,在内心深处也感到了一丝隐隐的痛楚。只是张永攻势虽然霸道,枰上这一子落下,却只是让棋势疲于奔命而已。阳明先生拈起一颗黑子靠在张永落下那白子边上,说道:"张公公,还请赐教。"

张永见阳明先生若无其事就将自己这火莲术第一式接了下来,心中也不禁佩服,喃喃道:"阳明兄大才,张永本不当佛头着粪。但箭在弦上,不得不发,只得献丑了。"

张永的手指已然另起一行,又要写下去了。阳明先生这首《过峰山城》共有八句,两句一行,张永写满四行时,自是要将小案都写满了。阳明先生看着案对面的张永,已然面沉如水。现在两人已是针锋相对,不容任何一个退缩了。张永写满了四行八句后,若仍是奈何不了自己,他自己多半会元气大伤。纵然阳明先生知道自己如果不当机立断的话,定会养虎为患,可是一想到要对这个老友痛下杀手,阳明先生终究不能无动于衷。

船舱不大,若是站起来连腰都挺不直。但就在这方寸之地,刹那间杀气有若十月严霜,将原本的暑意驱得一干二净。张永的手指直如斧斤,运动如风,在案上划得木屑纷飞。他那张脸原本平和光润,此时有若噀血,而阳明先生端坐在对面,正如在狂风之中。这等内力比拼最是凶险,地方如此之小,哪一方若是被逼得立足不住,另一方必定会施以当头痛击。张永纵然早就成竹在胸，此时却也有些后悔。

　　阳明先生的功力如此之强，实是让张永也始料未及。此时他已将那八句诗写到了最后，一旦写完，这口绵延成一线的真气必定有一个断续，而阳明先生趁这断续的当口全力一击的话，张永自觉阻挡不住。他右手正自写着，左手却已拈了一颗白子。就在右手写最后一个"迎"字那一捺时，上半身微微一晃，左手的棋子怎么也落不下去。

　　比拼内力全无取巧之法，孰强孰弱，一试便知。张永比阳明先生还大得几岁，但他这门火莲术终是不如阳明先生的象山心法精纯，再左手下棋，右手写字，一心二用之下，此时已渐有支持不住之势。他忽地咬了咬牙，手中的白子一下按向了枰中。这一子却不是按在空位上，而是按在了他那片白棋当中一子之上，发出了"啪"一声脆响。当两颗棋子一撞，棋枰上竟然出现了一个窟窿，原先那一子与刚落下的一子全都击射入脚下船板之中。张永这一指劲力之大，居然将这块榧木棋枰击穿了个洞，倒仿佛凭空做了个眼出来。好在这小舟的船板也甚厚，两颗白子击穿棋枰后已是强弩之末，嵌入船板中不曾击穿。只是棋子虽小，一艘小舟却似被巨锤重击一般，重重地晃了晃。

　　阳明先生只觉他双手齐下，这股暗力霎时大了一倍，心知张永是孤注一掷了。但飘风不终朝，骤雨不终日，这等金刚大力的猛扑，岂能持久？一接下这一式，他凝神定气，端坐在舟中，淡淡道："张公公，你这局棋只怕输了。"

　　张永嘴角淌下一行鲜血。他以火莲术会斗阳明先生的象山心法，最终还是略逊了半筹，在阳明先生的反击中败下阵来。他二人虽然都端坐不动，人也不曾真个触到，但到了这等级数的高手，以内力比拼岂是易与？张永输了半招，内伤却已受得不轻。只是他虽然输了内力，双眼却越发明亮，露出了一丝得色。抬起头淡然一笑道："阳明兄差矣。阳明兄是立志为今世至圣之人，所以事事都务求光明，却不知明道若昧，张永死中求活，输的可是吾兄。"

第十五章 杀 招

夫子究竟在哪里?

少芸只觉自己的心都快要跳出喉咙口来了。功亏一篑,这等痛苦实远甚于鞭长莫及。明明只消再快得片刻就能化险为夷,可最终还是功亏一篑。她心中焦虑万分,却也知道越是这时候就越要镇定。只听得坐骑气息越来越粗,自是跑得太急,已经快跑不动了。她带住了马,向左右打量着。

黄龙镇只是个小集镇,阳明先生为不扰民,班师经过时,将营房驻在了镇外,他也多半不会在镇上。而黄龙镇的西侧乃是丫山,此山有所古刹灵岩寺,倒是很有可能去那处。只是灵岩寺在山上,万一扑了个空,再赶回来定已错失时机,不能挽回了。

少芸犹豫了一下,总也拿不定主意,正待赌一下运气,打马上丫山,却又勒住了马。

一想到那处灵岩寺,她想起了当初刚回大明时,有一次与阳明先生闲谈,阳明先生说起的一件事。

那已是十年前的事了。当时阳明先生正升任都察院左佥都御史,巡抚南安、赣州、汀州、漳洲数地。有一次,路过此地,听得丫山灵岩寺乃是古刹,便上山参拜。刚到山门,迎接的方丈一见阳明先生,便大吃一惊。阳明先生问起缘由,方丈说五十年前,灵岩寺有位高僧肉身坐寂,留下遗言说五十年后自己的后身会再来灵岩寺,为自己建塔。方丈那时尚是个沙弥,还记得此事,待见到阳明先生,正与那位高僧相貌一般无二。阳明先生听了也甚是诧异,让人开了那高僧坐化后封存的禅房,见龛中果然有个和尚的尸身,与自己相貌甚是相似。阳明先生甚是感慨,留诗一首曰:"五十年前王守仁,开门人是闭门人。精灵剥后还归复,始信禅门不坏身。"便出资为这僧人建了座灵塔。少芸听了后大觉神奇,问阳明先生是不是真个是那高僧后身,阳明先生说有些事终难以常理度之,此事安知不会是那寺院僧众所弄狡狯。但子不语怪力乱神,存而勿论,敬而远之可也。

阳明先生说过"敬而远之",自不会再去灵岩寺了。而黄龙镇只是个小镇,也无别处可去,阳明先生究竟会去哪里?她越想越烦,正自拿不定主意,却听身下那匹马轻嘶了一声。她低头看去,只见这匹难得的良驹一路行来都没歇过,此时又累又渴,唇边尽是白沫。她心中有些恻然,心想自己为了寻找阳明先生,也让这马儿受苦,便跳下马,牵着马走向河边,想让它就着河水喝几口再说,自己也正好趁这时候再想想。刚要走下河埠,却听有个人叫道:"这位差官大人,河水不干净,要饮马,来这边喝几口井水吧。"

她转过身,却见是个穿着粗布衣服,挑了两桶水的年轻人在井台前招呼自己。这年轻人虽然衣着很是朴素,态度却甚是闲雅,居然有几分书卷气。少芸拱手作了个揖道:"多谢小哥。"

那年轻人将一桶水卸了,端到马头前。这匹马也当真渴了,伸头到桶里便喝了起来。少芸甚是过意不去,说道:"小哥,把你的桶都弄腌臜了,真个不好意思。"

年轻人一笑道:"不妨事。"他见少芸如此客气,多少也有些意外,问道:"差官大人,敢问你是与阳明先生同来的吧?"

少芸没想到从这年轻人嘴里听得阳明先生的名字,不由一怔道:"怎么?"

"我说你定然是阳明先生的属下。当初先生来此地讲过一堂学,我也厚着脸皮去听了听,可惜就识得几个字,也不甚听得懂。阳明先生此番不知还讲不讲学了?若是再讲一堂,就算听不懂,我定然还要去听听。"

少芸听他说得滔滔不绝,心想阳明先生有教无类,在这等僻远地方也让这些乡人生出向学之心。她道:"我正在找阳明先生,见了他就帮你问问。"

年轻人一怔,叫道:"差官大人你原来在找阳明先生?我先前见他坐在船上,定是去前面看红叶去了。"

少芸没想到居然从这个陌生人口中得知阳明先生下落,不禁又惊又喜,叫道:"快说,阳明先生去哪里了?"

她一跃而起,将那年轻人吓了一大跳,半晌才指了指章水道:"就往那边了。前面二里多,叫作青龙渡的,夹岸尽是枫树,八九月间红得跟起了把火似的,现在叶子却红得不甚多……"

他喋喋不休地还要再说,少芸哪里还等得及,也不管坐骑尚未喝完水,飞身跃上了马背,打马便走。那年轻人也没想到少芸突然间这般急法,心道:"你这差官,我看你是阳明先生手下才对你客气,怎么突然间就这般无礼了?"

少芸自已顾不得再向这年轻人多解释了，飞马便出了黄龙镇。青龙渡就在前面二里多的地方了，飞马疾驰，不消片刻即到。一出黄龙镇，路一下成了黄泥路，果然夹岸尽是枫树。这些枫树极是茂密，树叶仍然多是碧绿，远远望去，真个似江边卧着一条青龙一般。等九月间秋风一紧，吹得枫叶尽红，这条青龙只怕便要成了一条火龙，此时却只有零星几片红叶。遥遥望去，果然江心有一叶乌篷小舟，也不见有人摇橹划桨，就在江心随意漂浮。章水虽然不是太宽，也有里许，那叶小舟正横在靠左岸的江心，微风徐来，水波不兴，江面平整如镜，映得船如穿行在云中，大有出尘之致。

阳明先生在这舟中吗？

江上再无别人了。少芸不禁有些踌躇，如果这舟中真是阳明先生，看这一派静谧和祥的景象，张永定然还不曾动手。她若是贸然行动，反会弄巧成拙。

少芸带了带马，让坐骑走得慢了点，沿着江边行进，想看个仔细。刚走了几步，忽然听得"哗"一声水响。她为之一怔，向江上看去，只见那叶小舟边的江水突然间翻滚如沸，一团团水花直冒起来。

出什么事了？少芸不由呆了呆，正在这时，却见水中突然冲出了四个人。这四人正分列小舟两侧，从水中突然跃起，激得水花四溅。

虽然是光天化日，可这情景实在非常诡异。少芸大吃一惊，一把勒住了马。她这一路沿江而来，江面上一直平静无波，这四人若是一直潜行在水下，这等水性实在是惊世骇俗，因此少芸也根本未曾料到会有这等事情。

她刚一带住马，却见那四人已然冲上了小舟，那叶小舟的船篷突然如同风筝一般直飞起来，也几乎是同时，又听得"砰"一声，却是靠船尾左侧那人也不知怎的一下倒飞了出来，直飞向少芸这边岸上。

这等变故，实不亚于晴天霹雳，少芸一时间连气都喘不过来了。从江底突然冲出了这四人，已是怪异万分，而这人被震得直飞出来，更是匪夷所思。那人刚从水里出来，身上已湿淋得不成样子，飞到空中时却是直挺挺的越发怪异。眼见这人竟是向着自己飞来，她正待带马让开，那人却已然落了下来，离岸却还有数尺之遥。"啪"一声，直砸进江水中，又激起了大片的水花。

究竟出什么事了？少芸心中惊骇，抬头看去，正见那小舟中有一道白光冲天而起。此时从水中钻出来的另三人已爬上了船，船中却还有两个人，其中一个宽袍大袖，另一个个子甚矮，此时正闪身疾退向船头，手中握着的却是一把细细的剑。

张永！

少芸险些就要叫出声来。她身法极高，剑术也甚是高强，见过埃齐奥后，更是百尺竿头，更进一步，但看到张永这等倏进倏退的诡异身法，仍让她不由有些胆寒。而另一个正被那水中钻出的三个人围攻，逼到了船尾的宽袍大袖之人，正是阳明先生了。

少芸再顾不得一切，猛地一打马，一拎丝缰。这匹马长嘶一声，一跃而起，猛地向江中冲去。江边的水却不深，不过尺许，但没走几步水便有五六尺了。马虽能浮水，但终究游不快，只是这时先前被阳明先生震得飞出来那人已然浮上水面，却是一转身又向那小舟游去。这人被重手震得如此之远，少芸只道他不被震死，也定然去了半条命，但这人一浮起来，在水中四肢齐动，游动时直如一条大鱼，竟然毫无受伤的样子。看样子，竟然是想游回船上去。此时那小舟上，阳明先生正被那三个汉子联手合攻，纵然他运剑如风，剑光不住斩向那三人，但那三人却浑若不觉，仍在步步逼近，居然赤手空拳便去抓阳明先生手中的利剑，竟如刀枪不入一般。那一叶小舟从头至尾还不过丈余，阳明先生已被逼到不住后退，此时已近船尾，若是再退，便要坠入江中去了。少芸一咬牙，脚一下脱开了马镫，向那人一跃而去。

少芸的身法还在她的剑术之上。虽然这一招实已孤注一掷，若是落空，定会落入水中。但她凌空一跃，正落到水中那汉子背上。没等那人反应过来，少芸一下掷出绳镖。镖头从那人颈边掠过，已在他脖子上缠了一圈，少芸猛一提气，奋力一勒。若是寻常人，定然会被勒得当场昏过去，但这汉子只是被勒得头抬出了水面，却浑若不知，仍是急速向小船游去。

不可能！少芸更是惊呆了。她这绳镖的细索是天蚕丝混合了鹿筋搓成，极为坚韧，此时少芸更是用了全力，绳索深深陷入了那汉子的脖子，几乎要将颈骨都拉断。但这汉子却仿佛根本不知道任何痛苦，也不顾背上站着个人，伸左手一把扳住了船尾，猛然间从水中一跃而起，一拳重重击向阳明先生的背心。

阳明先生背心中拳的话，纵然承受得住，也定会被震得剑势大乱，再挡不住身前那三人了。少芸心中已是一阵恶寒，她从来都不曾见过这等完全不顾自己性命的敌人，心下一横，左足一蹬那汉子后背，双手又是奋力一拉，右足足尖却猛然踢向那汉子后颈。她的力量虽然远不及那汉子大，但绳镖已缠住了这人的脖子，此人被扯得如同一张弓一般弯了起来，而少芸的右脚尖已然踢中了这人的后颈。

少芸的右脚靴尖，装着一把靴刃。这武器还是当初阳明先生传她的，因为练起来极为烦难，少芸又觉此物未免有点过于阴险，因此练成后极少使用。可此时哪还顾得上阴险不阴险，她身法本来就轻巧敏捷，这一脚更是用了全力，"嚓"一声，靴刃没入了那汉子后颈大椎穴。

大椎穴乃是人身要穴，处在颈椎第七节凹陷处。此处受创，全身都将失去知觉。少芸这一脚踢得又狠又准，加上用了全力，但这人的皮肉却几乎是石头做的一般,寸许长的靴刃只有一半刺入皮肉下,鲜血立时崩流。只是这人要穴受创,竟然连哼也不哼一声,右手一拳仍是重重挥出。

此时阳明先生正被船上那三个汉子围攻,右手边那汉子更是势若疯狂,直冲到阳明先生身边。这人身上湿淋淋的,浑身肌肉虬结,仿佛随时都会爆开。阳明先生手中的长剑正刺向他前心,在他胸口膻中穴一点。膻中又称气海,寻常人被点中此穴后自是气脉不畅,难以行动,但这人明明见长剑已点到胸口,竟然仍是跨上一步。阳明先生的剑术有柔若无骨、刚若雷霆之妙,剑势一受阻,剑尖力量已然如奔雷狂飙,激射而出,这一剑竟然将那人穿胸而过。

见这情景,阳明先生也不由动容。寻常人遭到重创,本能反应便是躲闪,可这四个汉子却似乎根本不知躲闪,也丝毫不知痛苦。方才这四个奇形怪状的汉子突然从水中杀出,阳明先生也大吃一惊。他的象山心法能察落叶飞花之微,就算是飞过的蠓虫也能及时发觉,可就是无法察觉到水下。他与张永同在舟中已有好一阵,一直都没发现水面有什么异样,这突然出现的四人只可能是一直在水底潜行才不被自己发觉。只是天底下水性再高之人,也不可能在水底憋气如此之久,阳明先生就算学富五车,也根本不会想到有这等事,猝不及防之下,被其中一个当心打中了一掌。那人出手却也不见得如何高明,偏生力量大到难以想象,这一掌虽不至伤了阳明先生,却也让他气息一滞。他知道张永这个至敌尚在一侧,随时都会出手,因此打了个速战速决之心,先击退这四人,再与张永做个了断。哪曾想虽然震飞了一个,另三人简直有若妖魔,竟然视阳明先生的利剑如无物。若是这几人练成了金钟罩铁布衫的横练功夫也就罢了,只是那三人在阳明先生剑光之下手臂已是伤痕累累,却仍然有进无退,而他们脸上也仿佛罩了张面具，全无神情。此时一剑刺中了这人心口，这人却不退反进，更是诡异。

阳明先生只是略略一怔，身后之人一拳已到，"砰"一声，正打在了阳明先生的后心处。阳明先生的长剑被右手那人用身体封住，一时间哪拔得出。象山心法有须弥芥子之妙，发力越大，受到的反震也越大，这一拳固然击中了阳明先生，这人也被震得又飞了出去。阳明先生正待借这一拳之力拔出刺入了右手那人胸口的长剑，眼前却是一花，一个灰影忽地闪到了他身前，一掌打向他的前心。

此人正是张永。

张永的火莲术没能攻破阳明先生的象山心法，反失了先手，受了内伤，心知孤身而斗不是阳明先生的对手。他一发动埋伏下的这四个禺猇，自己便退到船头，一边趁机调理呼吸化解这内伤，一边看着事态的发展。

这条计策，张永实已盘算了许久。他也知道阳明先生如果真是少芸背后这个人，那么这一场恶斗在所难免，因此将四个禺猇埋伏在了水下。

虽然禺猇尚不完备，威力不及完全体的百分之一，但也不是寻常人所能敌。而且禺猇几乎不需呼吸，更能在水底潜伏多时。他也知道阳明先生的象山心法已修到心眼通，有通天彻地之能，寻常埋伏根本逃不过他的心眼，只会弄巧成拙，因此才不惜动用了禺猇。为免阳明先生生疑，连平时形影不离的丘聚和二十四个花腿武士都不曾带来。借着江水掩护，果然阳明先生一直不曾发觉，但突然发难后，四个禺猇合力暗算，仍收拾不了阳明先生。当少芸冲下江来时，张永先前并不曾认出这个穿着驿差服饰的矮个子是谁，待见少芸以绳镖勒住水中那禺猇的脖子，他这才恍然大悟，心道："居然是这婆娘！"

先前罗祥以羽书报知行刺失手,少芸就在阳明先生身边,随后二人分手之时,张永便定下了双管齐下之计。让丘聚与罗祥在途中拦截少芸,自己则带了四个禺猇来与阳明先生决一死战。他对少芸并不如何放在心上,只觉有丘聚在,再加一个罗祥,绝无失手之虞,因此看到少芸赶到,他极是诧异。少芸来了,那就说明丘聚与罗祥都失手了,现在定要速战速决,再不可延误。他一直都在等着出手之机,此时阳明先生的长剑被右手那汉子以前心封住,背心又中了一拳,就算没受什么重伤,可身形在这一刹那却也慢了些许。就在这一刻,张永终于出手。

小舟不过丈许长。从船头走到船尾,也不过几步而已。张永身形一矮,直如闪电般冲上前去。此时正是阳明先生背心中掌,用内力将那个被少芸勒住脖子的汉子二次震飞出去之时,张永突然冲到了阳明先生身前,一掌击向阳明先生前心。

张永的心机堪称滴水不漏。他孤身来见阳明先生,固然是因为在江心伏下了这四个禺猇,更重要的却是借机来观察阳明先生伤势如何。

当魏彬被杀之时,张永怀疑的目标便已经缩小到了五个人了。这五个人全是非同小可的人物,就算阳明先生都不曾料到,张永其实将这五个人以各种理由全都支到了各处,为的正是验证少芸背后那人究竟是谁。其中最让张永生疑的,便是自己这两个至交,因此杨一清被支到了边关,阳明先生则被调来田州平叛。当他在陈希简尸身的衣服内襟发现了那玉牌的花纹之时,目标终于只剩了杨一清与阳明先生两人了。

罗祥三兄弟中,俗家那人剑术高强,另一个内力高深,剩下的一个虽然武功不甚强,却颇具机变。更何况罗祥极少露面,根本没人知道八虎中的罗祥竟然是三个人,因此罗祥不出手则罢,一出手必定会得手，因此一直被张永当成自己的杀手锏，轻易不用。张永先前虽然更怀疑杨一清，但他却不愿留下任何一个漏洞，因此在亲自去验证杨一清的同时，让潜伏多时的罗祥同时出手。在张永的计划中，纵然阳明先生并不是他要找的那人，也一样要杀——即使是自己的故友。

就算想到抵达的是同一个彼岸，但只要不愿追随自己，便是敌人。

张永的计划极其严密，然而当他发现杨一清并不是自己要找的人时，便知自己棋错一招，料错了对手，因此马上火速南来。在收到仅剩的那个罗祥所发来的羽书之时，方知少芸已抢先一步到了阳明先生身边，罗祥行动失败，但也击中了阳明先生一掌。

这一掌能让阳明先生受到多大的伤，张永也一直没有底。先前以火莲术暗算阳明先生时，被阳明先生的反击受了暗伤，他仍然看不清阳明先生到底有没有受过伤。直到动用了四个禺狨，在这孤舟中困住了阳明先生，他又在一旁凝神细看，终于发现阳明先生出手之际左掌有意无意会护一下左前心。

罗祥那一掌定然还是将他伤了！

当发现了这一点时，张永几乎要笑出声来。此番他可算是用尽本钱，禺狨虽然还不完备，但要炼到这等地步实非一朝一夕之功。他将最为完善的四个禺狨一同带来仍是奈何不了阳明先生，却终于让他发现了阳明先生露出的这一丝破绽。他也知道阳明先生的护体心法极为神妙，心念一动，力量即至，因此等的便是这个旧力甫去，新力未生之际。这一掌不论是再快瞬息，或是再慢片刻，都会被阳明先生挡住，可偏生就是这一刻时趁虚而入，阳明先生也来不及再运心法护体，击中的又是先前被罗祥一掌击中之处。罗祥那一掌对阳明先生虽然伤得不算重，但也要十天吐纳方能痊愈。张永虽然不知阳明先生到底要花几天方能治好内伤，但他不惜与丘聚分手，为的正是要抢到这一线毫无把握的先机。阳明先生的象山心法原本能够随心所欲，只消心念一动，倏忽便至，可张永击中的正是罗祥的旧伤，这口内息也只是慢了一瞬间。但就在这一瞬，"喀"一声，张永的掌力已透体而入，阳明先生的前胸肋骨立被打断了两三根。

张永这一掌实已谋之久矣，一掌击中，只觉阳明先生已不似先前那样刹那间发出极强的反震之力。他心知果然得手，出手更不留情，将掌力源源不断催入，左手一把抓向阳明先生腰间。阳明先生的腰间挂着一个方方的小包，张永刚抓到这包裹，一道寒光突然直射面门。张永左手抓着那小包，右手仍按在阳明先生前心，两手都不得空，心中仍在狂喜，却被这一招骇得魂飞魄散。此时他左脚在右脚之前，左脚脚尖一蹬，右脚脚掌微微提离船板，人便如断线风筝般疾退回船头，那道寒光在他面门前一掠而过，只差了毫厘之微，却也在张永颊上划了一道细细的伤口。

这正是少芸的靴刃。

她竭尽全力，但那人还是打了阳明先生一拳，反被阳明先生震飞。此时她仍然立在那人背后，自是一同被震飞出去。只是那人的大椎穴被少芸踢损，身体飞出去后再不能变化身形，仍是直直一根。少芸左手一抖，从那人脖子上收回了绳镖，借这力量翻身一跃，在那人肩头一踩，跳向了船尾处。那人被阳明先生震了出去，又被少芸这一踩，登时失了平衡，大头朝下直挺挺地摔向江中。那人虽然摔落水中，左臂却仍在作势挥击，一拳拳力道仍是极大，砸得水花四溅，可这回一沉到底，浮都浮不起来了。

少芸刚落到船尾时，正是张永出掌之际。她此时仍然站立不稳，却趁势飞身上前，右脚踢向张永面门。这一招使得有若行云流水，全无滞涩，便是张永也险些未能闪开。张永退回了船头，虽然一掌击中了阳明先生，又夺到了阳明先生一直不曾离身的这先行者之盒，但方才少芸突如其来的一招也让他魂魄为之所夺。他伸手擦了擦颊上的血痕，心中骇然，忖道："这婆娘身手居然这般高强！"

张永还不曾与少芸动过手，但他的武功之强，当世罕逢敌手。阳明先生若是身上无伤，两人平手相斗，最多也只能胜得他半筹。在张永看来，天下英雄，使君与操，余子何堪共酒杯，至于少芸这等女子，仅仅是为了把她当成饵料，钓出她背后之人来而已，否则早就将她拿下了。只是在这电光石火般过了一招之际，张永已知自己想错了。这个他原本根本不放在眼里的女子，竟然强得出乎意料之外。

怪不得能轻易杀了魏彬，丘聚与罗祥多半也丧在她手下了，这婆娘不能再留！

张永眼里已然露出了杀意。先前一直未曾向少芸痛下杀手，为的正是逼出她背后之人。此时再无这等顾虑，虽然四个禺貐已失了其一，还有一个遭阳明先生利剑穿心，多半难派大用，可到底还剩两个。这机会，将这中原兄弟会仅存的二人一网打尽，方才算是功德圆满。

此时少芸也有些惊魂未定。她自是清楚张永的本事，根本不曾想到自己居然一招就将这个大敌逼退。阳明先生就在身后，已不知生死如何，面前却有四个敌人。是攻是守，她只是略一犹豫，那个胸前插着长剑的汉子却已冲了过来。小舟的船篷此时已经被掀走了，先前的泥炉与茶壶也早已被震得飞入了江中，这人本就在最前，张永退到后面，他就是最前一个了。少芸已见过这几个奇形怪状之人异样的力量，知道不可力敌。只是阳明先生就在她身后，她想着，就算拼上性命也绝不退让。她的长剑一直放在马鞍下，方才情急之下并不曾取出，现在身边也没有武器，眼见那人向自己冲来，不退反进，踏上一步，双掌一下托住了那人的拳头。其实以少芸身手，想要闪开不难，但身后却是人事不知的阳明先生,纵然知道这些人的力量大得异常,自己这般做实是以己之短攻敌人之长,纯属不智,但也只有硬拼一下了。

少芸的身法之强,较阳明先生也不遑多让。这船虽然不大,对她来说仍是大有腾挪余地。那人这一拳却没什么变化,直直而来,立时被少芸接住。少芸也做好了被这一拳震得飞出的准备,但双掌一接住那人的拳头,只觉一股大力涌来,却并没有想象中的那样势不可当,她不过被推得向后滑了一下,马上便站定了。她也没想到这人的力量原来不过尔尔,没等那人再次发拳,左手一抓住了这人手腕,右手一把抓住他胸前长剑的剑柄,右足趁势踢起,正中这人胸口。这些人身上坚逾金石,此人双臂就被阳明先生斩中多次,却也仅留下一些小伤,因此她这一脚已用全力。足尖力量虽大,但踢到硬物的话反震之力也大,可少芸现在也根本不顾及这些了,纵然这一脚会让自己趾骨断裂也在所不惜。

她这一脚疾如闪电,那人力量虽大,动作却远没有少芸这般快,哪里闪得开?这一脚正中前心。少芸只道会如踢到巨石一般,可这一脚踢下,那人一声不吭,却是翻身后仰,一下摔进了江中。趁这时机,少芸一把拔出了他胸前的长剑。

手中有剑,胆气更增,但少芸更多的是诧异。方才被阳明先生震飞的那人如此厉害,少芸竭尽全力仍然未能阻止他击向阳明先生的一拳,而这一个却弱得出乎意料。难道是中了阳明先生一剑的原因?没等她多想,却听得一声尖利的忽哨,船上那两个怪人中有一个忽地纵身一跃,往江中跳去。

这人居然逃跑?少芸不由一怔。哪知那人一跳进江中,张永却也一跃而起,踩在了这人背上。那怪人游得极快,只一眨眼便游开了丈许,真个如同一条巨大的游鱼。此时水中冲出的四个怪人还有两人,加上张永，少芸自觉没什么胜算，只是见阳明先生危急，无论如何也要拼死一战，可谁知张永竟然在占尽上风之际逃走。她只一愣神，还有一个怪人又冲了过来。

这怪人身上仍是湿淋淋的，一张脸木无表情，真个形同鬼魅。这一拳大开大合，少芸若是分心刺去，自是能应手将他刺个对穿，可这人仍似毫不在意，一副要同归于尽的样子。

这些人究竟是些什么东西？少芸越来越是疑心。这小船宽不过三尺许，这人一扑上来，她全无躲闪余地。只是没等那人扑到近前，少芸左脚已踩到右边船沿上，右脚向前一踢，靴刃一下钉在船帮上，身体一转，人已然在船的外侧闪到了这人身后。不等这人再转身，少芸的剑已然平肩斩落。

这一剑正斩在了这人的后颈之上。剑虽斩下，少芸却仍是有些忐忑。她方才用绳镖全力勒住了水中那怪人的脖子，可那人丝毫未受影响，脖子也硬得异乎寻常。如果这人的脖子也一般的硬，那这一剑顶多如阳明先生斩他双臂般斩出些小创口来，实无大用。然而这一剑斩过，却如斩腐木般一挥而过，这怪人一颗脑袋一下被斩落，双手虚抓了抓，人倒向了水中。

这人也是倒向船的右侧。这时少芸正以靴刃插在右侧船帮上，右边吃得如许重量，已然翻然欲倒。少芸一下退出靴刃，飞身跳到了左边船沿上，小舟左边吃到分量，连晃了两晃，才算不曾翻过来。

除掉第一个怪人之时，少芸费了九牛二虎之力。除掉第二个时省力了许多，而除掉这人却是比少芸想的更是容易。难道这四个怪人就第一个被阳明先生震飞的最为了得？可先前便是阳明先生也在这几个怪人手上吃了大亏。少芸心中疑云更重，抬眼望去，只见张永踩着那个怪人已在江上游走了十余丈远，定然追不上了。她转身到船头处扶起阳明先生,伸手按住阳明先生背心,将内力输入他体内。少芸所修也是象山心法,二人内力同出一源,但少芸功力远不及阳明先生。只是此时运力输入,她却觉得阳明先生的经脉之内已是虚空一片,反似她的功力更加深厚了。刚输入片刻,却觉阳明先生一动,睁开眼低声道:"小妹。"

少芸见阳明先生虽然醒转,但脸上毫无血色,呼吸也极是微弱,心中喜忧参半,哽咽道:"夫子……"

阳明先生已然坐了起来,伸手整了整衣袍,淡淡道:"小妹,真是抱歉,我辜负你所托了。"

少芸见张永从阳明先生身上夺下了那个小包,定然就是自己请阳明先生代为保管的先行者之盒。看阳明先生神色已比方才好了很多,她心下一宽,说道:"夫子,别说这些,我马上送你回去疗伤医治。"

她正待去尾舱里拿桨出来将船划回岸边去,阳明先生一把拉住她道:"小妹……"

此时张永已踩着那人到了对岸。这仅存的一个禺獌到了离岸不过五六尺远的地方,再也游不动了,不住地下沉。张永心知这禺獌定已油尽灯枯,马上便要成为一具真正的死尸。他定了定神,一提气,贴着水面一掠而过。平时这五六尺的距离对他而言只是一蹴而就,但此时刚掠出四尺,身体便是一沉,人一下落入了水中。好在江边水甚浅,江水不过没膝,张永快步走上了岸,只不过湿了长袍下摆,灌了两靴子的水。站在岸上,他回头看着江心,那艘小舟已经远在对岸,相距几有一里,再难看清了。

阳明兄,最终还是中了你的计了。

张永默默地想着。这一战他既伤了阳明先生,又夺得了先行者之盒,可谓大获全胜,但心中却满是败北的惶惑。

方才他夺下那先行者之盒时,竟是出奇地顺利,便是张永也有些意外。但到了此时他才回过神来,自己实是堕入了阳明先生的算计。阳明先生中了暗算后,纵有少芸相助,但当时自己身边还有两个禺狨可用,这一战自己其实已稳操胜券。阳明先生算定了自己必欲得到那先行者之盒,因此才有意让自己轻易得到,结果自己果然再无战意,只想着尽快逃走,全然没想到那时自己已经稳操胜券,实可一鼓将阳明先生与少芸这师徒两人一同歼灭了。结果虽有灭了少芸之心,却无杀她之力,现在剩下的两个禺狨都已失去,想反攻就更没分毫胜算。

在生死关头的最后一瞬间,明明已经毫无希望,却仍能找出一线几乎不可能的生机。即使是刚向阳明先生痛下杀手的张永,也不禁对这个至交与至敌佩服不已。

阳明兄,无论如何,这局棋你最终还是输了。

在转身离去之际,张永不由喃喃了一句。而此时,少芸也正一声呼啸,唤了那匹马过来。

这马神骏非常,这一路骑来与少芸已混得熟了,先前少芸要它冲入江中,自己马上跃离马鞍。这马没得到命令,一直就在岸边浅水处洗澡歇息。此时听得少芸的唤声,嘶鸣一声,便向小船游了过来。平时说书人总说什么千里驹能登山负水如履平地,其实马匹都能浮水,只是在水中游得远没有陆上快。待游到船边,少芸飞身一跃,跳下了马背,却不由自主又看了看。

那小舟的船篷已被掀走了,阳明先生正坐在船尾处。少芸却不敢回头去望,她知道自己若是一回头,只怕再没有勇气前进了,那么夫子布下的这个计划就会真正功亏一篑,重建心社也再不会有任何希望。

夫子,永别了。

虽然没有出声,少芸在心里默默地说着。只是她并不知道,就在此刻，阳明先生的嘴也微微翕了翕，无声地说了一句一样的话。

小妹，永别了。

虽然没发出咳声，但阳明先生又咳出了一口血，将衣袍前心也染得通红。

张永这一掌趁虚而入，内伤已及心脏，阳明先生方才强自支撑才与少芸说了这几句话，却已耗尽了最后一丝心力，此时再也坚持不下去了。

生机正在一滴滴地从他体内流走，大限就在眼前。这一刻，阳明先生却想起了当初在丫山灵岩寺所留的那首诗。

"开门人是闭门人"。

这句话，终是一语成谶啊。

阳明先生用最后的力量，拣起了身边的一颗棋子。

那却是颗白子。方才一番打斗，棋枰已然飞到江中，顺水流去了，棋子也大多掉进了水里，唯独剩下这一颗。就在片刻之前，自己与张永还最后一次以老友的身份品茗对弈，片刻之后便恍若隔世。

他看着那张小案。案上，还留着张永最后写下的那首和自己的《过峰山城》：

曾经年少志成城，垂老依然意气横。
大散关前奔铁马，条支海上舞旗旌。
人从虎豹丛中健，路向江山绝处行。
长剑铸来应逐鹿，千邦万国尽驰迎。

虽然直露浅白，但这些句子里却透出一派桀傲与野心。阳明先生眼前仿佛又浮现起当初他与张永、杨一清那一番夜谈的情景。那时张永便觉得，欲平天下事，先握天下权。而自己却认为，一味以权势推行,终是治标不治本,唯有开启民智,才是国强民富之道。也正因为如此,杨一清分赠玉牌时,以"率性之谓道"一句赠给了张永,而以"修道之谓教"一句赠与自己。

也许张永的梦想与自己别无二致,然而张永想要到达的彼岸,却是不惜渡过血海。这是阳明先生绝不能认同的,现在张永却恐怕已经有了将尘世化为血海之能了。然而,纵然明道若昧,但终是明而不是昧。

昧行终不能入明道。张公公,这一局守仁虽败了,但你只怕不曾想到,棋局并不曾结束,有人会替我下完残局,最终输的定然还是你。

阳明先生嘴角浮起了一丝笑意。他的手松开了,那颗白子从他掌中落下,掉落在船头,弹进了水里。江水却是汤汤而流,再无痕迹。

第十六章 中　盘

谷大用拈了一块烧鹅放进口中，鹅肉在嘴里仿佛一下炸开一般，一股甘香丰腴的滋味充溢唇齿间。他细细地品味着这岭南独有之味，心中多少平静了下来。

因为身体残缺，太监大多有些异癖。弄权者有之，贪财者有之，也有些太监一直未能忘情女色。谷大用并不爱女色，最爱的还是这口腹之欲。当初来这个叫澳门的小岛，他肚里还很是抱怨了一通。南京奉御虽然也只是个闲职，但南京乃是两京之一，又是江南繁华之地，食不厌精，脍不厌细，谷大用自然乐得受用。本以为到了澳门这等蛇虫瘴气不断的蛮荒之地，定然再吃不到什么美食了。没想到澳门岛虽然是个偏僻渔村，却出一种狮头鹅。这些鹅平时在海滩寻些贝壳虾米小鱼吃，肉质肥美紧致，杀白后涂以蜜水，再以荔枝木烧烤后斩件，蘸以梅酱去腻，其味美不可言。谷大用初尝之下，便赞不绝口，以后每回来澳门岛，纵然不过是匆匆一过，也非得准备好几只肥鹅不可。

平时这些事都由他那亲随麦炳做好，不过麦炳此时带了自己的信物提货去了，别个手下做事都不如麦炳那般妥贴。

也就将就吧。等交了这批货，回来再大快朵颐一番。谷大用正自细细品味着烧鹅的甘香，门忽地被推开了。

谷大用用餐之时，向来不许任何人打扰。就算麦炳回来有至关紧要之事要禀报，也得在门口轻叩再三，得了谷大用首肯才敢推门进来。一见这人居然夺门而入，谷大用心头已然冒出了无名火，猛地站了起来，正待发作，但一见进来之人，却不由自主地矮了三寸，忙不迭道："督公！"

进来的，竟然是张永。张永要来澳门，原本是早就说好的事，只不过当初说的日期乃是明日，谷大用没想到他来早了一日。早来一日晚来一日原本也没什么大紧要，只是眼前的张永却让谷大用极是惴惴不安。张永一向闲雅雍容，大有士人风度，可谷大用眼前的他却是蓬头垢面，一脸风尘之色，极是狼狈。

谷大用对下极为倨傲，对上却是谄媚有加，先行了一礼道："督公，您怎的今日便来了？"

张永一进门，先看了看四周，又扫了谷大用一眼，这才抹了抹额头的汗水，说道："桀公，马上准备开船。"

张永的声音有些沙哑，听得出竟是受了内伤。谷大用心中更是一沉，说道："禀督公，货马上就要到齐……"

"不用等了，我即刻便要上岱舆岛。"

张永虽然仍有些有气无力，但这口气实是不容置疑。谷大用不敢多说，那盆烧鹅也顾不得再吃了，忙道："是。督公，请随我来。"

澳门这地方只是个极为荒僻的小岛，却是个良港，因此当初皮洛斯先生看中了此地。这儿原本有个十来户的小渔村，谷大用早就将那些渔民不分老幼全都灭了口,此时码头上也就是他身边的十来个亲信而已。码头上停着一艘足可乘坐五十多人的福船,原来定好明天出发,因此几个水手正在船边歇息。水手头儿名叫冯仁孝,虽然不是太监,却一直是谷大用的亲信。这冯仁孝闲得无聊,正和几个水手在那边吹牛,说自己在海上遇到过的种种异事。突然见谷大用急急过来,身后跟的竟然是张永,冯仁孝吓了一大跳,也不敢再胡说八道了,连忙迎上前道:"张公公,谷公公,小人冯仁孝有礼。"

谷大用道:"仁孝,马上准备起帆开船。"

冯仁孝一怔,心道:"这些公公真是六月天,孩儿面,说变就变,不等阿炳了?"不过他深知一个做手下的,多嘴没好果子吃,因此并无二话,躬身道:"是。"转身向那些水手叫道:"快点,准备起锚开船了!"

福船首尖尾宽,两头翘起,船甲坚厚,因此也被当作战舰。大号福船共分四层,可载数百人。永乐年间三宝太监奉旨下西洋,所乘宝船亦是福船样式,最大的首尾竟长达四十四丈,足要两百余水手方能开动。停在港口的这艘只是小号福船,却也有七丈多长,得十多个水手才能开动。冯仁孝是闽人,自幼生长在海边,几乎是在船上长大的,他手下的那些水手也都是熟手,很是麻利。虽然起锚扬帆很是复杂,但他们做得有条不紊,分毫不乱,张永和谷大用刚进座舱,船便离开了岸边,驶向海中。

当船终于开动时,张永回头看了看,伸手抚了抚胸口,长长舒了口气。谷大用见他这副如释重负的样子,极是讶异,心道:"督公到底遇到什么事了?他受伤似乎不轻。"

虽然八虎中人各自之间多少都有点不服,但对张永的武功,谷大用向来都极为佩服。他自己也算得是个高手,更知张永的武功已到了何等地步，就算八虎中武功超出侪辈不少的魏彬，在张永面前仍是逊色许多，更不要说谷大用自己了。张永内力深厚，剑术更是高明，谷大用实在猜不出有谁能伤得了他。正在胡乱猜疑，却听张永低低道："樊公，去船上巡查一周，看看有无外人。"

谷大用一怔，心想那批货还没到，船上怎么会有外人？正不明白张永为什么会有这等命令，却听张永沉声道："快去，不可有丝毫大意！"

谷大用忙一躬身道："是，是。"

他退出座舱，掩上了门，急急向船尾而去。冯仁孝正在舵舱外，谷大用让他派了两个得空的水手，随自己下舱检查。这艘福船有三层，最下层是货舱，因为没有货，所以载了些土石食水做压舱用。底舱空空荡荡，全无异样。二层便是座舱，共有十间。张永住的那间原本是谷大用自住的，最为豪华，别个是水手所居，甚是朴陋。一间间看过去，也不见有什么可疑的，其中有一间大间是关货用的，现在空空荡荡。而最上层则是平台，一览无余，更没有什么特别的东西。

从下至上，从头至尾走了一遍，确认了一切都无异，谷大用这才放下心来。打发走了那两个水手，他走到张永座舱门外，轻轻叩了叩道："督公，大用已经看过了，风平浪静。"

"进来吧。"

谷大用推门进去，却见张永端坐在案前，案上却是一个小包。先前谷大用一直不曾发现张永还带着这么个小包，见张永盯着这包裹出神，他也不敢多嘴，走到张永背后道："督公。"

张永长长呼出一口气，说道："樊公，打开这包裹。"

谷大用一怔，上前抽开了那包裹的结。包袱皮一开，里面却是一个很是陈旧的盒子，样式有些奇怪，不似中原之物。他一怔，问道：

"督公，这是何物？"

"皮洛斯先生所言，便是此物了。"

张永说得很是轻描淡写，谷大用耳边却如响起了一个炸雷。这便是先行者之盒！他也只闻其名，从不曾见过，没想到皮洛斯先生口中这个圣殿骑士与兄弟会争夺近千年的宝物，居然就是这般一个貌不惊人的小盒子。他期期艾艾道："督……督公，您是找到惠妃娘娘了？"

先行者之盒原本在埃齐奥身边。但埃齐奥死后，这盒子再不知下落，最可能的便是交到了埃齐奥最后所见的少芸手上了。而少芸冒名去文楼查阅《碧血录》，便证明了先行者之盒确是在她手上。现在先行者之盒已落到了张永手中，难道他已找到了少芸，一番恶斗后夺到的？

张永低低哼了一声道："少芸这婆娘还伤不得我。我是拜她背后那人所赐，才会伤得如此狼狈。"

谷大用脸色一下子有些阴晴不定。少芸背后还有个人，他也多少猜到了。当初借助大礼议，中原兄弟会几乎被他们连根拔起，但谷大用一直觉得仅仅是"几乎"而已。因为在大礼议中除掉的兄弟会成员，虽然高手不少，却似乎没有一个能领袖群伦的。兄弟会如果真个人材凋零，也不会与他们争斗这么久了，因此唯一的解释，就是兄弟会的真正首领还不曾落网。这几年谷大用也算得上竭力搜寻了，却毫无头绪，便是他也已觉得也许兄弟会真的已经渐趋式微，并没有这么一个真正的高手了。现在终于从张永口中得知真个有这般一个人存在，谷大用心头真不知是什么滋味。他迟疑道："督公，这背后之人究竟是谁？"

张永的嘴唇微微翕动了一下，喃喃道："王阳明。"

如果方才还只是一个焦雷，此时谷大用便如当头中了一个霹雳。

他张了张口,却什么也说不出来。张永森然道:"桀公,你怕什么?阳明兄现在已是古人了。"

谷大用无声地呻吟了一下。惠妃背后之人竟然是王阳明!他实是想不到。而王阳明竟然已死在张永手中,更让他有些不寒而栗。这个人是当今天下士子的领袖,活着是大敌,死了更会掀起一场前所未有的轩然大波。谷大用自己名声并不好,却也很清楚眼下他们这批宦官势力还能如鱼得水,并不被朝臣太过排斥,便是因为张永与一班文武大多有交情。然而这个消息一旦走漏,张永这些年来竭力交好朝中文武的努力多半便要毁于一旦,只怕朝中再无宁日。谷大用也知道那些御史虽是文人,却很有些悍不畏死的狠劲。就算张永现在权倾一时,也不是轻易能打发的。

他正自想着,却听张永喃喃道:"我杀阳明兄之事,唯有少芸知晓。这婆娘趁我内伤未愈,一路死缠不放,四个禺狨竟然全军覆没。"说到这儿,张永抬起头,微微一笑道:"好在终于甩掉了这婆娘,现在不用担心了。"

谷大用道:"是啊,托督公洪福,不用担心了。"

这澳门岛甚是荒僻,本来就是个只有十余户人的小渔村,待谷大用占了此地后,这些年再不曾有人来过。少芸纵然一路追踪而至,等她到的时候也只能望洋兴叹了。只是一想到要将跟随自己多年的阿炳丢在此处,特别是阿炳押送的这批货都将丢到此处,谷大用虽然心性冷酷,却也多少有点不安。但他向来都对张永之命不敢有丝毫之违,现在自不例外。将那盒子包起来后,他说道:"督公,请您暂歇片刻,大用再出去巡视一番。"

张永没有再说什么,只是点了点头。谷大用行了一礼,这才后退着出了门。一把门掩上,谷大用又无声地长吁一口气。

王阳明死了,最大的威胁终于解除,但谷大用心中实是没有太多的欣喜。

当初少芸一回来,如果全力追击的话,少芸纵有通天的本领,多半难逃一死。但当时张永似乎一直有些保留,以致少芸连杀高凤、魏彬二人。别人也许猜不透张永的用意,但谷大用猜得到,张永的注意力,其实正是少芸背后那人。

张永行事向来冷血无情,谷大用还记得张永在扳倒曾经的首领刘瑾后,所下的手段是何等狠辣,就算谷大用也有点思之骇然。高凤和魏彬两人,很可能就不知不觉充当了张永这条香铒钓鱼之计中的饵料了。以张永的不择手段,谷大用一直担心自己也会有这等下场。一直没有被扔掉,也许只是时间未至,再就是自己在张永眼里还有用。但狡兔死,走狗烹这句话,谷大用纵然读书不多,也曾听过。会不会真有这一天,谷大用也有些忐忑。

他一出门,却见冯仁孝急急过来,脸上有些惶恐。谷大用一怔,问道:"仁孝,出什么事了?"

冯仁孝犹豫了一下道:"谷公公,有点事必要请公公知晓。"

"怎么?"

冯仁孝伸了伸脖子,咽了口唾沫,才道:"谷公公,这船原本是要去吕宋的,所以是顺风。现在要去岱舆岛了,便迎上了打头风。我看看天色,风势很快就要大起,只怕……"

谷大用心头一沉,问道:"会出事?"

"若是逗留海上,实不好说。"

谷大用知道冯仁孝老于航海,善观天象,所说多半有中。当初选定岱舆岛,正是因为这小岛方位隐秘,周围海风洋流多变,一般的船只很难靠近。冯仁孝走惯了海路,这才能来去自如。但现在是张永临时起意改变航向的,所以才会遇到这等事。他道:"那么只有停在鬼门礁了?"

"公公明鉴。"

鬼门礁是前往岱舆途中的一座小岛,方圆也不过十余丈,寸草不生。不过附近再无其他岛礁,因此鬼门礁也是唯一可以暂时停靠的地方了。谷大用上岱舆岛还不满十次,倒有两次也遇到这等情形,为避风浪,都停在鬼门礁,有一回等了三天才风息浪止。谷大用看了看天,只见浓云渐密,风也渐渐大了起来,心知冯仁孝所言不虚,叹道:"那要几时才能上岛?"

"风约摸会从明天子时起来,一直到后天午后未时才会平息。如此算来,后天应该上不了岛,大后天才有机会。"

谷大用想了想,才道:"人算不如天算,也只有如此了。我去向督公禀明此事,你便先去鬼门礁停靠吧。"

冯仁孝驾船之术甚精,谷大用刚向张永说了要去鬼门礁避风之事,船已经靠近了鬼门礁。鬼门礁虽然名字甚是阴森,其实也就是个寻常礁岛,周围也没有什么礁石,若不是实在太小,又没有水源,不然倒是个良港。船靠上了岸,因为鬼门礁实在太小,比船体也大不了多少,所以也都不上岸了。冯仁孝在鬼门礁下了锚,刚将缆绳系好,风已然大作。海上因为无遮无挡,海风声势远比陆上的风大得多,方才还是风平浪静的海面,霎时便浪涛大作。福船吃水甚深,又比较宽,因此航行比寻常船只平稳得多,但这时也被浪涛打得不住摇晃。谷大用不是头一次出海,却也被晃得有些难受。他生就一副痴肥模样,心思倒很蕴藉,生怕张永受伤后经不起风浪,忙前去请安,却见张永盘腿端坐在榻上,毫无不适之样。他知张永定是在运气疗伤,不敢多说,转身掩上门,自回舱中歇息。那些水手收拾停当,只留一个守在舵舱,余者尽回舱中去了。

风越来越大，这一晚无星无月，太阳一沉入海平面，天便立时暗了下来。此时正值海禁，何况这样的天气，海上更不会有船。留守舵舱的那个水手是个常年在海上讨生活的，就算船在晃动不休，对他来说只是家常便饭，自行在舵舱中靠在椅子里假寐。

就在张永与谷大用的船离开澳门岛大约两个时辰后，有一队人来到了澳门岛上。

带队的是三个男人。只不过与寻常男人有些不同，这三人都是太监，领头的正是谷大用的亲随太监麦炳。而他们押送着十来个女子，这些女子全都十分年轻，最大的也不过三旬，最小的一个才十五六岁，只是一个个都被绑着手连成一串，哭得花容失色。

谷大用在八虎中外号为"桀"，除了指他心性残忍之外，主要是因为谷大用与佛朗机人做的生意。谷大用当初有一阵执掌市舶司，佛朗机人自海上而来，首先便与他取得联系。后来正德帝接见佛朗机特使皮洛斯，也是谷大用居中牵的线。若是平常生意倒也没什么，但佛朗机人占了吕宋岛后，急需熟练工匠和妇女，谷大用便投其所好，命人将奴仆贩卖到南洋。明时奴仆买卖本来也是常事，不过谷大用做的是无本生意，专门掳掠平人卖给佛朗机人。这事虽然不可公诸于众，却是人人知晓，谷大用这才得了这个诨号。麦炳带来的这十多个女子衣着不一，不是市井村姑，便是渔女农妇。这两年也并没有饥荒，寻常人家不太会将亲生女儿出卖，却是谷大用暗中收买了一个叫铁鲨帮的小帮派，让他们暗中劫掠人口。这些女子正是铁鲨帮趁着庙会的当口将落单的女子劫来，只待卖到吕宋岛上去。

麦炳一路走，一路甚是轻快。因为这种生意做了已经好几年，现在想劫掠人口越来越难,但此番也不知撞上了什么大运,居然特别顺利,一下子抓到了十二个女子。这一笔人口买卖本身还是余事,更要紧的是自己在谷公公面前立下这个大功,日后定少不了自己的好处。

他一路走一路想,心头越来越是得意,嘴里不由哼哼着小曲。正兴冲冲地走着,边上一个随从忽地站住了,说道:"阿炳……"

这随从刚说得两个字,麦炳哼了一声道:"阿才,你说怎么?"

他这声音已大是不悦。那随从阿才也是谷大用的亲随太监,生得更是比麦炳高出一头,只是在谷大用跟前没有麦炳得宠。听麦炳这一声显是对自己直呼其名大为不满,他肚里暗骂麦炳小人得志,只得点头哈腰道:"麦公公,那艘船不见了。"

麦炳一怔,抬头望去,却见那屋后码头上空空荡荡,果然不见船的影子,而那幢平时歇息的屋中也寂寂无声。那艘海船又不是小舢舨,岂会说不见就不见?旁人不知道谷大用的心思,麦炳却是知道得一清二楚,这十几个女子在谷公公眼里可都是白花花的银子,更是向佛朗机人卖的交情,怎么也不能轻易放弃。只是船分明没了,他也不知发生了什么事,顺口说道:"阿才,你去看看谷公公还在不在屋里。"

阿才肚里已将麦炳的祖宗十八代都骂了个遍。谷大用性情阴狠,一言不合,轻则臭骂,重则痛打。自己去叫门,谷大用不在还好,若是在里面,自己这顿苦头只怕逃不掉。他不敢不去,又不敢冒冒失失推门,走到门前轻轻叩了叩,说道:"谷公公,您在吗?"

刚喊得一声,门"呀"一声开了。阿才肚里还在寻思,想着谷公公今天怎的转了性子,平时顶多就是一声"进来",今天居然亲自开门。只是门刚开得一线,他眼前一花,一道剑光直射向他前心。

门中闪出的正是少芸。

少芸比麦炳他们到得只早了片刻。她依阳明先生的遗言而行,本觉能打张永一个措手不及,哪知还是被张永抢先一步,待赶到此处时,张永与谷大用都已坐船走了。功亏一篑,更心伤阳明先生的不幸,少芸心中实已怒火如焚。她本性并不好杀,就算逃往泰西途中,八虎的刺客连番追杀,一直追到了欧罗巴,她仍是不到万不得已不轻下杀手。但见到这些太监又在做这等伤天害理之事,对张永的怒火尽都落到了这几人头上。这些爪牙虽非首恶,但惯于仗势欺人,实比八虎更为可恶。何况对手有三人,如果不能以辣手解决,只怕会另生枝节,因此出手再不留情。她的武功原本就远在阿才之上,何况又是出其不意,这一剑直如电光石火,一剑穿心,阿才连哼都不哼一声便已毙命。

此时麦炳还在那人身后。他也知道谷大用脾气不甚好,若是忤了他意,就算自己是谷大用的亲信亲随,一场打骂也是免不了的,因此故意让阿才上前。少芸的身材比他们都要矮小,阿才更是比少芸足足大了一圈,又是霎时毙命,麦炳在后面根本看不到发生了什么事。见阿才身形一歪,他只道是谷大用出来,气头上给了阿才一下狠的,心中还在暗叫侥幸,心想幸好让阿才顶缸,否则这记苦头就得自己吃了。只是没等他再庆幸下去,阿才一下倒在了地上,身后露出的,赫然是持剑的少芸。

虽然少芸身上穿着那一身他从未见过的斗篷,麦炳却是认得少芸的。一见她,麦炳只觉脑袋里"嗡"一声响。他跟随谷大用多年,武功虽然不高,也不算太差,只是慌乱之下,哪里有动手之念,下意识便退了一步。边上另一个随从却是不知死活,又不认得少芸,见谷公公房中出来的竟是个陌生人,也不知那是谁,上前喝道:"兀那贼厮……"

这人一边喊着,一边伸手要去拔腰刀。只是少芸的身形远远比他要快,这人的手刚按到刀柄上,腰刀才拔出了一半,少芸已然飞身而上，一剑刺中了他的咽喉。长剑一伸一缩，喉管气管齐断，鲜血立时涌出，一下堵住了那人咽喉。那人还不曾毙命，却已喘不上气来，连刀也顾不得拔了，伸手在咽喉处乱抓。少芸见他如此痛苦，倒是有些不忍，长剑又是一送，刺入了这人前心。

刹那间少芸连杀两人，麦炳已是吓得魂不附体，忖道："公公……公公难道被惠妃杀了？"他身后那十来个女子也吓得尖叫起来，更是让麦炳全无斗志，眼见少芸向自己走来，他双腿一软，一下跪倒在地，猛地一个头磕下，叫道："娘娘，饶命啊。"

见这太监竟是全无骨气，少芸很是厌恶，心中的恨意倒消失了许多。她将剑尖在面前的尸身擦了擦，沉声道："麦公公，别来无恙。"

少芸说得心平气和，麦炳却越发害怕。谷大用性情阴狠，平时对犯了错的手下说话越是温和，责罚也就越重。他只道少芸也是如此，更是魂飞魄散，连连磕了好几个头道："娘娘，麦炳都是受公公逼迫，还求娘娘饶命啊。"

若是麦炳要拔刀动手，少芸自是痛下杀手。只是见这太监不住磕头，脑门上都已磕出了血痕来，她的剑终是伸不出去，喝道："麦炳，你要把这些女子弄到哪里去？"

麦炳道："娘娘，这些女子都是谷公公让铁鲨帮从附近一带弄来的，准备卖到吕宋去。小人不敢违抗，请娘娘开恩。"

少芸哼了一声道："麦公公，你也有父母，做这等伤天害理之事，难道心就不痛？"

麦炳听得少芸的话语虽然严厉，口气却多少缓和了点，心中一宽，又磕了个头道："是是是，娘娘说得是。麦炳糊涂，都是谷公公威逼，麦炳才不敢不做的。"

少芸见他一推六二五，把事情尽推在谷大用身上，更是鄙夷。看着这十来个女子,她不禁迟疑。就算逼麦炳将这些女子送回去,他当面答应,一转身肯定阳奉阴违,这些女子仍是难脱虎口。她走到先头一个女子跟前,伸剑挑开了她手上的绳索。这女子年纪较大,有二十五六岁了,一挑开腕上的绳索,便双膝跪倒,道:"女菩萨,多谢救命之恩。"

她见少芸虽然是驿差打扮,但麦炳口口声声称呼"娘娘",自是知道那是个女子。闽广一带最崇信妈祖,称呼妈祖便是"天妃娘娘"。她也不知少芸真个有贵妃的身份,听麦炳称少芸为"娘娘",那妈祖阁里所供妈祖的雕像正是穿斗篷的,只道少芸是妈祖下凡,自然便要磕头。少芸拦住她道:"这位姐姐不要这般,你们知道怎么回家吗?"闽广一带方言极是难懂,亏得这女子算是中产之家出身,会说官话,否则她还真不知该如何对这女子说明。

这女子道:"我们都是来妈祖阁还愿的,被这贼人带着人将我们抢了来。娘娘,我官人定然还在妈祖阁不曾走。"

原来此处乃是澳门的凼仔岛。凼仔岛是个荒岛,少有人烟,北边的澳门岛才一直有人聚居。澳门岛南端的妈阁山上,在弘治年间建起了一座妈祖阁,妈阁山便因此得名。葡萄牙人初至澳门,到的便是妈阁山。正因为听得土人说此处乃是"妈阁",其此才以一音之转的"马港"称呼澳门。被谷大用收买的铁鲨帮是一支在两广一带横行的海寇,谷大用要他们四处劫掠女子,铁鲨帮哪管兔子不吃窝边草这一套,趁妈祖阁正值中元祭,暗中将落单的女子劫了来,凑足十二个交给了麦炳。可怜这些女子的父母丈夫本来一家到妈祖阁还愿,求个太平,哪知妻子女儿不明不白地消失,还不明所以,只道走散了,急得仍在妈阁山附近寻找,却不知她们被带到了隔着一条窄窄海湾的凼仔岛来了。

少芸也不知这妈祖阁在哪里,问道:"你们能回妈祖阁吗?"

这女子点了点头道:"这贼子的船还停在北边,我们划到对岸便能找到家人了。"

澳门这边已是南荒之地,这些女子家中全都打渔为业。小门小户,都是做惯了的。虽说祖训女子不能出海,可她们划个船也不在话下。澳门凼仔两岛之间并不算太远,海湾不过数里之遥,要划过这道海湾,对她们来说并不为难。少芸听得她们能自行回去,心中一宽,说道:"那好……"

此时她已割断了七八个女子手上所缚之绳了,现在正待割开一个女子手上的绳索。这女子手上缚的绳索特别坚实,一下不曾划断,她正待弯腰用力割断绳索,却听那女子忽然尖声叫了起来。

这女子也不会说官话,少芸实不知她在说什么,却觉背心处有一阵寒意袭来。那些女子被串成了一串,她一个个解过来,已走过了大半,一直跪在地上的麦炳便在她背后了。这个偷袭她的人,自然便是麦炳。先前少芸见麦炳魂不附体的模样,却也没想到他居然还有偷袭自己的胆量。虽然不曾回头,但从背后那缕厉风觉察,麦炳已然就在自己背后。

这个胆小如鼠的太监,武功居然不弱!

出手偷袭的正是麦炳。麦炳也确是被少芸唬得魂飞魄散,虽然少芸没杀他,但听口气,少芸让那些女子自行回去,他觉这意思定不会留自己活命了。麦炳纵然害怕,可是自觉必死,也不知哪来的勇气。他跟随谷大用已久,武功纵然不算太好,可终究是个练武之人。心下一横,本来便跪在地上,右手趁机从靴筒中摸出了一把匕首。这是麦炳防身的武器,他自知练不成什么厉害武功,所以就专练了一招偷袭之术。此时趁着少芸正在和那些女子说话,他飞身跃起,匕首已然反手刺向少芸的背心。

这一招算得麦炳的撒手锏了。他难得与人动手，但也曾经用过一回。那回便是用这一招败中取胜，将一个武功远胜过他的对手杀了。因为是孤注一掷，他的身法已远超平常，竟然大有高手风范。眼见匕首已到少芸背心，此时少芸根本来不及转身，纵然闪避也已不及，他大为得意，心道："饶你奸似鬼，喝了……"只是这念头还未及转完，从少芸肋下忽地穿出一根飞索。

那正是少芸的绳镖。少芸这些年，几乎日日都是生死一线间，因此时时刻刻都不敢放松戒备。虽然她并不曾想到麦炳还敢出手，只是一听到那女子的叫声，已然明白有变，哪里还会有半点迟疑。

绳镖出手如电，虽向背后发出，仍是精准异常，"嚓"一声穿进了麦炳的右肩。麦炳痛得惨叫一声，翻身摔倒，转身正想逃，额头却忽然被重重一击，打得他七荤八素，眼前一黑，什么都看不清了。

那是最先被少芸解开了缚绳的少妇向他掷出了一块石头。麦炳将她们捉了来，她们对这太监已是恨之入骨。女子虽然胆小，可这时有天妃娘娘撑腰，也不怕了。见麦炳敢向娘娘动手，她一下拣起了一块石头砸去。这少妇平时在家做惯粗活，力气不小，不过终没练过武功，若是平时，麦炳要躲开也不难，可他被少芸绳镖击中后，人还不曾爬起，立时被这块石头砸得昏死过去。这时另几个女子见砸倒了麦炳，一个个胆子也大了，学样拣起石块向麦炳砸来。她们都不是大户人家的女眷，平时就做惯粗活，更没一个缠足的，力量全都不算太小，一块砸了还不够，手脚快的已然砸出了三块。待少芸拦住她们，麦炳已被砸得脑浆都流了出来，哪里还能活命。

一见砸死了人，当先那个少妇却有些害怕，声音颤颤道："娘娘，这冚家铲……还活着吗？"

"冚家铲"一语，是粤人骂人的粗口。那少妇本来便是市井之人，这些粗口自然张口便来，少芸虽不知道是什么意思，但见那少妇说时咬牙切齿的模样，知道定是骂人的话，伸剑向麦炳的尸身上一刺，说道："现在已被我杀了，你们放心走吧。"她心知这些寒家女子素来胆小，若是知道自己杀了人，只怕后半辈子都会做噩梦。那少妇果然松了口气，跪下向少芸磕了个头道："娘娘，多谢救命之恩，我回去定叫官人给娘娘上两炷高香。"直到此时，她还觉得少芸乃是妈祖现身。

那些女子一个个叩谢了少芸，转身向北边跑去。看着她们跑远，少芸眼神中浮起了一丝忧虑。

自求多福吧。

她默默地想着。救下这些女子实是意外，本来应该护送她们回那妈祖阁去，但眼下已无余暇了。她按阳明先生临终前的遗言转道去洪奇门联系上那个五峰渔行的铁心先生，费了一番口舌才勉强说动铁心先生这支人马相助，而她暗中跟随麦炳追踪到澳门岛来，探明情况后，与铁心先生发起奇袭。本来觉得张永定会带上麦炳同走，哪知张永竟会先走一步，以致与铁心先生定下的计划全盘落空。

现在已不能再按原先计划行事了。

少芸看着地上那三具尸首，心中不禁有些恻然。这些太监固然作恶多端，死不足惜，但少芸总也摆脱不了杀生后的迷惘。她进屋中拿了把铲子，在树下挖了坑将三具死尸埋了，心中只在不住盘算。

铁心究竟是什么来路？少芸还记得当自己刚去那五峰渔行，亮出玉牌表明身份后，得知阳明先生已遭不测，铁心眼神中那一闪而过的阴郁。那一瞬，少芸可以断定此人对阳明先生极为仰慕，但也仅此而已。阳明先生在的话，他应该会全力相助，但现在还会吗？不说别个，单看他不肯直接出动，坚持要少芸先来探路，便可知一斑。如今想在澳门岛截击张永的计划落空了，势必要追杀到他那巢穴去，铁心还肯不肯甘冒奇险做这等事？

刚把那三具尸首埋了，一艘小船从海上如飞而来。一见只有这一艘船，少芸心头便是一沉。

那小船驶得倒是飞快，几乎贴着水皮滑行。靠到了岸边，也不待停稳，驾船之人已一跃而起，跳上岸来。

那是个渔女打扮的十七八岁少女，想必常年在海上讨生活，肤色晒得甚黑，自不缠足，一张脸生得倒很是俏丽，跳上岸来也轻捷异常。那少女一上岸便向少芸走来，离得还有五六步便叫道："少姐姐，这儿怎么没人？"

少芸道："我们扑空了。阿茜，令兄呢？"

这少女阿茜是那铁心先生的胞妹，少芸刚去五峰渔行时，正是阿茜出来交涉。她年纪虽然不大，又是个女子，却大为老成干练，便是铁心先生那一党对她也颇为尊敬。阿茜听得少芸的话，皱了皱眉道："哥哥没算错，这伙死太监果然连同伙都不顾就先溜了。"

少芸心中又是一动。铁心先前就以要召集同伴为名，定要少芸先来澳门岛。所谓召集同伴，无非一句托辞，少芸自是一清二楚，铁心想的只是让自己来探路，他好坐收渔人之利。这等事她也不去说破，但假如能早得片刻，便能将张永堵在澳门岛上了。张永一路亡命而来，在这小岛上定然无甚实力，而且他伤未痊愈，此时发起奇袭，可收事半功倍之效。这正是阳明先生临终所授机宜，可阿茜说铁心已然料定张永会先行逃走，难道他是有意如此？她心中狐疑，但在阿茜面前却不动声色，说道："铁心先生怎么说？"

"他们要去的，定然是那魔烟岛。只是今晚要起大风，他们也定会在鬼门礁避风。少姐姐，只消追到鬼门礁，就能截住他们！"

少芸听她说得胸有成竹，不觉沉吟了一下。如果先前还没有什么疑心,但铁心舍易就难,改在鬼门礁截击,究竟有什么目的?

阿茜此时将小船拉回了岸边,见少芸还在迟疑,说道:"少姐姐,走吧,若不快点走,风一来,这艘小船定然吃不住风浪的。"

少芸虽然并不惯于海上生涯,但看天色已是有些阴沉,这场风暴确有可能会来。她终于点了点头道:"好吧。"

这一刻,少芸又想起了阳明先生对铁心"可用而不可信"的断语了。她在跳上小船之前不由回头看了看。虽然隔着千山万水,夫子睿智的神情仿佛仍在目前。只是她知道,今生已然再也见不到阳明先生了,今后的路唯有靠自己来把握。

第十七章　无理手

海风渐紧，浪涛一阵阵地扑来。后浪打着前浪，让潮头更上层楼，便是已然牢牢在鬼门礁下了锚的福船，也被打得不住摇晃。只是任谁都不曾想到，有一艘小船正在向这边驰来。

大明海禁，已是屡禁屡开。嘉靖二年，因为有日本的细川藩与大内藩同时派使团朝贡，在宁波因争执勘合真伪，发生了争贡之役，因此海禁更严。除了一些不怕死的渔民，近海几乎已看不到海船，更不要说是这等天气了。这艘小船却在浪涛中夷犹如意，直如快箭，径向鬼门礁而来。

小船的船头上正是少芸，船尾处坐着的年轻女子则是阿茜。这等风浪天，也不必划桨，阿茜只是把着舵，控着小船在波涛间穿行。这小船其实只是艘摆渡用的小舟，本不适合在外海航行，但在阿茜掌控之下，却是穿波逐浪，屡屡化险为夷。少芸也没想到阿茜这般一个少女竟有如此高强的控船之术，眼见远处的黑影越来越近，已能看清鬼门礁边停的正是那艘福船。阿茜低声道:"少姐姐,追上他们了!"

少芸也已看见了那船。这船靠在岛礁边,一片死寂,只随风浪微微晃动,而船上也只有一点微明,定是守夜瞭望的水手所在。她道:"阿茜,小心点,船上可能会有人监视。"

阿茜点了点头道:"嗯。"

这船很小,最多不过坐五六人。也正因为小,几乎是贴在水面上的,在这等无星无月的夜间更难被人发现。少芸自然也会划船,但在这等风浪的海上将一艘小舟操控得如此得心应手,实非她所能。如果不是阿茜,别说赶上这艘福船,只怕出了港口没多久便被浪头打翻了。眼见小船离那福船越来越近,似乎马上会撞上,但阿茜船桨一扳,小船轻轻巧巧地侧转了船身,几乎贴在福船上一般靠了上去。

若是直直撞上去,福船上的人多半会察觉。可如此一来,虽然也有轻轻的碰撞,却已混在了海浪的拍击之中,就算少芸都不太感得到,更不消说是大船上了。她对阿茜的控船之术实是佩服得五体投地,心道:"真是术业有专攻。阿茜才这点年纪,竟有这般手段。"眼见小船贴着福船停下,她小声道:"阿茜,令兄呢?"

阿茜也颇有点意外,看了看周围,小声道:"咦,哥哥他们还没来呢?"

小船已经靠到大船边了,照理铁心那一支人马应该同时杀出,如此重拳出击,打张永一个措手不及。就算现在风浪渐大,隔得远一些便看不清楚,但铁心他们的船总该比少芸乘的小船来得更快才对,但左右看去,根本不见有别个船只。少芸皱了皱眉道:"难道铁心先生找不到路?"

阿茜喃喃道:"鬼门礁这地方很好认,哥哥怎的会不认得?不过他给过我两个信号,要我万一等不到他,便放信号。只是现在放的话……"

现在放信号已是打草惊蛇，便是阿茜都觉得不对了。少芸心头却是一亮，已然明白铁心的用意，他仍是想让自己去充当探路之人，否则岂会给阿茜这个信号？显然铁心是想让自己去担负所有危险。他还生怕自己会变卦，所以一直都不明说，直将自己到了这艘福船下才露出真意来，看来他想坐收渔人之利的心从未变过。但就算已经看透了铁心的用心，少芸亦知自己已没有别的路可选，只能一步步走下去了。何况，就算没有铁心这路人马，现在张永已在眼前，少芸无论如何也要赌一下自己的运气。

夫子，你将这局棋交到了我手中，我纵然不敌，也要战到最后一刻！

想到此处，少芸暗暗咬了咬牙，小声道："阿茜，你先在这儿等着吧，我上去。若是有什么不对，你便放信号。"

阿茜睁大了眼，顿了顿道："可是，少姐姐，你这样……"

阿茜似乎真个不知她哥哥的真实用意，但安知她不是在作伪。少芸心中一阵烦乱，阳明先生不在了，她都想不出自己还能信任谁，她道："不要紧，你自己小心吧。"说罢，伸手过去一掌贴在了船帮。这船还甚新，船帮甚是光滑，不过终还有些藤壶贻贝之类生着。少芸正待向上攀去，却听阿茜低声道："少姐姐。"

阿茜在这当口还开口说话，少芸亦是略略一怔。她转过头，也不说话，却见阿茜眼里竟然有一丝忧色，轻声道："少姐姐，要当心啊。"

如果这也是作伪的话，这少女未免也太可怖了。少芸只是点了点头，示意让阿茜放心，便提起了右足。她右脚下装着靴刃，右脚轻轻一点，靴刃刺入了船帮少许。一感到脚尖吃住力，少芸掌上一捺，人已然升上了尺许，左脚尖在船帮吃住力的地方一点，右脚已提上来又轻轻插入了船身。轻轻巧巧几个起落，便已攀到了船舷边，阿茜在小船上看得目眩神迷，心道："少姐姐原来身法如此之强！"她却不知少芸的身法之强，原本就少罕逢其匹，加上她身上这件斗篷，更如百尺竿头，更进一步。单论身法，不论是阳明先生还是张永，都已较少芸逊色了。

待攀到船舷边，少芸小心探头出去看了看，见甲板上空无一人。海风正紧，这艘福船虽然已下了锚上好了缆绳，仍是在风浪中不住地微微晃动，又是在这等寸草不生的礁岛上，看来水手也不会自讨苦吃地在这样的天气里巡视。她定了定神，翻身跃上了甲板，人如一团烟气，连半点声息都没有。

一上甲板，少芸便闪身贴到舱门边，抬头看着舵舱。整艘船上，现在也唯有此处还有一点灯，那儿应该有人还在守夜。她伸手一搭，翻身上了舱顶，站到了舵舱外。

舵舱里挂着一盏油灯，有个水手正睡眼惺忪地靠在舱壁上打盹。少芸刚翻身到舵舱外，那水手正好睁开了眼。睡眼蒙眬中见门口赫然多了个人，那水手吓得当即便要叫喊，只是没等他叫出声，少芸的长剑已然直刺过去，顶在了他咽喉处。

剑气阴寒，剑尖已刺到了皮肤，只消再进得一分，气管喉管尽断。这水手吓得脸色煞白，但长剑却顿住了。

纵然阳明先生告诫过她，做事定要当机立断，不能有妇人之仁，可少芸看到这水手恐惧之极的眼神，终是有些不忍。她低声道："不要说话，我便不杀你。"

少芸身上穿的乃是那件斗篷，中原一带极少见过这种打扮，那水手一时也猜不出她是什么人，还只道也是佛朗机那样的外洋人。待听得少芸开口，他露出一丝惊异，点了点头。少芸见他点头，将剑向后挪了挪，低声道："张永可在船上？"

水手又点了点头，低低道："张公公便在门口那舱。"少芸的长剑抵住这人的咽喉时，剑气透体而入，虽然没有皮肉伤，却已让他的声音变得极是沙哑。他倒是怕少芸听不清，还指了指靠舱门的那座舱。少芸道："多谢了。"长剑往下一沉，剑尖在这水手前心膻中穴一点。她这手刺穴功夫已练得颇为高明，剑尖也不曾刺破那人皮肤，剑上劲力先把这人的要穴封了。

制住了这水手，少芸转过身，翻身跳下了舵舱，连一点声响都不曾发出。这时她就站在舱门口，依那水手所言，靠门口这座舱里住的就是张永了。少芸将长剑插入门缝，轻轻一顶，只觉里面的门闩轻轻巧巧便被顶开了。

如此轻易便开了门，少芸都有些意外。看来张永也根本不曾料到自己竟然会在这般的风浪中摸到这艘已经出了海的船上来，而这个一直几乎难以捉摸的大敌现在如同俎上鱼肉般任由自己处置，少芸几乎不敢相信。然而就算到了这等时候，少芸仍不敢有丝毫大意。张永这人实在太可怕，就算伤势未愈，仍不是一个容易对付的敌人。

站在门口深深地吸了口气，少芸猛地推开了门。

刺杀之道，并非一味地只能隐于暗昧。越是面对厉害的对手，就必须越出他的意料之外。这等木门纵然轻轻推开，也难保不会发出声音。而一旦被张永发现，那么这点难得的先手之利必然也就保不住了。以最短的时间突袭，才能把握住致胜之机。

随着一声刺耳的尖利之声，门一下开了。少芸正待冲入屋中，但就在门开的一瞬间，眼前却有一点寒星疾射向她的面门。

甲板上多少还有一点微光，这座舱里却是暗得没一丝亮，这一点寒星越发显得突兀。

是剑光！

少芸万不曾想到舱中竟然会有人暗算自己，此时她右脚已踏入舱中，左脚犹在舱外，右脚猛然用力。她身形之灵便，实非寻常之辈所能梦见，借右脚这一蹬之势，左脚已然踢起，钩住了门框，身体忽地凭空跃起了尺许。本来她站在门中，根本无法向左右闪避，暗算那人亦是算定了这一点，心想少芸唯一可做的只有疾退，因此这一剑全然不留余地，凌厉无比，定要叫少芸难逃这一剑穿心之厄。哪知少芸竟然不退反进，这一剑贴着少芸的身体刺了空。他正待回剑防御，少芸已然一剑斩下。

这一剑凌空而落，力量虽然不及此人之大，剑势之锐犹有过之。那人一剑用老，哪里还逃得开？少芸恼他暗算自己，也料定舱中伏下的定不止一人，也不管这人是不是张永，这一剑亦是毫不留情。黑暗中只听得一声惨叫，少芸的剑已在这人腕上重重划了一道，此人的手腕就算不断，也是筋脉损尽，这一辈子都休想用剑了。

惨叫声甚粗，定然不会是张永。少芸一直不敢有丝毫大意，但此时才明白自己仍是低估了张永。张永早已发现了自己，却一直隐忍不发，等的正是自己进舱这一刻发起暗算。只是施暗算这人也没料到少芸会有这等破门之举，仓促间不能隐去剑上锋芒，这才被她及时发觉，否则黑暗中无声无息、无形无色的一剑，她纵有通天本领都躲不过去。这一刻少芸背心亦是冷汗涔涔，心知舱内定不会只有这一个埋伏，正待闪身退走再做定夺，可刚从门框上跃下还不曾站稳，眼前忽地一亮。

寻常灯火，再亮也不过如此。但这道光却亮得异乎寻常，几非人间所有，简直就如眼前突然划过一道闪电。人从极暗之处突然来到极亮之处，眼睛不能适应，会被晃得短时间失明。少芸全然不备，下意识地便用手挡到眼前，只是终究还是晚了一步。她只觉眼前一黑，已然什么都看不到了。而就在这一瞬,她右手腕一紧,被一根细索缚住。

这根细索与少芸那绳镖索一般无二,也是以天蚕丝混合鹿筋揉成,就算以精钢快剑去斩也斩不断。少芸心头一寒,左手疾伸,便要去握右手长剑,可手刚伸出,左手腕上却也一紧,又一根细索飞来,将她的左手也缚住了。少芸的力量并不算小,但飞索缚住她双手的这两人显是神力之士,力量之大,罕有其匹,左右一拉,少芸双手被拉得分开两边,长剑"当"一声落到地上。少芸心中不由大悔,心道:"夫子告诫过我,可我还是轻敌了。"就在片刻之前她还觉得自己胜券在握,此时方知自己原来早已堕入了对手的圈套之中。就算是在这孤悬海上的礁岛避风,张永仍然不曾有半点大意,而自己却当真将张永看小了。

刚才那道奇亮无比的光一闪即逝,此时听得"嚓"一声轻响,黑暗中亮起了一团光,但这回只是寻常的灯火,有个说尖不尖、说沉不沉的声音道:"惠妃娘娘,不出督公所料,您果然来了啊。"

这是谷大用的声音!

灯光甚是柔和,少芸的眼睛也已渐渐恢复,面前一切慢慢清晰起来。一个水手模样的汉子站在她跟前,一把剑落在脚边,左手抓着右腕,衣襟上尽是血,手腕上亦是一片鲜红,自是暗算她反被斩伤手腕之人。而这人背后靠墙站着一个肥肥矮矮的无须汉子,正是谷大用。谷大用的嘴角微微斜着,似笑不笑,手中还拿着一个铜质的圆筒,方才那种异样的亮光定是从中发出来的。在谷大用身边,一个白头老者坐在一张靠墙的大椅上,赫然便是张永。

谷大用将那铜灯放在怀里,伸手又摸出一把短刀,小声道:"督公,我服侍娘娘去见先帝吧?"

他这几年朝思暮想的便是消灭少芸这个中原兄弟会最后的孑遗,但碍于张永之命,一直未成。高凤与魏彬都死在了少芸手中,谷大用更是又惧又恨，惧的是少芸迟早会对付自己，恨的则是自己偏生碍于张永之命，不能全力与少芸一斗。现在少芸终于落入了他手中，谷大用心中实是欣喜若狂。只是他性子阴沉，心中纵在狂喜，脸上仍是不动声色，话也说得甚是和缓。

谷大用还记得张永说过，此番捉到少芸，便要将她杀了。张永慢慢站了起来，说道："桀公，少安勿躁，我还有几句话要问问她。"

谷大用没想到张永到了这当口居然平心静气地这般说，心道："还要问什么，一刀将她杀了，便一了百了了。"只是借他一个胆也不敢真个对张永这般说，他只是低头道："是，是。"

张永慢慢走到少芸面道。少芸双手虽然被缚，但双脚却不曾受制，他也不敢过于靠近，站在少芸面前大约四尺许，原先手腕受伤的那水手慌忙站到一边。张永站定了，顿了顿，沉声道："少芸，阳明兄如何了？"

少芸还不曾回答，谷大用却是一怔。以往不论人前还是人后，张永对少芸的称呼都是"这婆娘"，透着一股鄙夷与不屑，但此时反倒心平气和了。谷大用心中诧道："督公在想什么？难道他对少芸这婆娘生了恻隐之心？"

张永自不会对少芸心生恻隐。看着少芸，谁也不知道这个权倾天下的宦官之首此时想到的，却是许多年前与杨一清和阳明先生的那一夕长谈。张永平生杀的人并不算多，每一个都非寻常之辈，唯有暗算了阳明先生后，让他心中一直有种异样的酸楚。

曾几何时，以阳明先生这等儒士首领的身份，对他这般一个太监毫无歧视之心，单是这一点便不禁让张永有一丝感动。以阳明先生之能，如果他也能让他成为自己一方，必定无往而不利。只是造化弄人，阳明先生偏生是兄弟会这个死敌的首领，张永发现了这一点后当机立断,毫不留情地向阳明先生发起暗算。可是在暗算得手之后,他却实在有些异样的感觉。

最大的死敌,竟是平生知己。以张永心性之狠,也多少有些唏嘘。少芸的性命固然不能再留,但至少在她死前与她说说阳明先生的事,也算是对死在自己手上的故友最后的怀念了。

少芸自不知张永还有这心思,也不想多说,厉声喝道:"张公公还要惺惺作态?夫子定会替我报仇的。"

张永见她如此淡然,嘴角不由抽了抽,忖道:"这婆娘真不愧是阳明兄的衣钵传人。"他摇了摇头苦笑道:"少芸,你不必骗我,禹貐的威力,纵是阳明兄也承受不住。"

所谓禹貐,便是那一日少芸见到的四个从水中冲出的怪人。禹貐虽然威力不小,但尚不完备,然而几乎不须呼吸,便能长时潜伏在水中。那一天在舟中,张永先以火莲术激斗阳明先生的心法,真正的目的正是驭使水中的四个禹貐。阳明先生的象山心法能察觉周围的细微变化,因此寻常伏兵根本对付不了他,唯有禹貐方能趁虚而入。只是禹貐虽强,张永也知道最多只能让阳明先生受些伤罢了,那天他最后以火莲术偷袭,方是致命的一击。虽然不曾看到最后的结局,但张永知道阳明先生必定已是无救。只是他自己也不知为什么,看着这故友武学上的唯一传人,竟然隐隐有一丝伤怀。

也罢,阳明兄,你这一脉武功就此成为绝响吧。

张永的右手往左手袖筒中一探,抽出了那柄细剑。虽然他的内伤还不曾痊愈,但少芸双手受困,杀她已不费吹灰之力。张永抬起头,眼中那一丝隐约的善意已然彻底消失,剩下的唯有阴鸷。

看到张永抽出了细剑,谷大用一颗心才算落地,心道:"督公原来是要亲手杀了这婆娘。"他手上还握着那短刀,正待收刀入鞘放回怀中,眼底忽然一亮。

亮光是从外面传来的,仿佛打了个闪。但较诸闪电,这点光又未免淡了些,何况今晚风大,却并没有下雨,不似会有雷电。谷大用不由一怔,抬头看向舷窗外。甫一转头,却觉心头一寒。透过舷窗,只见夜空中有一点暗红色的星光正斜斜坠向海面,看距离鬼门礁不远。

这并不是流星,而是信炮!

张永也已发现了这异样的亮光。他转头看了看,就在这时,身后突然传来一阵闷雷似的震颤。

造船的木料,多半极为坚韧,而舱壁更是牢固,足足有寸许厚。船上有十来个水手,尽是追随谷大用多年的亲信。此时舱中的三个是他的得力助手,另几个就住在隔壁舱中。张永上船后,说少芸定会死追不放,纵然在海上也不得不防,因此让谷大用与三个最得力的手下都埋伏在这舱中,另外的人则回舱歇息听用。现在少芸已然受制,谷大用也根本没想过要动用另外的手下。他背心贴着舱壁站着,舱壁一震,他马上便觉得了。

这等震颤,看样子应该是撞到了什么重物后才有的反应。但福船现在就停在鬼门礁边上,风浪虽大,实不可能撞到什么船。少芸乘来的那艘小舟就算撞上来,也只会四分五裂而已,根本伤不了大船分毫。因此一觉震颤,谷大用便是一惊,心道:"怎么回事?这船上此番可不曾带过火药啊!"

张永的细剑刚抽出袖筒。他虽然不曾靠在舱壁上,但同样觉察到了这阵震颤,心头不由一凛,扭头看向舱壁。也就在这时,"轰"的一声巨响,舱壁竟然从中碎裂,现出了一个大洞。

这大洞出现得极是突然,舱中几人全都为之变色。谷大用就靠在舱壁上，幸亏那大洞是在张永方才坐的位置，不然他非受波及不可。谷大用一个踉跄，向前冲出两步，心道："糟糕！难道船上真藏着几箱我不知道的火药？"

船身所用的木料非常坚固，寻常锯子都不易锯断。舱壁虽然没船身那样厚，但弄出这等大洞，实非火药不可。只是他也闻不出有硝硫之味，正在诧异，却听一声断喝，从那破洞中已飞出一个人来。这人飞出时的身法极怪，竟是脚前头后，身体平平飞来，直冲向张永。这人虽然疾如闪电，但张永同样快如迅雷，右手细剑忽地在这人的脚踝上一捺。细剑不过手指粗细，看去似乎用力稍稍大些就会弯曲，但张永一剑捺下，那人却如中雷击，整个人猛地砸向地面，发出了"咚"一声响。这人飞出来时如此之怪，张永原本就甚是诧异，听得这声音，这才恍然大悟，心道："这是个死人！"没等他回过神来，又有一个黑影从舱壁破洞中疾冲出来。

谷大用眼尖，张永一将那尸首捺倒，他已看清这正是船上的一个水手。这些水手其实都是谷大用的手下，全都身怀武功，精擅驾船。武功最高的三个都已在舱中了，死去之人武功不算很高。但如此被人无声无息地杀了后又将尸体当暗器掷过来，这等事纵然残忍如谷大用也不由暗暗心悸。他不过一个怔忡，却见一个人影又从破口冲出，直冲向张永。这人个头不甚高，也就与谷大用相仿，但行动迅猛，势不可挡。张永刚将那具尸体捺倒，只道又飞来一具，右手细剑已不及收回，左掌一下探出。他的左手不如右手力大，右手一把细剑能以柔克刚，将那一具一百多斤的尸首捺倒，左掌反没这本事，只能借势一托，好将力道化去。哪知他正要伸出左掌，冲出那人却是一拳直击张永前心。

这是个活人！

张永暗暗一惊。他只觉此人的拳力大得异乎寻常，怎么也想不到船上什么时候冒出这般一个高手来。他的左掌一晃，便迎了过去。"啪"一声响，接住那人的一拳。

一接上那人的拳头，张永只觉一股力量直涌过来，胸膊间仿如被滚水灌过，脚下不由退了半步，但此人拳力也被他这半步之退化去大半。张永的火莲术源出密教，又融入了内家功夫。这一掌与武当绵掌异曲同工，也是以柔克刚的高明武功，只消接住对手之拳，马上便以阴力冲击此人手腕脉门，让他再用不出力来。只是他的掌力还不待发出，那人被张永抓住的右拳食中二指忽地一钩，扣向了张永手腕脉门。便如同地面能承受万钧巨石的重压，但一根小小的尖针却能轻易刺入。那人刹那间将一拳之力尽化入二指指尖，便是石块只怕也会被抠出洞来。张永见此人破壁而出，使的尽是大开大阖、刚猛无匹的拳招，哪想到此人变招竟是如此之速。此时就算能发出阴力，但自己腕上经脉先要被这人二指截断，张永心知再不能硬拼，手一缩，人又退了半步，闪过了这一招，心道："这人好强！"

张永心细如发，便是在鬼门礁避风，仍是不敢有丝毫大意。那个瞭望的水手其实只是例行公事，他在船头也派了个守夜的岗哨。就算如此，他仍是不敢疏忽，自己原本就要打坐运气疗伤，因此他把自己也当成了一个岗哨了。少芸的船靠到福船近前时，张永便已发现。他一直不声张，暗中叫谷大用布置停当，果然将少芸拿下。只是少芸虽然受制，这时却又杀出这般一个强得出奇的怪人来。若是平时，这人再强也不会让他害怕，但此时他内伤未愈，再与这人硬碰硬地较力，已然落了下风。这人却是得理不让人，张永退了半步后，他本来左脚在前，脚下一错，右脚踏上了半步，趁着这半步之势，左拳又是直直击来。

其实这人除了变招奇速,拳招却只能说是平平,这一拳径直击出,也没有什么变化。但大巧若拙,就是这等全无变化的直拳,速度与力量都已能发挥到了极限,虽是两拳,却几乎已连为一体。张永退了半步,原本便是准备与敌人硬拼,但此人的拳法竟全无半点滞涩,双拳交替击出,仿佛身上长了七八条手臂一般。就算张永武功已臻化境,一时间也只剩硬拼一途。那人的拳越出越快,每上前半步便一换拳,只不过一眨眼,张永的左掌已接了他三拳。这三拳两右一左,三拳几如一拳,一拳比一拳沉重,张永虽然接下,但五脏六腑都仿佛在震颤,心知若是这样下去迟早会被这人的重手震死不可。此时他退了一步半,已站在了缚住少芸右手的那水手身前,眼见这人第四拳也已击出,张永已不敢再接,身形一侧,左脚一踮,单足立地转了半圈,堪堪闪过了这一拳。只是他闪过这人的一拳,但拳力仍是排山倒海一般压向张永身后那水手。这人的拳法虽无太大变化,但速度之快,真个惊人。数拳此起彼伏,全无滞涩,一瞬间出了几拳,竟比旁人打出一拳还要短。那水手正奋力缚住少芸的右手,刚听得一声巨响,有人击破舱壁冲出,待抬起头来看时,这人已然迫退了张永冲到他近前。这水手做梦也没想到竟会如此之快,被这人一拳当心击中。

这冲出来的汉子正是铁心。铁心想收渔人之利,并不想担风险,少芸也已有准备,因此她方才虽然中了张永之伏被擒,却并不惊慌。好在铁心来得及时,而张永先入为主,只觉中原兄弟会一脉尽是为了同伴不惜杀身之辈,如果少芸有同伴,绝不会坐视她中伏受擒,万没想到此番却是铁心这等只为自己打算之人。张永内伤尚未痊愈,铁心全然走刚猛一路的拳法又恰是他的克星,接了三拳后已不敢再接。张永纵然重伤之下能以单掌接住铁心掌力,但那水手力量虽则不小,武功却是平平,内力更是平常,哪有这本事?加上一心抓着缚住少芸的飞索，连让都让不开，"砰"一声，当心中了一拳，立时鲜血狂喷，人软软坐倒。左右两人缚住少芸双手时，她自是动弹不得，但右手一松，少芸身子一转，右脚已然飞踢向左方。左边那水手到这时仍是死死抓住飞索，生怕少芸会挣脱，万没料到少芸已然脱困。少芸这一脚踢去，靴刃正中他前心，这人当即毙命，只比右边那人晚了片刻而已。

定要杀了张永！少芸心中只有这一个念头。她双手得脱，出手再不留情，右脚踢死了左边那水手，不待落地，左脚也已向前一踢，正踢在她先前落在地上的那柄长剑上。长柄就如活了一般直飞起来，不偏不倚，剑柄落到她掌中。

手一握剑，少芸顿时信心大增。只是手刚触到剑柄，却觉眼前霎时一亮，随即便是一黑。她心头一沉，知道是谷大用故技重施。方才她便是没能防备谷大用这一手，结果失手遭擒，没想到竟然重蹈覆辙，一瞬间眼前又是什么都看不见，幸好剑已在手中，她将长剑在身前一掠，护住前心，以防遭人暗算，一边下意识地闭了闭眼。

铁心破壁而出，只一拳便击退了张永，谷大用在旁一见，便险些叫出声来。他也不认得铁心是谁，但看铁心出手，谷大用心知自己定不是他对手。现在少芸也已脱困，他心知张永本领再大，腹背受敌也绝不是对手。若是张永被杀，接下来肯定轮到自己了。他手中这燃犀镜一共能用两次，先前为擒少芸用过一次，这时也再顾不得一切，举起来便是一按，人也直冲出去。

燃犀镜原本是他与皮洛斯二人在岱舆岛为改良灯火而制成的。只是亮光虽强，却不能持久，而且亮度未免也太强了点，映得人头晕眼花，亮的时间又不过一瞬，也不能当灯塔来用。谷大用武功虽然不算很高明，但这等器具的研制却颇具匠心，索性不求能亮得长久，只求将亮度千百倍提高，以此来当成武器。经过改良，这燃犀镜能在一瞬间发出极亮的亮光。若是正对着人一闪,足以将人的双眼晃得短时间失明。这件武器虽不能伤人,却能让对手在一瞬间失明。少芸吃过一次亏,一发现突然有极强的亮光,马上便闭上了眼,但铁心却全然不备,被晃得全然不能视物。心惊之下,双手一上一下护住前心,蓄势待发。

谷大用带了三个得力手下埋伏在屋中,两人已死,还有一个右手被少芸斩伤,握不得武器,正站在他边上。谷大用向前冲出时,一掌便在这人背后一推。这水手也不曾料到谷大用会突然推他,一下被推得冲向了铁心。铁心眼睛虽然一时间什么都看不见,但拳力如箭在弦,一触即发,一觉有人冲到面前,当心一拳击出。那水手只觉一股排山倒海的巨力涌来,顾不得手上之伤,伸掌要去接。只是铁心眼睛不能视物后,也生怕遭了暗算,拳上力量有增无减,那水手哪里受得住?一掌下去,接是接住了铁心的右拳,只是拳力鼓荡之下,自掌而腕,由腕而臂,拳力直如大江大浪汹涌而至。"喀嚓"一声,拳力竟然将他的手臂寸寸震断,一根臂骨被震得直插入胸腔里,那水手只来得及惨叫一声,人已软泥样瘫倒在地。谷大用便趁着这工夫,一闪身冲了过去。他生得肥肥矮矮,身法却也不弱,虽然那人与少芸挡在他面前,但他仍是一个箭步冲了过去。

少芸方才中过一次招,这次已然乖觉,一察觉有异便及时闭眼。虽然也被闪得有些眼花,但并不曾失明。只是一闭一睁的工夫,却见身前的甲板上赫然出现一个大洞,谷大用已然钻进洞里,只有小半个身子还露在外面。她没想到这舱中居然还有这等机关,张永已不见踪影,定然先从这洞中走了。少芸正待上前,耳边听得"哈"一声,一股奇强的力道直冲过来,却是铁心以重手震死了那水手后,又是一拳击出,正对着少芸。铁心被谷大用的燃犀镜闪了个正着,现在仍是完全不能视物。他自恃武功高强，于是趁虚而入，一路杀上船来，真个所向披靡，直到与张永过了三掌才算遇到对手。他不知张永有内伤在身，只觉张永掌力虽强，仍然比不过自己。正待一举将张永击溃，哪知中了谷大用的道，眼睛一下失明。铁心身经百战，并不慌乱，拳法仍是有章有法，较前更为严谨，只消周遭有动静，便出拳攻击。

这一拳直直击出，正对准了少芸。少芸此时已收不住脚，身子一侧闪过了这一拳，正待开口，却觉拳力劈面而来。她的身法虽佳，但全凭一口真气，若是这当口一张口，真气立泄，便要难逃这一拳之厄。她暗暗叫苦，好在她站在舱门口，不似先前张永那般退无可退，脚下一个错步，人飞身掠出门去。哪知她不退还好，铁心一拳落空，人已疾冲一步，右拳甫收，左拳又出。

铁心这路拳法精要，便在于出拳之间几无停顿，一旦出手，拳势如疾风骤雨，绝不容对手有反击的余地。这等出拳，一般人只怕三四拳后便后继乏力了。但铁心天生神力，这些年来又苦修不止，这路拳的造诣已然是师门百余年来第一，就算张永乍遇之下也是手足无措。此时铁心眼睛仍不能视物，更是不敢大意，拳力已发到了十成。他这拳法本来就是借踏步之势增加拳力，舱中狭小，迈不开步子，他只能半步一进。饶是如此，方才张永也只能接得三拳而已，但一出舱门，铁心人长步长，一步顶得少芸两三步。少芸虽在疾退，两人之间的距离却不曾拉开半分，铁心的拳力却是借了大步踏出，一拳沉似一拳，外面的海风竟然也盖不过拳风。少芸退得虽快，十步之内他也不比少芸慢。

少芸心下大急，只是眼下唯有一退再退。几乎是一刹那，少芸已退了七八步，铁心则进了五六步，两人之间的距离已拉开了半尺。少芸情知只消再退两三步自己便有腾挪的余地了，索性借这一口真气未尽再退两步。只是后脚跟一磕，却是已退到了船舷边，哪里还退得下去。铁心虽然仍看不见，却发觉敌人的身形突然停了下来。他出拳丝毫不慢，左拳提在前心在右肘上一磕，右拳直直冲出。

铁心这路拳名谓"须弥倒"。须弥山乃是佛经中所言的妙高山，山高三百六十万里，乃天帝所居。"须弥倒"之意，便是说拳力之大，连须弥山都能击倒。其实拳力强弱固然因人而异，但铁心此时这一拳名谓"天鼓雷音"，这招拳法以左拳磕右肘，再以右拳磕左肘，双拳互相借力，如此一拳比一拳力大。只是这一招极耗内力，寻常人出得三拳便要精疲力竭，但铁心神力惊人，这天鼓雷音足可连使八拳，号称"雷音八响"，实是惊人。此时虽然出得第二拳，但少芸也觉拳风强得异乎寻常。她背后便是船舷，已是退无可退，眼看这一拳便要击中前心，她忽然反手在船舷上一按，人猛然跃起。

少芸的身法之佳，几可称得当世无双，就算阳明先生也比不上她。铁心这一拳击去，拳力到处，"咣"一声响，船舷竟被打塌了三四尺宽一段，就在这时，却听得舱门边传来了一个少女惊叫的声音："哥哥！快住手！"

第十八章 飞 攻

说话的正是阿茜。她手中握着把短刀，身上已沾满了血痕，身后还跟着七八个汉子。这些汉子长长短短，但个个孔武有力，正是铁心手下的八天王。船中那些张永和谷大用的爪牙都颇为不弱，但阿茜与八天王打了他们一个措手不及，这些人不少尚在睡梦中，便被扫荡一空。待阿茜出舱，见哥哥竟然与少芸动上了手，少芸被哥哥一拳击得飞出船舷去，不由惊叫起来。铁心虽然还看不清，听得却清清楚楚。他一拳打出，本来另一拳也要跟上，一听得阿茜的声音，单腿忽地一屈，左拳疾向下打去。船的甲板比船舷更要坚实，他这一拳力量虽然极大，也没打穿甲板，只发出了"咚"一声响。原来这招"天鼓雷音"已然使发，铁心若是强行收拳，只怕自己臂骨都会被震断，也只能如此来收住拳势。

少芸本是扶住船舷跃起，此时船舷被打塌，她的身体已然在船身之外。福船虽以航行平稳著称，但这样的风浪天里，仍在不住地左右晃动。此时若是落水，定会被船身撞得昏死过去，立时沉入海底。阿茜一出舱便见这情景，已是又惊又惧，也顾不得再多说，一个箭步便向少芸冲去，想要拉住她。

阿茜的身法极快。她刚伸出手去，却见少芸袖中飞出一条黑索，正搭在一边船舷上，少芸便如风筝一般飞身又跃回船上。她没想到少芸还有这等本事，不由一怔，就在这时，船身猛然一震。

这一下震动极是突然，阿茜正站在船舷破口边。她身体甚轻，被突然震得站立不定，下意识便要去抓船舷。但她站的这一段船舷已被铁心一拳击塌，伸手抓了个空，身形一歪，便直摔了出去。此时铁心正在她身边，也被震得立足不定。只是他武功非凡，下盘极稳，猛然间变拳为抓，一把抓住了船舷的断口处。五指直如五根钢钉，将船舷都抓出了五个洞，深深陷入了舷板里，这才稳住身形。另一手待要去抓阿茜，只是他武功虽强，速度却不算快，何况眼睛虽然终于能够渐渐视物，却仍然看不太清，这一把根本不曾碰到阿茜，阿茜已然摔了下去。铁心心中一沉，一旁忽然飞过一道黑索，正缠住了阿茜的腰肢。

那正是少芸的绳镖。少芸借这绳镖飞身跃回船上，却见阿茜摔了下去。她手疾眼快，这绳镖更是使得熟极而流，不等自己站稳，便再次出手。阿茜摔下去时也已吓得魂不附体，一觉身上受力，一把抓住了绳镖。她身子虽轻，但带着下落之势，少芸自己也不曾站定，一下竟然将少芸也拖得滑出少许。此时铁心轻舒猿臂，一把抓住了黑索。他的力量比少芸大得太多，一把便将阿茜拉了回来。

阿茜死里逃生，一张脸已吓得煞白。还不待她说出什么来，船底突然冒出了一片亮光。

那是两条长长的火柱。借着火光，只见一艘小艇从船尾直冲出去，飞进了海中。这些大船都备有小艇，以备在船只遇难之时逃生所用。但这些小艇都挂在船边，从来没见过是从底舱中冲出来的。甲板上三人都是一惊，盯着这艘驭火飞出的小艇。

火柱是从那小艇尾部喷出的，小艇中有两个人。借着火光，看得出正是张永与谷大用二人。铁心先前只觉胜券在握，谷大用和张永的党羽已被自己手下的八天王尽数剪除，不必急在一时，却万万没想到他们还留了这个后手。见这艘小艇在海面行进之速，真个有若电抹，船尾的两点火光一眨眼便小得看不见。此时与阿茜一块儿从舱中出来的那八天王总算跑了过来，其中一个跑得快，正好见到这艘小船喷火飞出，惊道："直哥，这……这是什么？"

是火龙出水。少芸暗暗想着。

火龙出水，是大明水师一种海战武器，是用极粗大的毛竹做成，填以火药，点燃引线后贴水而飞，能在水面上滑行二三里之遥。一旦击中敌船，火药炸开，便将敌船炸沉。少芸在出海时听朱九渊先生说起过，正德十六年，佛朗机人寇广东，广东海道副使汪鋐便是在离这儿不远的屯门用这种武器大破佛朗机战船，将那些佛朗机海寇驱出内海。这艘小艇上装的，应该并不是火龙出水，而是类似的东西。张永与谷大用必定然发觉大势已去，这才弃船而逃。

这时阿茜挣开了铁心的手，从腰间解开了绳镖，道："少姐姐……"

少芸手轻轻一抖，将绳镖收回了袖中，说道："快到鬼门礁上去，这船要沉了。"

少芸已然发现这艘巨大的福船有些异样。这等风浪天里，船头和船尾一直都会有起伏。但正常的起伏都是一头起来后马上又会落下，幅度也不会太大。然而现在这船却是左右摇晃远大于首尾的起伏，现在已经可以感觉得到船头正在翘起,这情形只有一种解释,便是船尾已然进水。

张永和谷大用借助这种装有喷火装置的小艇逃走,自是发觉回天乏力,决意弃船了,他们自然也就做好了沉船的准备。阿茜亦是目瞪口呆,忽然向铁心斥道:"哥哥,都怪你!你做什么与少姐姐动手?"

铁心常年在海上,对海上地形熟之又熟,他先前躲在附近,就等阿茜的信号。只是他太过托大,只想着手下八天王齐聚,又是趁虚而入,定然一现身便技压当场,稳操胜券,定将张永与谷大用生擒。哪知武功不能奈何张永,又中了谷大用的暗算,反与少芸缠斗了半天,结果让张永与谷大用逃走。只是他哪肯自承其非,只是向八天王恨恨道:"你们怎么来这么晚!"

八天王中领头的名唤叶宗满,是铁心的膀臂,也是他结义兄弟,平时最说得上话。听铁心口气大是不悦,心知定是自觉理亏,所以要找人撒气。叶宗满甚是圆滑,忙道:"是,是,直哥,都怪我们平时不曾好生习练。"

眼见功亏一篑,又被张永逃走,少芸心中也极是难受。只是现在纵然责怪铁心也没用了,她道:"先别管这些了,快下船吧。"

福船停靠在鬼门礁边,但碍于吃水,离礁岛还有个数丈之遥。这种大船沉没之时,往往会激起漩涡,若不能及时逃开的话,漩涡会将周遭的东西尽皆卷入海底。阿茜道:"是,这船上已没活口了,哥哥,我们先下去……少姐姐,你往哪儿去?"

这样的风浪天,张永所乘小船因为用火药推进,尚可行驶。铁心乘来的这艘海船较这福船也远远不如,实不能再冒险出海,只能先到礁上暂避。只是她正待下船,却见少芸转身反向舵舱上跑去,不禁大急。却听少芸道:"那儿还有个人!"

方才听阿茜说船上已无活口,少芸心中便是一动。铁心出手如此狠辣,看来他上船后,先将船上的水手除尽了才出手对付张永。翦除羽翼,再击本原,这也是兵法正道,张永和谷大用定然已经发觉手下尽遭诛戮,所以不得不下狠心弃船而逃。那些水手都是谷大用的心腹党羽,有许多还是谷大用执掌西厂时带出来的,作恶多端,死不足惜。然而少芸想到是舵舱中守夜的那水手,这人先前被少芸点了穴道,根本动弹不得,若是不管他,这人要活活被带入海底淹死。就算此人跟着谷大用做过许多伤天害理之事,但一想到一个活生生的人要死得如此之惨,少芸终是不忍。

舵舱就在上方,少芸也不过两三步便进了舱中。那守夜的水手被封住穴道后,身体动弹不得,耳目却是无碍,眼见船要沉了,已然吓得屁滚尿流。少芸解开他的穴道,低喝道:"要命的,快随我来!"

此时这福船的船头已越翘越高。张永与谷大用驾驶那艘喷火的小艇冲出船腹后,已将船底炸开了一个大洞。此时底舱水已越进越多,整艘船都快要竖起来了。亏得福船比寻常的船只宽很多,若是一般的船,竖起来的话会被重量折成两半。然而船身纵然不断,已然四处发出"吱吱"之声,看样子随时都会散架。少芸带着那水手跑到船尾时,船尾离水面已不过两三尺高了。船尾处停着两艘小艇,一艘是阿茜和铁心坐着,另一艘则是刚才铁心来时所乘,现在挤了叶宗满等八个手下。眼看着那福船就将沉没,阿茜心急如焚,见少芸回来,忙站起来叫道:"少姐姐,这边!"

阿茜生怕少芸会上不了小船,因此一直靠着船身。少芸飞身一跃,已跳上了小船,扭头对那水手道:"快上来!"那水手也知自己已经走投无路,就算这小船上尽是敌人,也只有拼死吃河豚,活得一时是一时。他心一横,一下跳上了小船。少芸跳上船时身轻似燕,小船几乎不动分毫,这水手武功远不及少芸,可跳上来时也甚是巧妙,那小船也没晃动多少。只是一见这人,原本坐在船头的铁心忽地站了起来,右手握住了拳。少芸便知他起了杀人之心,忙道:"铁心先生,请不要动手!"

铁心捏了捏拳,倒没有再说什么便坐了回去。因为要等少芸耽搁了这一阵,福船已经沉了近半,现在必须尽快上岸。他这一党有十人之多,要灭此人之口也不急在一时。

这艘小艇中原本便有四把桨,他们四人一人一把。阿茜与铁心坐在船头,少芸与那水手坐在船尾,急急向鬼门礁划去。叶宗满那边虽然已经坐船,但铁心不动,他们也不敢动,此时才开始跟着驶了出来。福船靠岸停泊时离岸仍有个六七丈,铁心与阿茜都精擅划船,少芸从船上救下的那水手也是一把好手。虽然这艘船只坐了四人,其中两个还是女子,反而比叶宗满那边八条大汉划的小艇更快,只不过片刻便靠到了礁边。少芸刚上了礁石,却听得海面上发出汩汩之声,回头看去,只见那艘福船突然间没入了海面。沉船都是如此,刚进水时下沉甚慢,但沉得越来越快,到最后几乎就是一瞬间之事。船头原本还露出水面有两三丈高,突然间就消失不见,仿佛海底有个巨大无比的水怪将其拖入。

从张永与谷大用夺路而逃开始,到现在也不过片刻而已。仅仅这短短一瞬,一艘足可乘载数十人的大船便沉入了海底,几人都不由有些心悸。踏上了鬼门礁,少芸看了看海面,海面上那漩涡尚未完全消散,但已经渐渐平息。她暗暗舒了口气。只是想到既没能夺回盒子,又再一次被张永逃走,少芸心中不禁有些功亏一篑的沮丧。

鬼门礁方圆十余丈,不过一所小宅院的大小,而且崎岖不平,寸草不生,其实就是块高出水面数丈的礁石。铁心一上岸,也不理旁人,只是快步向最高处走去。那最高处十分狭窄，顶多只能站得两三人，倒是下面还有一块四五丈方圆的空地，足可站得百十来人。此时铁心带着叶宗满诸人往那空地而去，就阿茜还在一边。阿茜道："少姐姐，那边可以坐，去歇息一下吧。"

鬼门礁连一根草都没有，更不消说淡水了。现在福船已沉，他们身边全无给养，但阿茜却一副若无其事的样子。少芸迟疑了一下，问道："阿茜，现在该如何？"

阿茜犹豫了一下，正在这时铁心在那边高声叫道："阿茜！"阿茜抬起头，低低道："少姐姐，哥哥叫我了。"她顿了顿，又小声道："放心吧，哥哥一定会拿主意的。"

放心？少芸暗暗苦笑了一下。若是阳明先生还在，定然会集中力量杀上张永所踞的秘岛上去，铁心应该不会多说什么。只是现在没了阳明先生，少芸也越来越怀疑铁心的诚意，她渐渐明白夫子对铁心所下的那个"可用而不可信"的论断了。铁心根本不想分担丝毫风险，现在要杀上张永的巢穴去，势必更加危险，他到底还能不能有这个担当？

看着阿茜向着空地走去，少芸陷入了沉思。虽然阿茜至今尚不曾明言，但少芸也猜得到他们定然不是寻常人，多半是些不公不法之辈。尽管少芸自己也是钦犯，但她实不愿与这些法外之徒多生瓜葛。只是不管怎么说，眼下铁心他们至少算是同路人，也只能依靠他们的力量。看着铁心，她突然想起了在平乐府官道上救自己出来的那神秘之人。

那边铁心正在说着什么，隔得有些远，也听不太清楚。忽然他手下那八人齐齐喝了一声，向着铁心行了一礼。

一见这情形，少芸心头便是一动。她只道海盗都是些乌合之众，哪知铁心这批手下人数虽然不多，却是严整无比，七八个人隐隐然竟有千军万马之势。这时又听得阿茜厉声说了两句什么，又有一个人躬身作答。此人说的话却清楚了许多，可少芸连一个字都听不懂，想必也是闽广一带哪方的乡音。但见铁心的手下对阿茜居然也同样大为恭敬，对铁心更是奉若神明，少芸心道："这铁心竟然有以兵法部勒其众之才，如今势力还不甚大，其志着实不小。"

阿茜与那人一言一语又说了几句，少芸仍是一字不懂，也不耐烦再听，正待转身坐下歇息，耳畔忽然传来一阵"咯咯"的轻响。定睛看去，这声音却是那水手发出的。此人跟着他们到了鬼门礁上，一直一言不发，但此时却死死盯着那边，眼中露出恐惧之色，那声音竟是牙齿正在不住地捉对厮杀所发出的。

这人在怕什么？

此时铁心突然厉声说了一句，下面几人齐齐大喝一声，随即欢呼起来，也不知在说些什么。阿茜却离众而出，向少芸这边走来。少芸心中狐疑，迎上前道："阿茜。"

阿茜听得声音，站定了道："少姐姐。"

阿茜虽是个少女，但说话向来干脆利落，可这时声音里却听得出有犹豫不决之意。少芸道："阿茜，你们方才说了些什么？"

阿茜道："哥哥说，那两个阉人是逃去魔烟岛了。现在已到此地，也已经与他们结下大仇，如果不趁此机会斩草除根，那些阉人定然会派水师来围剿我们。"

尽管阿茜仍然不曾明说，但这话的意思便是直承自己是海盗了。少芸心知以张永之能，只消知道了有这样一个对头在，肯定会辣手无情，一举除之而后快。先前在船上没能将张永与谷大用除掉，铁心也知道自己已经濒临绝境，唯有鱼死网破地一拼，所以这回已不得不冒一下风险了。她问道："魔烟岛？"

"嗯。这岛便是那些阉人与佛朗机人的巢穴,只是那岛上机关重重,至今还不曾有人成功上得岛去。哥哥已然要破釜沉舟一搏了,少姐姐你若不愿……"

少芸打断了她的话道:"阿茜,我自然也要去,不必说了。"

杀掉张永,夺回先行者之盒,这是少芸眼下唯一的信念。她只担心铁心会知难而退,不敢再招惹张永而打退堂鼓,现在铁心既然有决一死战之心,她自然不肯置身事外。听得少芸一口应承,阿茜长吁一口气,显是大感欣慰,说道:"是,我就跟哥哥说过,少姐姐你定然也会去的。只是还有一件事。"

"什么?"

"哥哥说,假如少姐姐准备一同去魔烟岛,那人的性命便不能再留了。"

阿茜说的自是少芸在船沉前救下的那个守夜水手。在船上铁心便有杀他之心,被少芸拦下,因此这回他也不肯自己开口,而是由阿茜转达。少芸还不曾回话,身后忽然一个黑影直蹿上来,"扑通"一声跪倒在少芸跟前,哑着声道:"娘娘,娘娘,求求您别杀我,纵然要做牛做马,我也不敢推辞,只求饶我一命。娘娘,您不是要去那魔烟岛吗?我去过好多次,知道此中秘道。若是不知底细,多半会被暗礁撞沉,根本靠不到近前。"

这人说得很是没骨气,但听得他最后这几句,阿茜也不由动容,失声道:"你知道魔烟岛?"

"那个岛是不是形状便如半个去了尖的纺锤,平时总有烟冒出?姑娘,这岛周围遍布暗礁,若不知秘道,寻常船只一靠近便会触礁沉没。"

阿茜只觉呼吸也有些紧迫。此人所言确实不虚,那魔烟岛因为经常会有烟气冒出，岛周围又暗礁林立，根本无法靠近。偏生还时不时能听到岛上传来的种种怪异之声，仿佛有什么异兽在痛苦呻吟，让人听了毛发直竖。传说岛上有妖魔出没，寻常没人敢去一探究竟。铁心他们这一党因为常年在海上，隐约也知道这地方，可是魔烟岛周遭数里之内尽是狼牙暗礁，在海面上却根本看不出异样来。当初也有胆大的想要上岛去看看到底有什么东西，然而去的人从来都不曾回来过，因此铁心自也不会冒这无谓之险。现在他决定杀上那魔烟岛，实是有所求，才甘冒如此大险。既然已决定冒险，自要做得干手净脚，绝不留下半点把柄。少芸救下的那水手万一逃回去，此人已见过自己这一党所有人，恐怕会后患无穷，因此铁心才决定，若是少芸愿去，无论如何都要灭掉那水手的口。还有句话虽然不曾明说，但阿茜也知道，如果少芸不肯同去魔烟岛的话，连少芸都要被灭了口。阿茜知道哥哥的用心，因此听得少芸要一同前往魔烟岛，她心中这块石头才放下。待听得那水手讨饶之话，她心头一亮，忖道："不错，这人定然往还多次。有他带路的话，那此行凶险至少已经少了一半，幸好不曾除掉他。"想到此处，阿茜忙向少芸道："少姐姐，你等一下。"转身向铁心那边跑了过去。

虽然不知到底如何，但这人也已松了口气，心想自己这条命多半已保住了一半。他这口气尚未吐完，却听少芸沉声道："你真知道魔烟岛？"

"回娘娘的话，张公公和谷公公管这岛叫岱舆岛。"

少芸知道人在性命关头多半会胡说八道，泼天价许愿，心中多少还有些怀疑，生怕此人听了个魔烟岛的名目就顺竿爬，先留得性命再说。但听他说出"岱舆岛"三字，她心中也是一震。

岱舆本是上古的海上五仙岛之一。因为被龙伯国巨人钓走了承托岛屿的巨鳖，结果此岛流于北极，沉于大海。虽然那个写着"岱舆"二字的卷轴是正德帝临终前亲手交给她的，但少芸原本也不知这二字的含义，还是听阳明先生说起方知。这人看样子便不是个读书之人，就算要他编，也应该编不出"岱舆"二字来。这一次功亏一篑，又被张永逃脱，少芸也知道等张永内伤痊愈，恐怕就再没有杀他的可能了。因此就算此行凶多吉少，她仍想一试。在她心底，实已有种若不再成功，就无颜苟活的心思了。哪知否极泰来，又重现一线生机，她心中实是无比欣慰，但脸上仍是一片淡然。顿了顿，她道："你叫什么？"

这人道："娘娘，小人名叫冯仁孝。"

少芸微微叹息了一声道："这名字是令尊给你取的吧？"

冯仁孝犹豫了一下，说道："是。"他也知道少芸的意思，他父亲给他取这名字，自是要他常怀仁心，谨守孝道。冯仁孝这人孝道倒也尽了，但他跟随谷大用多年，虽然不曾亲手做过什么伤天害理之事，但这些年不知帮着谷大用卖了多少劫掠来的平民百姓去吕宋岛了，这个"仁"字绝对是谈不上了。少芸见他面有愧色，心想此人倒也不是厚颜无耻之辈，便道："我先前救你一命，也只是不想你被活活淹死。知善知恶是良知，为善去恶是格物。愿你知耻而后勇，痛改前非。若你还要为虎作伥，助纣为虐，日后我再见到你，剑下定不相饶。"

冯仁孝读书不多，也不知少芸口中那阳明四句教的后两句到底是什么意思，却也知道少芸是劝自己不要再为谷大用作恶。他背后已是冷汗涔涔，点了点头道："是，是，谢娘娘教诲。"他年纪其实比少芸大了一辈有余，只是这年轻女子身上有一种异样的正气与威严，让他不由得战战兢兢。

想要进入那座魔烟岛，现在只有依靠这冯仁孝带路。也许是上天眷顾自己，所以这才留下此人性命。少芸抬头看了看，见阿茜与铁心一同走了过来,看样子定然商议停当,要让这冯仁孝带路了。她站起来道:"话已至此,走吧。"

冯仁孝没口子答应道:"是,是,娘娘说得是,小人绝不敢再有二心。"

少芸见他嘴上说没二心,脸色却仍是惊魂未定,心想这人仍不可全信。只是要上岱舆岛,又非他不可。好在同舟共济,此人胆子不大,应该不会有舍命也要为张永尽忠之心,想来同在一条船上也不会起异心。她道:"此事一了,你也回乡找个行当度日去吧。"

冯仁孝道:"娘娘说得极是,小人回去就找份买卖做……"

他还不曾说完,却见铁心与阿茜两人大踏步向这边过来。少芸道:"冯仁孝,看来你的命能留住了,但愿你不要出尔反尔。"

冯仁孝微微翕了翕嘴唇,似乎想说什么,却只是低声道:"是。"

第十九章　打入无忧角

"娘娘，前面就是岱舆岛了。"

冯仁孝小声说着。他也知道这船上除了少芸以外，旁人尽是铁心一党，只怕随时都会取他性命，因此这两天一直都不敢离开少芸左右。

此时已是他们离开鬼门礁的第二天黄昏了。虽然还隔得很远，但可以看到海天一线之间出现了一座小岛。一见这岛，少芸心头不由一震。

岱舆岛。当初听阳明先生说起这名字的来历时，在少芸的想象中，岱舆岛是个四季长绿、花果不断的所在，岛上好鸟宛转相应，那才是个仙岛的模样。但眼前这个岛是一个上窄下宽的圆台形状，正如冯仁孝所言，仿佛去掉了尖的半个纺锤，唯一与仙岛相近的是在山顶隐隐有烟气冒出。然而岛上几乎寸草不生，模样怪异，阴森之气仿佛随时会攫人而噬，难怪会被铁心他们叫作魔烟岛，哪有半点仙岛的模样。

这是座火山啊！

少芸险些便要叫出声来。当初与朱九渊先生西行泰西，便见过一座火山。当地人谓此山名叫维苏威，千余年前曾经大爆发，毁掉了山下的庞培城。此后也屡屡喷出火焰岩浆，直到数百前年方才止息，却也不知哪天还会爆发。少芸那时看得甚是稀奇，朱九渊先生却说中原也有。汉时《神异经》便有谓："南荒外有火山，其中生不尽之木，昼夜火燃。"而山西有座昊天寺，便是建在火山之上。北魏时火山喷发，周遭生灵涂炭，当地便在山口建寺，要借佛力来禳解灾祸。当少芸问朱先生是否山中真个生了不尽之木，所以才能喷火，朱先生叹了口气说那些都是古人格物不细，臆测而已。朱九渊先生持论与阳明先生一样，也是奉行格物致知之说。少年之时游历大同，听得昊天寺僧人说起此寺来历，大为好奇，专门冒险去山口勘察一番。朱先生武功过人，又胆大心雄，经过一番勘测，认定怪异之说，终是无凭，难怪子不语怪力乱神。朱先生说大地之下，实是岩浆涌动。这些岩浆在地皮较薄之处会喷涌而出，便成火山。昊天寺所在的昊天山一带温泉甚多，便可证此说。火山喷发之时，岩浆奔流，浓烟不断，声势极是骇人。古人不知此理，以理度之的便说是山中有不尽之木在燃烧，归于鬼怪的就说定是妖龙毒兽在喷火。有些火山喷发过之后，岩浆凝结，将破口封住，从此便不再喷发，也有草木孳生于内。昊天寺所在的昊天山便是如此，那维苏威火山想必也是如此。只是维苏威山虽然已经有数百年不曾喷发，但山口隐隐有烟气冒出，看来破口并不曾完全封住，朱先生说很可能百余年后仍然会喷发出来。虽然不曾见过昊天山的模样，但眼前这岛与维苏威山约略相似，定是火山没错。而且山头有烟冒出，看来那破口也不曾完全封住，不知什么时候又会喷发。

这一天风仍未完全停歇，但比昨夜已小得太多。这岱舆岛只需航行一天多便能抵达，应该也不是太过偏僻。正待继续前行，铁心突然过来道："冯仁孝，张永与谷大用可用其他船只？"

到了船上，铁心还不曾与冯仁孝说过话。听得他这般问，冯仁孝道："回直爷，就那一艘福船，再没别个了。"

这魔烟岛乃是秘密所在，知道的人越少越好，张永固然权倾一时，但每回上岛都不多带人手。少芸道："铁心先生，何出此言？"

铁心道："这两日总有艘船远远地跟着我们，不知是什么来路。"

少芸道："有艘船？"

铁心点了点头道："是。但他们并不如何靠近，可一直在视线之内，现在已然不见。"

以前海上船只来往甚多，看到艘船并不奇怪。但现在大明已然施行海禁，大陆之上片帆不得入海，海上顶多就是铁心他们这些法外之人，或者是倭国、琉球、朝鲜、吕宋等各处的船只，已比过去少了七八成，因此看到船只难免会怀疑。听冯仁孝说别无他船，铁心也放下了心。虽然也没有完全相信冯仁孝，但这艘船越离越远，应该只是偶遇的不知哪国的海船。

这时冯仁孝道："对了，直爷，马上便要进入环岛两里之内，现在必须一路不断拍打水面方可前行。"

"拍打水面？"

冯仁孝道："是啊。禺猇很可能在此处巡逻。"

"禺猇？"

冯仁孝道："我是听谷公公说起过，说是岱舆岛周遭两里之内暗礁林立，又有禺猇潜行守护，一旦有外来船只入内，未发信号的话，禺猇就会将船只击沉。"

阿茜一直也在一边听着，听到这儿忍不住插嘴道："这些死太监神通这么大？连妖魔都能驭使。"

一听阿茜的声音,冯仁孝忙道:"小人只知有这些东西,也不知谷公公他们是怎么弄来的。"

少芸见他在谷大用积威之下,就算此时也不敢稍缺礼数,一口一个"谷公公"。如此看来,这人更不会作伪了,便对阿茜道:"阿茜,便按他说的做吧。"

拍打水面,倒也不是什么难事。这船并不太大,也不似福船那样有座舱,就一个统舱。铁心和几个手下一人一把桨,直接往船舷边拍去。此时这船的速度越来越快,然而只看海面,却什么都看不出来。少芸知道此时船只定然进入了暗流。靠岸之处,水流受到激荡,往往会有暗流。这岱舆岛周围暗礁林立,洋流也多,产生的暗流也更是错综复杂。如果不知底细,船只被暗流带动,只怕转眼就会触礁沉没。冯仁孝这人别个本事乏善可陈,但驾船之术真了得。这艘船虽然不算大,却也不算小,但在他手中举重若轻,明明已进入遍布暗礁之地,却连擦都不曾擦一下,真个有治大国若烹小鲜之意。

铁心此时正按着冯仁孝所教,拿着木桨一下下拍打水面,边上那叶宗满拍得有点不耐烦,小声道:"直哥,这水里真有怪物?"

铁心正名为王铨,本是南直隶人。因为性如烈火,当地称这等脾气的人为"直",因此自小便被人习称为"王直"。叶宗满与他自幼相识,习惯了以外号相称。他二人很早就结伴出海,在海上来回多年。海中怪鱼怪兽甚多,他们见过的也有不少,有些怪鱼连一辈子打鱼的老渔民都不曾见过。只是这片海中真会有听从命令的怪物?叶宗满实是有点不敢信。

铁心其实一样不太相信冯仁孝之话,但阿茜说宁信其有,他心想也是。反正这般拍打水面也不会有什么坏处,顶多就是被冯仁孝骗了,白费些力气而已。至少那冯仁孝一路驾船显是个斫轮老手,未曾弄什么诡诈。他正待说少安勿躁,边上另一个手下忽然低低叫道:"直哥,看……看那边!"

这人平时口齿便给,辩才无碍,但此时说得结结巴巴。铁心心想到底出了什么事会让他如此惊慌,抬眼望去。甫一触目,却也是一阵惊心。

此时已是夕阳西沉,暮色渐临之际。冯仁孝说要上这魔烟岛,只有此时方是时机。因为这时天色渐暗,却又不曾全暗,岛上不易发现有外人侵入,而搭上那条能将船带到岛上的暗流,也要靠斜晖映照水面方能辨认。现在船已经驶入礁区近半,表面平静,但铁心也知道如果海面再低个数尺,便可以看到此间密密麻麻尽是尖利如锥的暗礁了。就在这等夕晖将尽未尽之际,前面东北方五六丈远的水面上,赫然有一个人头。

尽管天色渐渐昏暗,但相隔只有五六丈,可以看清那确是个人头,并非海牛一类的海类。在这等波涛不断、暗流涌动的海面上,突然发现一个人头,任谁都会骇一跳。更让人惊心的是这人头显然是活的,圆睁双眼,正目光炯炯地盯着这边。

"直哥,是海坊主啊!"

铁心诧道:"是什么?"

那人咽了口唾沫,把声音压得更小了些,说道:"海坊主,直哥。"其实相距甚远,海涛声甚大,就算大声说话,那边多半听不到,但他还是下意识地压低了声音。

所谓海坊主,乃是东瀛传说中的海怪。传说海中有鲛人,女的叫海女,男的便叫海坊主。据说海坊主每每在风浪之时出现在海面,抱住船桨,将船只拖入海底。那人是东瀛人,虽不曾亲眼见过海女或海坊主,这传说却是自幼就听熟了的。只是传说中海坊主都是光头,海女才有头发。一眼望去，露出海面的那人头明明长有毛发，却显然不会是女人。若是平常人，在这等风浪天浮游海上，实是在拿性命作戏。可这个人全身都沉在水下，只露出一个人头，而且木无表情，仿似正在闲庭信步，除了海怪再不可能是别个了。正在乱猜，阿茜忽地在边上道："哥哥，那便是禺猇。一直拍打水面不要停。"

这船上，大概就少芸水性不甚佳，别个全是谙熟水性之辈。他们都知水中传声，远比陆地上远，因此潜水之时，岸上留守之人往往会带上两根铁棍。因为人一潜入深海往往忘了时间，若是在水底待得太久，不及时浮出水面的话就极其危险。因此留守之人一旦发现同伴潜入水中过久，就拿两根铁棍伸到水中敲击，提醒同伴速速上浮。眼前这个海怪想必也受过类似训练，只消进入这片礁区的船只一路敲打水面，它就不会发动攻击。

看着那个只浮出水面的人头，饶是铁心胆大也觉得心头有些发毛。当决定杀上魔烟岛时，他还只觉得要冒的险就是穿越这片礁区，根本没想到还有这等怪物会巡视此片海域。对八虎，他虽不曾轻敌，但并不太以之为意，只觉这些太监武功虽强，也不见得有多了不起。直到现在才知道这些阉人的真正本领，心头第一次隐隐有了点惧意。

怪不得泷长治那一伙会全军覆没啊。铁心想着。

船顺着暗流忽左忽右，渐渐驶近岸边，而那人头也一真盯着他们这艘有时远有时近的海船，仍是动也不动。有时一个海浪打过来，让这人全然淹没，待浪头退去，这张脸又湿淋淋地露出来，却毫无异样，腥咸猛烈的海浪对这人而言直如拂面微风。他们这船离这人头最近之时已不过丈许，这距离简直就是面对面。这样与一个只有头露出水面的怪物对视，谁都有些发毛，便是铁心也大气都不敢出，只是一下下地拍着水面，生怕那人会如传说的海坊主一样突然冲出来抱住船桨，将自己直拖下水。

此时少芸也是不敢大声喘气，盯着这人头。她并不知道有海坊主之类的传说，自不会想到这些。这人头的模样让她想的，却是在黄龙镇青龙渡，从水中突然跃起，向阳明先生偷袭的那四个汉子。虽然长相不同，但那四个汉子与眼前这个只露一个人头于水面的怪物总有一种相似之感。

禺犹。这两个字少芸也只知其音，不知其意，但想来应该是个代号。因为她还记得，在船上她失手遭擒，张永要杀她之前说过的一句话。

"禺犹的威力，纵是阳明兄也承受不住。"

当时张永正是如此说的。那个时候，张永自觉胜券在握，马上就要将自己杀了，他也没理由再说什么假话。那么禺犹定然指的就是这些怪物了。这些怪物力量奇大，而且可以长在水中，所以才会躲过阳明先山的象山心法，从水中发起偷袭。如果说还有什么缺陷，那就是禺犹空有人形，却没有心智，只能听命行事。

张永究竟是怎么做出这等怪物来的？少芸皱了皱眉。在她的记忆深处，有一件事隐隐约约地被触动了，却又如淹没在浓雾中，怎么都看不明白。

这时船已经离那禺犹越来越远，那禺犹这才一下没入了水中，再不见踪影。冯仁孝抹了一把额头的冷汗，低低道："娘娘，总算过了第一个难关。"

少芸见他一副惊魂未定的样子，奇道："你都没把握吗？"

冯仁孝苦笑道："当初随谷公公来时，那船上装有踏板，只消踏动，船下装着的木板便会拍打水面。谷公公说过这一段时千万不能停，否则禺犹根本不分青红皂白，立时便要攻击。方才我让那几位爷拿桨拍水，心里可没底，万一不顶用，那我们这艘船都不够禺狨一顿点心的。"

少芸见过禺狨出手，若是正面相斗，禺狨力量虽大，却也不是不能战胜的。张永遭了四个禺狨伏击阳明先生，同样没能全胜，最终反而全军覆没。然而在这海里，人确实不是这种能长时潜在水中的怪物的对手。禺狨想要破坏船只，实是唾手之劳，而海上船只一毁，船上的人便有通天本领也无用武之地。少芸低低道："前面还有这些怪物吗？"

冯仁孝又苦笑了一下道："娘娘，每回来我都只能留在船上，只随谷公公进去过一回，也是很早的时候了。"

少芸又是一怔，问道："进去？"

"等靠了岸，娘娘您便知道了。"

此时船已在靠岸了。岱舆岛看上去如此阴森，但没想到岸边却极是平静，想必是外围两里的礁区将各种暗流都渐渐化解，因此到了岸边便平静下来。如果不是进来的这一段如此艰险，单看这岸边，实是个难得的良港，就算是福船也能一直紧靠到岸边去。只是岱舆岛虽然比鬼门礁大了几百倍，方圆足有数里大小，但岸边只修了一个船坞，并不见其他建筑。铁心已急不可耐，一靠岸便跳上了岸。他生怕张永与谷大用在此间设有埋伏，上岸时小心翼翼，步子踏得极为坚实，双拳一直紧握，不敢有丝毫怠慢。他上了岸，却根本不见有敌人出现，这魔烟岛上又没什么草木，海鸟也没一只，更是一片死寂。铁心越看越是生疑，招呼了几个同伴向那船坞走去。登岸这一片，根本看不到有什么山洞之类，唯一可以藏人的地方也就是这船坞了。等靠近船坞往里一看，里面一样鬼影子没都有一个。

难道查探到的情报全然错误，张永的巢穴根本不是这魔烟岛？铁心心中便是一沉。如果那个叫冯仁孝的俘虏乃是死间，将自己带到此处后不惜一死，进来的路如此凶险，让铁心自己照原路出去根本没有把握。他越想越怕，正看到冯仁孝停好了船上岸来，他一个箭步冲过去，便要去抓冯仁孝。冯仁孝也不知铁心为什么突然凶神恶煞地向自己冲来，只道他又想灭自己的口，急得脸已煞白，少芸却一下挡在了他跟前道："铁心先生，你要做什么？"

铁心喝道："那船坞里根本没有人，这家伙只怕有诈！"

他话音刚落，冯仁孝已从少芸身后探出头来，急道："直爷，我可没说谎，这岛的入口与寻常大不一样，是在水下的，要以螺舟才能进入。"他听得叶宗满他们称铁心为"直哥"，只道他真个姓王名直了。

铁心一怔，问道："水下？"

"是啊。船坞中有根绞链，连着螺舟。推动绞链，便可以将螺舟拉出来。"

铁心又是一怔，突然向边上一个人说了几句。那人就是在船上向铁心说禺猇乃是海坊主那个。在鬼门礁上，此人向铁心大声宣誓，说的话少芸一字不懂，此时铁心向他所言亦是不懂。他们只说得两句，那人马上齐齐向那船坞跑去，定是印证冯仁孝所言是否属实去了。少芸看了看冯仁孝道："冯仁孝，你说的不假吧？"

方才铁心已有了杀人之念，如果冯仁孝所言不实，这回只怕他更加恼怒，少芸都未必能拦得下了。冯仁孝倒是坦荡，说道："小人不敢胡说。当初随谷公公进去过一次，只不过那绞链分量不轻，不易拉动。好在直爷与那位倭国人力量都不小，应该不在话下。"

少芸一怔道："倭国人？"

"是啊，娘娘，小人这些年奉谷公公之命行走海上，多少学了点诸国言语。方才直爷与那人说的是倭国话，定然是个倭国人了。"

少芸暗暗吃惊。虽然已料到铁心多半是做没本钱买卖的，却没想到此人麾下居然还有倭人。这时只听得那船坞中传来了一阵刺耳的响声，听声音乃是绞盘快绞到底时发出的。

方才听冯仁孝说要从水底进入这岛，铁心险些一拳将这俘虏打到爪哇国去。他是海上讨生活的，从来没听过这等匪夷所思的话。但就是这话太匪夷所思了，所以反倒不似假话。因为编造假话总要编个让人相信的，岂有编得如此怪异？他也记得方才进船坞时确实见里面有一个很大的绞盘，绞盘上还有一根铁链伸入水中。船坞中这种绞盘是必备之物，可以将船只拉进船坞，因此铁心并不曾生疑。只是听冯仁孝说，这绞链是用来拉出什么"螺舟"的。他已是急不可耐，唤过几个手下重又进了船坞，便去绞那绞盘。

这绞盘甚是沉重，不过铁心力量极大，他号五峰，便是自称有摧山之力，一拳可断五座山峰，而他手下那倭人虽不及他，亦是神力之士，两人齐齐用力，将那五六尺径的绞盘推得风车似的，绞盘上的铁链一圈圈收紧。此时绞盘上力量越来越重，也可以看到船坞中水面已经起了一道水纹，隐隐露出一个黑黝黝的东西，就如一条巨鱼上钩后被钓上来的模样。

一见果然不假，铁心更是兴奋，奋力又推了三四圈。此时伴随着绞盘的"轧轧"之声，水上发出了一阵响，那巨鱼也似怪物已经浮上了水面，却是一个桶样的东西。只是比寻常的桶要宽得太多，也长得太多。因为上面涂过桐油，又上了一层黑漆，黑得已是发亮，上半露出水面时，海水正不住往下淌，看去更似一条没名字的巨鱼。

这便是螺舟？铁心已是兴奋莫名。他跨到那螺舟上，见顶上有一个圆形的门，做得甚是精致。铁心弯下腰，抓住上面的凹陷，用力一转。那圆门被铁心一下拧开，螺舟上出现了一个圆门。

此时冯仁孝随着少芸也已走了过去，他见铁心已然拧开了门，忙小跑过来，向铁心道："铁心先生，这便是螺舟。要进去，唯有乘这个才行。"他也知道铁心这人一有事便迁怒于自己，现在打开了门，万一铁心认为这又是圈套，只怕马上便要来杀自己了，因此忙不迭上前解释。

铁心一拧开螺舟的顶门，却也有些犹豫。这螺舟里空间并不大，看样子充其量也只能塞上六七个人。他道："这种螺舟还有吗？"

"回直爷的话，螺舟只有一艘，从两头都可以绞动。"

铁心沉吟了一下，盘算着冯仁孝这话是不是属实。只是这时候冯仁孝的性命可以说就在自己手掌之中，此人并非有赴死决意之人。先前听得要被杀，吓成这模样，现在更不可能有拼得一死来诱自己入彀之心了。现在这样正好进去一半，剩一半在外望风，如此进可攻，退可守，才是上上策的妙计。他道："那如何离开？"

冯仁孝指了指船坞右手边一块耸出水面的礁石道："沿这块鳖足礁左手边有一条洋流流出，只消将船对准鳖足礁开去，洋流便会将船带出礁群。"

进来时如此艰难，出去竟然如此简单，铁心也是怔了怔，心想天地所造，实是一巧至此，远非人类所能梦见。阿茜见果然从水中绞出了这艘螺舟，她连"螺舟"二字都不曾听过，自是大感兴趣，在一边插嘴道："哥哥，快乘这螺舟进去吧！"

她正待跳上螺舟，铁心一把拉住她道："阿茜，等等！"

纵然冯仁孝所言非虚，但这样进去，铁心也有些犹豫，他不由看了看一边的叶宗满。叶宗满武功较他远逊，但颇饶智计，这些年一直是铁心的谋主。见铁心看向自己，叶宗满忙过来，小声道："直哥，要不，我带人进去看看？"

铁心又看了看冯仁孝，摇了摇头道："宗满，你还是与我一同进去，让阿茜在外面等着。"

他手下这些人里，铁心最信任的便是叶宗满和阿茜两人，但阿茜是他亲妹，而一到里面，便是短兵相接，必定是一番生死斗。铁心自己把生死置之度外，却实在不忍妹妹去冒这个险。叶宗满道："那好。只是外面留几人？"

铁心道："多留无益，便留三个人吧。阿茜，你在这儿看着船，万万不能出差错。"

阿茜见了这闻所未闻的螺舟，其实很想进去坐坐看。只是她对这兄长向来敬畏无比，从不敢违拂，见铁心面色不郁，定然不会允许她进去的，只得悻悻道："是。"

铁心又点五个手下，连同叶宗满与自己，加上少芸与冯仁孝，一共便是九个人了。这九个人下到螺舟中，已然十分拥挤。一盖上顶门，少芸道："冯仁孝，这螺舟该怎么开动？"

冯仁孝道："娘娘，小人随谷公公进去过一次，约略还记得。"

螺舟前面与舵舱相仿，当中舱壁上嵌了一块水晶，可以透明视物。在那舵轮两侧，还挂着两盏油灯。待点燃了，却见那块水晶一下亮了起来，灯光竟然透到了外面。原来这螺舟操纵并不困难，待水舱进了足够的水后关上阀门，让后面几人摇动机括，这螺舟便能在水下缓缓前行了。

真是奇巧之思啊。少芸心中不知是什么滋味。纵然她对八虎恨之入骨，但此时也不得不暗暗赞叹。

难怪就算学究天人的阳明先生，对张永的评价亦是极高。此人虽是阉人，但心志之高，才学之博，实与阳明先生一时瑜亮，难分伯仲。如果是同路人，他就是最强大的盟友，可现在却是最为危险的敌人。

这一次无论如何，就算丢了自己性命，也定要除掉此人！

少芸暗暗下了决心，却听得冯仁孝小声道："娘娘，已经要上浮了。"

他刚说罢，铁心忽道："是摇这个吗？"

一进螺舟，铁心便目光灼灼地一直站在冯仁孝身后，显是监视他，以防他动手脚。这螺舟有两组机括，一组摇动之时可以前进或后退，另一组则是排空水舱，或者将水舱进水，以之来控制螺舟的沉浮。虽然在水底行驶不快，但这等潜行，实是鬼神难测。若不是这螺舟空间有限，在水下待不长久，否则用于海战的话，定是无往而不利。此时螺舟已从水下一个暗道之中进入山腹，照理山腹中应该漆黑一片，但随着上浮，螺舟前那块水晶却越来越是明亮。待螺舟浮出水面，已能看清外面的情形了。

螺舟所在，是一片数丈方圆的水潭。这水潭通过暗道与外间相通，就算外面风浪不断，这里却是平静无波。这山洞不算太长，但九个人在里面，空气已甚是污浊。铁心一见螺舟浮出水面，便急急拧开顶盖，伸手托住顶盖时，却犹豫了一下。

现在已进入魔烟岛内部了。以八虎之能，此间不可能不设防。现在虽然不曾发现异样，但也许一开门，便会遭到迎头痛击。他看了看周围，道："八郎，你先上去。"

这八郎正是他手下的那倭人。原来铁心一党最初做的是向倭岛贩卖中原物产的正当生意，但大明海禁，不许片帆出海，这正当生意做不成了，这才成了半商半寇。这八郎也是惠田寺出身，与当初的泷长治还算师兄弟，不过他修的乃是不动尊心法。这路心法是天下第一等挨打功夫，当初投奔到铁心麾下时，铁心曾与他比试过，以铁心须弥倒拳力之沉雄，八郎竟也能硬接两拳。让八郎先出去，就算八虎设下埋伏，只消他顶住第一拳，铁心便有把握击倒那埋伏。加之倭人实诚，说一不二，不似中原人那样贪生，让别人先上必定会犹豫再三，让他出去却别无二话。

八郎束了束腰带，答应一声，伸手顶开了顶盖，爬了出去。八郎的不动尊心法其实与中原的金钟罩铁布衫异曲同工，他功力甚深，身法却不快，爬出去时也是不紧不慢。八郎在下面也已憋得难受，一开盖，便觉外面空气虽然热得有些奇怪，却要清新许多，不由先长舒了口气。待他爬出螺舟跳上了岸，仍然不见异样，便道："直哥，出来吧……咦！"

铁心听他这一声大是惊奇，却不是遭袭的惨叫，已大是好奇，忙攀着舷梯上去。刚探出半个身子，看到外面，他也"咦"了一声。

在螺舟中还不觉，一到外面，却觉热得几如酷暑一般。这儿是在山腹之中，但头顶却投来一片荧光，也不知是什么东西发出来的。借这荧光，可见此间也不过数丈方圆，在左手边有一扇大铜门，关得严丝合缝，右手边却是一个小潭。只是潭中并不是水，竟然是熔岩。这些熔岩也不知为何不会凝结，如胶水般不住翻滚冒泡，热气便是从这儿出来的。在这熔岩潭上方，却是一个极大的金铁之属制成的葫芦形器具，足足有两丈来高，直伸到洞顶。那葫芦中大概是水，被熔岩烧得不住翻滚，发出咕噜噜的声音。

魔烟岛上方的烟气，原来就是这般来的！

就算眼前出现的是吞云吐雾的妖怪，铁心之惊讶也不会如斯之甚。那个金铁样的葫芦样式极其怪异，看样子壁也厚实无比。照理寻常金铁被熔岩烧灼，早化成了铁水，可是这葫芦却连红都不红，也不知是什么材质。这等能顶住熔岩温度的材料到底是如何烧铸成这般一个巨大无匹的葫芦出来，也已超越了铁心的想象。而外面所听到的魔烟岛时不时会发出的呻吟声，想必也是葫芦里的水沸腾时发出来的声音。

他看得惊心动魄，一时都忘了出去。先上了岸的八郎见这情景也有些呆了，见壁上有个阀门，也不知做什么用的，伸手便要去拧，哪知手未碰到这阀门，洞壁上丈许高处突然飞下来一个黑影。

这洞里虽然有些光，毕竟不太明亮，谁也想不到洞壁上居然还会有人。这黑影原本如蝙蝠般贴在壁上，突然间一跃而下，当真如同蝙蝠飞翔。只是这黑影比八郎还要小得一圈，飞下之势却疾若闪光。八郎只觉眼前一黑，一股劲力直袭前心。他身法算不得敏捷，但习武多年，也称得上耳听六路眼观八方，只觉这黑影拳风之劲，竟是不在铁心之下。虽然不知此人是谁，但一刹那间八郎已将右脚退后半步，踩了个弓步，双拳提在了腰间，屏住了一口气。

这正是不动尊心法中的一式"袈裟提"。寻常之人若是当胸中拳，必定会立足不稳，因此八郎在一瞬间变成弓步。他下盘扎得极稳，便是铁心全力一击，他也能稳稳站定。这偷袭之人身材甚小，想来力量也不会太大，就算被他一拳击中前心，但击中之时拳势已老，八郎此时双拳击出，便可将对手打个出其不意。只是八郎主意虽然打得极好，这一口气也已凝结在胸口，那人一拳已到前心。八郎只觉力量直如排山倒海一般，拳力到处，"嚓"一声，左右十二根肋骨已然各断了七八根。断骨扎入心脏，前胸尽塌了下去，八郎凝在胸口的这一口气息再憋不住，混合着鲜血与破碎的内脏猛地喷了出来。只是他的下盘果然扎得极稳，上半身被打得几乎塌陷成一摊，两腿仍是稳稳站定不动分毫。

惠田寺，是倭国净土真宗一脉的一个小寺。净土真宗乃是镰仓时见真大师亲鸾所创的一个流派，亲鸾死后，其女觉信尼在东山大谷建寺，得龟山天皇赐号为"本愿寺"，本愿寺即是净土真宗的本山。此派又称"一向宗",七十年前,第八代宗主本愿寺莲如即位。莲如本是七代宗主存如庶子,因为颇具手腕,极得存如欢心,因此存如废嫡长子应玄,立莲如为本愿寺第八代宗主。莲如即位后,本愿寺势力大增,却也引来了天台宗延历寺之嫉。三十年前延历寺发僧兵破本愿寺,迫使莲如远走加贺,重建石山本愿寺。释子本是方外之人,其时倭国佛门亦是如此争斗,这些小寺自然竭力自保。惠田寺以一介小寺,在百余年来的战乱中得以保全,便是因为寺中僧人个个勤习拳术,从不懈怠,以至以一个寺院而得享拳宗大名。只是三十年前延历寺破本愿寺,惠田寺终遭池鱼之灾,寺院被焚,僧众星散而逃。其中有两个少年,一个出身武士,俗名泷长治,另一个则是平民八郎。惠田寺有数百人之多,在寺中时两人也并不认得,何况身份也不同。惠田寺被毁后,泷长治出仕一个小大名,八郎因为出身平民,没出仕的路,也就四处流浪,直到结识了来倭岛的铁心一党,投到了他麾下。虽然八郎身份不高,但这一路不动尊心法练得极是了得,铁心这一党人数足有两三百,他能以一个倭人身份升到八天王之一,自是平时出力极巨,立功甚大,而铁心对他也颇为看好。谁知就是这个仿如能经得起霹雳闪电的八郎,竟然被人一拳击倒,铁心心中之骇,实是无以言表。

此人出现得太过突然,铁心根本不曾预料到。他让八郎第一个上岸,为的就是防备敌人突施暗算,哪知八郎却连一招都没能挡住。此时铁心一提气,也已跃出了螺舟顶盖,正当八郎被那人一拳击倒,他一声断喝,一拳击向那人的后心。

"砰"一声。此时那人的拳头刚击中八郎,尚未及收回,哪里躲得开铁心这一拳?铁心这一拳已借了一跃之力,纵然不能摧山断岳,也足以开碑碎石。只是那人后心中了这一拳,却只是晃了晃,向前一个踉跄,马上便又站定。看样子,仅是因为他体重较轻,这才被铁心的拳力震开。而铁心只觉拳头如同打在了一块磐石上，五指都仿佛要断裂，那股反震之力让他也几乎立不稳脚跟。他不禁大吃一惊，心道："这人是谁？"

正自这么想着，那人已然站定了，忽地转过身来。此人虽然后心中了铁心一拳，却依旧行若无事，一张脸无喜无嗔，一双眼睛也是黯淡无神。

一见这人的面容，铁心却不由失声叫道："小太刀！"

第二十章　中腹之争

就算张永本身，也多半不能有这等拳力！当铁心与这人对了一拳，已知这人的拳力竟是平生仅见的高手。拳力不比别个，这人身材甚是矮小，很难想象会发出如此巨大的力量。待铁心定睛看去，发现竟然就是泷长治那义子小太刀，更是万分惊讶。

铁心答应少芸一同对付张永，固然是因为答应过阳明先生，但真正的原因，其实却是为了小太刀。

同在海上讨生活，泷长治那伙人以劫掠为生，有时不免会撞上铁心麾下的船只。铁心也不是善男信女，好在双方都不愿直接冲突，因此这些年来井水不犯河水，心照不宣，各走各的道。泷长治手下的人，铁心也多半见过，自是知道泷长治有个年纪虽小，出手却异常狠辣的干儿子叫小太刀。只不过前一阵泷长治劫了一船货，却是对铁心至关重要之物。本来他也并不太以为意，心想只要自己出面讨要，泷长治定会卖这面子。当时阳明先生正与他商讨端午出击之事，在铁心看来，阳明先生所托之事虽然要紧，但令他讨要货物的是个不能拒绝之人，自是更加重要。只是待他到了泷长治那岛上，却发现尸横遍野，已是一片狼藉，尸体也大多残缺不全，极是凄惨。检点尸身，只少了泷长治和义子小太刀。

究竟发生了什么事？铁心那时又惊又骇。经过一番调查，方知毁去泷长治寨子的乃是时常会在澳门岛出现的八虎张永与谷大用二人。那批货的下落，应该只能找张永问出。在得知阳明先生已遭不测，他仍能答应少芸出手，其实就是为了杀到这岛上来寻找货物。哪知现在一到岛内这秘洞，马上遇到了小太刀，却万万想不到他竟然会是这等模样。他刚叫出小太刀之名，小太刀却似根本不曾听到，反身一跃，转过了身来，一拳击向了铁心。铁心见他出拳时势若疯狂，但眼神仍是呆滞如木偶，更是生疑，忖道："小太刀这是怎么了？难道是中了摄魂术一类的法术？"

两年不见，小太刀身高与先前相比没有太大变化，身形却是大了一圈。当初还是个看上去有点瘦弱的半大少年，此时是四肢肌肉贲起，迥异寻常。虽然中了铁心一拳，常人早就被铁心这一拳打得五脏移位，但小太刀浑若不觉，出拳仍是极狠。铁心接了两拳，只觉小太刀的拳力越来越强，心下也是着恼。他本就是心狠手辣之辈，见小太刀全然不留手，他左臂向右臂下一磕，右拳忽地一拳迎去。

这正是须弥倒的天鼓雷音。这路拳说白了，便是以左右臂之力合二为一，不断增加拳力拳速。铁心是从南少林中习得此路拳法，他天生神力，练习也勤奋无比，这一路拳实已超越了南少林列代高手。而这路天鼓雷音更是他的独得之秘，因为天鼓雷音每出一拳都是将另一臂的力量加上，因此拳力会越来越大，拳速也越来越快。一般能出得三拳就已是高手了，南少林拳谱中记载当初有某僧以此法可连出五拳，因此得号"五雷神"。而铁心可以连环发到八拳,号称雷音八响,实可称得上百余年来第一位高手。先前他在福船上中了谷大用的燃犀镜后眼睛不能视物,只道少芸乃是敌人,使出这一路拳后,少芸被他的拳力压得连话都说不出,险些摔入海去。现在见小太刀拳力之重,竟是平生仅见,便用出了这路拳来。

铁心出拳极快,却是进两步退一步,小太刀针锋相对,一拳不让,退两步又进一步。虽然被铁心震得退了两三步,可拳力一样毫不衰竭,仍能势均力敌。此时铁心已发得五拳,心中却也惧意暗生。眼下他虽然大占上风,五拳逼得小太刀退了两步,可他也知道纵然自己天生神力,这力量也不能无穷无尽,出得八拳已是极限,此后便是强弩之末了。若要强行催力,只怕未曾伤敌,自己的力臂先要被自己的力量震断。如果小太刀的力量竟然真个无穷无尽,现在实是作法自毙了。他骑虎难下,眼角瞟去,却见叶宗满带着另三人已出螺舟登上岸来,现在出来的是少芸与冯仁孝。叶宗满也知铁心武功绝伦,心高气傲,从不要人相帮,因此只在边上旁观。铁心心下大急,喝道:"还不过来帮忙!"

听得铁心居然要帮手,叶宗满不由一怔。他心知自己没这本事,上去也多半是送死,便向边上一个叫陈源平的喝道:"还不上前!"这陈源平惯使单刀,武功在他们八天王中算是仅次于八郎的高手。听得叶宗满催自己上前,他虽然不似八郎那般一根筋,但一喝之下,也下意识便冲上前去,手中已拔出了单刀。

其实陈源平的刀法不过平平,情急之下拔出,更是章法全无。但他突然冲上前去,恰巧是铁心又被小太刀震得倒退一步之时,陈源平的刀忽地斫下,正中小太刀右臂。陈源平只觉刀锋入肉,如斫巨木,一下切入小太刀手臂足有三分深。若是此道高手,这一刀足以将小太刀的手臂斩断，陈源平还没这个本事，刀锋入肉，却如同斩木，刀口仿佛焊在了肉里一般，竟是拔不出来了。

寻常人臂上受了这般重的伤，一条手臂必定已废。只是小太刀右臂受到重创，却全然没有痛楚之色，左手忽地伸出，直直推向刀尖。陈源平这把刀甚是锋锐，小太刀左掌平推，刀尖直刺入肉，穿过了他的掌心。此时小太刀的左掌也是鲜血淋漓，却浑若不觉，左手抓住刀身用力一拗。此时刀身已夹在小太刀左掌的掌骨当中，陈源平还不曾反应过来，"咣"一声，这口精钢打制的单刀竟被小太刀一把扳断。

世上还有这等人？陈源平已吓得魂不附体。只是没等他叫出声来，小太刀左手已握成拳，一拳便向陈源平打来。陈源平见小太刀右臂左手尽是鲜血，若是寻常人只怕已经根本无法动弹了，可他仍是行动如常，仿佛身上只是些汗水，并不是血。虽然他半商半寇，还没杀过人，可死人倒也见得多了，见到这等诡异情景，还是吓得连躲闪都忘了，小太刀这一拳正击在他前心。在小太刀的左拳中还嵌着那半截刀头，这一拳打下，半截刀头先戳进了陈源平的心口，然后才一拳打在他前心。陈源平吓得连疼痛都不觉得，只是想着："这还是个人吗？"

陈源平被小太刀一拳震死，铁心却趁着时机向后连退数步，闪到一边停住喘息。天鼓雷音发出了五拳，出拳时他也感觉不到什么，现在心头有了惧意，便觉双臂酸疼不堪。眼见小太刀右臂一甩，将切在臂上的那半截断刀甩掉，又要向自己冲来，一时竟忘了出手。心道："这是鬼！这是鬼！"下意识便又退了一步。纵然明知身后是那深潭，自己退不了几步就会落入岩浆之中，那时更是回天乏术，可他心志被夺，气势已竭，已再发不出天鼓雷音这路拳来了，也只能火烧眉毛，只顾眼下。刚退得一步，一个身影却如大鸟般突然飞过，挡到了小太刀跟前。

那正是少芸。少芸是最后一个出螺舟的,因为几次都失风在张永手中,她现在已是事事小心,多长了个心眼,此时仍不敢轻信冯仁孝。如果自己几人全都上了岸,冯仁孝突然关上顶盖,将螺舟沉入水中,那就要被断了后路了。因此一直等到冯仁孝出了螺舟,她这才出来。刚从螺舟里探出头,只见小太刀一拳击在陈源平前心。少芸心中一惊,忖道:"这个小太刀也是禺猇!"

禺猇从水中伏击阳明先生,少芸亦是亲眼所见。禺猇因为失去神智,不知躲闪,但力大无穷,浑身坚如铁石。虽然不能刀枪不入,可刀枪刺上后他们浑若不觉,根本没有痛痒之感,便是阳明先生这等高手也被纠缠得无法脱身。若是寻常人物,只怕三四拳便被打成肉泥了。现在这小太刀身形虽然比青龙渡口张永带来的四个禺猇要小一号,身形也敏捷一些,可出拳的力量与手法,明明正是禺猇。

这些人,已不能称之为人,只能是怪物了。

少芸的身法远在铁心与八天王之上。小太刀正一路逼向铁心,少芸一个起落,便抢在铁心跟前,没等小太刀的拳击出,少芸已跃上了小太刀的手臂。

如果与寻常人交手,纵然对手武功比自己差,少芸也绝不敢如此托大。踩在对方手臂上,其实已是将自己的立足之地交给了对方。除非两人本领相去实在太远,否则被踩的一方只消将手臂力量一下卸去,另一方必定站立不住。只是少芸知道,这人其实已不是人了,自不能以常理度之。在这人心目中,只有打斗一事,再无其他。便如一个痴迷于下棋之人,将棋谱上种种定式背得滚瓜烂熟,与人下棋时招招能应对如流,全无破绽,自然绝无败北之理。但若是剑走偏锋,突然下出一式棋谱所无的招式,就算这一招全无道理可言,那人也会瞠目结舌,不知以对。

少芸赌的，便是这一点。

当少芸踩上小太刀的手臂之时，小太刀果然怔了怔。原本拳势如风，双臂交替出招，较铁心的天鼓雷音不遑多让，但少芸踩在他手臂上时反倒让他顿了顿，之后才挥起另一臂横扫过来。

果然。少芸脑海中已然闪过了这念头。虽然只是电光石火般的一瞬，她已然知道自己猜对了。眼前这人已非寻常人，与他过招的话，速度或能颉颃，力量却几乎不可能与之相提并论。与他斗力，实是以己之短，击人之长。但这等全无道理的怪招，却让他不知道该如何应付，不由自主地顿了顿。尽管马上又有一臂扫来，但只消这短短片刻间的停顿，少芸又是一跃而起，右足极快地在小太刀脸上连踢了两下。

这一招名谓"穿帘燕"，本是从高处翻身跃下，出剑攻击下方之人的招式。但此时少芸已站在了小太刀臂上，两人贴得如此之近，若是空中一个翻身，势必到了小太刀身后。只是少芸这一招原本也不是要出剑攻击，就在从小太刀臂上跃起的一刹那，她以双足靴刃踢中了小太刀的双眼。

一踢中小太刀双眼，少芸已是一个翻身，轻飘飘落到了小太刀身后，使完了那招"穿帘燕"的下半招。此时铁心已然站定了，见小太刀双拳仍在不住挥动，每一拳仍是力量沉雄，只是方向已全然错乱，每一拳都只挥在空处。在小太刀眼里，流出了两行血水，看去倒是鲜红的泪一般。眼为心之苗，寻常人若是眼睛受伤，只怕会痛得惨叫起来，可小太刀明明双眼被踢瞎了，一张脸仍是木无表情，仿佛这眼睛与自己全然无关一般。

饶是铁心胆大，看了这幅诡异情形，也不禁有些发毛，叫道："小……"只是他刚说得一个字，小太刀忽地踏上一步，挥拳便要向他击来。这一拳力量虽大，可仍是全无方向可言，铁心闪在一边，心道:"原来他现在只能听声辨位了。"

寻常人眼睛瞎了还能以耳朵听声来代目,熟练后也能行动如常。但小太刀其实已无神智,唯一知道的便是与人打斗,纵然耳朵尚能听声,却也不知到底是从哪里发出来的,自然打不中人了。小太刀也不知他已闪到一边,仍是直直冲来,此时到了他身边,铁心右手一把叼住了小太刀的右腕,喝道:"小太刀,是我!"

这一招是须弥倒中的一式金锁玉关,以铁心膂力,对手手腕被他叼住,真如被铁锁锁住了一般。铁心心系那批货的下落,所以想着将他擒下,再细细盘问。只是他主意打得甚好,可小太刀却充耳不闻,右腕虽然被他叼住,反倒转过身来。此时小太刀的右手已被铁心反腕抓着,寻常人这样一转定会痛彻心肺,可小太刀仍是浑若不觉。铁心只觉掌中发出"嚓"一声,自是小太刀的腕骨已断,而小太刀的左拳已直挥过来。他纵然胆大包天,也没见过这等恶斗法,心知绝不可放开小太刀,否则他双手得脱,自己更难抵挡,情急之下,只得也向右边转去。

一时间两人便如风车一般打转,铁心已在连连叫苦,心想这样转下去哪是个头,万一自己转晕了,那更是连半点还手之力都没了。可到了这时哪儿还想得出别个办法,正在惊慌,却觉小太刀忽然一顿,人一下停了。

那是少芸见铁心情势危急,拔剑突然刺向小太刀的背心。小太刀正与铁心纠缠在一处,少芸拔剑又迅捷无声,剑尖倏发倏收,一下刺入了小太刀背心。小太刀手臂中刀,腕骨断裂,都浑若无事,可心脏中剑仍是与常人一般,少芸一剑刺入,小太刀便应剑而倒,只是双臂仍是挥了两挥,这才停下来。

看到小太刀死去,铁心犹是心有余悸,眼中闪过了一丝沮丧。他倒不是为小太刀伤心，只是因为小太刀是找到那批货的关键线索，这样一来，只怕从张永身上着手更是难如登天。虽然少芸救了他的命，但铁心此时对少芸之恨，实已不下于对张永。不过他性情甚是深沉，也不表露，只是道："多谢少芸姑娘。这人到底是怎么回事？"

少芸看着地上的小太刀，低声道："张永与谷大用在这岛上秘密经营的，应该便是这些。"

"这些？"

少芸只觉眼前也有些晕眩。张永在秘密进行的岱舆计划究竟是什么？陈希简说是炼制长生药，那时少芸也相信了。但阳明先生在最后一刻曾向她说起，张永说了那四个从水中发起攻击的怪人，乃是他造出的禺猇，而这些禺猇才是岱舆计划真正的目的。

从当年西番馆那件血腥的意外开始，仿佛一条链子，丢失的每一个环节都渐渐地重新出现，连接在了一起。少芸脑海中也已隐隐猜到了岱舆计划的真面目。

不知用什么办法，将一个活生生的人改造成这种不知疼痛、力大无穷的怪物。这些怪物不知疲倦，也全然不知畏惧，完全听从命令。如果将这样的怪物组建起一支大军，便是有史以来最为强大的军队了。先帝最初的设想，就是如此吧？只是这个计划并不完备，所以造出的禺猇一直有问题。少芸还记得，在杀魏彬之前，魏彬曾透露过先行者之盒与岱舆计划有关。那么，先行者之盒应该可以补足禺猇的缺陷，所以张永才势在必得。

纵然并没有看过那个卷轴，少芸觉得这个猜测应该不会错了。只是在她心目中，比自己大不了多少的先帝，除了是一个皇帝，更是她平生第一个爱慕的人。当初那个在深宫里长大的小小少女，能见到的年轻男人也仅此一个而已。先帝对她的一点好感与善意，仿佛干旱中的雨水般让少芸从不敢忘。即使那么多年过去，她被八虎逼得远走泰西，脑海中不时浮现的，仍是先帝的笑容。

先帝年轻、睿智、雄才大略，也很善良。少芸印象中，正德帝这个名义上的丈夫便是这样一个形象。只是如果正德帝构想的岱舆计划真的是制造这一类怪物的话，那还能称得上善良吗？

她摇了摇头，仿佛想将这些念头都甩掉。眼前这个小太刀，分明只是个半大少年，却也被张永改造成如此一个丧心病狂的难缠怪物。怪不得阳明先生在弥留之际，还告诫自己无论如何都要除掉张永。因为假如岱舆计划真个被他实现，那这个天下就会成为张永手中的玩物了……

她看着地上小太刀的尸体，突然感到悲从中来，抬头却见铁心带了四个手下向那扇门走去。冯仁孝倒还在一边，她道："冯仁孝，帮我把这尸首抬到一边，等一会找地方埋了吧。

这洞里连点土都没有，尽是顽石，也挖不了坑。冯仁孝答应一声，帮着少芸将小太刀的尸身抬到了一边放好。这时铁心正在门边上下打量，见这扇门的材质与那个葫芦形巨皿的材质一样，坚硬沉重无比，上面却连个把手都没有。铁心打量了一下，见也没别个可疑之处，唯独壁上有个阀门，走到近前便要去转动那阀门。他的手还不曾碰到，冯仁孝却嘶声怪叫道："直爷！碰不得！"铁心扭头看去，却见冯仁孝一张脸已是煞白，连连摆手。少芸道："冯仁孝，这阀门碰不得吗？"

冯仁孝道："是啊。谷公公说过，此处乃是总阀，只有清理之时方能关闭，否则会引发爆炸，因此关照过我们千万不能碰。"

铁心骇了一跳，心想险些搞出这般大的祸事出来，这地方若是炸开，那真个连躲都没处躲。冯仁孝快步走到门边，却蹲下了身去。原来门边一块看似凸起的石块后面竟然有一个扳手。这扳手看材质与那铸门的材质相同，只是黝黑发亮，十分光滑，看得出经常有人摸。冯仁孝用力一扳，机关纹丝不动。冯仁孝一阵惊慌，情急之下用力去拉，却无论如何也扳不动。"……明明张公公每次都是这样进去的，怎的……"冯仁孝试了几次，额头上已沁出了一大片汗水。

少芸在一边见他一脸局促的模样，心下不忍，便道："我来试试。"说罢，便伸手去触动机关。甫一放在机关之上，尚未用力，指缝间光晕流转，似乎古老的力量受到了神秘的牵引，迸发出炫丽的色彩。此时，众中耳中已听得一阵"轧轧"的轻响，当中夹带着一些齿轮转动之声，那扇门竟然慢慢移开了。

那扇门极为沉重，看样子总有万斤上下，铁心只道这扳手是开门的机括，必定沉重无比，哪知少芸扳动时却甚是轻巧。而那扇门虽然沉重无比，门下却铺着金属导轨，想必这门的下端也装有滚珠。

这门竟能自行打开，而且开时意外地轻巧，少芸已是大吃一惊。她快步走到了门边，门刚开了条缝，能看到里面的情景，少芸更是惊得险些失声叫出来。

进入岱舆岛以来，所见到的几乎都是以往梦想不到的东西。而打开这扇门后，内间更是仿佛已到了另外一个世界。

门里比外间更要大得很多，方圆总有数十丈。这座岱舆岛原来是中空的。照理，这等深入山腹的空洞里必定漆黑一片，然而里面的四壁上竟是长明不灭的灯火。这些灯也不知如何点亮，光焰比人臂粗的牛油巨烛还要明亮，还没有油烟，也不会闪烁。此间虽大，却也照得甚是明亮。

仅仅是这些不知如何产生的光亮，已然让人惊叹不已了，更让人惊叹的是洞中并列建着两座高塔。这两座高塔都高接洞顶，竟然足有二十余丈高。少芸在外间眺望岱舆岛山顶，估计也就不到三十丈高，看来这两座高塔已然直接洞顶，说不定能从上方出去。那两座高塔外面看似一般无二，但右手边那高塔当中另有机括，正在不停地上下转动，也不知在做什么。

八虎竟然有这等能力？少芸已然越来越不敢相信。刚上岛时见到的螺舟已然让她震惊，现在这一切，就已经几乎根本不可能存在这世上了。这些机括的形制、材料，若非亲眼看到，少芸定然连做梦都梦不出来，她也实在不相信八虎竟然能造出这样的东西。一刹那，她想起了当初埃齐奥与自己闲聊时所说的一件事来。

上古之时，主宰这世界的尚不是现在这样的人，而是另一些人类。那些人高大、睿智、聪慧无比，已然有了现在的人不可想象的种种成就。那时，他们也已经征服了整个世界，在各处建造了种种巨大建筑，以及无数神奇的用具。然而，远古的一天，突然灾祸降临，这些人所生存的大陆沉入海底，这个创造了无数辉煌的国度也在霎时间烟消云散。只是这些人虽不存于世，留下的遗迹却时有发现，埃齐奥自己就曾到访过其中三个。只是现在的人类实在无法理解这些遗迹是如何建造出来的，用处也不甚清楚，便传说那是神所创造。而兄弟会则给了他们另外一个称呼：先行者。

埃齐奥给我的先行者之盒，想必正是这些人类留下的遗迹吧？而那本写明了有先行者之盒的《碧血录》的无名氏，应该就是宋时的中原兄弟会成员了。

少芸看着眼前这些，一时已是精骛八极，心游万仞。冥冥中，兄弟会、心社，无数这一脉的同道仿佛都站到了自己身后，让她不再感到孤单。

历尽艰险，终于走到这一步了，与张永的最后决战也在眼前了吧。她抬起头，向上望去。那座高塔若是在平地上，也不见得有多高，但在这里，却是如此高不可攀，令人望而却步。只是少芸心中仿佛有烈火燃起，踏上一步，只待门一开便进去。

正如少芸所料，这座塔的顶层小室中，正有三个人。

确切说，是四个人。除了张永、谷大用，以及曾与张永一同铲除了泷长治一党的那佛朗机人皮洛斯，在顶层当中一张平台上，还躺着一个上身赤裸的男人。这男人身躯极是壮实，躺在平台上一动不动，身上挺了好几根银针。若不是胸口还在极微弱地起伏，看他的脸色，分明是个死人。

张永正背着手站在墙边的一个架子前。这架子也是那种异样材质所制，非金非铁，坚硬无比。架子上放着的，正是从阳明先生手中夺来的那个小小的盒子。

这岛在渔民口中被称为"魔烟岛"，被人视为畏途，谷大用发现此处也有十多年了。这十多年来，虽然只是弄通了十之一二，但这个遗迹也算大致能够运转起来了。外侧那个巨釜之中引入海水，借地热煮沸，作为动力来保证光照、通风和淡水。当张永第一次让皮洛斯演示这一切时，激动得都说不出话来。

先行者所留下的遗迹竟然如此神奇，难怪一直被传为神物。因此当张永从张顺妃手中得到岱舆计划后，马上下令将豹房西番馆所留下的所有卷宗全部转移到此处来，重新开始这个计划。经过这两年的苦心钻研，岱舆计划也已有了极大进展，但也一直无法再进一步。皮洛斯说，若不能拿到先行者之盒，恐怕再难有突破。

先行者之盒也是上古遗迹之一，这些年来，已不知辗转了多少人，传递了几万里路程了。张永当初也并不知道此物，还是当初皮洛斯初来，在觐见正德帝时与他相识，知道了他们原来是同一路人后，他才知道了先行者之盒这件事。皮洛斯说，他曾造访过好几处遗迹，都发现了这样一个长方形的小凹槽，大小竟然一般无二。一开始实不知这凹槽有什么用，那几处遗迹相隔极远，有一处甚至已经千年不见人迹，居然都留下这般同样大小一个长方形凹槽，实是费解。皮洛斯开始时苦思冥想也想不出个端倪来，直到有一次他发现将这先行者之盒放在凹槽里，竟然严丝合缝，连底下的小凹凸也能对上，这才恍然大悟，方知先行者之盒原来是一个通用的配件。此物能用来解读各种秘文，这岱舆计划应该也是传承自先行者，若不得先行者之盒解读，恐怕不能功德圆满。

从皮洛斯那里得知了此事，张永也无可奈何。先帝留下的岱舆、员峤两计划本来都已搁浅，能起死回生本身便是奇迹，再想拿到先行者之盒，实是渺茫无比。没想到机缘巧合，先行者之盒终于落到了他手中，而岛上这处上古遗迹虽然还不能完全摸索通彻，却也已经弄明白了近两成。在此间不论做什么都可以掩人耳目，可谓万事俱备，只欠东风，当张永发现在福船上已落下风时，当机立断，不惜弃船也要火速赶回。虽然那艘福船被毁后损失惨重，但只消能完成这岱舆计划，便足以补偿这一切损失了。然而，这最后一步，真个能如此顺利？

这个来自万里之外的小盒子，果然分毫不差地放入了槽内。只是一放进去，盒盖竟然自己缓缓打开。谷大用一见这情形，惊道："督公，果然没错！"张永却仍是声色不动，说道："桀公，将那卷轴拿来吧。"

谷大用从墙边架子上取下一个写着"岱舆"两个字的小小卷轴。这正是正德帝临终前交给少芸，少芸逃出宫前让张顺妃保管，而张顺妃又交给了张永的那个卷轴。张永打开了卷轴，从中倒出了一张羊皮纸。

这张羊皮纸存在不知多少年了，已然十分陈旧，虽然保存得很好，但周围终究有些磨损。看着张永小心翼翼地拿出那张羊皮纸，谷大用不由陷入了沉思。

先前少芸去向陈希简询问这卷轴之事，陈希简对她所言，其实有九成都是实情，唯独将卷轴内容瞒过了少芸。这几页上记载的，不是什么长生术，而是不死人术。

乍一听似是一个意思，其实却大相径庭。不死人术源自波斯，当年波斯强极一时，兵威极盛，当真所向披靡，战无不胜。除了军队人数众多，战力强悍，波斯王还命秘术师挑选精壮士卒炼成了一支不死人军，以秘药符咒，将士卒彻底改造，使之力大无穷，刀枪不入。当初波斯王薛西斯远征斯巴达，斯巴达王在温泉关扼守险要，使波斯军不能越雷池一步。薛西斯怒不可遏，发动不死人军强攻。斯巴达王纵然强悍无比，又占了险地，但这决死一战中仍被不死人军彻底歼灭。只是后来的波斯王很多都是平庸之辈，个个耽于享乐，国政败坏。到王都泰西封被大食所破，末帝伊嗣俟向东亡命，希望能得大唐庇护，结果未抵便死于途中，珍宝也尽数失散。连作为波斯国镇宝之宝、不传之秘的不死人术也流失民间。因为这一页都是以密文所写，旁人见了也根本读不懂，因此一直不甚受珍视，数百年来辗转了不知多少人，最终到了正德帝手上。

正德帝后世被贬为暴戾荒淫，举止怪诞，其实他颇为聪慧，也极有才略。得到这残页后，正德帝马上便察觉到此物的重要，因此在豹房组建了西番馆，招纳异士苦研，定要恢复此术。而这计划，便定名为"岱舆"。

岱舆是流入北极的仙岛。正德帝定下此名，实有要将这些失传的奇技秘术重现于世之意。只是这张残页所记实在太过玄妙，与中原所传完全不同，据献书之人禀报，说是唯有与上古秘宝配合，方能解开其中秘密。但正德帝全然不信这个邪，下令招集秘术师苦心钻研，居然解开了一半。纵然只有一半，但也曾将死囚成功改造成了不死人。只是这不死人确实力大无穷，刀枪不入，却全无神智，一醒过来便在西番馆大开杀戒，结果西番馆研究此事的秘术师竟然全军覆没。正德帝大感兴味索然，岱舆计划也不得不中止。但正德帝仍不甘心，心想如此强求终不可能，还是先找到那上古秘宝再说，因此将岱舆计划封存了起来。只是正德帝天不假年，三十一岁便已寿终。张永那时也已知道正德帝不会轻易毁去此物，因此等正德帝一去世，马上便要宫中细细盘查，结果果然找到了此物。

张永将盒盖一拉一推，盒盖立时分为四片打开了，里面却是空无一物。他拿起了那张残页放进了盒子里，但这盒子仍是毫无异样。他向一边的皮洛斯道：“皮洛斯先生，先行者之盒究竟如何使用？”

皮洛斯沉吟了一下道：“亲爱的张公公，我只远远见过这盒子一次，那一回也并没有真正使用过。只是一直相传，这盒子能解释先行者的语言。而公公您的这张残页，很有可能也是先行者的遗物。”

岱舆计划失败后，连正德帝都放弃了，但张永仍然觉得大有可为。转移到岱舆岛后，每年再忙，他总要来这岛一趟。正德帝在西番馆里的试验资料，他已经不知翻阅了多少遍了，觉得当时一味以西番之术照猫画虎，结果差之毫厘，谬之千里。在张永看来，与其亦步亦趋，不如因势利导，顺其自然。他自幼便习过医术，入宫后读书，更对针灸一科极感兴趣。八虎中，张永与魏彬两人以好学闻名，但张永的好学，实远在魏彬之上。何况张永身为十二团营提督，禁中秘本全都有权翻阅。这些年下来，张灸于针灸已极有心得，堪称此道国手了。而皮洛斯在佛朗机时便是个有名的药师，加上精擅机关之学的谷大用，三人在这岱舆岛上如鱼得水，配合无间，数年就将当初西番馆遇到的难题解决了大半。此时造出的不死人虽然仍无神智，却已能听命于他们。因为是在东海岛上制造成功，所以张永以东海之神为其命名，称作禺猇。

当时民间俗传，四海龙王乃是敖氏四兄弟，东海龙王名叫敖广。但《山海经·大荒东经》有载："东海之渚中有神，人面鸟身，珥两黄蛇，践两黄蛇，名曰禺猇。黄帝生禺猇，禺猇生禺京。禺京处北海，禺猇处东海，是惟海神。"张永虽是寺人，读书却又多又博，便以禺猇取为代号。只是禺猇虽然得针灸与药物之助，能够听从命令，可威力却也减弱了不少。而且后继乏力，一旦动手超过了半个时辰，禺猇便会因为脱力而变得僵直起来，力量也千百倍地减退，等如一具行尸走肉。张永知道这个致命的弱点若不能弥补，禺猇终不能被真正使用，这两年百计钻研，仍是不得要领。现在终于将最关键的两样东西都拿在了手上，偏生又不知该如何使用，此时虽然神情自若，心中却不免有些焦躁。皮洛斯这话，说了与没说一样，但也是唯一的解释了。这盒子没有反应，只有两种可能，一是不知用法，二是残页为假的。但不死人确实已经制造出来了，残页绝无可能是假的，所以必定是用法不对。他向谷大用道："桀公，你精擅机关之学，看看该如何用法。"

听得张永这话，谷大用即有些受宠若惊，忙走了过来。只是他虽精擅机关之术，可并不好学，更不似张永、魏彬那样一有空便手不释卷地读书，细细看了一遍也看不出什么端倪来，心道："这个凹槽也根本不见什么机关，到底有什么玄虚？"

凡是机关，总得有活动之处。这架子也不知是什么金属所铸，坚固无比，这么多年了也不见半点锈迹，但也根本看不出有什么机关，只是有几处微小的凸起，正与这盒子相对，大概是定位所用，但实在看不出有什么其他妙用。他肚里寻思道："这大概就是个架子，说不准是那些先行者搁东西用的，这皮洛斯也不知道道听途说来的什么消息，说能解读密文，哪有这道理……"心里虽然这样想，手上却也不能闲着。他伸手摸了摸这盒子，盒子嵌在凹槽中，被他一按，只听"喀"一声轻响，却被按得微微陷下去一些，显然先前只是搁着，被他一按便落了榫。仅仅这般一按，那盒中突然间便出现了一团亮光。谷大用吃了一惊，心道："糟糕，我弄坏了？"定睛看去，却见那团亮光又已消失。他一怔，正不知因何而起，却听张永忽道："是了！原来如此！"

张永一把拿起了盒子，细细打量。盒底对应着架子上凹陷处的凸起，此时有几处凹了下去，而凹下之处却隐隐透出光泽来。

张永从怀里摸出那一节竹筒，拧开了盖，从中取出一把小银刀来，走到架子前在那几处凸点上轻轻刮擦。他在这岛上经营多年，虽然不如谷大用那般浸淫日久，用的心却也不下于谷大用。这岛上大多东西几乎都是无法解释之物，但有些他终已看出端倪来。架子上那几处凸点与别处颜色不一，这架子虽不生锈，但因为年深日久，凸点上大多已积了一层污垢，只有一处方才大约被摩擦了一下，露出一些闪亮的底面来。看来，很可能并非仅仅定位所用。

他将几个凸点上的积垢细细刮去，此时那几个圆点竟然有若镜面，闪闪发亮。张永将那盒子又擦拭了一遍，这才放回原位。又听"喀"一声响，这回却是一道亮光直射半空。这亮光略带蓝色，也不知是如何发出来的，映在空中，却仿佛有形有质，成了一团。亮光中，赫然是一本羊皮纸的书本，翻开的一页正与张永放在里面那张残页一模一样。残页上原本有图有字，然而图有点模糊了，而文字更是莫名其妙，谁也不识。但现在盒子上出现的虽是虚像，但竟不是残页，而是整本书,而且图案全都清晰如刻,更神奇的是,那些文字竟然全是汉字!

怎么可能是汉字!谷大用惊得呆了,心道:"督公是怎么弄出来的?"只是不待他问出口,一边的皮洛斯已惊叫道:"天啊!两位公公,这是拉丁文!"

张永一怔,问道:"拉丁文?"在他眼中,这图上明明便是汉文,也不知皮洛斯怎么会看成拉丁文的。但皮洛斯斩钉截铁道:"不错。我从小就学习拉丁文,绝不会看错!"他盯着空中那图像,喃喃道:"听说先行者之盒能记录下所留的信息。张公公,您这张残页果然也是先行者的遗物了。"

张永轻轻点了点头。这先行者之盒确实能够解释先行者的语言,但不知什么原理,竟然能将这种语言转变成阅读之人所懂的语言。而那残页应该也是先行者的遗物,这件遗物可能曾经与先行者之盒接触过,所以其实并不是简单翻译了上面的文字,而是如钥匙打开了秘藏一般将全部的图文都放了出来。

难怪被称为神器啊。张永心底暗暗叹息。他这一猜却是深中肯綮,当初埃齐奥将这盒子交给少芸时,曾对少芸说此物能在她遇到难以抉择之事时为她指点迷津。这话其实是西方兄弟会代代相传下来的,说的正是先行者之盒能将先行者文字转变为观看之人最为熟悉的文字之意。但少芸那时并不理解其中真意,只道盒中藏有什么东西,结果打开一看发现是空的,结果百思不得其解,便是阳明先生也猜不出其中真意。张永与谷大用识的是汉文,看到的自是汉文,而皮洛斯虽是佛朗机人,但自幼进入修道院,在修道院里平时说话都用拉丁文,在皮洛斯眼里,自然便是他最熟悉的拉丁文。

此时张永也无暇去管这些猜测对不对。他上前一步,细细地查看着上面的文字。从西番馆秘术师开始,他们都知道这残页乃是图案与文字并重，缺一不可，但这文字根本无人能破解。可只凭图案来猜测，终究事倍功半，疑点重重，也不知有多少错讹。张永接手此事之后，虽然有当初留下的记载作为参考，但仍然有许多处疑难不解。这时甫一触目，才看得两三行，有两处百思不得其解之处便迎刃而解。只是解决之道却非中土所有，他默默想着该如何以针灸术来解决。正想着，耳畔突然传来"轧轧"轻响。

声音是从下方传来的。虽然轻微，但张永与谷大用都是耳聪目明之辈，谷大用更是因为精于机关之术，这座岱舆岛上的一切是他一点点摸索出来的，一听到这个声音，便知是大门被人打开了。

岱舆岛的外侧便是那具巨大的葫芦形器皿。此物引海水入内，再以地热煮沸，使得内侧右边高塔的机括得以运转，这便是岱舆岛能够维持下去的根本。这一套器械设计之巧，便是机关术大高手谷大用也为之惊心。因为海水是咸的，煮多了便会有盐释出，运转时每隔一段时间会自动将煮出的盐排回大海。而海水被煮成热汽推动右边高塔机括的运转后，凉下来成为淡水，又可以供人使用。那机括运转之时，又使得原本暗无天日的内侧有了亮光，同时又将外间的空气引入，换掉里面的浊气。这物什一环套一环，设计得实是巧妙无比，没有半点差池。便是那扇看似根本打不开的大门，也借助机括之力能够轻易打开。只是岱舆岛如此隐秘，若没有人引路，穿过暗礁群上岛来几乎不可能。更何况在岛周他已布下了两个禺猇巡逻，根本不会放过一个。就算有人能够到得岛上，定然也猜不到入口是在水下。即使能过这两关，外侧他仍然布下一个禺猇留守。这等重重设防，在谷大用看来已是天衣无缝，绝无失手之虞，但这声音表示，有人已经进入到内侧了。

他一闪身便走到壁边，从窗中向下望去。虽然谷大用生得肥肥矮矮，这一闪身却动若脱兔，极是迅捷。一到窗边，正看见那扇门正在徐徐打开，一个人影闪身进来了。

"督公，有人闯进来了！"

"是少芸吧？干掉她！"

张永仍然死死盯着空中那团亮光，头也不回。原来制造不死人术虽是一门邪术，却与医道中被后世称为人体解剖学的这一路殊途同归。中华医术一直以来都是内科远大于外科，因此有能动外科手术者每每会被传得神乎其神。对于人体解剖学更是短板，唯有新莽之时捕得叛首翟义之党王孙庆，王莽命太医刳剥其尸，量度五脏，审其经脉。但王莽此举主要还是为震慑世人，后来少有继之者。张永精于医道，憾于学医者往往对人身也了解不全，医书又每每以讹传讹，便利用职权之便，多次解剖死囚之尸，将其与流传至今的《欧希范五脏图》对照，纠正了多处错讹。当时便是西方也少有人体解剖，解剖学始祖维萨里出版《人体的构造》亦要到二十年后。因此说到此时对人体构造的熟悉，张永可谓当世第一。所以当见到先行者之盒中透出的图文，张永真个如入宝山，只觉毕生所学也不如此时观一页所得之多，哪里还能挪开双目？何况这一页就已如此博大精深，现在整本书都在眼前，若能通晓，真个无法想象。虽然他也知道当务之急是该击退来犯之敌，可张永的心里生怕先行者之盒中投出的这图像会突然消失，哪里还肯挪开半步？

第二十一章 绝 杀

门已开了一小半,突然一颤,停止了开启。铁心正等着门大开后进去,见此情形不由一怔,惊叫道:"怎么回事?"

冯仁孝也不知道发生了什么事。他其实只跟随谷大用坐螺舟下水,当时只到得外间,根本没进去过。他张了张口,也说不上来,就在这时,门忽地又一颤,竟然又关了起来。少芸见势不妙,将身一纵,从空隙中一跃而入。

此时门打开了两尺许,少芸身法极快,闪身跃入时连碰都不曾碰到。但铁心便是侧着身子都快有两尺了,眼见这扇沉重之极的大门正在关上,虽然关闭的速度甚慢,可他哪敢和少芸那般一跃而入?心想万一在门里卡住,岂不是要活活挤死,伸手一把扳住了门边,想将这门扳开。饶是他有一身神力,可哪里扳得动?门关上的速度虽然慢了些,可仍在慢慢关上。他却不知这开门与关门都是用先行者血脉为引,以机括驱动,动力则来自那葫芦形的水釜。铁心力量虽然大得远超侪辈，可这机械之力比百余个铁心的力量还要大，他一个人怎么扳得开？急要叫人帮忙，但用力时一口气屏住了，连句话都说不出来，一张脸涨得通红。

少芸已然跃入了里面，见没人跟进来，那门却要关上了，情知定然是被张永与谷大用发觉后以机括关门。她也不知这机括到底是如何控制的，心下大急，见一边正有一块石头，一把抓了过来塞进了门缝里。这石块也不过尺许厚，一卡在门里，登时被挤得吱喳作响。好在这石头甚是坚硬，虽然被压得掉了不少石粉，一时却还不会被压碎。铁心见此情形，这才舒了口气，叫道："快来帮忙！"此时他那四个手下才如梦方醒，忙不迭帮着铁心想将门推开。这四人力量倒也不小，只是纵然加上他们，这门仍是纹丝不动。不过总算止住了关门之势，不然只怕已经将少芸堵在门里的石头夹得粉碎。

少芸见门缝仍然只有尺许。这样的距离，她钻出来还勉强能行，外面那几个男人却是休想钻进来。她正待再找块石头塞进门缝里，或者再找一下里面有无扳手一类的机关，忽听那边冯仁孝惊叫道："娘娘小心！"

冯仁孝也在帮忙扳着门，却是正对着门缝。少芸只觉背后突然一寒，心知有人暗算。她正面对着大门，长剑背在背后，一时来不及拔剑，左脚在门边一蹬，右脚在壁上一踩，人一跃而起。也就是这一刹那，一支利剑正从她脚下掠过，离刺中少芸只差毫厘之微。

尽管险险闪过这一剑，少芸心中却暗暗侥幸。纵然只过了这一招，她已觉察到出手暗算自己这人虽然剑术不凡，却终究与张永有云泥之别。如果方才这一剑是张永暗算自己，只怕连脚上筋脉都尽被割断了。她此时人还不曾落地，猛然一转身，竟然便在空中转了半圈。不等那长剑收回，她的左右脚一错，已夹住了这把长剑。

暗算少芸的，正是谷大用。谷大用虽然以机关之术将关门的机括扳动，却也有些忐忑。听皮洛斯说，岱舆岛乃是上古先行者留下的遗迹，机关必须用先行者血脉才能开启。自己虽然不能启动，但借助机关之术却能将其阻拦。只是这些机括纵然坚固，毕竟已不知多少年了，也不知还能顶到几时。见门外在用蛮力扳门，他心中更慌，心想门外之人还好办，门里这少芸却万万不能再留。所以趁少芸还不曾发现自己，拔剑便暗算过来。只是他也没想到会被外面的冯仁孝叫破，肚里暗暗骂道："这吃里扒外的东西！"手中剑势一紧，想趁着少芸未及拔剑之时除掉她。

谷大用的剑术在八虎中虽然敬陪末座，但也不是个庸手。见少芸居然用双脚夹住自己的利剑，心道："你这婆娘，当自己的脚是铁打的不成？"他变招倒也甚速，手腕一翻，便想将长剑竖起来。这样一来，少芸再想用双脚夹住剑身，便会被剑刃削断。

谷大用虽然长了副肥矮模样，心思却极是机敏。他正要翻腕，却觉手中长剑倒似落在了铁钳钳口中一般，哪里翻得过来？他大吃一惊，心道："这婆娘……脚真是铁打的？"

少芸不曾缠过足，自然也不是铁打的。谷大用没有与少芸正面动过手，不知少芸的靴刃。少芸右脚上配着靴刃，此时她右脚在下，左脚在上，剑身正平贴在靴刃之上。原来拳经有谓：手是两扇门，全凭脚打人。说的是脚力远大于手力。谷大用本身的力量也就比少芸大不了多少，此时以单手对抗少芸的双足，哪里能翻得过腕来？而少芸的体重已然全都落在了谷大用长剑的前端，力道一用实，左脚上虽无靴刃，却踩在剑身上。谷大用只觉剑尖上仿佛挽着上千斤的重物，他的心思倒也真个灵敏，当机立断，手一松，人向后一跃。也就是这时少芸一脚飞踢过来，靴刃的寒光划了个月牙形，不过她也没想到谷大用竟然有弃剑而逃的决断,这一脚虽然踢得神妙非常,却踢了一个空。

"当"一声响,谷大用的剑这时才落到了地上。他已经退了两尺许,少芸方才这脚虽然没能踢中他,但靴刃到处,劲风划过他的额角,谷大用也觉隐隐作痛,颅骨都似被割裂了。见少芸拔出了背后长剑,定然是要追来。他心中骇然,忖道:"惠妃……这婆娘,武功怎的这般高了?"

虽然不曾和少芸真正交过手,但谷大用总觉得少芸本是贵妃,一个女子本领即便再好,也是有限的。只有听得她杀了魏彬时才小小吃了一惊,但也觉得少芸乃是用计取胜,胜之不武。纵然先前在船上见她与自己一个手下过了一招,仍然觉得她不过如此。但此时与少芸亲自动手,他才知道这个自己一直不甚放在眼里的女子竟然武功一高至此。就算还不能超过魏彬和丘聚,也已相去无几,比他却已然高出了一筹。他下来时最担心的便是被那拳力奇强之人闯进来,现在那人被挡在了门外,可少芸只怕比那人更是难缠。眼见少芸拔出了身后长剑,接下来这一击定是雷霆万钧,不可阻挡,于是手往怀里一探,又摸出了那燃犀镜。

燃犀镜是以药线引燃,以药物急剧燃烧而发出极强之光。谷大用自知武功不甚佳,此物不啻救命法宝,因此一逃到岱舆岛上,头一件事便是将燃犀镜补充好药物。此时长剑已经掉落,他自然又掏出了这件东西。

当谷大用摸出燃犀镜时,少芸就已经知道这人想做什么了。在这燃犀镜下少芸已然上了两回当,自不会再上第三回。她知道谷大用定然深知这岱舆岛的机关,只消将他擒下,定能逼得他说出这些机括的秘密,当谷大用一摸出燃犀镜,她便闭上了眼,左手已握住了绳镖。

阳明先生传她这路象山心法时,便曾说过,这路心法不仅仅是一门内功心法,亦是心学的精要。

"宇宙便是吾心,吾心即是宇宙。"陆象山这两句话是心学的基本,也是象山心法的总纲。将心与宇宙合二为一时,呼吸与天地同步,无微不至,无远弗届。

这便是象山心法中的"心眼"。少芸以往总是不能到此境界,阳明先生才要她多体会"知行合一"四字。而此时她虽然闭上了眼,眼前却仿佛越来越明亮,周围的一切反而更加清晰起来。

定不能让谷大用再次逃脱了!

强光一闪,谷大用按下了燃犀镜。

这道光亮得恍如闪电,映得人须眉悉见。只是亮光刚闭过,谷大用便觉左脚脚踝处传来了一阵钻心疼痛,不由惨叫一声,低头看去,却见脚踝处插了一支绳镖。这绳镖扎入皮肉甚深,镖头直刺入肉,已将小腿肚都扎得通了。亏得谷大用生得肥胖,绳镖总算还不曾完全透到另一边去。他又惊又怕,也不知少芸怎么会在燃犀镜亮起之时仍能出手伤了自己,只道这燃犀镜发得早了点儿。他也顾不得疼痛,奋力一挣,手中燃犀镜又是一按。这一挣倒是将绳镖挣脱了,小腿肚上伤口鲜血淋漓,但刚把燃犀镜按下,右腿上又是一阵透入骨髓的疼痛。这一回他两脚俱伤,就算想挣也挣不动了。少芸也不知他这燃犀镜只能亮起两次,还怕他接二连三地亮起来。她将手腕一抖,绳镖如臂使指,一下脱出了谷大用的右腿,将他手中的燃犀镜卷住,用力一按,燃犀镜脱手而出,掉落在地。接着她飞身一跃,已到谷大用身前,剑尖抵在了谷大用咽喉处。谷大用只觉咽喉处一阵寒意彻骨,也不知是不是已经刺进了皮肉中,一张脸立时变了,说道:"娘娘……"

少芸喝道:"快将门打开!"

虽然一张脸已然浑若土色,谷大用却还苦笑了一下道:"娘娘,机关是在塔尖上,我也没别个办法。"

少芸哼了一声,心想此人说话定然不实,手腕一催力,长剑向前微微一探。她的手法极细,这一剑若是再进一分,势必会让谷大用的喉咙添个血洞出来,但剑尖只是陷入皮肉,却不曾刺破皮肤。她道:"是么?"

谷大用背后便是铁架子,他退也退不了,若是向前一探,剑尖又要直刺入肉,只能拼命伸长了脖子,只盼别被剑刃割破,连声道:"娘娘,娘娘,机关便在塔底的右边……"

八虎中,谷大用残忍不及马永成,阴毒不及魏彬,剑术不及丘聚,忠实不及高凤,机变不及罗祥,却最为怕死。因为咽喉处被利剑顶着,谷大用一张脸也已有些扭曲变形。少芸知道这个人定不会连自己性命都不要还要维护张永,这话应该不假,森然道:"快把门打开了!"

谷大用看了看少芸,不由打了个寒战。他双腿俱伤,只能一瘸一拐地拖着走过去。到了右边后,他对着一个暗藏的机关一阵捣鼓,说道:"娘娘,门开了。"

随着他这一动作,只听得"轧轧"连声,那扇门果然重新开了起来。铁心正拼命拉着门,不让门关上,不曾料到这门突然向另一边移动,他一个踉跄,险些摔倒。定睛一看,见门已开了许多,现在他也能进去了,心中便是一喜,忖道:"果然开了!"只是还没来得及高兴,身后忽地发出了两声水响。这儿水潭与外间相通,他只道是什么大鱼游进来,也没在意,正待进门,忽听边上的叶宗满惊叫道:"直哥……"

这声音叫得有点声嘶力竭,铁心也不知出了什么事,下意识便扭头看了看。刚扭过头,却觉一股湿咸之气扑面而来,一个湿淋淋的人影疾冲到他身后,一拳向他击来。铁心也没想到这时候居然还会遭到暗算，但他的须弥倒可算得天下第一等拳术，顺势咽下一口气，一拳迎了上去。

"砰"一声，两拳正击在一处。以铁心的功力，至今除了小太刀以外，还从未有人敢与他正面对拳，便是张永也只能以火莲术的绵力来化解，然而这一拳对上，铁心只觉一股大力排山倒海一般而来，他下盘纵然极稳却也站立不住，一个踉跄，连退了两步。亏得此时那大门正好打开，他直直退了进去，最后又退了三步才站定。而与他对拳之人却也经不起这等大力，被震得如断线风筝般直飞出去，"嗵"一声又掉进了水里。

这人竟有这等功力！

铁心几乎不敢相信。方才对的这一拳，他实是因为站立在地，那人却是飞身出拳，脚下无根，这才被震得飞了出去。而他也知道自己花了五步之多才化去拳力，方才如果那门开得再慢一点，自己重重撞在门上的话，只怕已然撞得吐血。方才与小太刀对拳之时他就已经又惊又疑，想不到小太刀会有这拳力，而现在这人的拳力显然更在小太刀之上。方才与小太刀对拳时还能在五拳里占尽上风，但对这人，铁心实不知自己能不能撑过三拳。

一刹那，铁心的脸色也有些变了，从未有过的惧意涌上了心头。就在这时他边上一个同伴惨叫一声，从潭里跳出来的这些怪物有两个，一个被铁心的拳力震飞，另一个却击向此人。此人也正出拳对抗，但他的拳力远远比不上铁心，刚迎上这一拳，一条手臂爆豆似的响。指骨受击撞上腕骨，腕骨又撞击臂骨，这一拳将他一条手臂震得寸寸碎裂，痛得那人惨呼不已。只是那禹猇毫不留情，右拳甫出，左拳又当心击来。这一拳更是凶猛，拳力到处，那人胸骨俱断，这声惨呼也戛然而止。叶宗满正在铁心身边，已是吓得面色煞白，叫道："直哥！直哥！"他颇富智计，可这当口计策哪还有用，他武功在八天王中很是靠后，刚刚被那怪兽震死的同伴武功便要比他高得多。叶宗满也知若是自己面对这些怪物，只怕连半招都接不住就成肉泥了。

当听得外面传来的水声与惨呼，少芸的心便是一沉。纵然不曾正面看到，但她也猜到定然又有禺猇冲了出来。这些怪物如此凶悍，实非人力所能敌，方才杀掉了一个，实为侥幸。现在竟然不止一个，铁心在外面孤掌难鸣，肯定挡不住。此时那大门已然开了有三尺许的口子，她叫道："快进来！"

她又令谷大用将门关上，外面几人立时争先恐后地进来。叶宗满武功虽然不甚高，这时身法倒快，一个箭步先冲了进去，铁心跟在他身后进来，待另两人后脚进到了里面，最后才是冯仁孝。

冯仁孝头上已尽是冷汗，刚冲进门里，门已经关得只有一尺许了。只是门中仍然夹着那块石头，方才全靠这石头，大门才未曾关闭，可现在也正是这石头会让门关不上。铁心心下大急，踏上一步，一脚向那石头踢去。他神力惊人，这一脚力量更大，踢得那石头如炮弹一般直飞出去。只是石头刚飞出，门缝里忽地插进两只手掌。

那正是一个禺猇冲了过来。寻常人见这门只剩了这般一条缝，定然不敢钻进来了，可禺猇全无神智，根本不知畏惧，一钻进来便卡在了门缝里，双手拼命向外推去。方才铁心与四个手下，再加一个冯仁孝，集六人之力仍然未能将门扳开。但这禺猇只凭一双肉掌，竟然将那大门推得"吱吱"作响，开了数寸。铁心看得发毛，心想这样下去只怕真会被这怪物推开。就在方才他们还只盼这门关上的力量不那么大，现在却盼着这力量能更大些。正在怔忡，铁心猛然当心一拳，正中那禺猇前心。这一拳好生厉害，只是铁心一拳将先前那禺猇震出，原是那禺猇人尚在空中，全然不能着力，这个禺猇却是卡在了门中，铁心这一拳虽有摧山断岳之能，却只是让它晃了晃，眼中仍是漠然无神，仿佛这一拳根本无关紧要。

见这情形，铁心也不禁心悸。他的须弥倒拳术所向无敌，纵横海上，从来没人能接得住他十拳以上，能正面接得一拳已算是强手了。只是面对这些似乎打不死的怪物，他拳力再强也没什么用。本来以他的天鼓雷音连发七八拳，那禹猇再能挨揍也定然经不起，必会被他打得骨断筋折，再被这大门夹扁不可。然而越是难逢一败之人，就越不能遇挫。在船上未能击败张永已让他有些沮丧，此时全力一击也未能伤得那禹猇，更是让他失去自信，原本左拳磕右肘，只待右拳磕左肘再击出第二拳，但左拳刚提到前心，却已发不出去了。就在这时，一道剑光忽地从铁心背后疾射而来。

出剑的正是少芸。少芸也见情势危急，一旦大门被推开，外间这两个禹猇冲进来，己方几人必定会全军覆没。她虽然离大门还有数步，但飞身一跃，这一剑后发先至，已抢在铁心之前。剑光若飞电，直刺入那禹猇前心，禹猇虽然没有神智，也没有痛觉，但剑锋入前心，双臂不免一软。铁心见有机可乘，立时踏上半步，左拳奋力一击，右拳已趁势在左肘上一磕。天鼓雷音本来一气呵成，一拳接着一拳连环发出，拳力才能越来越大，此时也不过是雷音八响的第一拳而已，但已非寻常可比。这一拳正击在少芸一剑刺中之际，时机抢得极好，那禹猇双臂刚卸了力，已撑不住门了，立时被震得倒飞出去。

铁心一拳击出，前脚掌一蹬地，立时便收了回来。他知道一将那怪物击飞，这门定然极快地关上，若不尽快收拳，只怕会把自己的拳头也夹在里面。只是他收拳虽快，那门却又是一晃，竟然猛地一下更开了许多。

见门竟然又开了，少芸心中亦是一沉。她心知方才情急之下出剑，无暇顾及谷大用，定是此人搞的鬼。扭头看去，却见谷大用竟然正攀在一个架子上冉冉上升。

这架子是便于上下塔的机关，谷大用正是由此而下。少芸并不知还有这等机关，见他双脚被刺伤，已走不动路，只略一大意，便被他又将开门的机括打开了。少芸心知若再被他逃走，更不知还有什么机关，情急之下也来不及多说，只是叫道："快关门！"便飞步上前，身形一纵，左手袖中绳镖飞出，搭在了上一层塔边。

这塔足有二十丈高。这样的高度若是攀援而上，也得花上半日。但少芸已将绳镖练得有如手臂的延长，一起一落，已然冲上了两丈来高。谷大用虽然攀在架子上由塔中上升，见少芸的速度竟不比自己慢，看样子只消再有几个起落，少芸定然会追上自己。他心性残忍，向来不把旁人的性命当一回事，可他自己的性命却是另一回事，比谁都要珍惜，一张脸已吓得煞白，只盼着能再快一些。

这两人一里一外，正沿塔而上，铁心却在肚里咒骂。这两座塔都没有行人的扶梯，想上去只有沿着外层攀爬。他武功虽强，但攀爬非他所长，手下这三个人更没有一个强手。正想着该如何爬上去，只一分神的工夫，却听身后一个手下又是一声惨叫。他扭头一看，却见又有一个湿淋淋的怪物冲进了门来。这怪物正是先前被他震飞入潭中那人，没想到原来这禺狨并不曾死，又冲了过来。那个手下不过慢了一步落在最后，被那禺狨一把抓住，只叫得半声，便如麻秸般被拦腰拗成了两段。

杀入这魔烟岛之时，铁心想的也是要除掉张永与谷大用，为泷长治报仇。他向来自视极高，觉得此行纵然艰难，但己方必定稳操胜券，哪想到竟会艰难若此。张永的面都不曾碰到，带来的五个手下已然死了三个。现在再想逃也逃不掉了，铁心反倒沉下气来，厉喝一声，一个箭步上前,一拳便已击出。

铁心知道禹猰虽然形同怪物,但仍与人一般要靠耳目来发现目标,因此先前少芸踢瞎了小太刀双眼,小太刀便再不知往哪个方向动手了。此时那禹猰正拗断了一个手下的脊柱,尸体还抓在身前,铁心这一拳击向的却是那尸身。

此时铁心的拳劲,用的是无尽灯心法。他的须弥倒拳术乃是出自佛门,拳式心法也尽是出自佛经。"无尽灯"三字,却是出自《维摩经》。经中有云:"无尽灯者,譬如一灯然百千灯。冥者皆明,明终不尽。"原是比喻大乘佛法以已度人,一而再,再而三,乃至无穷。而这路心法与中原的隔山打牛异曲同工,练此心法,须以一张纸贴在石上,练至石碎纸不碎方成。南少林前代有一个戒尺和尚最擅此技,传说有个使流星锤的高手欲隔墙用飞锤取他性命,被戒尺和尚发现,便隔墙先出一拳。那流星锤高手自恃能隔墙打人,因此贴墙而立,不虞有他。结果哪知戒尺和尚的拳力能隔墙传来,将他震得吐血而走,而墙上只留一个浅浅拳印。这面墙后来被南少林僧众称为"灯影墙",意思便是无尽灯心法所留之影。铁心于拳术用力极勤,拳力已远超当年的戒尺和尚,虽然化劲不如,但若是他隔墙击人,一定会将墙壁震穿,而透出的力量也足以将那流星锤高手震死。此时虽不是隔墙发力,却是隔了一具尸身。这一拳到处,那禹猰被震得退了一步,但尸身挡在了面前,也根本还不得手。

铁心以无尽灯心法出拳,为的正是借这尸身来挡住那怪物视线。一拳见功,另一拳立时又已击出。他这天鼓雷音连环出拳,便是禹猰这等异乎寻常的力量也不能过之,更不消说被尸体挡住了视线。在禹猰这等简单的头脑中,还只道是这尸体在出拳攻击。铁心出一拳,那禹猰也出一拳。只是铁心的拳力尽透过尸体击在禹猰身上,禹猰的拳力却实实在在都打在了尸体上。那尸体哪经得起这般金刚大力的两面夹击,只不过四拳,被击得支离破碎,血肉横飞。铁心也越来越是害怕,现在以无尽灯心法还能与这怪物纠缠,但他斗到现在,拳力已不足以伤那怪物了。一旦那具尸身尽数散架,还拿什么来阻挡?他正在惊惶,却听叶宗满叫道:"直哥,快将那怪物逼回门口去!"

叶宗满在这几人中,算得最富智计之人。刚才少芸为追谷大用已无暇他顾,只叫说关上门,旁人还丈二和尚摸不着头脑,叶宗满却眼观六路,心知定要找对先前谷大用所设的那个机关。只是他刚跑到机关处,却已有一个禺猇冲了进来,现在若是再一关门,便成了瓮中捉鳖,众人更是插翅难飞。他心下惊慌,险些一口血都喷了出来,亏得铁心出手阻住了那禺猇。虽然眼下铁心还能占得上风,但他也知道这局面定不会长久,于是灵机一动,心生一计,便让铁心将那怪物逼回门口。

叶宗满是铁心早年就交好的朋友,铁心也知道他颇有智计,虽不知他的用意,但定然有法,纵然他浑身已是酸痛不堪,仿佛周身骨节也快要散架,仍是贾余勇,奋全力,又连发三拳。此时前后已然发了七拳,他最多只能发得八拳,心知若再不能将这怪物逼退,便大势尽去。最后一拳已然不顾一切,左拳奋力在右肘一推,右拳如破城椎般直直冲出。"咚"一声,此时那尸身已在他二人的快拳之下成了肉泥,铁心这一拳其实已不再用无尽灯心法,而是直接击中那禺猇前心。那怪物力量虽然极大,可也经不起铁心这等孤注一掷的神力,被他震得直退后去,正跌进了门口。此时那门正在关上,禺猇刚到门中,"喀嚓"一声,却是夹住了怪物的双腿。这门是以那葫芦形水釜驱动的,力量之大,纵是禺猇也不能抵挡,连石头都能夹碎。这禺猇的双手还抓着那具残尸,下身一被夹住,也不知疼痛,仍在一拳拳击出。虽然身体被那大门渐渐挤扁,但上半身仍浑然不觉,待下半身被门挤成了肉酱，双臂依旧在奋力击打残尸，力量居然仍旧不小。

铁心自己身上也已溅满了血肉，直如地狱中冲出的厉鬼，然而见到这幅诡异情景，却不由自主地打了个寒战。虽然费尽九牛二虎之力终于得胜，可是仅剩的勇气到了这时已化为乌有，只余胆寒。本来小太刀已死，唯一的希望是捉住张永，看他是不是知道泷长治当初这批货的下落，可是在这个犹如地狱一般的魔烟岛，他再没有前进一步的勇气了。他抬头看了看高塔，原本还在攀爬的少芸与抓着架子上升的谷大用此时都不见了踪影，也不知停留在哪一层。正在这时，却听得上面传来"砰"一声响，那高塔似乎也为之一颤，却是一个人直直摔了下来。

这人肥肥短短，正是谷大用。从这般高处摔下来，已是脑浆崩裂，当即毙命。看着这个权倾一时的太监这般死了，铁心更是不由自主地抖了抖，看向仅剩的两个手下。他带下来八天王中的五人，现在只剩下两人了。叶宗满虽然用计消灭了这最后一个禺猇，可也吓得魂不守舍，心想若是再来一个这样的怪物，别说反抗，便是想逃只怕都没力气了。见铁心看向自己，叶宗满道："直哥，还是……还是走吧。"

叶宗满平时也是杀人不眨眼的汉子，心知铁心向来不达目的绝不罢休，就算知道对手乃是权雄势大的大太监张永与谷大用，铁心仍是不曾有过退缩。只是叶宗满实在丧失了勇气，再不敢前行一步，铁心若还要登塔，他是打定主意，就算死在铁心手上也不上去了。但铁心只是顿了顿，点点头道："开门吧。"

叶宗满听得此言，如蒙大赦，连忙又一把扳下了机关。门再一次打开，门口还有半截禺猇正自发狠。铁心走到近前，一脚狠狠踢去。那禺猇只剩了半截，躲也躲不开，被铁心一脚踢飞。铁心跨出了门，回头看了看，忽道："将门关上。"

除了八天王剩下的两人，冯仁孝也随着他走了出来，一听此言，吓了一大跳道："直爷，娘娘还在里面呢！"

他心想少芸还在里面，定然在与张永和谷大用激战。要去帮忙他一没本事，二没胆量，可是见铁心竟似忘了少芸一般，仍是忍不住提醒一句。但铁心理也不理他，忽然走到墙边，便要去扳那阀门。

一见铁心要扳这阀门，冯仁孝当真急了，叫道："直爷，使不得！"

他来此处还是当初草创之时，因为要搬运东西，谷大用不得不带几个最为亲信的下来。当时谷大用也千叮咛万嘱咐，说这阀门万万动不得。那时他也不知这岱舆岛并不是谷大用所造，还觉得奇怪，心想此物既然如此重要，谷公公为什么不设在一个旁人碰不到的地方，却摆在如此显眼之处。其实谷大用何曾不想将这总阀移个位，但岱舆岛上的一切已超过他的所知太远，能搞明白十之一二已然万分不易，更不要想有所改动，因此虽然制作禺猇极为困难，十个材料也就有五六个能成功，他仍然将小太刀放在此处，为的便是守护这阀门。

见冯仁孝拦住自己，铁心冷冷道："你是嫌命太长了？"

一见铁心的眼神，冯仁孝便打了个寒战，没敢再说话。虽然他见铁心要丢下少芸多少有些不安，但若是要豁出自己性命去救少芸，他也做不到。被铁心一斥，冯仁孝已不敢说话，在心里默默道："娘娘，愿你吉人有天相，能逃过这一劫……"只是这话便是他自己都不信。

铁心说罢便动手去扳这个自毁的机关，一触之下，机关居然轻易被触发了。阀门刚一关上，一直能听到的那阵有节奏的震动声一下停了。铁心上下扫了两下，向冯仁孝道："这样做，这东西便会炸吗？"

冯仁孝一张脸已然成了苦瓜样，道："是啊直爷，我也不知什么时候会炸，想来没多少时候了。"

铁心点了点头，忽然一拳打向冯仁孝心口。他今日已是快要精疲力竭,但这一拳仍是寻常人经不住的,冯仁孝本领再大十倍也躲不过,再大二十倍也顶不住。只听"喀"一声,胸骨齐断,五脏六腑尽成肉泥,人软软躺倒。叶宗满在一旁吓了一跳,说道:"直哥,你……你做什么杀他?"

铁心冷冷道:"此人留着也是无用,便让他去陪陪少芸姑娘吧,也算我们对阳明先生的一分孝心。"

刚到岛上时冯仁孝便说过,船坞边那鳌足礁左手有一条洋流,船只只消对推鳌足礁,便会被洋流带出暗礁群,根本不消多费心。而潜入此间时铁心便已细心查看过,操作螺舟的各个步骤他都已记在了心里,回去时纵然没有冯仁孝也无大碍。此人是张永船上的水手,先前碍于少芸之面一直留他一命。此时铁心已然决定将这岛一并连少芸在内毁去,冯仁孝这人自再不必留他性命了。他对阳明先生极是服膺,当初阳明先生找上他们时,也曾晓以大义。但铁心对阳明先生所说的大义没多少兴趣,对阳明先生这人倒甚是仰慕,因此答应配合阳明先生行动。他在此间的另一个原因,也是为了找回被泷长治劫走的那批货。然而现在阳明先生已经不在了,有可能知道货物下落的只剩一个张永,到现在铁心哪里还敢拿自己的性命去冒险?他快步走到一台螺舟前,招呼叶宗满与另一个手下过来。待二人进了螺舟,他又看了一眼这地方。

将那总阀关上后,这岛上那种不知如何而来的亮光正渐渐变暗,此时外间已经暗了大半,显然很快就会灭了。见此情形,铁心心知这总阀会引发爆炸之说多半不假,心中大是快意。他钻回螺舟里,拧上了顶盖,心道:"阳明先生,我答应过帮你对付张永,这死太监这回定然活不成了,我也不算食言。"只是想到泷长治那批货仍是不知下落,回去也不知该如何交代,心头便又是一阵烦乱。

第二十二章　大崩溃

少芸几个起落，此时已到了十余丈的高处。

这高塔也不知究竟有什么用，从底下两丈起，便是丈许一层，此时应该是在第八层上。每经过一层，少芸透过窗子看往里面，每一层都为之惊叹不已。

这高塔的每一层也并不算太大，但显然每一层都有用途。只是大多都已破败不堪，剩下一些残迹仍是闻所未闻，见所未见。她实在无法想像人类竟然还能造出这样的东西来，至少，现在的人类绝无可能。

也许，千百年后的人也会有这些东西吧？少芸想着。那些她尚不能理解，甚至无法想象的一切，在千百年后的子孙后辈眼中也许会成为日常的锅碗瓢盆般习以为常的东西。只是现在对她来说，这一切都毫无意义，只是一堆积满了灰尘的废物。

第八层上，她从窗口一跃而入。

这座高塔也不知是什么材质所建，正当中是一个空洞。当少芸一跃而入时，谷大用攀着架子正上升到这一层。一见少芸，谷大用的脸色便是一变，伸手要去拔刀。他的长剑早已掉落，现在要拔也只是拔小腰刀。他手刚碰到刀柄，少芸便一个箭步冲到他跟前，手一颤，长剑在谷大用的左右肩头各是一刺。这两剑其实也不是什么重伤，但少芸运剑奇准，每一剑都已挑断谷大用肩头经脉。谷大用只觉双臂一下失去了知觉，亏得他是坐在这架子上的，不至于掉下去，不然这一下定然会直落到底，活活摔成肉饼不可。他平时折磨起俘虏来毫不留情，可轮到自己时更忍不了疼痛，两腿被少芸的绳镖击伤本来便已疼痛难忍，此时更是杀猪般惨叫起来。少芸本来就没有折磨人的心思，这一剑名谓"百紫千红"，原本一剑足可连刺对手十余创，但见谷大用叫得如此凄惨，纵然对这人恨极，少芸仍是下不了手，收住了剑低喝道："闭嘴！"

张永定然就在最上面，算起来应该是十八层上。按现在这速度，转眼便会到。谷大用固然难缠，但此人现在已是没牙的老虎，不足为虑，而张永纵然内伤未愈，仍然不可轻敌。

一霎时，少芸想起了与张永的两次交手。青龙渡口，鬼门礁上，这两次自己其实都一败涂地，若不是机缘巧合，只怕连命都不能留到现在。而今这个最难对付的敌人便在眼前，这一战势必也是最后一战，绝不能再失手。只是她想不通张永为什么一直未曾露面，却只让谷大用下来动手。方才如果张永与谷大用联手，加上有两个禺㹢为助，鹿死谁手也是难料，但张永一直不曾出头。

难道有什么事竟比退敌还要重要？

这架子上升得甚快，十层也不过是片刻而已。当升到第十六层时，下面正值铁心在以无尽灯心法隔着尸首将那个禺㹢逼入门缝。

这第十六层空空荡荡，什么也没有，那些不知何处传来的灯光在这一层也显得黯淡无光。此时那架子刚进入此层，架子上人的头顶则露出地面，一边突然有一道剑光掠过。

这一剑极是突然，剑光与中原诸派也大相径庭，细得异常，但速度亦是快得异常。若是平地相斗，这等剑术实是华而不实，空有速度而已，但在这等地方，却是奇诡异常，极难防备。架子上的人还只露出个头，也根本闪避不开，那一剑直刺入他的咽喉。只是剑尖甫入咽喉，这把细剑却一下缩回。

架子上被刺中的竟然是谷大用。方才这快若闪电的一剑在他咽喉处刺入，已刺出了一个血洞，他却是说不出一个字。那一剑虽然刺得不甚深，但刺的是咽喉要害，气管喉管尽断，谷大用已然喘不上气来，一张脸憋得通红，却仍是发不出半点声音。他心性残忍，平生杀人极多，昔年提督西厂之时，更是杀人如麻，而被杀之人死前都被他用尽酷刑，折磨得体无完肤。谷大用也向来以此为乐，还专门想了许多酷刑，其中有种说"披纱问"，便是拿黄裱纸浸水，贴在犯人脸上。因为黄裱纸浸水后不能透气，一层层贴上去，待贴到六七层时受刑之人便不能呼吸，活活憋死。那时谷大用最爱看的，便是囚犯被贴了一脸黄裱纸，活活憋死前垂死挣扎的情景。现在他气喉被刺断，血块一下堵住了气管，也已呼吸不出。加上他手足经脉齐断，根本动弹不得，又被少芸点了哑穴，也发不出声音，实是痛苦无比。身体一颤，已然坐不稳架子了，忽地便掉了下去。这十六层足足有十八丈高，这等高度摔下去，以谷大用的本领，就算身上全然无伤也非成肉饼不可，更不要说现在手足经脉俱断，人也只能颤动两下。谷大用心道："真是天道好轮回。"

就在谷大用摔下架子那一刻，一个人影却从他身下一跃而起。这影子疾若飞鸟，那细剑刚刺中谷大用，正在收回，这影子已然跃了出来。

跃出的，正是少芸。少芸也知道架子越近顶层，就越可能遭到暗算，因此点了谷大用的穴道，自己隐身在谷大用身下。果然，在十六层上便有人偷袭，见谷大用中剑，少芸情知已不能再以逸待劳，飞身跃出正抢在了那细剑一伸一缩之间。只是她还不曾站稳，"嗤"一声，一边又是一剑刺来。

剑身虽细，但速度几到极致，出剑已带剑风。只是细剑甫出，"叮"一声，却刺在了一柄长剑的剑身上。仿佛被斩断了头的毒蛇一般，这细剑一下又缩了回去。只是没等细剑收回，少芸的长剑却如毒蛇反啮，循隙而至，"笃"一声，正刺在握剑之人的咽喉处。

是张永？少芸抬起头。方才这两剑直如电光石火，她若是慢得片刻，便难逃穿心之厄，但千钧一发之际仍是闪过了。她抬眼看去，眼前却并不是张永，而是一个碧眼黑袍的胡人坐倒在地，正不住挣扎。

这胡人正是皮洛斯。他是奉了张永之命来此伏击的。这架子依靠边上那座高塔中的机括之力，能够在这高塔中上下移动，实是极方便的工具。只是如何关掉这架子，他们也根本不知道，因此皮洛斯有意下了两层，到了十六层上拦截。皮洛斯用的细剑与张永的细剑形制虽然相似，手法却全然不同，空有速度，却能发不能收。如果是张永出手，方才这两剑能够拿捏自如，谷大用也不会中了皮洛斯一剑了。他这两剑竭尽全力，哪知一剑误伤谷大用，一剑又被少芸挡住。这路快剑虽是欧罗巴绝技，却也有色厉内荏、后劲不继之病，还待收剑再刺，已比不上少芸出剑之速了。他被少芸这一剑反击刺中咽喉，却与他误伤谷大用一模一样。

此时架子升到了十七层，这里堆着几个铁架，并不见人。也正是

371

这时，从下方传来了"啪"一声响，自是谷大用一落千丈，重重摔在了地上。

八虎已去其七了。

不知怎么，少芸心中却没有太多的快意。尽管心社许多师兄弟都死在谷大用手中，可是当此人终于毙命之际，少芸反觉得如此空虚。

杀人，终非良方。

少芸想起了当初自己按阳明先生之计布局刺杀了魏彬，随即准备刺杀马永成，阳明先生却让自己先离开京城。那时她很是诧异，不知阳明先生这决定的深意，阳明先生便说了这样一句话。那时她实难理解，可现在却隐隐约约地仿佛看到了一些什么。

夫子，怪不得古人说佳兵不祥，圣人不得已而用之吧？

少芸想着。此时架子已上了十八层，她生怕张永会和十六层那佛朗机人一般突施暗算，举剑在眉上，只待张永出剑便能格挡。哪知那架子升到了十八层上，"喀"一声停下了，预料中的偷袭却不曾来。

这是怎么回事？

少芸不由愕然。她不信张永会大发慈悲，也不相信他没发现自己上来。凝神看去，却见这十八层上有一个架子，面前的台上躺着一个赤裸上身的男人，也不知是死是活。边上站着的，正是张永。只是张永正聚精会神地盯着身前的一团蓝光，竟似根本不曾察觉到自己。

他在做什么？

少芸握住了长剑。现在这情形，自背后一剑刺去，张永多半不能闪过。只消杀了他，一切都已结束。只是少芸却觉得手中的长剑越来越沉重，她知道眼前这背对着自己的人是平生仅见的厉害人物，因此绝不会有丝毫大意。

只是无论如何，终要出手。少芸只是犹豫了极短的一刻，便下了这个决定。她后脚一蹬,飞身一跃,举剑便向张永背心刺去。她的身法之强,几是当世第一,此时全力一投,更如飞鸟投林,人都仿佛与长剑化为一体。眼见这一剑便要刺到张永的背心,少芸眼前忽地一花,一个黑影突然从边上一闪而出,伸手抓住了她的长剑。

竟然有人徒手抓住剑刃!少芸也知道这定然又是个禺猇。只是禺猇的动作虽然快捷,多少都有些僵硬,但眼前这个却是既快又准。左手一抓住少芸的长剑,右手便竖掌砍去。天下各门各派,任哪一派也没有这等招式,少芸正待抽剑,那人的手掌已然敲到了剑身上。"吭"一声响,竟然生生将少芸的长剑都折为两段。虽然那人的双手亦被剑刃割破,弄得满手是血,可这人浑若不觉,闪身挡在了张永跟前,正是方才躺在架子上那个死尸一般的男人。

竟然有这等事!

少芸实是震惊不已。看到这个光着上身,浑若死尸般躺着的男人时,少芸已猜到多半也是个禺猇了,却不曾想到这禺猇反应竟如此之快,而且居然还知道守护主人,已不似没有心智的行尸走肉了。

"少芸,你终于上来了。"

张永仍然没有转头,只是淡淡说着,仍在细细地盯着盒上那一团蓝光,生怕错过一个字。先行者之盒解读出来的一切已远远超过了他的预想,而且内容何止是那一页残页,竟然是整部秘稿。纵然仓促之间未能融会贯通,但种种不解之处只消假以时日细加参详,定然都能解决。只是他不知这秘稿到底能显示多久,生怕很快就会消失,再没有一睹的机会。因此宁可让谷大用与皮洛斯分别前去退敌,不惜冒着被人各个击破的风险,也实在不愿浪费任何一刻。

虽然还不够完备,但岱舆计划已然更进一步了。方才张永依先行者之盒显示的资料,以金针刺了做实验所用的那禺猇数处穴位,甫一下针，便觉这禹猇气息已然大有改观。他心知果然秘卷不假，心中狂喜，更是不愿离开片刻。他头也不转，厉声喝道："禹京，杀了这婆娘！"

那男人听得张永此言，双眼忽地一睁。与禹猇那双无神的双眼不同，这男人的眼睛灼灼有光，只是眼神冷酷无比，似乎只知杀戮，不知其他，猛然便向少芸追来。只是没等它扑到跟前，少芸忽地跃出了窗外。

这是足有二十丈的高处。从此间摔下，便是武功再强也经不住。那被张永称为"禹京"的怪物冲到了窗口，探出身向外张望，却听张永喝道："那婆娘到上面去了！"

这高塔并不是寻常的浮屠，顶上却是个皮革丝绸之类所制成的圆球，也不知有什么用处，塔壁也仅是金属条交织而成。少芸跃出窗口时，绳镖便已飞出，正抓在窗子上方。那禹京听得张永的话，扭头抓住塔壁便向上追来。少芸的绳镖已然熟极而流，借着绳镖在高塔顶层外壁游走，只是这禹京只凭指力，竟然也在塔顶如履平地，紧追少芸不放。

虽然单以耳力听得，张永便有若目睹。纵然一心要记住映出来的这本秘稿，他仍是不由自主地分神忖道："这婆娘好生厉害，不要连禹京都斗不过她了。"

禹猇生禹京，这是古书所载的异谈。张永将制造出来的不死人定名为禹猇，也是因为禹猇尚不完全。所谓禹猇，便是以药物和针灸来消弭活人心智、千百倍增加体质。张永殚精竭虑，为的正是这一目的。现在有了先行者之盒的引导，张永已能弥补禹猇的不足，制作出来的自然便是更为强大的禹京了。只是这个禹京其实也不完善，不过是他方才临阵磨枪，将那秘册中所悟的法门马上应用而已。即便尚不完善,但已将少芸追得走投无路。眼下少芸尚可凭借绝顶身法躲闪,但人力有穷,而禺京之力几乎无穷无尽,想来过不了多久,少芸定然便会力竭。

张永越想越是欣慰,背起手喃喃道:"少芸,智者当审时度势,有知时务之明,你还要负隅顽抗吗?"

少芸听得张永的声音好整以暇,自是有意挑拨自己。她本来想寻找时机再从窗中跃入,趁着张永内伤未愈杀了他,可那怪物紧追不放,总是毫无机会。她喝道:"张永,你做这等伤害天理之事,还对得起先帝之托吗?"

正德帝临终之前,虽然对张永有所怀疑,但终其一世,张永仍是备受信任,也得以飞黄腾达。听得少芸这般说,张永却是哼了一声道:"少芸,我正是谋遵先帝之命,所以才做这等之事。你可知道,先帝交给你那卷轴之内藏的除了制造禺猇禺京之法,还有何物?"

少芸略略一怔。正德帝临终之前把那个写着"岱舆"两字的卷轴交给自己,要自己择机转交给阳明先生,自然便是这个岱舆计划了,她却不知还有别个。只是她略一分神,那禺京已然猛扑过来,一把抓向少芸。这禺京虽然也无心智,却偏生反应极为敏捷,先前铁心以无尽灯心法对付的若是这禺京,只怕会作法自毙,毫无效用。少芸已躲无可躲,忽地一松绳镖,人猛地坠落,落到了十七层上,绳镖飞出,稳住了身形。

这一手出其不意,但此时少芸已在十七层的外壁上了。那禺京却仍是不依不饶,攀着塔壁直追下来。少芸无计可施,正待再落下一层闪过这禺京的追击,却听张永道:"先帝在那卷轴中,已然留下了一个制造禺京的最好材料。"他顿了顿,又道:"便是娘娘你啊。"

张永的声音也不响,但这话仿佛当心一刀,少芸又是一怔,心口也如同被重重打了一拳,心道:"假的!这一定是假的!"

在少芸二十多年的生涯之中,与寻常少女一般,她也曾有怀春之时。只是在她还是个不甚懂事的少女起,便被正德帝册封为妃子,在少芸的心中,那个佻脱顽皮的少年至尊是她唯一爱过的人。在正德帝去世之后,后宫一片哭声,少芸也暗暗落泪。

那是她平生第一次流泪,第一次为了失去所爱而伤心。在她心中,陛下纵然从未让自己侍寝,终究是自己的丈夫。然而张永却将这个梦一下击得粉碎,

原来,陛下留下我,竟是要把我变成这种怪物?

少芸想着。就算她再不愿相信,乍一听得也是如同山崩地裂一般震惊。只是这一怔忡,便觉右手腕一紧,一只冰冷的手握住她的手腕。

那正是那禹京。禹京在塔壁攀爬时并不比少芸慢多少,少芸一慢,它立时便追了上来。少芸只觉右手腕如被铁箍箍住一般,挣了两下也挣不脱,那禹京却将她猛地扯向了身边。

禹京的力量之大,就算铁心也经不住,更不要说是少芸。少芸只觉眼前一暗,心里仍在想着:"不会……陛下不会这样对我的!"

这些年来,她竭力与八虎作对,除了身为心社中人的责任,还有一个便是清君侧以报陛下之恩的心。只是这一瞬,她发现一直视作天地一般的君恩原来竟是假的,实是不愿相信。禹京纵然要将自己撕成两半,少芸此刻也已木然处之,只觉生涯如此,便是死也没什么不好。只是就在这时,边上那高塔忽然发出了一声巨响,一个足有一人高的齿轮猛地崩了出来,飞向了这边。

岱舆岛内侧这两座高塔,外观虽然相似,但右手边这座其实是提供动力所用。外面那巨大的水釜以地热加热,驱动右边高塔的机括,以之提供全岛动力。但此时铁心已将总阀关了,动力正渐渐消失,这

齿轮率先被崩了出来。也几乎是崩出的同一刻,那些灯光刹那间暗了下来。

齿轮猛地撞了过来,建这高塔虽然不知是什么材质,坚硬异常,可是被这样一撞也为之一颤。虽不知是怎么回事,但少芸反应极速,双足忽地向那禹京一蹬。那禹京正抓着少芸的右手腕,却被突如其来的黑暗弄得一愣,少芸的双足已蹬在这禹京的面门。少芸虽是女子,力量却也不小,那禹京被她突然一蹬,已抓不住塔壁,直直向塔下摔去。少芸却借这一蹬之力将绳镖飞出,搭上了第十层的窗口,奋力一拉,人一跃而起,从窗口跃了进去。

此时这高塔被那崩出来的齿轮一撞,仍在不住晃动。张永不惜让谷大用与皮洛斯各自拦截少芸,为的正是争抢时间好让他多看一眼秘稿。原本此计似乎得售,可这突如其来的一撞却也非他所能料,灯光尽灭,先行者之盒中发出的这团亮光也霎时消散。他最怕的就是这盒子会突然失效,结果怕什么来什么,更是惊慌,眼见少芸从窗中一跃而下,更是雪上加霜,忖道:"糟了,这婆娘还不曾死!"

以禹京对付少芸,在张永看来十拿九稳,定不会失手。谁知就是这事居然也会突遇变故,他虽然不精机关术,却也听谷大用说起过,岱舆岛这一套机关极是严密,一旦总阀被关,会引发爆炸。他也不知究竟是什么人竟然知道这秘密去关了总阀,眼下也不可能再去开总阀解危。不等少芸过来,他抓着了架子上的先行者之盒,便向顶上爬去。此时他内伤虽然尚未痊愈,可行动之时仍是敏捷异常。少芸见他马上要从顶上空洞钻出去,左手一招,绳镖直取张永后心。哪知张永后背上便如长了眼睛一般,忽地拔出细剑向后一敲,正击在绳镖头上。他这细剑比皮洛斯的更短,却也更加灵活,绳镖被他一敲飞向了一边,张永的身形却如疾风般一转,那细剑向少芸前心刺来。这一招与在青龙渡舟中张永向阳明先生发出致命一击时一般无二，只不过张永也知自己内伤未愈，因此化掌为剑。

世上万物，都是有得必有失。阳明先生的象山心法堪称无微不至，无远弗届，但正因为如此，最薄弱的反是正中心处。只不过要抓到这弱点实非易事，张永实是打的以退为进的主意，故意诱少芸以绳镖攻击。绳镖利远而不利近，只消破去绳镖攻势，抢到少芸近前，除非少芸的象山心法能比阳明先生更高，否则定要重蹈覆辙。

阳明兄，你这得意弟子最终仍是死在我手上了。

张永仿佛看到了细剑刺入少芸的心脏，红光崩现的模样。只是还不曾感觉到剑尖刺入人体，手腕处反是一阵钻心般的疼痛，一柄断剑斩在了他手腕上。

不可能！

张永险些要叫出声来。他这一招连阳明先生都未能躲过，也根本未曾想到少芸虽然是阳明先生嫡传，却已将埃齐奥的西方剑术融会贯通，招式已然有所不同，因此躲开了连阳明先生都躲不开的这一招后还能凌厉反击。若不是少芸的长剑被禹京拗成了两段，剑身长度不够，否则定然要将他一只手都斩落。张永毕生除了对付阳明先生时受了内伤，还从未被剑伤过。蓦然受伤，那细剑也已握不住了，身形一跃，直冲向顶。幸亏他知机得早，及时弃剑，此时他右手重创，左手抓着先行者之盒，只凭双足之力，仍是从塔顶那孔中疾冲了出去。

少芸这把剑还是当初阳明先生送她的，虽然被禹京拗断，她仍是不忍丢弃，因此当禹京追来时她百忙中还收剑入鞘。方才张永这一剑刺来，正与当初阳明先生冰湖传剑，说冰水之喻时差相仿佛。待斩伤了张永，见他也不恋战，转身便走，少芸已是心急如焚，收起绳镖便追了出去。她的身法之佳犹在张永之上，几乎前后脚便冲了出去。只是刚探出身，便一阵愕然。先前隐约见到的塔顶那个似革似绸的圆球，此时已然飞在了空中，而且还在不住上升，圆球下有个篮子，站着的正是张永。

这个人实在不可以常理度之，少芸只道他已走投无路，竟然还能飞天而逃！此时张永已经升起了丈许高了，看来用不了多久便会飞出山腹。若是有强弓硬弩，说不定还能将他射下来，可少芸身边哪有此物？绳镖也不能及之，眼见张永越飞越高，少芸只觉胸口一闷，一口血险些喷了出来。只是她仍不死心，猛地冲向塔边，向山壁一跃。

塔顶距四周山壁还有数丈之遥，寻常人自然根本不可能触到山壁，如此跃法定会直摔下去，化成肉泥。只是少芸跃出了丈许，已觉气息一滞，便要落下去，她忽地射出绳镖，绳镖一下缠住头顶一块凸起的石块，少芸趁势一荡，又向山壁荡出了两丈多遥。

张永在空中见少芸竟然还要追来，心中亦是一寒。这气球也是谷大用在发现此处时见到残骸复制而成，据他说这岱舆岛乃是火山，万一通路封闭，还能乘坐这气球从头顶逃生。此物也是世间未曾有过之物，张永原本并无多少把握，但一扯断缆绳，便觉气球直直升起，他这才放宽了心。可这颗心尚未落肚，一见少芸不依不饶，竟然冒死追来，他心中骇然，但也暗暗有几分佩服。他握紧了手中短剑，只待少芸万一真个追上来便要殊死一搏。

只是少芸在山壁攀援虽快，终究远不及气球上升之快。她攀了丈许，张永已上升了十丈有余，马上就要飞出洞口了。张永此时才算舒了口气，高声道："少芸，你确可算得天下奇女子。岱舆岛有你陪葬，也算不枉。"

这岱舆岛只怕转眼就会化为飞灰，虽然数年经营化为乌有，未免可惜，但既已得到了禹猇禹京之秘，又能将少芸这个大敌除掉，亦足快慰。长笑声中，张永已然从洞口飞了出去。

又一次功亏一篑，少芸心中已不知是什么滋味。不过纵然屡次失手，她反倒没有了先前的沮丧之心。

只消身未死，天涯海角，定要诛杀你！

少芸在心中暗暗这样发着誓。她正待向下爬去，耳畔忽地传来一声闷雷似的炸响，那两座高塔也似在狂风中一般不住抖动。少芸险些被摔下去，幸亏她脚尖还有靴刃能插入洞壁，她急忙用双手抓住壁上石块，这才不曾失手。只是这阵地震竟似无穷无尽一般，虽然不及方才之大，但是不住地在颤动，而脚底却不知怎么已然浓烟滚滚，翻涌而上。

那正是水釜爆炸了。只是少芸并不知道，仅仅是水釜爆炸还不算如何，那水釜却是以地热来加热的，炸开之后，满是岩浆的地缝已被震松，而水釜中淌出的开水流入地缝，更是使得熔岩奔流，浓烟滚滚，这火山转眼便要爆发了。

见此情景，少芸心头一寒，立刻便向上攀去。

既然后路已绝，那就一往无前，向上闯出一条生路来！少芸只觉心头仿佛有这样一个声音在对自己说。

先帝、夫子，以及那么多同门。不论是恩是怨，逝去的终已逝去，而我，总还活着。

这火山内部越往上，口子却是越小。少芸向上又攀了五六丈，浓烟已然就在她身下了。虽然离出口还有足足十来丈，少芸仍是毫不气馁。此时这股浓烟夹杂着滚烫的水汽与土灰喷涌而上，少芸只得将身贴在洞壁上以避其锋。耳畔只听得"哗"一阵响，背后火辣辣地疼痛，只怕是被烟气烫伤了。她只觉洞壁越来越热，五指渐渐抓不住凸起的石块。

终于还是不成吗?

少芸绝望地想着,抬头看了看。此时外面应该已经天亮,洞口圆圆一片,显得如此遥远。此时她突然发现烟气有很大一部分竟然是从头顶数尺高的地方钻了出去。

那里有个洞!

少芸精神一振。她也没想到竟然还会有这等事,手一扬,绳镖已疾射而上,正从那洞中飞了出去。她试了试,只觉受力不小,应该吃得住自己的体重。也不知哪来的力量,手足并用,一下攀了上去。

那里果然有个洞,虽然不大,不过数尺方圆,但少芸钻出去已然足够。一到外面,那洞中忽地又冲出了一股烟气来,幸好边上还有些立足之地,少芸向一边让了让,让自己不至于被这股滚烫的烟气冲下去。

虽然仍能闻得到一股刺鼻的硫黄烟味,但外面终与里面恍然两个世界。少芸此时所立,是在这火山的半山腰上,距海面有十六七丈高。东边虽已曙色熹微,但这儿仍是暮色沉沉,什么都看不清,张永的气球已经看不到了,也不知飞到了何处,而东边离岛里许之远的海面上却有一艘灰帆海船正迤逦而行,渐渐远去。

那正是铁心的船!

少芸的心又是一沉,却也苦笑了一下。铁心眼见这岛已如此危险,定然是自保要紧。只是她本来总还抱着生死的一线之机,然而这一线生机只怕仍是奢望。

夫子,恕我不能重建心社了。

少芸闭上了眼。此时虽然绝望,反倒异样地平静。只是眼睛闭上的一刹,眼前忽地一亮。她睁开眼,正见一颗烟火弹在她身前不远处炸开。

这便是先前阿茜在福船上施放，以之召唤铁心过来的信号！少芸几乎不敢相信自己的眼睛，铁心那艘灰帆海船明明已经离去了，这颗信号怎的还会在此施放？她站了起来。往下看仍是暮色沉沉，什么也看不清。她也知道这一带暗礁林立，实是无比危险。但若是株守不动，更是坐以待毙。

"少芸，你想知道路该如何走吗？"

耳畔，依稀响起了在意大利时埃齐奥先生向她说过的这话。那时埃齐奥见到这个来自遥远东方的年轻同道很是欣慰，向她说过很多关于兄弟会的事。便是在埃齐奥先生的葡萄园里，面对着满架成熟的葡萄，埃齐奥先生感慨万千地这般说着。

"少芸，世上万物，皆是虚妄。"

"那应该如何走下去，夫子？"

"遵照你心中的指引，孩子，走吧，无物不为虚，无事不可为。"

少芸站起身来，张开了双手。此时曙色已然渐明，映得东边的海面光芒万丈，而西边仍是一片沉沉黑暗。少芸迎着那一点正欲从海面下喷薄而出的旭日，奋力跃出。

海风从少芸的臂间掠过，也就是这时，身后那火山猛然间喷出浓烟与岩浆。岩浆便如暴雨般飞向海面，少芸在如雨的岩浆中，却如飞鸟展翅一般直飞出去。

夫子，原来路就在我的心中啊。

少芸的心头无比平静，以往的不安与迷惘此时再无踪影。她轻盈地飞翔在海天之间，仿佛这一跃有若传说中的大鹏，抟扶摇而上九万余里，背负青天，将大地都踩在脚下。将近落到海面时，她忽然将身一团，人一下没入水面，几乎连一点水花都不起。

余 味

就在少芸入水的不远处，一艘小船正浮在水面上，船头站着个少女，正是阿茜。一见少芸没入水中，阿茜伸手拍打着水面，叫道："少姐姐！少姐姐！"

"哗"一声，少芸钻出了水面。这一带尽是暗礁，阿茜见少芸一跃而下时，心都提到了嗓子眼里。少芸若有一个差池便会撞得脑浆崩裂，待见她全然无事，阿茜不禁又惊又喜，叫道："少姐姐！这边！这边！"

少芸游了过去，一到近前，阿茜一把拉住她，将她拖上了小船。少芸诧道："阿茜，你怎么不走？"

阿茜的嘴微微扁了扁，恨恨道："哥哥不愿等你，我说你定能出来的……"

她话未说完，泪水已然淌了下来。原来铁心带了叶宗满与另一个手下逃出来时，一登船便要马上离开。阿茜见少芸没出来，听铁心说竟是将她扔在了山腹之内，又气又急，与哥哥大吵了一场，定要留在此处等候少芸。铁心见到岛上的火山马上就要喷发，哪肯留下，若阿茜不是他亲妹，只怕早一拳打过去了。最后留下一艘小船给阿茜，说自己在礁石外等着，过时不候。少芸知她向来对哥哥极是尊崇，这般与哥哥闹翻，几乎是难以想象之事。阳明先生不在后，少芸一直觉得再不能相信任何人，但现在终于知道，至少有一个人可信，不禁心中一暖，说道："别说这些了，阿茜，快离开这里吧。"

先前冯仁孝说起出去时只消认准一块鳌足礁，对准了从左手边驶出，便会被洋流带出去。那块鳌足礁甚是好认，待她们刚从鳌足礁边驶过，耳边忽地一块闷雷响，随之便是暴雨一般的熔岩洒落。

岱舆岛终于大爆发了。先前那一次已是声势骇人，这一次更是有惊天动地之威。冯仁孝说过出礁区时不用自己划，只消任由洋流带动，但现在如果不划的话，万一有团熔岩当头砸下，只怕她们会烧得连渣都不剩。少芸和阿茜两人连大气都不敢出，只顾着划动船舶桨，心想能够划远一分，也终是安全一分。

熔岩不住地砸入水中，海水一时也似沸腾起来，不时冒出蒸汽，更使得周围如同地狱。而浓烟与雾气已让她们完全看不清方向，两人是一面躲开飞坠的熔岩，一面又要闪避暗礁。也不知经过了多久，只觉雾气渐渐淡了，熔岩砸入海中发出的"嘶嘶"声也越来越轻，终于隐约能够看清前方。少芸心知终于逃过了最危险的这个难关，这才停下了划桨。

此时小船离岱舆岛已经有里许之远。就算在这样的距离，仍然感受得到岛上传来的逼人热气，以及热气中那股刺鼻的硫黄味。阿茜也停下了桨，说道："少姐姐，我们出来了吧？"

少芸淡淡一笑，说道："应该是吧。"

从岱舆岛上喷出的熔岩已经喷不到这里了,而随着海风渐紧,弥漫在海面上的那股浓烟也已被渐渐吹得淡了。这片礁区约摸有二里,她们应该驶离了一多半,前面隐隐已能看到一片灰色船帆,自是铁心在那儿等着她们。虽然还有一程,但想到最艰难的一段被她们奇迹般地闯了过来,两人都不由长吁一口气。

阿茜忽道:"少姐姐,阳明先生……他真的不在了?"

听得阿茜问起阳明先生,少芸心头也是微微一疼。她道:"是啊,他已不在了。"

阿茜叹道:"唉,我再不能拜到阳明先生门下了。"

当初阳明先生来说服他们时,铁心对阳明先生大为敬服,但最仰慕阳明先生的却还是阿茜。铁心敬佩的是阳明先生一身出神入化的武功,阿茜却更仰慕他的风骨与学识。阿茜虽是个少女,却很想拜到阳明先生门下去。少芸听她这般说,心头一动,说道:"放心吧,阳明先生虽然不在了,但他这一脉仍会传承下去的。"

阿茜眼中忽地一亮,喃喃道:"真的吗……"只是话未说完,小船忽地一震,阿茜全然不防,险些要摔下去。亏得少芸眼疾手快,一把拉住了她。定睛看去,却见船头上破了个大洞。阿茜惊道:"这船撞漏了!"

原本要驶出这片礁区,只需让洋流带着便可。但此时岱舆岛已在喷发,周围洋流一时已然大变。这小船只是铁心那大船上放下的小艇,本就不适合出海,何况此时她们已经驶到了礁区外围,礁石有不少耸出水面,一不当心,便一头撞上了一块礁石。少芸见小船破口甚大,只一眨眼便已经进了大半舱水,定然救不回来了,便道:"快上礁去躲躲。"

撞沉了小船的那块礁石倒有丈许露出海面,站两个人绰绰有余。

少芸和阿茜两人忙跳了上去，连鞋都不曾打湿。只是明明马上就要驶出礁区，偏生功亏一篑，两人大为沮丧。看着那艘小船渐渐沉没，阿茜心下大急，道："少姐姐，怎么办？"

少芸道："你身边还有那信号吗？"

阿茜苦着脸道："一共就两个，早知道便留一个。"在鬼门礁时，阿茜用掉了一个，刚才为通知少芸又用了一个，现在身边也已空了。她翘首张望着那边那艘灰帆船，见那片灰帆忽地一动，渐渐驶远，急道："不好了，哥哥要走了！"她心下大急，冲着那边高声叫道："哥哥，我在这儿！"只是此时海风正迎面吹来，纵然无风，声音想传到那儿也很难，更不消说岱舆岛周围还笼罩在一片烟雾之中。从铁心那边看过来，尽是灰蒙蒙一片，根本看不到人。虽然说好在外围等候，但铁心见岱舆岛浓烟滚滚，熔岩飞溅，又不知道阿茜撞了船，只道她没能逃过这场劫难，终于还是走了。

看着那灰帆船越来越远，阿茜大急，但又全无办法。她虽然跟着铁心闯荡，毕竟尚是少女，情急之下，坐倒在礁石上号啕大哭起来。正哭得伤心，少芸伸手搭在她肩上，轻声道："阿茜，别哭了。"

阿茜抹了抹泪，抽泣着道："少姐姐，都怪我没看好船，害得大家仍然逃不出这儿。"

少芸道："夫子和我说过，世事难料，但若是自己失去希望，才是没了希望。"

阿茜有些半懂不懂，心道："难道哥哥还会再转回来？"只是旁人不知，她却对这哥哥知根知柢。铁心行事，从不愿自己去担风险。他若不走还好，一走的话，那就再不会回来了。只是听少芸这么说，她也终不肯死心，又抬头看去。哪知一看之下，猛地一下跳了起来，叫道："少姐姐，来了！哥哥真回来了！"

少芸这般安慰阿茜，其实自己也不太相信铁心还会回来。但听阿茜说得斩钉截铁，她不由一怔，手搭凉篷看去。昨天风浪很大，今天却是艳阳高照，风平浪静。遥遥望去，海天之际真个有一片帆影在向这边驶来。她又惊又喜，说道："真个有！"

那帆影来得倒也很快，待近了些，却见虽然也是灰帆，但与铁心的那船并不一样。本来她们还担心这只是过路船，但这船越靠越近，远远还听得有人在喊道："有人吗？"听得这声音，阿茜更是兴奋，叫道："这儿！这儿！"

此时那船越来越近了。虽然还听不到阿茜的声音，但岱舆岛的喷发已经少了许多，周围烟雾也已吹散了大半，那船上已经能看到她们的人影了。这儿已是礁区最外围，那船似乎也知道水下多有暗礁，在数十丈外便停下了，从船上却放下了一艘小艇。这小艇上有五六个人，一入水，驶得倒也飞快。待靠得还有五六丈远，只听小船上有个人叫道："是少姐姐吗？"

这声音却也是个少女。少芸一怔，铁心一党中除了阿茜，没第二个女子了，她也不知来者是谁。她高声道："你是谁？"

那少女听得少芸的声音，叫道："谢天谢地，少姐姐，果然是你。我是烟霏啊。"

这时小船已靠到了礁石边，只见船头站着个渔女打扮的少女，正是魏国公府那小丫环烟霏。烟霏自己不会划船，却指手画脚地指挥着将船靠过来。好在划船的几个汉子个个精悍强干，虽然这儿暗礁林立，但小船极是平稳地靠了过来。

一到礁石边，烟霏便叫道："少姐姐，你果然在这儿！还好找到你了，快上来吧。若是再找不到，我们定要被主人打一顿了。哎哟，小心，这船不太稳。"

已有一阵没见到她了,这小丫环多嘴的毛病仍然没改。其实她说这船不太稳,只是因为她并不惯坐船,对阿茜和少芸来说,跳上船时这船几乎连晃都不晃一下。一上了小船,少芸心中便是一宽,问道:"烟霏,你怎么会来这儿的?徐公子真会打你吗?"

烟霏道:"那回你一走,主人就说你一个人会有危险,他不放心,便巴巴地要跟来。只是他也不能随便离开南京,还专门找了个替身顶缸。哈,少姐姐,你想必不知道吧,主人跟着你好久了,还专门把那匹玉狮子送你。后来见玉狮子留在了那个岛上,他才知道你出了海,这才跟了出来。我们主人啊,就是这么嘴上说得凶,心肠软得很,说要打人也就是嘴巴说说……哎呀,少姐姐,你得叫主人余公子,别叫错了啊。主人说,万一被人告发他私离南京,可是条不大不小的罪名呢!"烟霏说着,却伸手一把捂住了嘴,双眼在那儿骨碌碌地乱转,大概想到自己刚才满嘴都是主人主人,也没叫他"余公子"。

少芸心头只觉一丝温暖。初见徐鹏举时,她只觉这少年不脱纨绔之风,对他评价并不甚高。现在才知道这少年其实心怀志诚,不愧是邃庵先生的及门高弟,原来在罗祥与丘聚的暗算中救了自己的也是他。她道:"烟霏,等一下你替我谢谢你家……余公子。"

烟霏道:"这个话,少姐姐你还是自己说吧。反正我家主……我家余公子就在船上。就是他把那狐狸精带出来了,现在准又在那儿唱那个曲子,真不知有啥好听的。"

她当面不敢说如意儿的坏话,背地里自是一吐为快。少芸听着她还在叽叽喳喳地说个不停,心中却是说不出的平静。

仅仅不久之前,当岱舆岛即将喷发之际,她还在暗无天日的洞腹之中,只道已是无救,但只是过了这短短一刻,便仿佛到了另外一个世界。她见一边的阿茜面上有些忧色,便小声道:"阿茜,在想什么？"

阿茜抬起头。她的眼角虽然还带着一点淡淡的泪痕，但马上展颜道："没什么，少姐姐。"

少芸知道她一直跟随哥哥，视哥哥若天人。但这次铁心背信弃义，甚至为了逃生不惜丢下阿茜，让她很是伤心。但少芸见她眼中虽然还带着一丝忧伤，更多的却是欣慰，她心里亦是一宽，轻声道："别担心，阿茜，路是靠自己走出来的。"

眼前这少女，让少芸依稀看到了很久以前的自己。其实也并没过了太久，自己先前也是与她一般茫然不知所措，不知该往哪里去。然而，现在少芸很清楚自己该做些什么了。心中这般想着，她回头又看了一眼岱舆岛。

夫子，虽然再没有你引路，但我一定会走下去。

她的心里从来没有像现在这样平静过，当初找不到前路的迷惘如今已荡然无存。她已经知道，这世上还有许多自己可以信赖之人存在，有这些人的帮助，心社也定然会重建起来。纵然这条路还很长，但自己一定能一路前行。

身后，那座小岛仍在将浓烟吐向天空，将半边海面都遮得暗了。只是旭日已然升出了水面，映得水面尽作金红，辉煌无比，直到天的尽头。

©2019 Ubisoft Entertainment. All Rights Reserved.
Assassin's Creed, Ubisoft, and the Ubisoft logo are registered or unregistered trademarks of Ubisoft Entertainment in the US and/or other countries.
Simplified Chinese copyright 2019 By Beijing Hongyue Scientific and Technical Co., Ltd.

图书在版编目（CIP）数据

刺客信条：大明风云 / 燕垒生著
. —— 北京：新星出版社，2019.4（2021.5重印）
ISBN 978-7-5133-3520-1

Ⅰ．①刺… Ⅱ．①燕… Ⅲ．①长篇小说－中国－当代 Ⅳ．① I247.5

中国版本图书馆 CIP 数据核字（2019）第 028417 号

刺客信条：大明风云

燕垒生　著

出版统筹：贾　骥　陈　曦　宋　凯
出版监制：张泰亚
责任编辑：汪　欣
责任印制：李珊珊
封面插画：Simon Goinard　徐超渊
美术编辑：张恺珈

出版发行：新星出版社
出　版　人：马汝军
社　　　址：北京市西城区车公庄大街丙3号楼　　100044
网　　　址：www.newstarpress.com
电　　　话：010-88310888
传　　　真：010-65270349
法律顾问：北京市岳成律师事务所

读者服务：010-88310811　　service@newstarpress.com
邮购地址：北京市西城区车公庄大街丙3号楼　　100044

印　　　刷：天津行知印刷有限公司
开　　　本：910mm×1230mm　　1/32
印　　　张：12.5
字　　　数：240千字
版　　　次：2019年4月第一版　2021年5月第四次印刷
书　　　号：ISBN 978-7-5133-3520-1
定　　　价：54.00元

版权专有，侵权必究；如有质量问题，请与印刷厂联系调换。